U0140996

21 世纪高等职业教育创新型精品规划教材
国家示范校高等职业院校重点建设专业精品课程规划教材

仓储管理

主　编　刘秋平　陈飞强
参　编　陈　煜　陈　亮
　　　　勾　昱　段满珍

天津大学出版社
TIANJIN UNIVERSITY PRESS

内容简介

本书是高等职业规划教材,全面地介绍了仓储。

内容包括认识仓储及仓库,仓储前的准备工作,入库操作,库内操作,库存控制,流通加工作业,出库操作,特种仓库管理和仓储安全管理。本书各部分内容均以项目形式出现,通过项目介绍相关知识,对学生进行全面培养。

本书可作为高等职业学校及大专类院校教材,也可作为大学本科各相关专业及在职人员业务提高的参考书。

图书在版编目(CIP)数据

仓储管理/刘秋平,陈飞强主编.—天津:天津大学出版社,2010.7

21 世纪高等职业教育创新型精品规划教材.国家级示范性高等职业院校重点建设专业精品课程规划教材

ISBN 978-7-5618-3554-8

Ⅰ.①仓… Ⅱ.①刘… ②陈… Ⅲ.①仓库管理－高等学校:技术学校－教材 Ⅳ.①F253.4

中国版本图书馆 CIP 数据核字(2010)第 123560 号

出版发行	天津大学出版社
出 版 人	杨欢
地 址	天津市卫津路 92 号天津大学内(邮编:300072)
电 话	发行部:022-27403647 邮购部:022-27402742
网 址	www.tjup.com
印 刷	廊坊市长虹印刷有限公司
经 销	全国各地新华书店
开 本	185 mm×260 mm
印 张	17
字 数	424 千
版 次	2010 年 7 月第 1 版
印 次	2010 年 7 月第 1 次
印 数	1－3 000
定 价	29.00 元

前　言

　　仓储是指商品从生产地向消费地的转移过程中,在一定场地的停滞,尤其是指通过仓库对商品进行储存和保管。仓储是物流的主要职能,也是商品流通不可缺少的重要环节。在仓储环节,需要对商品进行检验、保管、流通加工、集散、配送等多种作业。仓储管理是指对仓库和库存商品进行管理,其主要内容包括入库、保管、出库等业务管理、仓库的货源组织与库存控制、仓库的安全管理等等。

　　本书基于仓储工作过程导向模式,按照项目式教学组织的需要,从仓储前的准备入手,系统地介绍了仓库物料需求量的确定、仓库的货源组织(采购)、入库操作、在库操作、出库操作、库存控制、流通加工、仓库安全管理等内容,涵盖了各项仓储作业的知识和具体操作,既具有仓储知识的系统性,又具有仓储作业的实际操作性,注重理论联系实际,力求反映仓储管理实践的最新成果。

　　本书既可以作为高职高专教育物流管理、市场营销、电子商务和工业工程等相关专业学习的教材,也可以作物资管理和物流专业人员的培训和参考用书。

　　本书由刘秋平博士和陈飞强教授主编,具体编写分工如下:项目一,认识仓储及仓库(刘秋平);项目二,仓储前的准备工作(刘秋平,陈飞强);项目三,入库操作(陈煜);项目四,库内操作(陈亮);项目五,库存控制(刘秋平、陈飞强);项目六,流通加工作业(段满珍);项目七,出库操作(勾昱);项目八,特种仓储管理(勾昱、段满珍);项目九,仓储安全管理(刘秋平、陈亮)。

　　本书编写参考了国内外的一些论著和文献,在此衷心致谢。限于编者水平,书中定有疏漏和不足,恳请读者批评指正。

编者

2010 年 4 月 1 日

前　言

目　录

项目一

认识仓储及仓库

【任务描述】

老师在入学专业介绍时说,以后物流管理专业的学生有可能会在仓库工作,很多同学不能接受,认为去仓库工作就是"看仓库的",不是大学生应该从事的职业。

要求:请问这种认识对吗?请认识仓库、认识仓储管理工作。

【训练目标】

通过认识仓储及仓库的训练,使学生初步认识仓储及仓库,并对仓储管理有个全新的认识和理解。

【相关知识】

一、仓储及仓储管理

随着生产力的发展,社会出现了剩余产品,自然就出现了仓储。随着商品流通的扩大与发展,仓储也随之扩大与发展。虽然仓储的历史久远,但是现代仓储的发展却是 20 世纪 80 年代以后出现的。

(一)仓储

仓储是随着商品生产的发展而产生,产品从生产到消费,需要经过多个环节,其中仓储是必不可少的环节,它具有消除产品生产和消费时间间隔的作用,是现代物流管理的重要物流节点。马克思在《资本论》中说道:"没有商品的储存就没有商品的流通。"有了商品的储存,社会再生产过程中的物流过程才能正常进行。另外,为了防止地震、水灾、旱灾、风灾等自然灾害,国家也需要进行一定的物资储备,这也属于"仓储"。

"仓"也称为仓库,是储存和保管物品的场所,它可以是房屋建筑、大型容器、洞穴或其他特定的场地,具有存放和保护物品的功能。"储"是指收存以备使用,具有收存、保管、交付备用的意思。"仓储"是指通过仓库等场所对物品进行的储存和保管等活动。仓储的对象必须是实物动产。狭义的仓储仅指通过仓库等场所实现对在库物品的储存与保管,是一种静态仓储,它是产品生产出来后不能被及时消耗掉,需要在专门场所存放时而产生的仓储。广义的仓储是指除了对物品的储存和保管外,还包括物品在库期间的检验、装卸搬运、拣选配货、包装刷唛、流通加工等各项增值服务功能,是一种动态仓储。也就是对在仓库储存的物品进行保管、存放的过程。

现代社会生产制造业和运输业已经相当发达,仓储的角色也发生了很大的变化,但是无论如何变化,储存保管都是其最基本的功能,是仓储产生的根本原因,传统的仓储将这一功能作为衡量企业效益的主要指标。仓储活动消耗了物化劳动和活劳动,因此必然会提升货物的价值;但它却不改变劳动对象的功能、性质和使用价值,只是保持和延续其使用价值。例如,秋天的苹果一般售价比较低,可以将其储存起来,等冬天或第二年春天再销售,可以提高苹果的价格。另外,仓储还可以将零散的货物集结成一定的批量,调节运输能力,降低运输成本等。

（二）仓储管理

仓储管理就是通过各种经济和技术等手段对仓库及仓库内储存的货物、仓库设施及其布局等进行经营管理的活动,是仓储企业为了充分利用所拥有的仓储资源来提供仓储服务所进行的计划、组织、协调与控制的活动,具体包括仓库的选址与建筑、进出库作业管理、库存控制、安全管理、经营决策、商务管理、人事管理、财务管理等一系列的管理工作。既包括战略层面的管理活动也包括作业层面的管理活动。

仓储管理的内涵意义是随着其在社会经济中的作用不断扩大而变化,它已经由原来单纯意义上对货物的储存保管而发展成兼有包装、拣选、流通加工等多个增值服务功能的仓储管理。现代意义的仓储管理的基本任务就是满足客户需求,科学合理地做好货物的入库、储存保管、出库等工作,为客户创造价值,为企业创造利润。因此仓储管理的原则就是要讲究效率,注重服务,确保货物质量,准确及时地衔接供应与需求,保证企业生产和销售的正常进行,提高企业经济效益。经济效益、社会效益和生态效益统一考虑,这样才能实现仓储企业与社会经济的共同发展。

二、仓库

（一）仓库的分类

仓库是整个物流活动中重要的物流节点设施,传统意义上,仓库的主要功能是保管,而随着企业越来越重视自身的物流状况,仓库除保管功能之外,更重视仓库的管理控制、仓储作业的合理化、仓储管理的科学化、信息化等,其中信息技术的应用是现代仓储的重要特征。

根据不同的标准,仓库可分为不同的类型。

1. 按营运形式分类

1）自用仓库

自用仓库是指生产或流通企业为本企业经营需要而修建的附属仓库,完全用于储存本企业的货物（原材料、燃料、半成品、产成品等）。该仓库不具有独立性,此类仓库规模不大,完全为企业的生产或经营活动服务,一般,所储存货物种类和数量相对确定,但仓库内专业化程度较低,设备也很简单,一般不开展商业性仓储活动。

2）营业仓库

营业仓库是指仓储经营人专门为了经营仓储业务而修建的仓库,以其拥有的仓储设施向社会提供商业性的仓储服务的行为。商业仓储的目的就是为了在仓储活动中获得经济效益,实现经营利润最大化。营业仓库是一种社会化的仓库,其使用效率很高。

3）公用仓库

公用仓库是公共服务的配套设施,是国家或公共团体为了公共利益而建设,为社会物流服务的公共仓库。

4）战略储备仓库

战略储备仓库是指国家根据国防安全、社会稳定的需要,对战略物资实行储备而产生的仓储。战略储备由国家政府控制,它特别重视储备品的安全性,且储备的时间很长,储备的物资主要有粮食、石油、淡水等。

2.按仓储的对象分类

1)普通仓库

普通仓库不需要特殊的保管条件,是综合性仓库,可以存放生产物资、生活用品、普通工具等杂货。如图1-1(a)所示。

2)专业仓库

专业仓库是存放具有特殊保管条件的货物的仓库,如危险品仓库、冷冻仓库等。这类仓库一般用于存放一种或某一大类货物。如图1-1(b)、(c)、(d)、(e)所示。

（a）普通仓库　　　　　　　　　（b）酒库

（c）粮食库　　　　　　　　　（d）石油库

（e）糖库

图1-1　仓库

（a）普通仓库;（b）、（c）、（d）、（e）专业仓库

3.按仓库建筑封闭程度分类

1)封闭式仓库

封闭式仓库,也就是人们通常说的"库房",其建筑结构封闭,便于对库内的货物保管保养,一般存放保管要求高的货物。如图1-2(a)所示。

2)半封闭式仓库

半封闭式仓库,也就是人们通常说的"货棚",其建筑结构为半封闭式,出入库比较方便,但其保管条件不如封闭式仓库,适宜存放对仓储条件要求不太高且出入库不频繁的货物。如图1-2(b)所示。

3)露天式仓库

露天式仓库,也就是人们通常说的"货场",该仓库没有建筑物,是全开放式的,便于装卸搬运作业,适宜存放较大型的货物。如图1-2(c)所示。

（a）库房   （b）货棚

（c）货场

图1-2　不同封闭程度的仓库

4.按建筑结构分类

1)平房仓库

平房仓库结构比较简单,建筑只有一层,建筑成本较低,人工操作也比较方便。见图1-3(a)。

2)楼房仓库

楼房仓库是指二层以上的仓库,可以节省占地面积,物品往楼上装卸搬运可采用机械化或半机械化手段。见图1-3(b)。

3)高层货架仓库

高层货架仓库是指库房建筑本身只有一层,但建筑很高,库内设施一般是10层以上的托盘仓棚。此种仓库自动化程度比较高,作业操作基本全由电脑控制,库内多为自动化、机械化设施设备,又称为自动化仓库或无人仓库。见图1-3(c)。

4)罐式仓库

罐式仓库的外形为球形或柱形,主要用于存放特殊货物,例如,天然气、石油、粮食等,见图1-1(c)、(d)。

5)简易仓库

简易仓库的构造简单,建筑成本很低,一般是在仓库不足而又不能及时建库的情况下采用的临时办法,包括一些固定或活动的简易货棚等。见图1-3(d)。

（a）平房仓库

（b）楼房仓库

（c）高层货架仓库

（d）简易仓库

图1-3 不同建筑结构的仓库

5. 按库内形态分类

1）地面型仓库

地面型仓库的建筑结构是单层的，多使用非货架型的保管设备，货物都存放于地面。见图1-4（a）所示。

2）货架型仓库

货架型仓库的库内多采用多层货架保管，货架上存放货物或托盘。如图1-4（b）所示。

3）自动化立体仓库

自动化立体仓库内货物出入库均由计算机管理控制自动化机械设备实施操作，这样可以大大节省人力、降低劳动强度，不但能确保库存作业的安全性，减少货损货差，而且能准确、迅速地完成出入库作业。但自动化立体仓库建设成本较高，需要有足够的资金作为保障，且对库存货物包装、体积和重量都有较高的要求。如图1-4（c）所示。

（a）地面型仓库

（b）货架型仓库

（c）自动化立体仓库

图1-4 不同库内形态的仓库

项目一：认识仓储及仓库

6. 按仓库功能分类

1) 储存仓库

储存仓库以储存较长时间的货物为主,由于货物存放时间长,所以存储费用较低,这类仓库一般建在比较偏远的地方,存储物资品种少,但存量大,存期长,要注重物资的质量保管。

2) 物流中心仓库

物流中心仓库是为物流活动服务的,对物流的过程、数量、方向进行控制,以物流管理为目的。它除了储存和保管货物外,还包括刷唛、贴标签、重新包装等流通加工功能等。这类仓库一般建在经济发达地区的中心,交通便利。

3) 配送仓库

配送仓库的仓储是货物在销售或供生产使用前的最后储存,因此配送仓库一般设在货物的消费经济区域内。配送仓库内一般还会有拆包、分拣、组配等便于销售和使用的前期处理。

4) 运输转运仓库

运输转运仓库主要是用来衔接不同运输方式的,这类仓库一般设在不同运输方式的交接处,如港口、车站库场等。运输转运仓库有的称为卡车转运中心,有的称为火车转运中心,有的还称为综合转运中心。该类仓库一般货物存期比较短,注重货物的周转率。

（二）常用的仓库设备

仓储管理活动中不可或缺的就是仓储的设施设备,它是仓储管理的工具和手段,仓储作业活动必须借助机械设备的支持才能更高效地完成工作。仓储工作中所使用的设备按其用途和特征可分为装卸搬运设备、保管设备、计量设备、养护检验设备、通风设备、保暖设备、照明设备、消防安全设备等。下面介绍仓储作业中主要的设备。

1. 货架

货架在仓储中占有非常重要的地位,是用于储存货物的设施。货物存入货架之后,物品互不挤压,不但可以完整保证货物的安全,便于存取、计数,而且可充分地利用仓库空间,提高库容利用率。按照不同的标准,货架可分为多种,见表1-1所示。

表1-1　货架的分类

分类标准	种类
按货架的发展分	传统货架（如层架、层格式货架、抽屉式货架、橱柜式货架等）
	新型货架（如旋转式货架、移动式货架、托盘货架、重力式货架等）
按货架的适用性分	通用货架、专用货架
按货架制造材料分	钢货架、钢筋混凝土货架、钢与钢筋混凝土混合式货架、木制货架、钢木合制货架
按货架封闭程度分	敞开式货架、半封闭式货架、封闭式货架等
按货架结构分	整体式货架（货架直接支撑仓库屋顶和围棚）
	分体式货架（货架与建筑物分为两个独立系统）
按货架载货方式分	悬臂式货架、橱柜式货架、棚板式货架
按货架的构造分	组合可拆卸式货架、固定式货架
按货架高度分	低层货架（高度在5 m以下）、中层货架（高度在5~15 m）、高层货架（高度在15 m以上）
按货架载重分	重型货架（每层货架载重量在500 kg以上）
	中型货架（每层货架载重量在150~500 kg）
	轻型货架（每层货架载重量在150 kg以下）

1）驶入式货架

驶入式货架又称为"通廊型货架"，这是连续性的整栋式货架，在支撑导轨上，托盘按深度方向存放，一个紧接一个，货物都密集放在一起，如图1-5所示。因驶入式货架上的物品存取都只能从货架的同一侧进出，货物只能先进后出，而不能先进先出。货架的支撑结构稳妥，便于滑动，搬运车辆可以驶入货架内部选取货物，单位货位载荷200～1 000 kg。

驶入式货架

图1-5　驶入式货架

2）悬臂式货架

悬臂式货架是在立柱上装设外悬杆臂来构成，托臂可以是单面的，也可以是双面的，其前伸的悬臂具有结构轻、载重能力好的特点，适合于存放钢管、型钢等长形的物品，如图1-6所示。若要放置圆形物品时，可在其臂端装设阻挡块以防止滑落。悬臂式货架只适用于长条状或长卷状货物存放，存取时要配合叉距较宽的搬运设备，而且悬臂式货架的高度受限，一般在6 m以下，空间利用率较低，为35%～50%。因此，悬臂式货架适用于空间小、高度低的库房，这样管理方便、视野宽阔。悬臂式货架的立柱结构加固后，可以承受2 000～3 000 kg的压力，悬臂单臂承重200～500 kg。

图1-6　悬臂式货架

3）阁楼式货架

阁楼式货架是将储存空间做上下两层规划，利用钢架或楼板将空间间隔为两层，下层货架不但是可以保管物品的场所，而且是上层结构的支撑，如图1-7所示。现有的旧仓库可以改造成阁楼式货架，以提高仓库的利用率。阁楼式货架的储货量相对较大，适用于存放较轻的货物，尤其是二层存放货物一定要考虑货架的承载能力，且需要配装垂直输送设备。

4）旋转式货架

旋转式货架由多台货架环列连接而成，一般分为两种形式，一种是水平旋转式货架，一种是垂直旋转式货架。水平旋转式货架可同时将连在一起的上下各货架层，以水平方向旋转；垂直旋转式货架旋转方向是与地面垂直，但其移动速度要比水平旋转式货架慢，每分钟5～10 m。旋转式货架操作简单，存取作业迅速，作业效率很高。

项目一：认识仓储及仓库

图 1-7　阁楼式货架

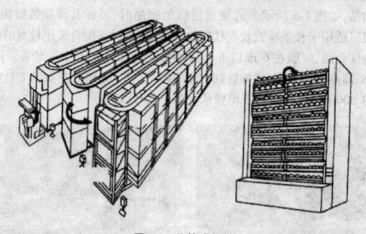

图 1-8　旋转式货架

5）重力式货架

重力式货架的一端较高,另一端较低,倾斜布置,较高的一端作为入货口,较低的一端作为出货口。货物是放在滚轮上的,货物从货架较高的入货口送入滑道,逐个存放,取货时,在较低的出货口取货,在重力作用下,其余货物会逐一向下滑动待取,托盘货物会在每一条滑道中依次流入流出,如图 1-9 所示。重力式货架无需通道作业,货架可以排排紧密排列,大大提高了仓库的利用率。但是该类货架同一排上最好存放相同货物,便于存取货物。如果通道较长,则应在轨道上设置制动装置,限制货物下滑速度。

6）移动式货架

移动式货架的底部安装有运行轨道或车轮,可以在地面上运行,如图 1-10 所示。此类货架只需一个作业通道,可以大大提高仓库面积的利用率。移动式货架广泛应用于办公室、图书馆,以存放文档等。

7）抽屉式货架

抽屉式货架存放中小型货物,抽屉板下设置有滚轮轨道,使得抽屉可以自由拉动,通常每层承载量小于 500 kg,如图 1-11 所示。此类货架可以充分利用空间,节省场地,且结构简单、操作简单、安全可靠。

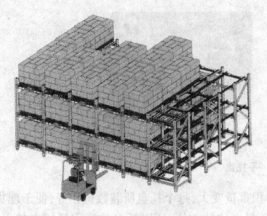

图1-9　重力式货架

图1-10　移动式货架

图1-11　抽屉式货架

2. 托盘

托盘是用于集装、堆放、搬运和运输的放置货物作为一个单元载荷的水平平台装置。在平台上集装一定数量的单件货物，或按要求捆扎加固，组成一个运输单位，便于运输过程中使用机械进行装卸、搬运和堆存。托盘下面有供叉车叉起托盘的入口，如图1-12所示。

（a）木制平托盘

（b）钢制平托盘

图 1-12　平托盘

　　以托盘为运输单位，可使货运件数变少，体积重量变大，每个托盘所装数量相等，便于理货和点数，而且托盘造价不高，自重量小，因而搬运起来比较方便，所以托盘的使用量越来越大，被广泛应用于现代企业当中。

　　托盘按其适用性可分为通用托盘和专用托盘两大类；按托盘的结构分类，可分为平托盘、箱形托盘、柱形托盘三种；按制作材料分类可分为木托盘、金属托盘、塑料托盘、纸托盘和胶合板托盘等。如图 1-13 所示。

　　托盘的标准化是物流领域的一个非常重要的问题，托盘的尺寸还涉及与运输工具尺寸的配合，因此物流界十分重视。托盘的规格是指托盘的长与宽，通常用宽×长来表示。我国托盘规格与国际标准化组织规定的通用尺寸一致，主要有三种规格：1 000 mm×800 mm、1 200 mm×800 mm、1 200 mm×1 000 mm。

（a）盛漏托盘　　　　　　（b）塑料平托盘　　　　　　（c）箱形托盘

（d）纸制平托盘　　　　　　（e）纸制托盘箱

图 1-13　托盘

3. 叉车

　　叉车又称铲车或叉式取货机，它以货叉作为主要取货装置，依靠起升机构升降货物，可以对货物水平搬运，具有装卸、搬运双重功能。叉车是仓储装卸搬运机械中应用最广泛的一种，主要用于仓库内货物的装卸搬运,是一种既可以做短距离水平运输,又可以堆垛、拆垛和装卸卡车、铁路平板车的机械。

叉车外形尺寸小,重量轻,机动灵活性好,可机动地与其他起重运输机械配合工作,在使用各种自动取货装置或在货叉与货板配合使用的情况下,可以实现装卸工作的完全机械化,不需要工人的辅助体力劳动。因此,叉车可以减轻装卸工人繁重的体力劳动。

叉车按照性能和功用分类,可分为平衡式叉车、插腿式叉车、侧面式叉车、前移式叉车、集装箱式叉车、高货位拣选式叉车等;按照耗能方式分类,可分为燃料叉车、电力叉车、手动叉车;按照行走方式分类,可分为电动托盘堆垛车、电瓶叉车、侧面叉车、固定平台搬运车、集装箱正面吊车、三向堆垛叉车等。常见的叉车如图1-14所示。

（a）平衡式叉车　　　　　　　　　　　　　（b）前移式叉车

（c）高货位拣选式叉车　　　　　　　　　　（d）手动液压叉车

（e）手动叉车　　　　　　　　　　　　　　（f）越野叉车

图1-14　常见叉车

4.堆垛机

堆垛机是仓库机械设备,是专门用来堆码货垛或提升物品的机械。堆垛机能在很窄的巷道内操作,且堆码或提升高度较高,作业灵活,所以仓库内广泛使用,如图1-15所示。

项目一：认识仓储及仓库

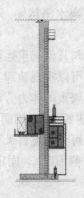

（a）有轨巷道堆垛机

（b）无轨巷道堆垛机　　　　　　（c）电动堆垛机

图 1-15　堆垛机

5.起重机

起重机适用于装卸大件笨重货物,也可借助于各种吊索工具装卸其他物品,同时起重机也是唯一以悬吊方式装卸搬运物品的设备,如图 1-16 所示。其吊运能力一般在 3～30 t。

（a）门式起重机　　　　　　　　（b）桥式起重机

图 1-16　起重机

6.输送机

输送机的主要任务是在仓库内部将货物运输到预先安排的目的地,常见的输送机如图 1-17 所示。

（a）链板输送机

（b）金属网带输送机

（c）刮板输送机

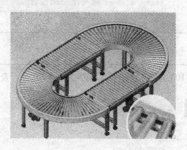
（d）辊道输送机

图 1-17　常见输送机

三、对仓储管理人员的基本要求

（1）要熟悉仓库的结构、布局、规划,熟悉仓储设备。

（2）要具有一定的商品保管保养的知识。

（3）要熟悉堆码、苫垫等作业要求。

（4）具备一定的财务知识,注重仓储成本管理。

（5）不断学习新的仓储管理知识,不断提高仓储管理水平。

（6）严格执行仓储安全管理的规章制度等。

【训练步骤】

（1）学生自己查找资料,了解仓储及仓库。

（2）带学生参观仓库,实地了解仓库的基本情况。

（3）学生分组上台做学习总结。

【注意事项】

（1）能够自己查找资料,广泛阅读。

（2）参观仓库时,能按照要求注意安全,仔细观察。

【训练评价】

训练考核评分表

考评人		被考评人	
考评内容	认识仓储及仓库		
考评标准	内容	分值/分	实际得分
	能广泛阅读相关资料	25	
	能仔细观察仓库	25	
	能写出总结报告	25	
	能与同学沟通交流	25	
合计		100	

注：考评满分为100分，60分以下为不及格；60～70分为及格；70～80分为中；80～90分为良；90～100分为优。

【任务练习】

一、选择题

(1) 以下不属于按经营主体划分的仓储类别是(　　)。

A. 公共仓储　　　　B. 营业仓储　　　　C. 配送仓储　　　　D. 企业自营仓储

(2) 下列不能作为仓储物的是(　　)。

A. 电脑　　　　B. 知识　　　　C. 插座　　　　D. 花瓶

(3) 下列不属于仓储设备的是(　　)。

A. 输送机　　　　B. 货架　　　　C 叉车　　　　D. 钢材

二、判断题

(1) 仓储是物流过程中的重要环节之一。(　　)

(2) 起重机不是仓库的设备。(　　)

(3) 仓库最基本的功能就是储存功能。(　　)

三、讨论题

仓储未来的发展趋势。

项目二

仓储前的准备工作

任务 2 - 1:确定物料需求量

【任务描述】

某公路修建,拟水泥的消耗定额为 300 kg/m²。修建公路段长为 20 km,宽约 10 m。

要求:请简单估算该公路段约需水泥多少?

【训练目标】

通过任务练习,让学生初步学会确定所需物资的需求量。

【相关知识】

在进行仓储之前,首先必须要根据企业的实际情况确定所需仓储的物料需求量,然后由采购部门实施采购。采购的物料到达企业仓库以后才能对物料进行仓储管理工作。因此,仓储前必须要有确定物料需求量和采购这样的准备工作。下面首先是确定物料需求量的方法。

一、直接计算法

(一)物料需求(采购)量一般计算方法

$$物料需求量 = 计划任务量 \times 物料消耗定额 \qquad (1\text{-}1)$$

物料消耗定额:是指按规定的技术要求,在一定的生产条件下,为完成单位产品(或工作量)而合理消耗的物资数量指标。

建某职工住宅楼,水泥消耗定额为 180 kg/m²,若该住宅楼建筑面积为 3 200 m²,共需水泥多少吨?

解:水泥需求量 = 3 200 × 180 = 576 000 kg = 576 t

该方法核算的物料需要量比较准确,凡有物料消耗定额的均应采用此方法。

(二)考虑多因素的物料需求(采购)量计算方法

确定物料需求量时需要考虑多种因素,例如,生产中的废品率、物资消耗定额等,这些因素不可避免且是合理的。该种情况下,计算公式为:

$$某种物料需求量 = 计划期任务量 \times (1 + 不可避免废品率) \times 单位产品消耗定额 - 计划回收废品数量 \qquad (1\text{-}2)$$

（三）考虑有库存、零库存的物料需求（采购）量

1. 有库存的物料需求量计算

大部分生产都会保有一定量的库存，因此需要首先考虑期末及期初的库存，在此基础上再去确定物料的需求量，其计算公式如下：

某种物料需求量＝该种物料实际需求量＋期末库存－期初库存－企业内可利用资源

（1-3）

期末库存是计划期末仓库具有的物资数量；

期初库存＝编制计划时的实际库存量＋预计期的计划进货量－预计期的计划消耗量

（1-4）

2. 零库存的物料需求量计算

零库存是指物料（包括原材料、半成品和产成品等）在采购、生产、销售、配送等一个或几个经营环节中，不以仓库存储的形式存在，而均是处于周转的状态。在这种情况下，物料的需求量就无需考虑仓库的库存情况，直接用物料实际需求量减去企业内可利用资源即得。

某种物料需求量（采购量）＝该种物料实际需用量－企业内可利用资源　　（1-5）

但是，零库存是一个特殊的库存概念，一般情况下，它并不是指储存商品的数量真正为零，而是通过实施特定库存控制策略，实现库存量的最小化。所以，此种情况很少出现，大部分情况下，企业还是有库存存在的。

二、间接计算法

间接计算法是利用间接资料，即按照一定的比例、系数和经验来确定物品需求量。间接计算法包括动态分析法、类比计算法和经验估算法。

（一）动态分析法

动态分析法是对历史统计资料进行分析研究，找出计划期生产任务量和物品消耗量变化规律来确定物品需求量的一种方法。其计算公式为：

$$F_t = \frac{T_t}{T_{t-1}} \cdot D_{t-1} \cdot K \tag{1-6}$$

式中：F_t——计划期某种物品需求量；

T_t——使用该种物品的某产品在计划期内的生产任务量；

T_{t-1}——上一期使用该种物品的某产品实际完成的生产任务量；

D_{t-1}——上一期该种物品的实际消耗量；

K——计划期内该种物品消耗增减系数。

（二）类比计算法

类比计算法是参照类似产品或同类产品的物品消耗定额来确定物品需要量的一种方法。其计算公式为：

$$F = T \cdot Hs \cdot K \tag{1-7}$$

式中：F——计划期某种物品需要量；

T——使用该种物品的某产品在计划期内的生产任务量；

Hs——类似产品或同类产品的物品消耗定额；

K——计划期内该种物品消耗增减系数。

仓储管理

（三）经验估算法

经验估算法是根据以往经验来确定物品需要量的一种方法。经验估算法一般适用于企业生产经营中所需用的辅助材料或一些低值易耗品。

【训练步骤】

（1）边学习边练习。

（2）根据所学知识，解决任务要求的内容。

【注意事项】

能够将所学知识活学活用。

【训练评价】

训练考核评分表

考评人		被考评人	
考评内容	确定物料需求量		
考评标准	内容	分值/分	实际得分
	能根据不同的实际情况 直接计算物料需求量	25	
	能根据实际情况间接计算物料需求量	25	
	能根据实际情况灵活选用适合 的方法计算物料需求量	25	
	能将所学知识灵活应用	25	
	合计	100	

注：考评满分为100分，60分以下为不及格；60~70分为及格；70~80分为中；80~90分为良；90~100分为优。

【任务练习】

（1）某施工队 6 月份计划混凝土施工任务量为 10 000 m³，其水泥消耗定额为 100 kg/m³。则 6 月份的水泥需要量为多少？

（2）某工程队进行隧道开挖施工，隧道断面积为 9 m²，石质为坚石，按施工图纸计算开挖量为 600 m³。开挖中需要空心钢钎，其物料需求定额为 3.9 kg/10 m³，假定在施工中会有 2%的钢钎损坏。请计算钢钎（空心）的需求量。

（3）某企业某种均衡需用的物资，下年度预测消耗量为 180 t。年末储备量为 12.5 t，编制计划时，库存盘点为 18 t，预计到年末还要进货 34 t，消耗 42 t。下年度可利用资源 10 t。请计算下年度该种物资的采购总量。

（4）某施工队 6 月份实际完成混凝土施工量为 10 000 m³，其水泥实际消耗量为 1 000 t。7月份计划混凝土施工任务量为 11 000 m³，由于工艺的改进和物资管理水平的提高，该企业混凝土施工的水泥消耗平均降低 10%。求 7 月份的水泥需要量。

项目二·仓储前的准备工作

任务2－2:采购

【任务描述】

立山小区一期工程需要一批工程用沙子,要求河沙,不含泥,粗沙,耐强度高,颗粒均匀。数量为100 t。现采用询价方式采购。

要求:

(1)对沙子供应市场调研,撰写沙子供应市场调研报告。

(2)编制并发出询价函。

(3)比较选择供应商,撰写选择理由,以报告的形式提交。

【训练目标】

通过询价采购的训练,使学生熟悉询价的流程,学会撰写物资供应市场调研报告、询价函等,学会有比较的选择供应商。

【相关知识】

采购的模式很多,有招投标采购、询价采购、集中采购、分散采购等。本文这里只以询价采购为例来介绍。

一、询价采购的定义及特点

(一)询价采购的定义

询价采购是企业较为常用的一种采购方式,也是比较简单的一种采购方式。询价采购是指企业对选定的几位供应商(通常至少三家)发出询价函件,让他们报价,然后企业根据各位供应商的报价而选定供应商,以确保价格具有竞争性的一种采购方式。

(二)询价采购的特点

1.询价采购的优点

(1)供应商少而精。询价采购是在对供应商进行充分调查的基础上,筛选了一些比较有实力的供应商。供应商数量不多,但是产品质量好、价格低、企业实力强、服务好、信用度高。企业向这些单位采购比较放心。

(2)采购过程比较简单,工作量小。因为供应商数量少、范围窄,所以通信联络、采购进货都比较方便、灵活,采购程序比较简单、工作量小、采购成本低、效率高。

(3)采购商品质量、价格反映比较客观。由于通常是分别向各个供应商发询价函,供应商之间并不是面对面的竞争,因此各自的产品价格质量比较客观,避免了面对面竞争时常常发生的价格扭曲、质量走样的事情。

2.询价采购的缺点

由于询价采购所选的供应商数量少、范围窄,选中的供应商不一定是最优的供应商。此外,询价采购也容易导致关系采购,从而产生采购腐败问题。

正因为询价采购具有上述的优缺点,所以询价采购使用于:采购标准化的货物或服务,并非是采购定制的货物或服务;采购数量少、价值低或急需商品的采购。

仓储管理

二、询价采购的实施步骤

(一)供应商的调查与选择

现代社会竞争激烈,供应商众多,采购方要想选择出能够提供质量好、价格低的商品供应商,必须首先对资源市场进行调研,掌握资源市场中供应商、所购商品等的基本情况。只有掌握了资源市场的情况,采购方才能确保最终询价的供应商都是优秀的供应商。

(二)编制及发出询价函

在对供应商调查的基础上选择出了需要询价的至少三家供应商,下面就需要编制询价函,向这些供应商发送询价函了。询价函一般包括以下几项内容:

(1)所采购商品的名称、数量、规格型号、技术参数要求等;

(2)履约期限及交货地点;

(3)供应商应携带的资质证明材料;

(4)递交报价函地点和截至时间;

(5)报价单位法人代表或委托人签字盖章。

表1-1是常见的询价单的一种形式:

表1-1 询价单

产品询价单

编号:

_____单位

1.本单位因业务需要拟向贵公司采购下列物品:

物品名称:

数　　量:

规范及品检说明:

2.请速予报价。

3.将作进一步联系。

4.递交报价函地点为:本单位采购部(＊＊省＊＊市＊＊路＊＊号,邮编:＊＊＊＊＊＊)。

5.递交报价函截至时间:＊＊＊＊年＊＊月＊＊日＊＊时。

6.来函或来电请联系我单位采购部_____先生,电话:_____。

请惠示贵公司联络人员及电话:

7.附件:

采购部

年　月　日

(三)报价单递交及评审

(1)递交。供应商在报价截至日前,将报价单密封并在封口处加盖公章,递交到企业采购部门。

(2)评审。采购部门应在规定时间内组成评审小组,对供应商的报价进行详细的分析、比较。对于一些专业性较强或非常规的物品,除了采购人员外,还应邀请相关技术人员和销售人员参加评审会议。为了更有效地利用资金,可在原有报价的基础上与供应商进行两轮谈判,争取少花钱,多办事,办好事。

评审时,要记住价格不是唯一标注,还要考虑供应商提供商品的质量、交货期等方面。有些供应商为了占有市场,甚至以低于成本的价格竞争,从而导致供应商之间的恶性竞争,从长

项目二:仓储前的准备工作

远的角度看,这样会使一些供应商对企业的采购活动失去兴趣或产生一些投机取巧的行为,这些将会不利于采购活动的健康发展。

（四）签订合同及验收、付款

（1）签订合同。选中供应商后,企业采购部门与供应商按照相关程序签订合同,合同中应明确采购项目名称、数量、金额、交货方式、履约期限、双方权利与义务、保修期、验收方法、付款方式及违约责任等条款。

（2）验收、付款。合同履行完毕,由采购部门会同使用单位对商品进行验收,对技术性要求较高的商品,可邀请专业人士协助验收。验收合格后,填制验收单,交相关部门审验,办理有关付款手续。

（五）履约保证金

为了约束供应商切实履行合同,选中的供应商应在签订合同时缴纳一定数额的履约保证金。合同执行完毕后,没有纠纷产生,予以结清。

另外,需要注意的是,如果在询价采购过程中,邀请到的供应商不足三家,或者三家报价均高于控制价格,应根据实际情况采取二次询价或改变采购方法来确定供应商。

【训练步骤】

步骤1:分组。将学生分为组,每组六七人为宜。

步骤2:对供应商进行调研,撰写调研报告。

步骤3:编制并发出询价函。根据调研报告,确定要询价的供应商。然后编制并向这些供应商发出询价函。

步骤4:比较选择供应商,撰写选择理由。

【注意事项】

（1）注意培养学生严肃认真的工作态度、良好的团队协作精神等。

（2）能为学生提供搜集资料的环境,例如,能有多台计算机上网等。

（3）以组为单位进行考核,考核形式灵活多样,既要包括学生最后完成任务的报告成绩,也要包括学生在实训过程中的表现成绩。

【训练评价】

训练考核评分表

考评人		被考评人	
考评内容	询价采购训练		
	内容	分值/分	实际得分
考评标准	能对供应商全面调研,撰写调研报告	25	
	能选择出合适的供应商询价	25	
	能编制询价单并发出	25	
	能根据报价,选择出最适合的供应商	25	
	合计	100	

注:考评满分为100分,60分以下为不及格;60～70分为及格;70～80分为中;80～90分为良;90～100分为优。

【任务练习】

简答题

(1)询价采购的定义?

(2)询价采购的优缺点?

(3)询价采购步骤?

【扩展知识】

了解调研报告相关内容。

一、调研报告的内容

(1)引言:包括标题及前言。

(2)主体报告:

①调查目的;②调研方法;③调查结果的描述分析;④调查结论;⑤意见与建议。

(3)附件:包括调研表等。

二、采购市场调查的方法

(1)询问法:是指调查者用被调查者愿意接受的方式向其提出问题,得到回答,获得所需要的资料。

(2)观察法:是指调查人员在现场对调查对象进行直接观察记录,取得第一手资料的一种调查方法。

(3)实验法:是把调查对象置于一定的条件下,了解其发展趋势的一种调查方法。

项目三

入库操作

任务 3 - 1:入库准备

【任务描述】

2008 年 8 月 18 日,某物流公司由其客户神州集团新入库 D25FA10 - A 型号彩电 250 台,L32R1 型号液晶电视 124 台,电视 52T1 型号 45 台,以及由一信商城新入库的日用生活品 120 箱和可口可乐、百事可乐公司的瓶装可乐 57 包。

要求:请编写入库申请表、做好入库前的准备工作,比如准备货位、苫垫材料等。

【训练目标】

通过入库准备的训练,使学生熟练掌握货物入库的基本流程,学会编写入库申请,并做好货位准备、苫垫材料准备等工作。

【相关知识】

入库作业也叫收货作业,它是仓储作业的开始。入库作业是指从货物被运送到仓储中心开始,经过验单、装卸搬运、分类、编码、验收等环节,确认货物后按预定的货位储存入库等一系列的工作过程。入库的工作质量,直接影响货物的储存保管以及出库作业等工作的顺利进行。

入库作业的主要任务是清点货物的数量、检查货物的质量、合理组织各种收货手续与程序,分清厂家、运输部门及仓储部门之间的责任。

一、影响入库的主要因素

货物入库作业是仓储作业管理的第一步,也是仓储作业管理关键的环节,直接关系到后面的在库、卸货、分类、物品点验、签发入库凭证、入库堆码、登记入账、产生提货凭证等环节。对这些作业活动必须进行合理的安排和组织。

在进行入库作业组织与计划时,应首先了解影响入库作业的主要因素。

(一)供应商的送货方式

仓储作业的入库组织与计划需要考虑供应商的送货方式,供应商的以下信息对仓库接货作业的影响要加以考虑。

1. 平均每天送货的供应商数量及最大数量

对仓库入库作业影响最大的就是平均每天送货的供应商数量和一天中来送货的供应商的最大数量。每天送货的供应商越多，入库物品的数量和品种就越多越复杂，这样入库作业的其他环节工作量就会相应增加。如果每天送货的供应量数量非常不稳定时，入库作业人员以及设备、设施、器具的安排就不能单纯地以平均数为依据了，否则就会造成不平衡的状况，即忙时仓库服务水平降低（如送货车辆排队等卸货时间过长），闲时人员设备的劳动生产率降低（如部分人员设备的闲置）。所以，入库作业时要充分考虑到每天送货的供应商的数量和均衡性，以做到资源配置的合理性与经济性。

2. 送货的车型及车辆台数

送货的车型主要影响卸货站台的合理安排与利用及卸货方式，车辆台数直接影响作业人员的配置和作业设备、作业方式的选择。

3. 每台车平均卸货的时间

每台车平均卸货的时间关系到入库作业的效率，每台车平均卸货的时间越短，服务水平就越高，而设施设备的自动化、机械化的程度要求就越高。

4. 物品到达的高峰时间

作业人员轮班轮岗要根据物品到达的高峰时间来制定，要根据不同班次的作业人数来合理安排作业人员的作业量和劳动强度的均衡性，这样可以降低成本，保证服务水平。

5. 货物的装车方式

货物的装车方式主要影响卸货的方式和方法。如果货物为散装形式，在卸车时要充分利用货物自身的重力；如果是经过配装的件杂货形式，卸车时主要以人工为主，采用不落地的装卸搬运方式，以降低作业强度；如果货物是单元形式，则尽可能选择机械作业方式。

6. 中转运输的转运方式

直达转运、储存分拣转运、流通加工转运、投机转运等方式都属于中转运输的转运方式，不同的转运方式入库作业量和作业方式有很大的不同。

1）直达转运

直达转运就是物品不经过卸车入库等环节，留在运输工具上按货主要求的时间、地点直送货主手中。

2）直通转运

直通转运就是在仓库的站台上卸货不经入库环节，而直接转换运输方式或运输工具送达货主手中。

3）储存分拣转运

储存分拣转运就是货物抵达仓库时货物的去向信息不明，要先经过验收、装卸搬运、入库堆存、理货等作业，等候客户（货主）下达指令（出库单、订单等），然后按客户要求经过分拣环节送抵客户。这是一种最典型的转运方式，工作量较大且涉及的设施、设备复杂。

4）流通加工转运

流通加工转运就是货物抵达仓库后，经过卸货、验收、搬运、分拣（按加工工艺）、加工、再分拣（按货主、流向、理化性质）等作业环节后送到客户手中。

5）投机转运

投机转运就是囤积货物,待货物价格达到期望目标时再经过验收、装卸搬运、入库堆存、理货等作业,根据货主下达的指令(出库单、订单等),按客户要求送到目的地,这种转运方式虽然货物的去向不明,但目的明确,就是要通过囤积来获取超额利润。

（二）物品的种类、特性与数量

不同的货物入库时其接货方式、装卸搬运机械、仓储设施设备的配备、库区货物的安排、苫垫材料等都不同。物品的种类、特性与数量将直接影响入库作业。

1. 每天平均送达的物品品种数

货物的品种不同,其物理、化学性质就不同,货物的品种越多,其物理、化学性质差异就越大,不同的品种,其入库作业方式就不同。所以平均每天送达的货物品种会对接货方式、装卸设备机械、仓储设施设备的配备、库区货位的确定与分配、苫垫材料的选择等作业环节产生较大的影响。

2. 单位货物的尺寸及重量

单位货物的尺寸小,重量轻且未单元化,入库时一般采用人工作业或人工辅助机械作业,上架储存;单位物品的尺寸大、重量高,则宜采用机械化装卸作业,堆码存储;若货物之间的尺寸重量差异过大,势必会对库区货位的确定造成影响。因此,单位货物的尺寸及重量对装卸搬运、堆码上架、库区货位的确定等作业都会产生很大的影响。

3. 货物包装形态

货物的包装可以是散装形式、件杂货形式,也可以是单元化形式(托盘化、集装化)(见图3-1),不同的包装形式对装卸搬运工具与方式、库区货位的确定、堆存状态等都会有不同的要求。

（a）散货　　　　　　（b）件杂货　　　　　　（c）单元化

图3-1　不同包装形态的货物

4. 货物的保质期

货物的保质期不同,在库能够保存的日期就不同,保质期短的货物入库存储宜选用重力式货架,以严格保证"先进先出",以延长货物后续的销售周期和消费周期。

5. 装卸搬运方式

不同的装卸搬运方式会影响到入库作业的效率,应该根据货物的情况经济合理地选择适合的装卸搬运方式,提高入库作业效率。

（三）仓库设备及存储方式

仓库设备先进,就可以机械化、自动化,并使用利用率较高的货架存储货物,从而使仓储作业效率提高;仓储设备落后,就只能是人工操作,基本不能利用过多的货架仓储货物,因此仓储的利用会低,作业效率也会比较低。仓储设备(叉车、传送带、货架等)会影响货物的存储方式,从而影响到仓储作业的效率。

二、入库作业的基本流程

要对入库作业活动进行合理地安排和组织,就需要掌握入库作业的基本业务流程。入库作业的基本业务流程包括:入库申请、编制入库作业计划及分析、入库准备、接运卸货、核查入库凭证、货物检验作业、办理交接手续、分配货位等,如图3-2所示。

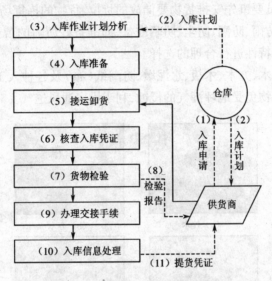

图3-2 入库作业的基本流程图

(一)入库申请

入库申请是存货人向仓储企业提出的存货要求,仓储企业接到申请后,要根据仓库的现有状态做出反应(接受或拒绝),如果是拒绝一定要做出合理解释,请求客户的谅解;如果是接受,就要通知仓库的相关部门,做好入库的准备工作。所以,入库申请是生成入库作业计划的基础和依据。

(二)入库作业计划及分析

入库作业计划是指仓库部门和存货人等外部实际情况,权衡存货人的需求和仓库存储的可能性,通过科学的预测,提出在未来一定时期内仓库要达到的目标和实现目标的方法。

入库作业计划包括很多的内容,仓库计划人员需要知道到货时间、到货的数量、货物的基本状态等信息才能据此进行分析,编制具体的入库作业计划,从而安排接货方式、装卸搬运设备、存储时间等内容,做好相应的准备工作,以备入库的顺利进行。通常入库作业计划包括以下内容:

(1)接货物入库的时间,数量、包装形式、规格;

(2)计划货物所需占用的仓容大小;

(3)预测车辆到达的时间及送货车型;

(4)为了方便装卸搬运,计划车辆的停放位置;

(5)计划货物的临时存放地点;

（6）确定入库作业的相关部门。

三、入库准备的内容

经仓库部门对入库计划分析评估之后，即可开始进行物品入库前的准备工作，其中主要包括以下几项内容：

（一）货位及苫垫材料准备

根据预计所到货物的特性、体积、质量、数量和到货时间等信息，结合物品分区、分类和货位管理的要求，仓库人员要事先安排货物要储放的货位、货物的拣货场所和储存位置。确定好货位后，要做好货物的防雨、防潮、防尘、防晒准备，即准备好所需的苫垫材料。苫垫材料应根据货位位置和到货物品特性进行合理的选择。

垫垛材料主要有枕木、方木、木板、水泥墩、防潮纸（布）及各种人工垫板等（见图3-3），他们的共同作用都是使货物免受地坪潮气的侵蚀，利于垛底通风透气。

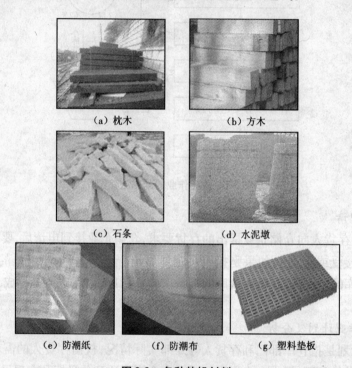

（a）枕木　　　　（b）方木

（c）石条　　　　（d）水泥墩

（e）防潮纸　　　（f）防潮布　　　（g）塑料垫板

图3-3　各种垫垛材料

（a）枕木；（b）方木；（c）石条；（d）水泥墩；（e）防潮纸；（f）防潮布；（g）塑料垫板

苫盖材料主要有塑料布、席子、油毡纸、铁皮、苫布及各类人工苫盖瓦等（见图3-4），其作用都是使货物免受风吹、雨打、日晒、冰冻的侵蚀等。

（二）验收及装卸搬运器械准备

货物入库都要经过验收环节，因此入库准备时也要考虑到货物的情况等因素，事先确定验收的方法，准备验收作业所需的各种器具（丈量、移动照明等）。另外为了提高入库作业的效率，还要根据货物的特性、设备情况等因素，事先确定使用的装卸搬运设备，安排好卸货站台或场地等。

(a)塑料布　　　　　　　　　(b)席子

(c)油毡　　　　　　　　(d)铁皮　　　　　　　(e)苫布

图3-4　各种苫盖材料
(a)塑料布;(b)席子;(c)油毡;(d)铁皮;(e)苫布

（三）人员及单证准备

入库作业的准备工作自然避免不了要计划安排该作业所需作业人员,接运的、卸货的、检验的、搬运货物的等。另外,仓管人员还要准备好入库时所需填写的单证、报表之类的文档,以备到时之需。

（四）货位准备

计划安排好货位后,还要根据货位的状态决定是否需要对货位进行彻底清扫,清除残留物,检查照明、通风等,发现问题及时解决。

（五）作业工艺设定

事先根据货物的特性,尤其要看是否有超长、超宽、超高、不能拆分的大型货物,确定装卸搬运的工艺方案,在保证安全的前提下,尽可能地提高作业效率。

四、确定货位的原则

货位准备时,要根据货位的使用原则妥善安排货位。仓库的货位可大可小,大至几千平方米的散货货位,小至仅有零点几平方米的橱柜货位,具体根据所存货物的情况确定。

（一）货位的使用方式

1. 固定货物的货位

固定货物的货位只用于存放确定的货物,严格区分使用,绝不混用、串用。一般货源长期稳定的仓库都采用固定货位的方式。由于货位固定,所以拣选、查找货物都比较方便,而且为了提高货物的安全性,还可以对货位进行更好地装备。但是固定货物的货位因为只能存放确定的货物,所以仓容利用率较低。

2. 不固定货物的货位

不固定货物的货位可以存放任意的货物,只要货位空闲,就可以不加分类地存放任何货物。不固定货位的仓库要比固定货物的货位混乱得多,查找、拣选货物都比较麻烦,但是如果利用计算机配合管理的话,能充分利用仓容,提高仓容利用率。一般周转极快的专业流通仓库,货物保管时间短,很多采用不固定货位的方式。

3.分类固定货物的货位

考虑到货物的存放安全性,不同类的货物很多都不能存放在一起,所以采用分类固定货物的货位方式,也就是对货位区域进行分区、分片,同一区内只存放一类货物,但在同一区内的货位则采用不固定货物的货位方式。这种方式避免了上述两种货位使用方式的缺点,保留了其优点,仓容利用率提高了很多。所以大多数的仓库采用的都是这种方式。

(二)选择货位的原则

1.保证先进先出、缓不围急

不同的货物在仓库存放的时间不同,在货位安排时要考虑到货物的存放期,保证货物要先进先出,存期较长的货物不能围堵存期较短的货物,一定要保证货物的先进先出。

2.根据货物的性质选择货位

货位安排时,要考虑到货物的性质、货位的容量、货位的尺寸等因素,一定要把合适的货物放在合适的货位上,尤其是容易发生污染的货物要避免放在相近的货位等。

3.方便操作,均匀作业

货位安排要考率多种因素,出入库频率、储存期的长短、货位是否方便作业等。因此,所安排的货位要使出入库频率高的货物,安排在靠近出口的货位,流动性差的货物,可以离出入口较远;存期短的货物安排在出入口附近;货位要有足够的机动作业场地,方便装卸搬运作业等。并且,安排货位时应尽可能地避免仓库内或者同作业线路上同时有多项作业进行,以免相互妨碍。

4.小票集中,重近轻远

小批量货物要尽量放在同一个货位或集中在一个货位区域,要避免夹存在大批量货物的空隙货位中,不利于拣选和查找等作业;重货应距离装卸作业区近的区域,如果使用货架,重货应放在货架下层,尤其是需要人力搬运的重货,要存放在货架腰部高度的货位,这样可以减少搬运作业的难度,便于堆垛作业。

【训练步骤】

步骤1:分组。将学生分为组,每组三四人为宜。
步骤2:撰写入库申请。根据训练任务的描述,各组编写入库申请。
步骤3:撰写入库计划分析表。在掌握了仓库基本情况的基础上,各组撰写详细的入库计划分表。
步骤4:相关准备。在入库计划分析表的基础上,各组认真做好入库准备。

【注意事项】

(1)入库申请等表格的格式各个单位一般不同,但是基本的内容都是大致相同的,只要能学会填写即可。
(2)入库货物繁多,要注意培养学生认真细心的好习惯,避免出现错误。

【训练评价】

训练考核评分表

考评人			被考评人	
考评内容		入库准备训练		
考评标准	内容		分值/分	实际得分
	能规范书写入库申请		25	
	能书写入库计划表		25	
	能做好入库相关准备		25	
	能积极参与团队的工作任务		25	
	合计		100	

注:考评满分为100分,60分以下为不及格;60~70分为及格;70~80分为中;80~90分为良;90~100分为优。

【任务练习】

一、简答题

(1)影响入库的因素主要有哪些?

(2)入库作业的基本流程。

二、案例分析题

河北中储物流中心是中国物资储运总公司在河北省的直属公司,由原中储河北分公司、石家庄中储物流中心和中储石家庄东三教仓库3个单位,经区域整合后组建的一级物流运营实体。全新的物流中心:占地50.4万 m²,库房7.4万 m²,货场13万 m²,料棚1万 m²;铁路专用线三条,总长4 km,大型龙门吊8台,起重10~25 t,活动吊车5台,起重10~20 t,专用叉车18台。物流中心总存储能力35万 t,年吞吐量100万 t,年流转额80亿元,是河北省最大的现代化物流企业之一。2003年,被石家庄市政府列为6个规划发展的物流中心之一,受到省市各级政府和部门、新闻单位的关注和客户的好评。

物流中心下设新华物流、富华物流、裕华物流、中储汽修厂(包括汽修厂和设备厂)和中储市场5个分中心,地处石家庄市平安南大街、中华北大街和北二环以外柳阳街,形成南、中、北纵贯石家庄市的分布格局;是从事仓储配送,货运代理,分拣加工,信息服务,汽车修理、配件销售,物流设备制造、维修,市场经营和钢材经销为主的综合性现代物流企业;物流网络正逐渐向省内其他城市拓展,已在保定建立仓储配送基地,并不断创新运营模式,使城市之间形成互动的网络一体化运营格局。

进入21世纪,物流中心适应市场发展的新形势,不断改革,锐意进取,形成全方位、全过程、全天候、一体化的多功能物流服务体系,全心致力于为客户提供第三方物流服务。利用自身强大的供应链管理体系、末端物流支撑力和先进的信息技术、设施设备、管理手段以及强大的仓储网络,竭诚为客户服务,帮助客户设计或改进物流方案,降低物流成本,精心为客户创造价值。现已与国内多家大型知名企业建立了稳固、良好的战略合作伙伴关系,河北中储受到越来越多的赞誉。

它的客户涉及全国各地的各个行业和企业,例如,海尔集团、TCL集团股份有限公司、康佳集团、青岛海信电器有限公司、邯郸钢铁有限公司、石家庄北国商城、广东喜之郎集团有限公

项目三·入库操作

司、可口可乐、百事可乐等公司。面对如此复杂和多行业的客户,如何分解和处理好每日的入库作业,就显得很关键。而且每一类商品入库的要求和操作又不尽相同,所以盘点库位,准备货位以及苫垫材料就成为入库前工作的重要组成部分。

针对此案例提供的线索,查找资料分析如下问题:

(1)物品入库前需要注意的事项,应该做哪些相应的准备工作;

(2)通过本案例的练习,如何才能熟练操作入库前的工作。

任务 3 – 2:入库接运卸货

【任务描述】

青岛中远物流有限公司是中远集团、中国远洋物流有限公司下属,在青岛区域参与国际竞争、实力最强、位居国内行业前列的本地区最大的第三方物流企业。公司拥有 39 家独资、合资、合营公司及分公司,总资产近 12 亿元,固定资产 4 亿元,员工约 3 200 人。

石家庄市围村阳城家电物流中心就是其麾下的一个分公司,2009 年 6 月 22 日,该分公司接受了一批由青岛中远物流有限公司发出的货物,货物种类繁多。该分公司接到到货通知后,需要组织接运卸货。

要求:接到到货通知后,确定卸货货位,力求缩短场内搬运距离。组织好卸车所需要的机械、人员以及有关资料,做好卸车准备。

【训练目标】

通过接运卸货的训练,使学生熟练掌握货物接运卸货的工作,能立即组织接运装卸人力、物力和相关机械设备等。

【相关知识】

货物的接运实际上是货物入库业务流程的第一道作业环节,大部分的货物都要经过交通运输部门(铁路、公路、航空和短途运输等)等转运到仓库交货(除一小部分货物由供货商直接运到仓库交货外),这样仓库就必须要做好接运工作。仓库的接运工作是仓库直接与外部发生的经济联系,涉及供应商、承运商、保险公司及收货单位等多方当事人的权利和义务关系,因此货物的入库接运作业一定要准确、及时地向交通运输部门提取货物,办清手续,分清责任,为下一步的仓库验收工作奠定基础。

货物大部分要经过交通运输部门转运交货,入库的接运工作要与交通运输部门直接接触,因此要熟悉交通运输部门的要求和制度。例如,不同的运输部门在运输中所担负的责任、对货物运输的要求和制度、编制的普通记录、索赔的手续和证件等都有所不同。

货物接运时大部分要做初步验收,以界定责任,免得收货方和发货方会对货物的质量问题的时间产生纠纷。一般初步检查验收只是对货物的总数量和外观(或外包装)等进行简单核查,做到及时、客观、公正、公开。初步验收合格后才开始卸货。这样经过初步验收的货物接运业务可以把运输过程中或运输之前已经发生的物品损害和各种差错清堆在仓库外,减少或避免经济损失,为验收和保管包养创造良好的条件。

一、货物接运方式

货物接运方式大致上有 4 种,即到承运单位接货、专用线接车、仓库自行接货、库内接货,各种接运方式的注意事项分别作如下所述。

(一)到承运单位接货

承运单位包括车站、码头、民航、邮政等。到承运单位接货一般是指仓储企业受存货人委托或合同约束到车站、码头、民航、邮政等地接运货物到储存地。一般零担托运和小批量货物采用此方法。

(1)接货人员要具有一定的商品知识,通过事先了解所提取货物的具体情况,在接货时就能做好装卸搬运机具、场地等方面的准备工作,做好货物的到货前的准备工作。

(2)接货时要以运单为依据,仔细查验核对货物的品名、规格、数量、外包装、印封等,若有疑点或不符,应当场要求运输部门检查。若为铁路方面责任,应做好商务记录,属于其他方面责任需要铁路部门证明的应做出普通记录,由铁路运输员签字,并注意记录内容与实际情况要相符合。

(3)在短途运输时,尤其是短途运输危险品时,一定要做到不混不乱,避免碰坏损失,按规定合理运输。

(4)物品到库后,接货员要办理好内部交接手续,与保管员密切配合,尽量做到接货、运输、验收、入库、堆码一条龙作业,从而缩短入库验收时间。

(5)接货人员在现场接货时应该按车开具三联单,随车装卸人员和司机每车均凭三联单接送货物,收货保管员也要每车凭三联单接收货物。严格执行无三联单不发货、不送货、不收货制度;杜绝错发、错收事故的发生。

(二)专用线接车

所谓专用线就是专门为某企业修建或使用的铁路专用线,一般为支线。通过专用线接车,是指仓储企业在企业的专用线上接货,一般是大批整车货物接运采用此方法。

(1)要做好专用线接车的准备工作,也就是说接到专用线到货通知后,应立即确定卸货货位,组织好卸车所需要的机械、人员以及有关资料等。

(2)要做好入库前的验收工作。在车皮到达后,整车运输员要接车,指挥火车停在预定位置,然后进行到货检查,看车皮封闭情况是否良好(即车厢、车窗、铅封、苫布等有无异状);根据运单和有关资料核对到货品名、规格、标志和清点件数;检查货物外观质量和包装是否损坏或有无散包;检查货物是否有进水、受潮、污染或其他损坏现象。若在检查中发现异常情况,应及时请铁路在库值班的司检人员当场复查确认,当场编制有关普通或商务记录,记录内容应与实际情况相符,以便日后留作处理的依据。

(3)卸车时根据收卸原则,做到安全、快速、准确、方便。货物要分清品名、规格,分别堆码,并标明车号和卸车日期,另外装卸搬运时要注意外包装的指示标志,要正确钩、挂、铲、兜、升起、轻放,保证包装完好,不碰坏,不压伤,更不得自行打开包装。

(4)编制卸车记录,记明卸车货位规格、数量,力争与保管员共同监卸,争取做好卸车和货物件数清点一次通过。如果做不到,相关证件和资料应尽快向保管员交代清楚,办好内部交接手续。

(5)货物卸完后,整车运输员要检查车内物资是否卸尽,关好车门、车窗等,及时向车站"报空",等待"排空",并将报空时间和铁路接报时间记录下来备查。

（三）仓库自行接货

仓库自行接货是指仓储企业直接到存货委托人指定的企业（生产企业或流通企业）接货的一种方式。接货的运输工具可以是仓库的，也可以是租用的。

（1）仓库接受货主直接到供货单位提货时，应将这种接货与初验工作结合起来同时进行。

（2）仓库提货人员应根据提货通知，事先了解所提物品的性能、规格、数量及入库验收的有关注意事项，准备好提货所需的机械、工具。如果仓库有条件，提货时可以配备保管员在供方当场检验质量、清点数量，并作好收记录，接货与验收合并一次完成。如果仓库条件受限，那么提货人员提货时要负责查看货物的外观质量、点验件数和重量，并验看供货单位的质量合格证、材料码单等有关证明。因此，在此种情况下，货物提运到库后，保管员、提货员、随车装卸工人要密切配合，逐件清点交接，同时核对各项凭证、资料是否齐全，最后由保管员在送货单上签字，并及时组织复检。

（四）库内接货

库内接货是指仓储企业在仓库内接到存货委托人送来的物品。至于物品是谁送来的问题对仓储企业并不重要。一般仓库和供货单位在同城。

货物到库时，仓库的保管员或验收人员要直接与送货人员办理交接手续，凭送货单或订货合同、订货协议等当面点验所送货物的品名、规格、型号、重量和数量及有关单证、资料，并查看货物的外观质量，当面做好验收和记录。如果无法当面完成全部验收项目的，要在送货单位回执联内注明具体待验内容。另外，如果验收时发现货物有短缺、损坏等问题，一定要分清责任，即会同送货人员查实，由送货人员出具书面证明，签章确认，留作处理问题的依据。

二、接运过程中的事故处理

（一）责任划分的一般原则

货物运输涉及发货单位、收货单位（或中转单位）和承运单位，这些单位共同协作来完成货物从发货单位到收货单位的运输，所以这三方面都会承担各自的职责，都具有一定的职责范围。因为这三个单位都是独立的经济实体，只有划清三方面的责任界限，才能确保各方分工的工作质量。尤其是当发生运输事故时，需要分清由哪方来承担经济赔偿。责任划分的一般原则如下。

（1）货物在交给运输部门前和承运前发生的损失和由于发货单位工作差错、处理不当发生的损失，由发货单位负责。

（2）从接收中转货物起，收货单位与交通运输部门办好交接手续后，发生的损失或由于收货单位工作问题发生的损失，由收货单位负责。

（3）货物运到收货地，收货单位与交通运输部门办好交接手续后，发生的损失或由于收货单位工作问题发生的损失，由收货单位负责。

（4）自承运货物时起（承运前保管的货物，车站（港口）从接收货物时起），至货物交付给收货单位或依据规定移交其他单位时止，发生的损失由承运单位负责。但由于自然灾害，货物本身性质和发、收、中转单位的责任造成的损失，承运单位不予负责。

（二）货损货差的处理

货物运输中，不可避免地会由于各种原因造成货物的短缺、破损、受潮及其他差错事故，不管什么原因，都应该保护好现场，做好事故记录，划清责任界限，并以此作为事故处理和索赔的依据。在处理事故时要实事求是，客观反映真实情况，事故各方要互相协作，认真、妥善地处理事故。

正确分析事故发生的原因和处理方法的依据是事故记录,因此事故记录非常重要。在事故发生时,必须要把事故详细情况记载下来。铁路记载货运事故的记录有两种:货运记录和普通记录;公路记载货运事故一般可在公路运输交接单(或三联单)上记录货损货差情况。

1. 货运记录

货运记录(旧称商务记录)是指货物在承运单位运输过程发生货损、货差、有货无票、有票无货或其他情况需要证明铁路同托运人或收货人之间的责任时,由承运单位编制的一种证明文件,见表3-1所示。分析货运事故、确定责任的依据就是货运记录,尤其是一旦发生经济纠纷时,货运记录是具有法律效用的证明文件,也是托运人或收货人向承运人要求赔偿货物损失的依据。所以,货物在运输过程中一定要在出现运输事故(发生货物名称、件数与运单记载不符;货物被盗、丢失或损坏;货物污损、受潮、生锈、霉变或其他差错等)时填写货运记录,并且货运记录必须在收货人卸车或提货前,通过认真检查后发现问题,经过承运单位复查确认后,由承运单位填写交给收货单位。

表3-1 铁路货运记录   编号:

_____铁路局_____站_____年_____月_____日_____所编_____号记录

一、一般情况_____

    办理种类_____货票号码_____号   于_____年_____月_____日承运

    发 站_____发 局_____   发货人_____

    到 站_____到 局_____   收货人_____

    车种车号_____标记载重_____吨   于_____年_____月_____日时_____分_____次到

      装车单位_____铅封施封单位_____个数_____卸车者_____

二、事故情况

项目	货件名称	件 数	包 装	重 量	发货人记载事项
票据原记载					
按照实际					
事故详细情况					
签订事项					

三、参加人员盖章:车站负责人_____编制人姓名_____

    收货人_____其 他_____货 运 员_____

四、附件:1.普通记录_____页 2.装载清单_____页 3.铅封_____个 4.其他_____

五、交付货物时收货人意见_____

年 月 日 铁路局 站(公章)

注:1. 每份一式三页,一页送责任调查,一页交收货人,一页留站查存。

2. 请收货人或发货人在180天内提出赔偿,同时须提出赔偿要求书,并附运单、物品清单、价格证明、发货票、调拨单等有关资料。

3. 如需同时送一个以上单位调查时,可做成不带号码的抄件。

2. 普通记录

普通记录不具备索赔的效力,仅是收货单位向有关部门交涉处理的依据,是承运部门开具的一般性证明文件,如表3-2所示,遇到下列情况时需要填写普通记录:

(1)铁路专用线自装自卸的货物发生货损、货差时;

(2)棚车的铅封印纹不清、不符或没有按照规定施封发生货损、货差时;

(3)施封的车门、车窗关闭不严,或者门窗有损坏发生货损、货差时;

(4)篷布苫盖不严实,有漏雨或其他异状发生货损、货差时;

(5)责任判明为发货单位的其他差错事故发生货损、货差时等。

表3-2 铁路货运记录   编号:

第_____次列车在_____站与_____站间_____

发站_____发局_____发货人_____

到站_____到局_____收货人_____

货票号码_____车种车型_____车号_____

货物名称_____

于____年____月____日____时____分第_____次车到站

发生的事实情况或车辆技术状态:

厂修		
段修		
轴检		轴检	

参加人员(姓名):

车站:

列车段: 单位戳记

车辆段:

其他:

                              年   月   日

注:1. 本记录一式两份,一份存查,一份交有关单位。

2. 编号由填发单位自行编排掌握。

3. 如换装整理或其他需要调查时,应作抄件送查责任公司。

以上情况的发生,责任一般在发货单位。收货单位可持普通记录向发货单位交涉处理,必要时向发货单位提出索赔要求。

3. 公路运输交接单(或三联单)

公路运输交接单是指在公路运输过程中,发生损失或差错事故,并确定其责任属于承运单位时,所编写的书面凭证,是收(发)货方向承运单位提出索赔的依据,见表3-3所示。

仓储管理

表 3-3　公路运输交接单 编号：

收货单位			送货地点	
运输单位			送货车号	
货物明细	品名	规格	数量	单价
服务质量	满意	不满意	批评与建议	
	备注：不填意见，视同满意			

制单：　　　　　　收货人：　　　　　　　年　　月　　日

【训练步骤】

步骤1：分组。将学生分为组，每组五六人为宜。

步骤2：组织接运卸货。根据训练任务的描述，组织相应的人力、物力和机械。

步骤3：分析安排作业人员。在掌握了接运卸货量的基础上，安排具体的作业人员和相关设备。

【注意事项】

(1)注意培养学生严肃认真的工作态度、良好的团队协作精神等。

(2)能客观地分析接运卸货的环境。

(3)以组为单位进行考核，以学生在实训过程中的表现为主。

【训练评价】

训练考核评分表

考评人		被考评人	
考评内容		接运卸货	
考评标准	内容	分值/分	实际得分
	组织接运	25	
	组织卸货	25	
	分析接运卸货环境	25	
	具体安排接运卸货	25	
合计		100	

注：考评满分为100分，60分以下为不及格；60~70分为及格；70~80分为中；80~90分为良；90~100分为优。

【任务练习】

一、简答题

(1)简述接运的四种方式是什么？

(2)做好货物接运业务管理的主要意义是什么？

（3）货物接运过程中事故处理的一般原则是什么？

　　二、案例分析题

　　天地华宇系世界500强企业、全球四大快递公司之一的TNT在华全资子公司。其业务涵盖公路零担运输、"定日达"快运以及整车包车等业务。凭借其覆盖全国并且是国内最大的公路运输网络，天地华宇致力于为您提供跨区域的综合运输服务。

　　天地华宇在全国550个大中城市拥有56个货物中转枢纽、1 250个营业网点、1 200条长途运输干线，致力于打造中国最强大、最快捷、最可靠的递送网络！

　　天地华宇物流公司专用接线车接到专用线到货通知后，立即确定卸货货位，力求缩短厂内搬运距离。组织好卸车所需要的机械、人员以及有关资料，做好卸车准备。车皮到达后，引导对位，进行检查，看车皮封闭情况是否良好，根据运单和有关资料核对到货品名、规格、标志和清点件数，检查包装是否有损坏或散包，检查是否有进水、受潮或其他损坏现象。在检查中若发现异常情况，应请铁路部门派员复查，做出普通或商务记录，记录内容应与实际情况相符，以便交涉。

　　卸车时要注意为货物验收和入库保管提供便利条件，分清车号、品名、规格，不混乱；保证包装完好，不碰坏，不压伤，更不得自行打开包装，应根据货物的性质合理堆放，以免混淆。天地华宇物流卸车后在货物上应表明车号和卸车日期。编制卸车记录，记明卸车货位规格、数量，连同有关证件和资料，尽快向保管员交代清楚，办好内容交接手续。存货单位或供货单位将货物直接运送到仓库储存时，应由保管员或验收人员直接与送货人员办理交接手续，当面验收并做好记录。若有差错，应填写记录，由送货人员签字证明，据此向有关部门提出索赔。

　　天地华宇物流货物接运的主要任务是及时而准确地向交通运输部门提取入库货物，要求手续清楚、责任分明，为仓库验收工作创造有利条件。因为接运工作是仓库业务活动的开始，是货物入库和保管的前提，所以接运工作的好坏直接影响货物的验收和入库后的保管保养。因此，在接运由交通运输部门转运的货物时，必须认真检查，分清责任，取得必要的证件，天地华宇物流避免将一些在运输过程中或运输前就已经损坏的货物带入仓库，造成验收中责任不清和在保管工作中的困难或损失。

　　针对此案例提供的线索，查找资料分析如下问题：

　　（1）接运卸货应该注意哪些具体的问题；

　　（2）接运卸货相应的准备工作。

任务3-3：入库验收

【任务描述】

　　远洋海运物流公司有一批物品计划7月底到达天津港，该批物资包括钢材3 000 t，电子原件20 000套，小麦1 000 t，抵港后即开始办理入库手续，请天津港工作人员做好入库验收工作。

　　要求： 分析影响入库验收的因素、做好入库验收工作。

【训练目标】

通过入库验收的训练,使学生熟练掌握货物入库验收时,需要供应商提供哪些凭证,学会验收物品的数量、质量以及具体检查验收范围和方法等。

【相关知识】

入库验收是根据合同或标准的规定要求,对货物的品质、数量、包装等进行检验查收的总称。凡是货物进入仓库储存,必须经过检查验收,只有验收后的货物方可入库保管。

一、入库验收的基本要求

货物入库不能离开验收作业,因为入库的货物是经过不同的进货渠道、运输方式运来的,中间经过了不同的生产厂商或中间商,每一个环节都有可能给货物的数量和质量带来影响。因此,需要严格做好入库验收工作,确保入库货物数量准确、质量完好。在进行货物验收时,必须做好"及时、准确、严格、经济"。

(一)及时

货物到库后必须在规定的时间期限内及时完成验收入库工作,未经验收的货物不能入账,不算入库,不能供应给用料单位。如果验收时发现货物不符合规定的要求,一定要在货物的托收承付和索赔期限内,提出退货、换货或者索赔等要求,否则供方或责任方不再承担责任,银行也将办理拒付手续。因此一定要及时验收货物,做好验收入库工作。

(二)准确

货物验收工作一定要细心准确,以货物入库凭证为依据,准确地查验并在书面材料上反映出来。只有准确验收,才能提高账货相符率,降低收货差错率。

(三)严格

货物入库验收必须严格按照验收入库的业务操作程序办事,才能保证验收的货物不出差错。

(四)经济

验收工作要提高经济性,合理安排所需的人员和设备,避免破坏原来的货物包装,以节省费用。

二、货物验收的基本流程

货物验收包括验收准备、核对凭证、确定验收比例、实物检验、做出验收报告及验收中发现问题的处理。

(一)验收准备

仓库接到到货通知后,应根据货物的性质和批量提前做好验收前的准备工作。大致包括以下内容。

1. 人员准备

验收需要仓库专门的验收技术人员或用料单位的专业技术人员、仓库调度人员以及装卸搬运人员等的相互配合,因此要提前协调这些人员的工作时间,安排好验收工作。

2. 资料准备

验收前要收集并熟悉待验货物的有关文件,包括仓储合同、订货合同、技术标准、合同未涉及但有惯例的资料等,这样有利于验收工作的顺利开展。

3. 器具准备

准备好验收用的检验工具,例如,衡具、量具等,并检验其准确性。

4. 货位准备

确定验收入库时存放货位,计算和准备堆码苫垫材料、货架等。

5. 设备、防护用品的准备

大批量货物的数量验收,必须要有装卸机械的配合,应进行设备的申请调用。此外,对于有些特殊货物的验收,例如,有毒物品、腐蚀品、放射品等,还要准备相应的防护用品。

(二)核对凭证

入库货物必须具备下列凭证。

(1)入库通知单和订货合同副本,这是仓库接受货物的凭证。

(2)提货单位提供的材质证明书、装箱单、磅码单、发货明细表等。

(3)货物承运单位提供的运单,若物品在入库前发现残损情况,还要有承运部门提供的货运记录或普通记录,作为向责任方交涉的依据。

(4)核对凭证,也就是将上述凭证加以整理全面核对。入库通知单、订货合同要与供货单位提供的所有凭证逐一核对,相符后,才可进行下一步实物验收。如果发现有证件不齐或不符等情况,要与存货、供货单位、承运单位及有关业务部门及时联系解决。

为了保证入库货物的相关单证齐全,必须要核查以上入库凭证,做到无差错、无短缺,这是实物验收所必须的。

(三)确定验收比例

1. 验收方式

货物验收方式分为全验和抽验。全验需要大量的人力、物力和时间,但是可以保证验收的质量。一般货物批量小、规格复杂,包装整齐或要求严格验收时可以采用全验。抽验的方式一般是在存货单位的信誉较高,人工验收条件有限、货物的批量大、规格和包装整齐的情况下应用的验收方式。不过,货物验收方式和有关程序应该由存货方和保管方共同协商,并通过合同中加以明确规定。

2. 验收的原则

入库货物一般批量到达且品种规格复杂,所以在较短时间内全验的困难很大,而且实际工作中,全验就完全没有必要,因此实际工作中,一般货物验收的重点都放在货物外包装是否有异状、包装标识与入库凭证是否相符等方面,以便能及时做好验收工作。对于货物包装内部的细数和质量的验收,通常是根据货物的不同特点、客户或业务部门的要求,以及仓库设备条件和人力的可能而定。这样做的主要原因是很多产品都是整批生产,每批货物的质量标准一般都比较统一,故无需全验,只要抽验一定数量的货物,具有代表性即可;仓库的资源有限,如果入库货物数量大的话,每件都开箱、拆包验收,仓库的验收人员、保管人员以及设施设备可能都不能满足;有些货物是真空压缩包装或机械打包的货物拆包后接触外界自然因素(如空气、水分、阳光等)会影响货物的质量,验收数量不宜过多,甚至不开箱更利于安全储存。所以不能全部拆包验收,抽验一定数量的货物即可。有些货物包装的技术性很强,拆包以后就不易复原,会影响最后的销售,而且拆包后接触外界自然因素(如空气、水分、阳光等)会影响货物的质量,因此全验不可能,即使抽验也不是适宜验收比例过高。

3. 验收的比例

上述已经分析,全部拆包验收所有入库货物不合适,也不实际,因此抽验的话就要研究确定合理的验收比例。抽验的比例应首先以合同规定为准,合同没有规定的,在确定验收比例时,一般考虑以下因素。

1)货物性质

各种货物都有一定的特点,例如,玻璃器皿、保温瓶胆、瓷器等容易破碎;皮革制品、副食品、海产品、水产品易霉烂变质;香精、香水易挥发减量;化工品易失效等。这些货物入库时,验收比例应大些;反之外包装完好,内容物不易损坏的物品,验收比例可以定得小些。

2)货物的价值

贵重货物,例如,精密仪器、贵重金属及其制品、工艺品等,入库时最好全验,如果不能全验,验收比例也要大些。一般价值较低,数量又大的货物,可少验。

3)生产技术条件

货物的质量会随着生产厂的技术条件、工艺水平高低的不同而不同。对于生产技术条件好,工艺水平较高,货物质量好并稳定的厂商的货物可以少验;而生产技术水平低,或手工操作,货物质量较差又不稳定的厂商的货物需要多验。

4)厂商信誉

信誉好的供应商,一旦货物质量或数量出现问题,都能积极承担赔偿或补换货,可少验,尤其对货物质量稳定的供应商可少验甚至免验。

5)包装情况

包装材料、包装技术、包装方式都会直接影响货物的质量安全和运输安全。如果包装材料使用不当、包装技术过低,或是包装方式不合适,会造成货物损坏或散失。因此收货时,对包装外在质量完好、内部垫衬密实的货物可以适当少验,反之则需多验。

6)运输条件

运输过程容易对货物造成损害,运输路线的长短、时间的长短、使用何种运输工具以及中转环节多少等,对货物质量都有不同程度的影响。如果是水路运输,因其安全性能好,对货物的损耗少,可以少验;如果是汽车运输,因其振动大、损耗多,对货物要多验;怕潮货物(如家电、金属制品、食品、洗衣粉等)经水路运输的货物应多验,而由陆路运输的货物可少验;对于直线直达而来的货物可少验,中转、分运环节多的货物,应适当多验。所以入库验收要根据具体情况具体分析才对。

7)气候变化

我国各省、市气候存在较大差异,长途转运的货物质量可能由于气候变化而受影响,即使就一地而言,一年四季气候变化对货物质量也有影响。所以,对怕热、易溶化的货物,夏天应多验;对怕潮、易溶解的货物,在雨季、霉天、南方潮湿地区应该多验;怕干裂、怕冻的货物,冬天应多验。

上述各种条件因素,其实是互为因果,互相联系的,所以在确定验收比例时要全面考虑各种因素加以判断。

(四)实物检验

所谓实物检验,就是根据入库单和有关技术资料对实物进行数量和质量检验。

项目三：入库操作

1. 数量检验

数量检验的目的是为了确保货物的数量正确,不多不少。数量检验一般在质量验收前进行,由仓库保管职能机构组织安排仓管员进行。按物品性质和包装情况,数量检验分为三种形式,即计件、检斤、检尺求积。

1)计件

计件是按件数供货或以件数为计量单位的物品,做数量验收时的清点件数。一般情况下,计件物品应全部逐一点清,运输包装(外包装)完好、销售包装(内包装)数量固定一般不拆包,只清点大包装,除非特殊情况可拆包抽查,若有问题可以扩大抽查范围,甚至全查。固定包装物的小件货物,如果包装完好,打开包装可能对保管不利,则可不拆。国内物品一般只检查外包装,不拆包检查。进口商品按合同或惯例办理。

2)检斤

检斤是按重量供货或以重量为计量单位的物品,做数量验收时的称重。货物的重量一般有毛重、皮重、净重之分。毛重是指货物重量包括包装重量在内的实重。净重是指货物本身的重量,即毛重减去皮重。我们通常所说的货物重量是指货物的净重。金属材料、某些化工产品多半是检斤验收。重量验收是否合格是根据验收的磅差率和允许磅差率的比较判断的,见表3-4所示。若验收的磅差率未超过允许的磅差率范围,则说明该批货物合格;若验收的磅差率超过允许的磅差率,则说明该批货物不合格。磅差是指由于不同地区的地心引力差异、磅秤精度差异及运输装卸损耗的因素造成的重量过磅数值的差异。包括以下几种方法:

表3-4　金属允许磅差率范围表

品种	有色金属	钢铁制品	钢材	生铁、废钢	贵金属
允许磅差率	±1‰	±2‰	±3‰	±5‰	±0‰

(1)称重法。

称重是指对非定量包装的、无码单的货物进行打捆、编号、过磅和填制码单的一种验收方法。磅码单见表3-5所示。

表3-5　磅码单

供货单位_____　　品　　名_____

合同编号_____　　型号规格_____

序号	重量	序号	重量	序号	重量
1		6		11	
2		7		12	
3		8		13	
4		9		14	
5		10		合计	

实际磅差率 = (实际重量 - 应收重量)/应收重量×1 000‰

　　索赔重量 = 应收重量 - 实收重量

(2)抄码复衡抽验法。

抄码复衡是指对定量包装、附有码单的货物(例如,机电产品),按合同规定的比例抽取一定数量货物过磅的验收方法。

$$抽验磅差率 = (\sum 抽验重量 - \sum 抄码重量) / \sum 抄码重量 \times 1\,000‰$$

$$索赔重量 = 抽验磅差率 \times 应收总重量$$

（3）扣除平均皮重法。

扣除平均皮重是指以一定的比例将包装拆下过磅，求得包装物的平均重量，然后再将未拆除包装的货物过磅，从而求得该批货物的全部皮重和毛重。在用这种方法时，一定要合理选择应拆包装物，使净重更趋准确。

（4）除皮核实法。

除皮核实是指选择部分货物分开过磅，分别求得货物的毛重和净重，再与包装上标记的重量进行核对。核对结果为超过允许差率，即可依其数值计算净重。

（5）约定重量法。

约定重量是指存货单位和保管单位在签订《仓储保管合同》时，双方对货物的皮重按习惯数值有所约定，则可遵从其约定净重。

（6）整车复衡方法。

整车复衡是指大宗无包装的货物，如生铁、煤、砂石等，检验时要将整车引入专用地磅，然后扣除空车重量，即可求得货物的净重。

（7）理论换算法。

理论换算适合于定尺长度的金属材料等，见表3-6所示。

表3-6　常用钢材每米重量计算表

材料名称	理论重量（$W/kg \cdot m^{-1}$）	备注
扁钢、钢材、钢带	$W = 0.007\,85 \times 宽 \times 厚$	1. 角钢、工字钢和槽钢的准确计算公式很繁，表列简式用于计算近似值
方钢	$W = 0.007\,85 \times 边长^2$	
圆钢、线材	$W = 0.006\,17 \times 直径^2$	2. f 值：一般型号及带 a 的为 3.34，带 b 的为 2.65，带 c 的为 2.26
六角钢	$W = 0.006\,8 \times 对边距离^2$	
八角钢	$W = 0.006\,5 \times 对边距离^2$	
钢管	$W = 0.024\,66 \times 壁厚（外径 - 壁厚）$	3. e 值：一般型号及带 a 的为 3.26，带 b 的为 2.44，带 c 的为 2.24
等边角钢	$W = 0.007\,85 \times 边厚（2 宽 - 边厚）$	
不等边角钢	$W = 0.007\,85 \times 边厚（长边宽 + 短边宽 - 边厚）$	4. 各长度单位均为 mm
工字钢	$W = 0.007\,85 \times 腰厚[高 + f（腿宽 - 腿厚）]$	
槽钢	$W = 0.007\,85 \times 腰厚[高 + e（腿宽 - 腿厚）]$	

仓库重量验收过程中，要根据合同规定的方法进行，为防止认为的因素造成磅差，一旦验收方法确定后，出库时必须用同样的方法检验货物，这就是进出库货物检验方法的一致性原则。

3）检尺求积

检尺求积是对以体积为计量单位的货物，先检尺、后求体积所做的数量验收，例如，木材、竹材、砂石等。一般情况下，按重量供货的要全部检斤，理论上重量供货要全部检尺，再换算成重量，以实际检验结果的数量为实收数。

2. 质量检验

质量检验包括外观检验、尺寸检验、机械物理性能检验和化学成分检验四种形式。仓库一般只做外观检验和尺寸精度检验,后两种检验如果有必要,则由仓库技术管理职能机构取样,委托专门检验机构检验。

1)货物的外观检验

外观检验是指通过人的感觉器官检验货物的包装外形或装饰有无缺陷;检查货物包装的牢固程度;检查货物有无损伤,例如、撞击、变形、破碎等;检查货物是否被雨、雪、油污等污染,有无潮湿、霉腐、生虫等。这种通过直接观察货物包装或货物外观来判别质量的检验方法,就是通常我们所说的外观检验,这样可以大大简化仓库的验收工作,从而节省大量的人力、物力和时间。如果货物的外观有缺陷,应该填写"检验报告"。

2)货物的尺寸检验

需要进行尺寸精度检验的货物主要是金属材料中的型材、部分机电产品和少数建筑材料。尺寸精度检验是一项技术性强、很费时间的工作,如果所有货物全部检验,那么工作量会很大,并且有些物品质量的特性只有通过破坏性的检验才能测到,所以一般采用抽验方法进行。不同的货物其检验方法不同,要根据货物的特点去选择合适的方法,例如,板材主要检验厚度及其均匀度,管材主要检验壁厚和内径,椭圆材主要检验直径和圆度,而部分机电产品的检验,一般请用料单位派员进行。

3)理化检验

理化检验是对物品内在质量和物理化学性质所进行的检验,主要是对进口货物进行理化检验。因为仓库一般不具备对货物进行理化检验的条件,所以由专门的技术检验部门进行。如羊毛含水量的检测、药粉含药量的检测、花生含黄曲霉的检测等。

交货时的入库检验是很必要的,虽然供货单位检验过货物,但是可能会因为运输条件不好,或因为货物本身质量不稳定等原因,会导致货物质量发生变化,因此在某些特殊情况下,尚请需方派员到供货单位检验货物。

(五)做出验收报告

验收人员验收时要认真填写仓库货物验收的相关记录,并做出书面验收报告,如表3-7所示,并及时向主管部门及存货单位反映,以便查询处理。

表3-7　仓库货物验收报告　　　　编号:

供货商		订单号或合同号				验收员		
运单号		车号				验收日期		
发货日期		到货日期				复核员(日期)		
序号	储位号	物品名称	规格型号	物品标号	包装单位	应收数量	实收数量	盈亏

(六)入库中的问题处理

货物验收中,可能会发现诸如单证不齐、数量短缺、质量不符合要求等问题,应区别不同情况,及时处理。可能遇到的问题以及处理办法如下。

（1）货物入库凭证不齐，应及时向供货单位索取，到库物品应作为待检验物品堆放在待验区，待单证到齐后再进行验收。单证未到之前，不能验收，不能入库，更不能发料。

（2）验收中发现问题等待处理的货物，应该单独存放，妥善保管，防止混杂、丢失、损坏。

（3）货物入库过程中，有可能会出现数量不符的情况，其原因有可能是发货方在发货过程中出现了差错，误发了商品，或者是在运输过程中漏装或丢失了物品等。不论是何原因，应有收货人与相关人员在凭证上做好详细记录并签字，按实际数量签收，并通知发货人。但是如果数量短缺在规定的磅差范围内，可按原数入账；凡超过规定磅差范围的，应查对核实，做好验收记录和磅码单，在规定期限内交主管部门会同货主向供货单位办理交涉。凡实际数量多于原发数量的，可由主管部门向供货单位退回多发数，或补给货款。

属承运部门造成的物品数量短少或外观包装严重残损等，应凭接运提货时索取的"货运记录"向承运部门索赔。

（4）货物入库过程中，有可能会出现质量不符的情况。如果质量不符合规定时，要会同有关人员当场做出详细记录，交接双方应在记录上签字。另外，仓库人员还应及时向供货单位办理退货、换货交涉，或征得供货单位同意代为修理，或在不影响使用前提下降价处理。

（5）物品规格不符或错发时，应先将规格对的予以入库，规格不对的要详细做好验收记录并交给主管部门处理。

（6）价格不符，供方多收部分应予拒付，少收部分经过检查核对后，应主动联系及时更正。

（7）"入库通知单"或其他单证已到，在规定的时间未见物品到库时应及时向有关部门反映，在处理问题时，应及时填写"问题物品处理记录单"，如表3-8所示。以便查询处理。

表3-8　问题物品处理记录单

常见问题处理	数量溢于	数量短少	品质不合格	包装不合格	规格品类不符	单证与实物不符
通知供货方						
按实数签收						
维修整理						
查询等候处理						
改单签收						
拒绝收货						
退单、退货						

三、办理交接手续

交接手续是指仓库对收到的货物向送货人进行的确认，表示已经接受货物。交接手续办完，就意味着责任划分清楚。完整的交接手续包括如下过程。

（一）接受货物

仓库通过理货、查验物品，将不良物品剔除、退回或者编制残损单证等明确责任，确定收到货物的确切数量、货物表面状态完好。

（二）接受文件

接受送货人送交的货物资料、运输的货运记录以及随货在运输单证上注明接受的文件名称、文号等，如图纸、准运证等。

（三）签署单证

仓库与送货人或承运人共同在送货人交来的送货单、交接清单上签字，并留存相应单证。

若送货单与交接清单不一致或物品、文件有差错时,还应附上事故报告或说明,并由有关当事人签章,待处理。

【训练步骤】

步骤1:分组。将学生分成几个小组,每组三四人为宜。
步骤2:学习相关知识,讨论入库验收的具体方法。
步骤3:组织验收。按照分工验货入库。
步骤4:验收过程的问题处理。
步骤5:总结验收过程。

【注意事项】

(1)入库工作需要考虑很多方面的内容,注意培养学生协调能力和与人沟通的能力。
(2)培养学生做事细心认真的态度。

【训练评价】

训练考核评分表

考评人		被考评人		
考评内容		接运卸货		
考评标准	内容		分值/分	实际得分
	熟练掌握并应用入库验收的知识		40	
	确定入库验收的具体范围和方法		25	
	入库中问题处理		20	
	办理交接手续		15	
合计			100	

注:考评满分为100分,60分以下为不及格;60~70分为及格;70~80分为中;80~90分为良;90~100分为优。

【任务练习】

一、简答题
(1)简述货物验收工作的内容。
(2)实物检验一般需要检验哪些内容?

二、案例分析题

襄樊市粮食局为加强省级储备粮油管理,确保入库粮油数量真实、质量良好,特制定入库验收的办法。

(1)省级储备粮油的轮换入库验收工作由省粮食局统一组织实施。

(2)各省级储备粮油承储企业在省级储备粮油轮换入库完成后,需及时向省粮食局提出对已轮入储备粮油的验收申请。

(3)省粮食局在收到有关承储企业的轮换验收申请后,要及时委托省粮油质检站对新轮换入库的粮油质量进行质量检验,并出具质检报告。质检报告要及时报省粮食局调控处并抄送被检验企业。

（4）具体检查验收范围和方法如下。

1. 储备粮油数量的核实

根据省粮食局批复同意各承储企业的轮换文件，核定轮换的品种和数量。

通过核对账目与实物测量相结合的办法核实实际入库数量。

核对账目方法：根据省级储备粮油的轮入时间，对承储企业省级储备粮油的统计账、会计账、保管账和银行台账进行核实，确定入库数量。

实物测量方法：通过测量粮食容重和粮堆体积的办法，计算出粮食的重量。测量容重和体积时要按照国家清仓查库的方法进行。测量出的粮食数量与实际数量进行核对，误差在3%以内的，其实际入库数量有效。

粮食重量计算公式：粮食重量＝粮食容重×粮堆体积。

2. 储备粮油质量的核实

所有省级储备粮食的质量必须符合国标中等（即等级为三级）或中等以上质量标准。即小麦国标中等的水分在12.5%以内，杂质在1.0%以内，不完善粒在6.0%以内，储藏品质为宜存；籼稻国标中等的水分在13.5%以内，杂质在1.0%以内，出糙率大于等于75%，整精米率大于或等于44.0%，储藏品质为宜存。承储企业在入库完成后，要对轮入粮油的质量进行自检并记录检验结果。省粮食局进行质量验收时，以省粮油质检站的检验报告为依据，报告确认质量合格即质量达标。

3. 储备粮油有关管理制度的考核

各省级储备粮承储企业要建立健全储备粮的各项管理制度。对储备仓库的确定、储备粮的出入库、安全保管、质量管理、台账管理、离任交接、档案管理及统计、会计等环节都要建立相应管理制度，完善业务手续，规范操作程序，切实做到"一符、三专、四落实"，各项任务责任到人，奖惩兑现。保证省级储备粮的账账、账实相符和安全储存。

4. 储备粮油入库验收的结论

省级储备粮食入库验收主要检查粮食的品种、数量、质量、价位，同时对有关管理情况进行检查。对因数量、质量、价位出现问题，管理制度不规范的，不能作验收合格的结论。

验收时，验收人员和承储库点都要如实填报《湖北省省级储备粮（油）入库验收情况表》。验收完成后，验收人员和承储企业有关人员要在《湖北省省级储备粮（油）入库验收情况表》上签署验收结论。

（5）各承储企业在省级储备粮验收前需做的准备工作。

各省级储备粮油承储企业在申请省级储备粮油轮换入库验收时，要提前准备好一套《省级储备粮油轮换入库验收报告书》，主要包括以下内容。

①《湖北省省级储备粮（油）入库验收情况表》。

②关于轮换工作的有关文件。包括各企业上报省局的有关轮换文件及省局批复的文件、各库点申请验收的报告、本批验收储备粮油的轮换情况报告、其他有关轮换政策文件。

③由省粮油质检站出具的到仓粮食质量检验报告及由各承储库点自查的粮食质量情况表。

④省级储备粮的统计账、会计账、保管账。包括到仓的入库明细、分仓统计、保管台账，会计、统计、保管报表，本次轮换财务盈亏状况（平均购、销价格，购、销费用）等。

⑤省级储备粮的还贷及贷款凭证。

项目三：入库操作

⑥有关管理制度。

⑦各库点要准备一个测量粮食容重的 0.5 m³ 的木盒。

⑧承储库点的所有仓库平面图。省级储备粮油的储存仓库要有明显标记。

⑨承储省级储备粮的粮堆具体尺寸及自测体积、容重。要写明粮堆的体积运算公式和具体数据运算公式及结果。

《省级储备粮油轮换入库验收报告书》的封面下方要打印企业全称及时间,并加盖企业公章。报告书要求打印内容目录。报告书一式三份,省粮食局检查组二份,企业存档一份。

仔细阅读案例提供的线索,查找资料分析如下问题:

①商品入库验收前需要提供哪些凭证;

②物品入库验收时,应该注意核查哪些具体内容;

③物品验收中,可能会发现诸如单证不齐、数量短缺、质量不符合要求等问题,应该如何处理。

任务 3－4:入库信息处理

【任务描述】

顺达食品公司是一家生产罐头的公司,主要生产水果罐头。该公司与某仓储中心签订了仓储合同,每个月都有产品送往该仓储中心,仓储中心工作人员都要相应做好入库信息处理工作,以避免发生经济纠纷。

要求:学生模拟填制及签发入库单证,包括入库申请单、货物验收单、入库通知单、货卡、货物明细账、客户资料档案等。

【训练目标】

通过入库信息处理的训练,使得学生能够填制、签发、使用仓储流程中入库相关单证等。

【相关知识】

入库时需要做好入库信息的处理工作,包括登账、立卡、建档等工作,这是货物入库阶段的一个重要环节。

一、登账

货物入库时,除了仓库的财务部门有货物账,凭以结算外,保管业务部门也要建立货物的明细账,登记物品入库、出库、结存情况,用以记录库存物品动态和出入库过程。财务部门一般只以货物大类记账,而货物保管部门负责货物明细账目的管理,明细账目登账的主要内容有:物品名称、规格、数量、件数、累计数或结存数、存货人或提货人、批次、入库时间、保质期、金额、注明货位号,接(发)货经办人。

二、立卡

"卡"是指"料卡",又称为货卡、货牌。"立卡"是指物品入库或上架后,将物品名称、规格、数量或出入库状态等内容填在料卡上,插放在货架上或货垛的正面明显位置。一般由负责该货物保管的人员填制。

三、建档

仓库应对所接收仓储的货物或者委托人建立存货档案或者客户档案,以便货物管理和保持客户联系,也为将来可能发生的争议保留凭据。货物档案应一货一档设置,将该货物的各种技术资料(包括货物技术证明、合格证、装箱单、磅码单、发货明细等)、运输、入库、保管等相应单证(包括货运记录、入库通知单、验收单等)等的原件或者附件、复印件存档。存货档案应统一编号,并在档案上注明货位号,同时在货物保管明细账上注明档案号以便查阅。另外档案要妥善保管,其保管期限可根据实际情况决定,其中有些如货物储存保管的试验材料、库内温湿度记载资料等应该长期保存。

四、提货凭证(仓单)

仓库在接收物品后,根据合同的约定或者存货人的要求,及时向存货人签发仓单(如图3-9所示),并作为提货时的有效凭证。如果有特殊情况,可在单据的备注栏详细注明,并且签字或加盖公章,在存储期满,根据仓单的记载向仓单持有人交付物品,并承担仓单所明确的责任。

表3-9 仓单

存货人:　　　　储存场所(仓库):　　　　填发日期:

品名		数量			重量		
物品的物理特性			物品的化学特性				
包装物		储存件数			储存期限	年　月　日至年　月　日	
在库记录			出库记录				
仓储费率(%)			仓储费用(元)		小写		
					大写		
技术资料			押金(元)		小写		
					大写		
储存物品保价金额(元)		小写					
		大写					
投保何险种			保险金额(元)				
保险期间		保险人			被保险人		
储存物品标记			储存物品条码			贴条码处	
仓储物品的损耗标准							
需要说明的问题							

收货人(填发人)　　　提货人　　　审核　　　复核

签发仓单标明保管人已接受了仓单上所记载的仓储物;仓储保管人凭已返还保管物的凭证;仓单是确定保管人和仓单持有人、提货人责任、权利和义务的依据;同时仓单还是仓储合同的证明。仓单由保管人提供。仓单簿为一式两联,第一联为仓单,在签发后交给存货人;第二联为存根,由保管人保存,以便今后核对仓单。《合同法》规定仓单的内容包括下列事项:

项目三：入库操作

(1)存货人的名称或者姓名、住所；

(2)仓储物的品名、数量、质量、包装、件数和标记；

(3)仓储物品的耗损标准；

(4)储存场所；

(5)储存期间；

(6)仓储费或费率；

(7)仓储物的保险金额、期间以及保险人的名称；

(8)填发人、填发地和填发日期。

【训练步骤】

步骤1：分组。将学生分成几个小组，每组4人为宜，让学生拟订所列出的入库单证。

步骤2：让学生应用编制好的单证模拟签发的过程。

步骤3：让每组挑选出两份最完整的单证进行讲解并演示其签发过程及单证的功能。

【注意事项】

(1)通过训练，让学生清楚认识到货物入库验收工作的重要性及各种验收细节。

(2)以组为单位进行考核，考核成绩综合反映学生在实训过程中的表现等。

(3)教师要跟踪指导学生实训，但要以学生为主，教师为辅。

【训练评价】

训练考核评分表

考评人		被考评人		
考评内容	入库信息处理			
考评标准	内容		分值/分	实际得分
	登账		30	
	立卡		30	
	建档		30	
	能积极参与团队的工作任务		10	
	合计		100	

注：考评满分为100分，60分以下为不及格；60~70分为及格；70~80分为中；80~90分为良；90~100分为优。

【任务练习】

一、简答题

(1)入库信息处理要做哪些工作？

(2)办理入库手续的程序是什么？

(3)《合同法》规定仓单的内容包括哪些事项？

二、案例分析题

大连恒新零部件制造公司(以下简称恒新公司)，隶属于大连市政府，是大连市50家纳税大户之一。作为大连市重点企业，恒新公司原材料需求很大，每年采购额约4亿元，所以如何对库存进行管理和控制对企业的发展至关重要。

恒新公司在总结多年实践经验的基础上,制定出下述的出入库管理制度,取得了良好的效果。

（一）验货接运

到货接运是配件入库的第一步。它的主要任务是及时而准确地接收入库配件。在接运时,要对照货物运单认真检查,做到交接手续清楚,证件资料齐全,为验收工作创造有利条件。避免将已发生损失或差错的配件带入仓库,造成仓库的验收或保管出现困难。

（二）验收入库

凡是入库的配件,都必须经过严格的验收。物资验收是按照一定的程序和手续,对物资的数量和质量进行检查,以验证它是否符合订货合同的一项工作。验收为配件的保管和使用提供可靠依据,验收记录是仓库对外提出换货、退货、索赔的重要凭证。因此,要求验收工作做到及时、准确,在规定期限内完成,要严格按照验收程序进行。验收作业程序是:

验收准备——→核对资料——→实物检验——→验收记录

（1）验收准备。搜集和熟悉验收凭证及有关订货资料,准备并校验相应的验收工具,准备装卸搬运设备、工具及材料;配备相应的人力,根据配件数量及保管要求,确定存放地点和保管方法等。

（2）核对资料。凡是入库的零配件,应具备下列资料:入库通知单;供货单位提供的质量证明书、发货明细表、装箱单;承运部门提供的运单及必要的证件。仓库需对上述各种资料进行整理和核对,无误后即可进行实物检验。

（3）实物检验。主要包括对零配件的数量和质量两个方面的检验。数量验收是查对所到配件的名称、规格、型号、件数等是否与入库通知单、运单、发货明细表一致。需进行技术检验确定其质量的,则应通知企业技术检验部门检验。

（4）验收记录。如果配件验收准确无误,相关当事人在入库单上签字,以确定收货。如果发现配件验收有问题,则应另行做好记录和签字,并且交付有关部门处理。

（三）办理入库手续

经验收无误后即可办理入库手续,进行登账、立卡、建立档案,妥善保管配件的各种证件、账单资料。

（1）登账。仓库对每一品种规格及不同级别的物资都必须建立收、发、存明细账,它是及时、准确地反映物资储存动态的基础资料。登账时必须要以正式收发凭证为依据。

（2）立卡。立卡是一种活动的实物标签,它反映库存配件的名称、规格、型号、级别、储备定额和实存数量。一般是直接挂在货位上。

（3）建档。历年来的技术资料及出入库有关资料应存入档案,以备查阅,积累零配件保管经验。档案应一物一档,统一编号,以便查找。

针对此案例提供的线索,查找资料分析如下问题:办理入库手续的程序是什么?

【扩展知识1】货物的编码

仓库储存货物时,为了方便识别货物,必须要对货物进行编码和分类,将货物按一定的标准进行有序编排,并用简明文字、符号或数字来代替货物的"名称"、"类别"等。对货物的分类与编码还有利于仓库信息化的实施。

货物编码的方法很多,在仓库管理中可以采用的有以下几种编码方法。

一、顺序编码法

顺序编码法是将阿拉伯数字或英文字母按顺序往下编排,该方法简单易懂,使用方便,而且没有过多的特殊要求,但是该法编写的代码本身不带有任何货物的信息,如图3-10所示。

表3-10　顺序编码法

代码	货物名称
1	彩电
2	手机
3	插头
⋮	⋮
N	冰箱

二、分组编码法

分组编码法是将货物按其特性进行分组,然后用数字表示各组的特性。该方法简单易懂,且便于计算机管理,故在仓库管理中使用较广,如图3-11所示。

表3-11　分组编码法

货物编码	类别	供应商	颜色	尺寸	内容
	06				布料
		019			五四厂家
0601908012			08		橙色
				012	100×400

三、数字分段法

数字分段法使用也比较广泛,它将每一段数字代表某一类具有共同特性的货物,如图3-12所示。

表3-12　数字分段法

代码	名称
1～50	国内供应商
51～100	国外供应商

四、后数位编码法

后位数编码法就是在将货物分类编码的基础上,再在同类货物后面进一步分类编码的方法,如表3-13所示。

表3-13　后数位编码法

代码	含义
12.22	国内供应商(12)·钢材(2)·型材(2)
12.23	国内供应商(12)·钢材(2)·板材(3)

五、实际意义编码法

实际意义编码法就是根据货物的特性对货物进行编码。根据实际意义的编码可以直接看出货物的相关信息,如表图3-14所示。

表 3-14　实际意义编码法

代码	含义
SDQZ165C3	顺达公司(SD)·裙子(QZ)·尺寸(165)·货架(C)·层数(3)

六、暗示编码法

暗示编码法是指由编码可以暗示出货物的内容等相关信息,此法可以防止信息外泄,如表3-15所示。

表 3-15　暗示编码法

代码	含义
BYWB12	自行车(BY)·白色(WB)·型号(12)

【扩展知识2】仓储多种单据样例

表 3-16　到货交接单

编号:　　　　　　　　　　　　　　　　　　　　　　　　日期:　年　月　日

收货人	发站	发货人	货物名称	标志标记	单位	件数	重量	货物存放处	车号	运单号	提科单号
备注											

提货人:　　　　　　　　　　　经办人:　　　　　　　　　　　　　接收人:

表 3-17　货物验收单

订单编号:　　　　　　　　验收单编号:　　　　　　　　填写日期:

货物编号	品名	订单数量	规格符合		单位	实收数量	单价	总金额
			是	否				
是否分批交货	□是 □否	检查	抽样__%不良 全数__个不良		验收结果	1. 2.	验收主管	验收员
总经理	财务部			仓储部				
	主管	核算员		主管		收货员		

表 3-18　入库检验单

编号:

货物名称		型号/规格	
供方		进货日期	
进货数量		验证数量	
验证方式			
验证项目	标准要求	验证结果	是否合格

项目三：入库操作

检验结论	□合格　　□不合格		
复检记录	1. 2.		
检验主管		检验员	日期
不合格品处置方法	□拒收　　□让步接收　　□全检		
	批准		日期
备注	对于顾客的货品,其不合格品处置由顾客批准		

表 3-19　入库验收报告单

编号：　　　　　　　　　　　　　　　　　　　　填写日期：　　年　　月　　日

入库名称		数量	
验收部门		验收人员	
验收记录		验收结果	□合格 □不合格
入库记录	入库单位	入库部门	
	主管经办	验收主管	验收专员

表 3-20　物品入库日报表

编号：　　　　　　　　　　　　　　　　　　　　入库日期：　　年　　月　　日

物品检查人			物品入库记录人			
物品名称	生产厂家	规格	入库数量	单价	总金额	仓库位置

表 3-21　入库通知单

通知日期：　　年　　月　　日

日期	到货日期		供货单位		收货人	
	入库日期		合同单位		储位	
	验收日期		运单号		入库单号	

表 3-22　物料入库详细信息

物料编号	物料名称	计量单位	数量					质量	价格		说明
			交货	多交	少交	退货	实收		购入	基本	

仓储管理

项目四

库内操作

任务 4-1:仓库的分区分类及货位安排

【任务描述】

某制药厂准备在厂内筹建一个库区面积为 3 990 m²(95 m×42 m)的新仓库,主要用来存放含片剂、粉剂和针剂在内的成品药。

该仓库保管物品的规格品种如下。

(1)品种规格:

①共 100 个品种,129 个规格;

②常年生产的品种 72 个,规格 87 个;

③一个月中生产的品种规格 23 个。

(2)日入出库量:最多 11 925 箱,最少 5 364 箱。出入库作业以批次作业为主,拣选作业较少。

(3)每箱重量:最大 30 kg,最小 11 kg。

(4)外包装形式上使用的纸箱尺寸规格有 120 多种:

①最大纸箱为 900 mm ×500 mm ×200 mm;

②最小的为 315 mm ×278 mm ×200 mm。

要求:对仓库进行合理分区,并根据保管物品的规格和种类安排货位,最后确定积载单元。

【训练目标】

通过学习仓库的分区和货位安排的基本知识,使学生学会根据仓库及库内储存物品的要求对仓库进行合理分区和划分货位。

【相关知识】

一、仓库总体规划

仓库总体规划就是根据现代仓库总体设计的要求,科学地解决生产和生活两大区域的布局问题,如生产作业区、办公区、生活区等,在规定的范围内进行统筹规划、合理安排,最大限度地提高仓库的储存和作业能力,并降低各项费用。也就是说要在已选定的区域内,全面合理地布局仓库的主要建筑物,包括库房、料棚、装卸站台、料场、附属建筑物、铁路专用线和库区道路等。

(一)仓库库区规划

一般情况下,仓库库区主要包括生产作业区、辅助生产区、行政生活区及其他区域。

1. 生产作业区

仓储作业的主要场所就是生产作业区,因而它是库区的主体部分。主要包括库房、料棚、露天货场、铁路专用线、道路和装卸站台等。库房用来存放需要隔热保温、保养条件要求较高的物资,如化工材料、机电产品等。货场用来存放大型或不需要在库房内存放的物资,如木料、生铁等。料棚用来存放不适合露天存放,又不需要在库房内存放或保管条件要求不太高的物资。铁路专用线并不是所有的仓库都有,如果有条件铺设铁路专用线,那么就可以享受专用线运输能力大、安全快速的优点。库区道路是货物的运输通道,要通畅、简洁,有足够的宽度。装卸站台是火车或汽车装卸货物用的建筑平台,在港口使用码头。站台高度要与铁路货车车厢底面或汽车车厢底面高度相等,以便于叉车作业;站台的宽度和长度要根据作业方式和作业量大小而定。

仓库作业区按工作性质还可以进一步分为装卸作业区、储存作业区和货场等。储存作业区应布置在库内主要干道与装卸作业区之间,并且要考虑储存区的周转性库房与储备性库房应分组均衡布置问题,既要保证储存区的物资出入库方便顺畅,又要避免周转性库房过分集中造成车辆阻塞和相互干扰。

2. 辅助生产区

辅助生产区虽然不直接参与仓储作业,却是完成仓储作业所必需的,它包括机修车间、车库、包装间、配电室等。辅助生产区在保证仓库安全的前提下应尽量减少占地面积,其位置一般在生产作业区与行政生活区之间仓库的一角,以便为生产作业区服务。

3. 行政生活区

行政生活区一般设在仓库入库口附近,便于业务接洽和管理,它包括办公区、食堂、值班宿舍等。为了保证仓库的安全及行政办公和居民生活的安静,行政生活区应与生产作业区和辅助生产区隔开,并保持一定距离。

4. 其他布置

建筑物的间距在符合防火规定的前提下,力求紧凑合理。库区要设置消防水管、排水系统,在多雨和沿江、沿海地区要有防汛、防涝设施;办公生活区及建筑物间要有绿化带;围墙的高度要满足防盗要求,同时应设实体围墙。

表4-1　仓库各区域功能

功能区	主要功能
生产作业区	进行仓储相关作业活动,包括货物的收货验收作业、储存作业、装卸搬运作业、加工作业、发货作业等
辅助作业区	为生产作业区进行服务的区域,包括机修车间、车库、包装间、配电室等
行政区	处理业务接洽和管理事务
其他区域	仓库的服务设施,包括绿化带、消防管道、排水系统等

(二)仓库库区规划的原则

1. 应有利于货物储存保管

储存保管是仓库的基本功能,库区规划要为货物的储存保管创造良好的环境,提供适宜的

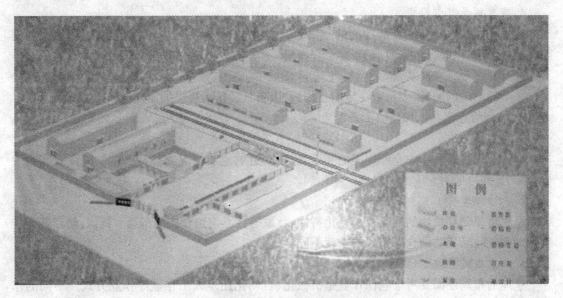

图 4-1 某仓库平面图

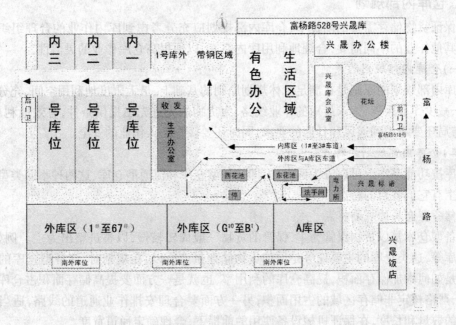

图 4-2 某仓库布局图

条件,合理确定库房的位置和朝向。

2.应有利于实现作业的优化

仓库库区的规划要有利于实现仓储作业的优化,例如,缩短搬运距离,提高装卸搬运的机械化、自动化程度等。

3.应有利于仓库安全

仓库布局要符合消防规定,要有防火、防盗、防水、防爆设施,同时要为发生意外险情时创造便利的援救条件。

4.应有利于节省投资

在保证能够实现仓库全部功能的基础上,尽量节省资金。另外,辅助设施如专用线和道路、供电、供水、供暖、排水、通信等,要合理布局。

5.应有利于将来发展

在节约用地的同时,要预留一定的备用地,以备日后扩大规模的需要。

(三)影响仓库库区规划的主要因素

1.周围环境

仓库布局时还要考虑仓库周围的环境,包括附近的地质情况、交通条件、供应商及客户的分布等,这些可能对仓库的布局会产生影响。

2.货物种类

仓库将要储存货物的种类及其理化特性、数量等会影响到仓库的布局。例如,储存普通货物和储存危险品货物的仓库布局要求就不同。

3.作业方式

仓库的布局还需要考虑仓储作业是机械化、自动化还是人工作业等作业方式。不同的作业方式对仓库的布局都有某些方面不同的要求。

二、仓库内部规划

在保证货物储存需要的前提下,仓库内部规划应充分考虑到库内作业的合理组织、协调、储存和其他作业的不同需要,合理地利用库内空间,以便提高仓库作业的灵活性。

(一)仓库内部规划的原则

仓库内部规划的原则是在满足总体规划原则的基础上,最大限度地利用空间,充分利用仓库面积,减少作业距离,力求最短的作业线路,为货物的先进先出提供条件,有效地利用时间。此外,布局还要考虑到通风和日照的要求,同时还要注意工人作业的安全。

(二)仓库内部规划的特点

仓库按功能基本上可以分为两大类,即储备型仓库和流通型仓库,这两种不同类型的仓库在规划上有它们各自的特点。

1.储备型仓库的规划特点

储备型仓库是以货物保管为主,保管的货物一般周转较慢,以整进整出为主。例如,战略储备仓库等,这类仓库的主要任务是增加货物储存量。所以,在规划时,储备型仓库的规划重点应该是如何增加储存面积,提高仓库的利用率,也就是一方面要提高储存面积占仓库总面积的比例,严格核定非储存区域的占用面积;另一方面要合理安排作业通道的线路,适当减少作业通道的数量和长度,在保证机械设备使用的前提下,合理确定通道宽度。

2.流通型仓库的规划特点

流通型仓库与储备型仓库不同,它是以货物收发为主,储存的货物周转较快,频繁地进行入出库作业,例如,批发零售仓库、中转仓库等。这类仓库布局时要充分考虑提高出入库作业的效率,以便满足大量货物经常进行入出库作业的需要。此类仓库应缩小储存面积,增加拣货及出库作业区的面积。通过合理确定仓库的面积,可以避免出库场地过于狭小,作业拥挤,降低作业效率。同时要为货物及时补充到出货区创造条件,以相对增加储存面积。

(三)货位管理

与传统仓储管理相比,现代仓储管理是一种动态管理,它重视货物在库内的数量及位置的变化,重视如何与其他仓储作业相配合,重视仓储的时效性。

货位管理就是利用货位来使货物处于"被保管状态",并且能够明确显示所储存的位置,同时当货物的位置发生变化时能够准确记录,使管理者能够随时掌握货物的数量、位置以及去向。

1.货位管理的原则

货位管理与其他管理一样,必须遵循一定的原则,其基本原则有以下三个。

1)货位标识明确

储存区域要按货物的性质划分区域,每个区域要加以编号。编号位置要明确,不可以是边界含糊不清的位置,例如,走道、楼上、角落或某货物旁等。必须注意的是,仓库的过道不能存放货物,不能作为货位使用,即使短时间内的储存也不行,这样会影响货物的进出作业。

2)货物定位有效

每种货物的储存都要根据货物保管方式的不同来确定其合适的储存单位、储存策略、分配规则等,把货品有效地配置在先前所规划的储位上,例如,是冷藏的货物就该放进冷藏库,流通速度快的货物就该放置在靠近出口处,香皂就不应该和食品放在一起等。

3)变动更新及时

货物存储到货位以后,可能因为拣货取出或是其他作业的影响,其储存位置或数量会发生变化,因此必须及时地把变化情形加以记录,以便记录与实物数量能够相符,便于以后的管理。货物的储存变动是否能够及时得到更新是目前仓库储位管理作业成败的关键所在。由于此项变动登录工作非常繁琐,仓库管理人员在繁忙的工作中会产生惰性,使得这个原则成为进行储位管理中最困难的部分。

2.货位管理的对象

货位管理的对象分为保管货物和非保管货物两部分。

1)保管货物

需要在仓库的储存区域进行保管的货物就是保管货物。这类货物有可能以托盘、箱、散货或其他方式进行保管,而且在装卸搬运、拣货等方面有的还有特殊要求,但是这些货物都需要用货位管理的方式加以管理。

2)非保管货物

非保管货物主要包括包装材料、辅助材料、回收材料等。

(1)包装材料。

现代商业企业为了促进销售的目的,通常会要求仓库对即将要销售的商品进行贴标签、重新包装、组合包装等流通加工,因此包装材料的需求就会增大,必须要对这些材料加以管理。如果管理不善,欠缺情况发生,将影响整个作业的进行。

(2)辅助材料。

辅助材料就是一些托盘、箱、容器等搬运器具。为了提高搬运的效率,仓库对标准化的流通器具的需求愈来愈大,依赖也愈来愈重。为了不影响货物的搬运,就必须对这些辅助材料进行管理,制定专门的管理办法。

(3)回收材料。

回收材料就是经补货或拣货作业拆箱后剩下的空纸箱。这些纸箱形状不同,大小不一,而且数量较多,保管作业如果做不好,容易造成混乱,进而影响其他作业。所以能够回收利用的空纸箱必须划分一些特定储位来对这些回收材料进行管理。

3. 货位管理的要素

货位管理的要素有货位空间、货物、人员及储放、搬运设备与资金等。

1）货位空间

仓库按功能分类，可分为仓储型仓库和流通型仓库。对于仓储型仓库，货位空间的分配主要是仓库保管空间的储位分配；而对于流通型仓库，货物空间的分配主要是为便于拣货及补货而进行的储位分配。在货位分配时，要想确定储位空间，就必须先考虑空间大小、柱子排列、梁下高度、过道、设备作业半径等基本因素，再结合其他因素，才能合理安排储存货物。

2）货物

管理放在货位上的货物，首先要考虑货物本身的影响因素，这些因素主要有如下几点。

（1）货物性质。货物的体积大小、重量、单位、包装、周转率、季节性的分布及自然属性，温度、湿度的要求，气味的影响等。

（2）供应商。货物的供货渠道，是自己生产的、还是购入的，有没有行业特点。

（3）进货要求。采购提前期、采购作业等特殊要求。

（4）数量的影响。如生产量、进货量、库存量、安全库存量等。

（5）种类。种类类别、规格大小等。

根据货物特性来决定如何放置货物，此时应该考虑储存单位（如个、箱、托盘等）、储位策略（如定位储存、随机储存、分类储存、分类随机储存，以及其他的分级、分区储存等）、货位分配原则、货物特性、补货的方便性、单位在库时间、订购频率等。货物摆放好后，就要进行有效的在库管理，随时掌握库存状况，了解其种类、数量、位置、入出库状况等所有资料。

3）人员

人员就是仓库的作业人员，包括仓管人员、拣货人员、补货人员、搬运人员等。仓管人员负责管理及盘点作业，拣货人员负责拣货作业，补货人员负责补货作业，搬运人员负责出入库作业、翻堆作业（为了货物先进先出，通风，气味避免混合等目的）。

仓库作业追求省时、高效，尤其是货物装卸搬运时，更要讲求省时、省力，因此仓库作业流程必须要合理化；货位配置及标示要简单、清楚，一目了然，且要好放、好拿、好找；表单要简单、标准。

4）储放、搬运设备与资金

相比货位空间、货物、人员来说，储放、搬运设备与资金是关联要素。在选择储放搬运设备时，需要考虑很多因素，包括货物特性、货物的单位、容器、托盘等因素以及人员作业时的流程、储位空间的分配、设备成本与人员操作的方便性等。仓库所用资金事先要有预算，如果实际超出预算，要看是否能够产生相应效益。

4. 货位管理的范围

在仓库的所有作业中，所用到的保管区域均是货位管理的范围，根据作业方式不同分为预备储区、保管储区、动管储区。现分别介绍如下。

1）预备储区

预备储区是货物进出仓库时的暂存区，预备进入下一保管区域，一般货物在此区域停留的时间不长，但是也必须要严格管理，不能疏忽大意，给下一作业程序带来麻烦。在预备储区的作业活动有：对货物进行必要的保管，货物打上标识、分类；根据要求归类，摆放整齐等。对于进货暂存区,也要先进行标识区分,货物进入暂存区前也要先分类,在暂存区域内,作业人员将货物依据分类或入库上架顺序分配到预先规划好的暂存区储存。对于出货暂存区,每一车或每一区域路线的配送货物必须排放整齐并且加以分隔,摆放在事先标识好的货位上,并按照出货单的顺序,进行装车。

2)保管储区

保管储区是整个仓库的管理重点,是仓库中最大、最主要的保管区域,货物在此的保管时间最长,并以比较大的储存单位进行保管。保管储区应该对货物的摆放方式、位置及存量进行有效的控制,应考虑货位的分配方式、储存策略等是否合适,并选择合适的储放和搬运设备以提高作业效率,以便最大限度地增大储存容量等。

3)动管储区

动管储区的货物大多在短时期即将被拣取出货,货物在储位上流动频率很高,所以叫做动管储区,这个区域是拣货作业时所用的专门区域,所以为了便于拣货,让拣货时间及距离缩短、降低拣错率,作业人员必须依赖一些拣货设备才能迅速方便地找到所要拣取货物的所在位置。

现在仓库出入库作业量很大,而且货物的品种繁多,客观上需要动管储区这一管理方式的出现来提高仓库作业的效率。动管储区的主要任务是对储区货物的整理、整顿和对拣货单的处理。仓库中的拣货作业是特别费时间的作业活动,如果能够有效地运用整理、整顿,并将货架编号、货物编号、货物名称简明地标示,再利用灯光、颜色进行区分,可以缩短作业人员寻找货物的时间,并可缩短行走的距离,从而使效率提高,同时也可以降低拣错率。关于货物的变动及储位的变更,一定要填写更改记录,以掌握最正确的信息。

5.货位管理的步骤

货位管理的步骤如下:

(1)熟悉货物管理的原则;

(2)判别自己对货物储放的需求;

(3)对储放空间进行规划配置并选择储放及搬运设备;

(3)对这些保管区域与设备进行货位编码和货物编号;

(4)用人工分配或计算机辅助分配或计算机全自动分配的方法把货物分配到编好码的货位上;

(5)维护存放货物的货位。

另外,在确定货位时还应注意以下几点:

(1)根据货物特性来储存;轻量货物应储存在有限的载重层架;笨重、体积大的品种应储存在较坚固的层架底层及接近出货区;

(2)大批量使用大储区,小批量使用小储区;相同或相似的货物尽可能靠近储放;

(3)滞销的货物或小、轻及容易处理的品种使用较远储区;周转率低的货物尽量远离进货、出货区及较低的区域;周转率高的物品尽量接近进货区、出货区及较低的区域;

(4)服务设施应选在低层楼区。

三、货物分区分类储存的意义

(一)货物分区分类储存的概念

仓库货物的分区分类储存是根据"四一致"的原则(性能一致、养护措施一致、作业手段一致、消防方法一致),把仓库划分为若干保管区域;把储存货物划分为若干类别,以便统一规划储存和保管。

（二）分区分类储存货物的作用

（1）可缩短货物拣选及收发作业的时间；

（2）能合理使用仓容，提高仓容利用率；

（3）有利于保管员熟悉货物的性能，提高保管养护的技术水平；

（4）可合理配制和使用机械设施，有效提高机械化、自动化操作程度；

（5）有利于仓储货物的安全，减少损耗。

四、货位标识卡

所谓货位标识卡，就是位于货物或货架上表明固定货位上货物存储信息的卡片，货位卡应包括的内容有：品名、代码、规格、批号、件数数量、有效期、检验报告编号、去向、进库日期、发货日期、领料人、发货人、备注等，有的货位标识卡还注明"复验日期"，要求在规定的时间内对该货位储存的货物进行重复检验，这是为了更准确地掌握库存货物信息。

货位标识卡有的由纸制材料制成，由人工书写相关信息后贴于货物上或嵌入货架相应处，如图4-3所示；有的货架上有专门用于反复书写的小白板或小黑板，这也是一种货位标识卡；有的货位标识卡内放置了条码，利用条码技术，可对货物信息随时进行采集处理，大大减少了人工操做出错的可能性，可以保证数据的准确性、唯一性，如图4-4所示。

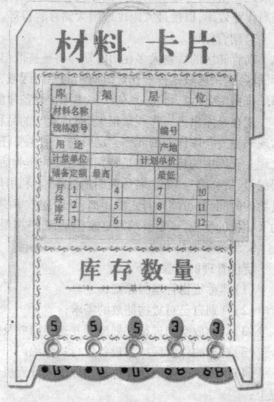

图4-3　纸制货位标识卡

有了规范的货位标识卡，作业人员就能很快在仓库中准确地找到相应的物资，如果能够与物资管理信息系统结合，更会大大地提高仓储作业的效率。

五、积载单元

仓库作业使用的主要积载单元是托盘，便于装卸、搬运单元物资和小数量的物资。在仓库中选择和使用托盘作为积载单元要注意以下几点。

（一）材料上的选择

托盘一般用木材、金属、纤维板制作，不同材质的托盘适合不同的仓库环境。因此要根据仓库环境的不同，选择不同材质的托盘。

（1）温度情况。不同材料制作的托盘对温度的适应范围不同。例如，塑料托盘的使用温度就在 +40 ℃至 −25 ℃之间。

（2）潮湿度。如果托盘的制作材料有较强的吸湿性，那么就不能用在潮湿的环境中。例

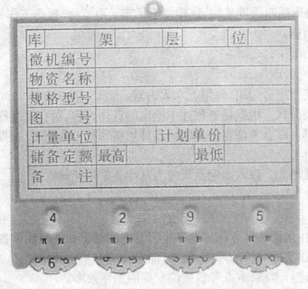

库		架		层		位	
微机编号							
物资名称							
规格型号							
图　　号							
计量单位			计划单价				
储备定额	最高			最低			
备　　注							

图4-4　条码货位标识卡

如,木托盘就不能用于潮湿的环境,否则将直接影响使用寿命。

（3）使用环境的清洁度。不同的托盘容易受污染的难易程度不同,所以污染程度高的环境就一定要选择耐污染、易于清洁的托盘,如塑料托盘、复合塑木托盘等。

（二）托盘是否上货架

不同材质的托盘,其性能不同,能够承载的压力等都不同。所以如果托盘要上货架的话,就必须要选择刚性强、不易变形的、动载较大的托盘;如钢制的托盘和木质较硬的硬杂木的木质托盘。

（三）托盘尺寸的选择

目前国家标准中的托盘规格共有四种,分别是 1 200 × 800, 1 200 × 1 000, 1 219 × 1 016, 1 140 × 1 140(单位均为 mm)。为了使托盘在将来的使用中有通用性,应该尽可能地选用这几种规格的托盘,这样便于日后托盘的交换与使用。长期以来,我国不同的行业都形成了自己固有的包装尺寸,这些尺寸都是各行业根据自己的行业特点长期形成的,这一点可以理解。也正因为如此,目前标准托盘的使用并不够广泛。不过从长远的角度来说,还是应该选择国标尺寸的托盘。

（四）托盘结构上的选择

托盘的结构直接影响到托盘的使用效率,托盘通常是与叉车相配合使用的,适合的托盘结构能够充分发挥叉车高效率作业的特点。

如果托盘装载货物以后不再移动,只是起到防潮防水的作用,可选择结构简单、成本较低的托盘,如简易的塑料托盘,但是应该注意托盘的静载量。如果托盘用于装卸搬运或是运输过程,由于在此过程中托盘使用频率较高,且要与叉车配合,因此选择的托盘就必须强度高、动载大才行,也正因如此,此类托盘的结构都是"田"字形或者是"川"字形的。如托盘载货后还要堆垛,那么就要选择双面托盘,这样不容易造成下层货物的损坏;如果托盘载货后不需堆垛,那么就可以选择单面托盘。

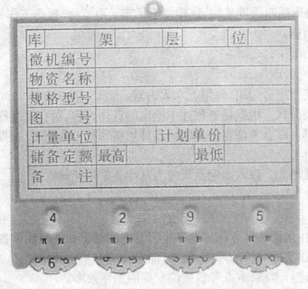

项目四：库内操作

如果是在立体仓库中,因为立体仓库的货架只能从两个方向插取货物,所以用在其中货架上的托盘要尽可能地选用四面进叉的,这样便于叉车叉取货物,提高工作效率。这样的托盘一般选择"田"字形的结构。

【训练步骤】

步骤1:分组。将学生分为组,每组五六人为宜。

步骤2:仓库分类分区。根据任务描述中给出的具体内容,对仓库进行分类分区。

步骤3:货位安排。综合考虑存储货物的品种规格和日出入库量,按照先进先出的原则进行摆放,并建立标识卡。

步骤4:确定积载单元。以入库物品尺寸为基础确定单元载货尺寸。

【注意事项】

(1)注意培养学生运用科学方法对仓库进行分区的意识和准确计算各种数据的能力。

(2)能为学生提供实际演练的环境,例如,能有仓储专用实训室等。

(3)以组为单位进行考核,重点考核货位安排的工作效率。

(4)注意培养学生的实际操作能力。

【训练评价】

训练考核评分表

考评人		被考评人	
考评内容	仓库分类分区及货位管理训练		
考评标准	内容	分值/分	实际得分
	能进行科学的库区设计	20	
	能合理安排货位	20	
	能建立规范的货位标识卡	20	
	能计算出合理的积载单元尺寸	20	
	能积极参与团队的工作任务	20	
	合计	100	

注:考评满分为100分,60分以下为不及格;60~70分为及格;70~80分为中;80~90分为良;90~100分为优。

【任务练习】

一、填空题

(   )、(   )和(   )是构成仓库库区规划的主要区域。

二、判断题

(1)仓储系统中的设备只是指储存设备。(   )

(2)储存货品的空间叫做储存空间,储存是仓库的核心功能和关键环节,储存区域规划合理与否直接影响到仓库的作业效率和储存能力。(   )

(3)储存空间指的是仓库中所有的空间。(   )

(4)在规划仓库布局的过程中,必须在空间、人力、设备等因素之间进行权衡比较。宽敞的空间总是有利的。(   )

三、简答题

（1）仓库的生产作业区通常由哪几部分组成？

（2）货位管理的要素是什么？

（3）仓库分区分类储存的"四一致"原则指的是什么？

四、案例分析

某物流中心仓库货位优化管理方法

某物流中心仓库在 2008 年前一直沿用传统的仓库作业管理方法，常常把货品放在货品到达时最近的可用空间或不考虑货物动态变化的需求和变化了的客户需求模式，沿袭多年习惯和经验来放置物品。这种传统型仓库货品布局造成流程速度慢、效率低以及空间利用不足。

2008 年，该物流中心仓储管理者提出了"仓库关键业绩指标（Warehouse Key Performance Indicator）"，即生产率、运送精度、库存周转、入库时间、定单履行时间和存储密度紧密关联的货位优化管理（Slotting Optimization）。货位优化管理是用来确定每一品规的恰当储存方式，在恰当的储存方式下的空间储位分配。货位优化管理追求不同设备和货架类型特征、货品分组、货位规划、人工成本内置等因素以实现最佳的货位布局，能有效掌握货物变化，将成本节约最大化。

实施货位优化过程中，该物流中心收集了很多的原始数据和资料，包括每种货物的品规编号、品规描述、材料类型、储存环境、保质期、尺寸、重量、每箱件数、每托盘箱数等，甚至包括客户定单的信息。最终确定了以下规则。

规则一：以周转率为基础法则。即将货品按周转率由大到小排序，再将此序分为若干段（通常分为三至五段），同属于一段中的货品列为同一级，依照定位或分类存储法的原则，指定存储区域给每一级货品，周转率越高应离出入口越近。

规则二：产品相关性法则。这样可以缩短提取路程，减少工作人员疲劳，简化清点工作。产品的相关性大小可以利用历史订单数据做分析。

规则三：产品同一性法则。所谓同一性的原则，指把同一物品储放于同一保管位置的原则。这样作业人员对于货品保管位置能简单熟知，并且对同一物品的存取花费最少搬运时间，这是提高仓库作业生产力的基本原则之一。否则当同一货品散布于仓库内多个位置时，物品在存放取出等作业时不方便，就是在盘点以及作业人员对料架物品的掌握都可能造成困难。

规则四：产品互补性原则。互补性高的货品也应存放于邻近位置，以便缺货时可迅速以另一品项替代。

规则五：产品相容性法则。相容性低的产品不可放置在一起，以免损害品质。

规则六：产品尺寸法则。在仓库布置时，我们同时考虑物品单位大小以及由于相同的一群物品所造成的整批形状，以便能提供适当的空间满足某一特定要求。所以在存储物品时，必须要有不同大小位置的变化，用以容纳不同大小的物品和不同的容积。此法则可以使物品存储数量和位置适当，使得拨发迅速，搬运工作及时间都能减少。一旦未考虑存储物品单位大小，将可能造成存储空间太大而浪费空间，或存储空间太小而无法存放；未考虑存储物品整批形状亦可能造成整批形状太大无法同处存放。

规则七：重量特性法则。所谓重量特性的原则，是指按照物品重量不同来决定储放物品于货位的高低位置。一般而言，重物应保管于地面上或料架的下层位置，而重量轻的物品则保管于料架的上层位置；若是以人手进行搬运作业时，人腰部以下的高度用于保管重物或大型物品，而腰部以上的高度则用来保管重量轻的物品或小型物品。

规则八:产品特性法则。物品特性不仅涉及物品本身的安全,同时也可能影响其他的物品,因此在布局时应考虑。

请问:物流中心仓库货位优化管理的关键之处是什么?

【扩展知识】货位管理

一、货位管理基本要求

(1)按照仓库的现有条件和储存货物的特性,将库区分为生产作业区、辅助生产区和行政生活区三大部分;并根据实际情况适当安排其他布置,如绿化带等。

(2)货位划分清晰、标识统一、标识卡填写规范。

在生产作业区实现货位与标识规范,即便仓管人员从来没有见过某个货品,他只要知道存放该货品的货位,能够认清标识,就可以准确、快速地找到相应的货品。具体而言,有"六定化"。

①定格化:货物要放置到划定的格位线内。

②定码化:每一个格位都要赋予一个有系统的编码。

③定色化:格位线再进一步用不同的颜色来区分不同大类别的货物。

④定量化:格位内放置的货物都要规定最大放置量和最小放置量。

⑤定序化:要按照"先进先出"的原则来安排储位。

⑥定席化:某些工具使用完之后要放回原位,要在这些物品上标明固定的储位号码。

设计仓库的位置和面积,对仓库进行合理分区,并根据保管物品的规格和种类安排货位,最后确定积载单元。

二、货位布局

(一)横列式

所谓横列式就是指货位、货架或垛架与库房的宽向平行排列布置。此种方式存取方便,通风良好,但是仓容利用率较低,如图4-5所示。

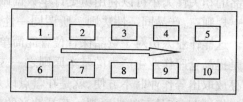

图4-5 横列式

(二)纵列式

所谓纵列式就是指货位、货架或垛架与库房的宽向垂直排列布置。此种方式不利于通风,但是仓容利用率较高,如图4-6所示。

图4-6 纵列式

(三)混合式

所谓混合式是指横列式和纵列式在同一库房内混合布置货位或货架的一种形式。此种方式兼有以上两种方式的特点,是最常用的一种形式,如图4-7所示。

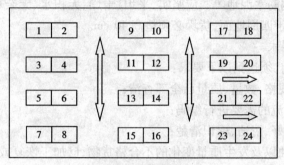

图4-7 混合式

任务 4 – 2:货物堆码及苫垫

【任务描述】

某牧区的露天仓库专门用于贮存青干草,这是由于青干草的贮存量太大,一般都采取露天堆垛贮藏。青干草经调制后,应及时堆垛并妥善贮藏,以免散乱损失,或发生雨淋霉烂,或自体发热,甚至酿成火灾等。

要求:从经济实用的角度,选择合适的堆码方式对青干草进行堆码苫垫。

【训练目标】

通过堆码及苫垫的训练,使学生能够根据物品的特点,熟练地对库内物品进行堆码和苫垫。

【相关知识】

一、货物堆码

货物堆码是根据货物的特性、形状、规格、重量及包装质量等情况,同时综合考虑地面的负荷、储存的要求,将货物分别叠堆成各种码垛。科学的货物堆码技术,合理的码垛,对提高入库货物的储存保管质量,提高仓容利用率,提高收发作业及养护工作的效率,都有着不可低估的作用。

(一)货物堆码的要求

1.对堆码场地的要求

堆码场地可分为三种:库房内堆码场地、货棚内堆码场地、露天堆码场地。不同类型的堆码场地,进行堆码作业时,会有不同的要求。

(1)库房内堆码场地:用于承受货物堆码的库房地坪,要求平坦、坚固、耐摩擦,一般要求 1 m^2 的地面承载能力为 5 t ~ 10 t。堆码时货垛应在墙基线和柱基线以外,垛底须适当垫高。

(2)货棚内堆码场地:货棚是一种半封闭式的建筑,为防止雨雪渗漏、积聚,货棚堆码场地四周必须有良好的排水系统,如排水沟、排水管道等等。货棚内堆码场地的地坪应高于棚外场地,并做到平整、坚实。堆码时,货垛一般应垫高 20 cm ~ 40 cm。

(3)露天堆码场地:露天货场的地坪材料可根据堆存货物对地面的承载要求,采用夯实泥地、铺沙石、块石地或钢筋水泥地等。应坚实、平坦、干燥、无积水、无杂草,四周同样应有排水设施,堆码场地必须高于四周地面,货垛必须垫高 40 cm。

2. 对堆码货物的要求

货物在正式堆码前,须达到以下要求:

(1)货物的名称、规格、数量、质量已全部查清;

(2)货物已根据物流的需要进行编码;

(3)货物外包装完好、清洁、标识清楚;

(4)部分受潮、锈蚀以及发生质量变化的不合格货物,已加工恢复或已剔除;

(5)为便于机械化作业,准备堆码的货物已进行集装单元化。

3. 堆码操作的要求(见图 4-8)

1)安全

堆码作业一定要注意安全,作业工人必须严格遵守安全操作规程,使用各种装卸搬运设备,严禁超载,同时还须防止建筑物超过安全负荷量。码垛一定要不偏不斜,不歪不倒,牢固坚实,以免倒塌伤人、摔坏货物。

2)合理

堆码成型后的垛形有很多种,要根据不同货物的性质、规格、尺寸确定合适的垛形。不同品种、产地、等级、单价的货物,须分别堆码,以便收发、保管。货垛的高度要适当,不压坏底层的货物和地坪,与屋顶、照明灯保持一定距离;货垛的间距,走道的宽度,货垛与墙面、梁柱的距离等都要合理、适度。垛距一般为 0.5 m ~ 0.8 m,主要通道宽为 2.5 m ~ 3 m。

3)方便

货垛行数、层数,力求成整数,便于清点、收发作业。若过秤货物不成整数时,应分层标明重量。

4)整齐

货垛应按一定的规格、尺寸叠放,排列整齐、规范。货物包装标志应一律朝外,便于查找。

5)节约

堆垛时应注意节省空间位置,适当、合理地安排货位,提高仓容利用率。

(二)货物堆码技术和方法

1. 货垛"五距"的要求

货垛的规范要求主要是指"五距",即垛距、墙距、柱距、顶距和灯距。堆垛时,不能依墙、靠柱、碰顶、贴灯;不能紧挨旁边的货垛,必须留有一定的间距。

1)垛距

货垛与货垛之间的必要距离,称为垛距,常以支道作为垛距。垛距能方便存取作业,起通风、散热的作用,方便消防工作。库房中的垛距一般为 0.5 m ~ 1 m,货场中的垛距一般不少于 1.5 m。

2)墙距

为了防止库房墙壁和货场围墙上的潮气对货物的影响,也为了开窗通风、消防工作、建筑

仓储管理

66

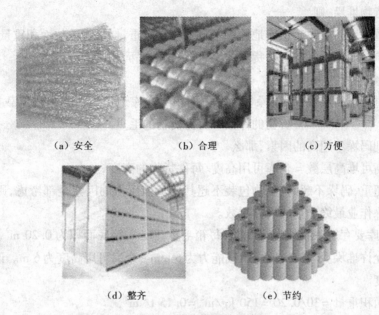

|（a）安全|（b）合理|（c）方便|
|（d）整齐|（e）节约|

图4-8　货物堆码的要求

安全、收发作业等的需要,货垛必须留有墙距。墙距分为库房墙距和货场墙距,其中,库房墙距又分为内墙距和外墙距。内墙是指墙外还有建筑物相连,因而潮气相对少些;外墙则是指墙外没有建筑物相连,所以墙上的湿度相对大些。库房的外墙距为 0.3 m～0.5 m,内墙距为 0.1 m ～0.2 m;货场只有外墙距,一般为 0.8 m～3 m。

3）柱距

为了防止库房柱子的潮气影响货物,也为了保护仓库建筑物的安全,必须留有柱距,一般为 0.1 m～0.3 m。

4）顶距

货垛堆放的最大高度与库房、货棚屋顶间的距离,称为顶距。顶距能便于装卸搬运作业,能通风散热,有利于消防工作,有利于收发、盘点。顶距的一般规定是:平库房为 0.2 m～0.5 m;人字形库房为以屋架下弦底为货垛的可堆高度;多层库房的底层与中层顶距为 0.2 m～0.5 m,顶层须大于等于 0.5 m。

5）灯距

货垛与照明灯之间的必要距离,称为灯距。为了确保储存货物的安全,防止照明灯发出的热量引起靠近货物的燃烧而发生火灾,货垛必须留有灯距。灯距严格规定不少于 0.5 m。

2. 码垛可堆层数及占地面积的确定

货物在堆垛之前,必须要确定下来码垛的可堆层数及占地面积。

1）占地面积的确定

如果是规格整齐、形状一致的箱装货物,其计算公式可以参考以下公式:

占地面积 =（总件数/可堆层数）× 每件货物底面积（m²）。

2）码垛可堆层数的确定

确定码垛可堆层数时,必须要考虑到货物的可负担压力,不得超过货物包装所能承载的压力,货垛的重量也不能超过仓库地坪安全负载范围内（通常以 kg/m² 为单位）。

项目四：库内操作

若是单件货物堆垛,则

　　不超重可堆高层数 = 仓库地坪每平方米核定载重量/货物单位面积重量,

　　货物单位面积重量 = 每件货物的毛重/货物的底面积(kg/m²),

同理,若是整垛货物,则

　　不超重可堆高层数 = (整垛货物实占面积 × 仓库地坪每平方米核定载重量)/(每层货物的件数 × 每件货物的毛重)。

如果考虑到码垛不超高的因素,那么

　　不超高可堆高层数 = 仓库可用高度/每件货物的高度。

将地坪不超重、码垛不超高、货物包装不超其所负担压力的因素全部考虑,则计算出的可堆高层数为堆垛作业最终确定的堆高层数。

例如,某仓库要存放一批饮料 100 箱,每箱毛重 30 kg,箱底面积为 0.20 m²,箱高 0.3 m,箱上标识最多允许堆垛 18 层高,地坪承载能力为 6 t/m²,仓库可用高度为 6 m。请确定该批货物的可堆垛高度。

　　单位面积重量 = 30/0.20 = 150 kg/m² = 0.15 t/m²,

　　不超重可堆高层数 = 6/0.2 = 30 层,

　　不超高可堆高层数 = 6/0.3 = 20 层。

综合考虑,可以确定该批货物的堆垛高度为 18 层,码垛的高度为 18 × 0.3 = 5.4 m。

3)码垛底层排列的确定

　　码垛底数 = 码垛总件数/可堆高层数。

确定了码垛底数后,还要货位的面积及每件货物的实占面积综合安排好码垛底层货物的排列形状。

3.货物堆码技术和方法

1)散堆方式

散堆方式是将无包装的散货在库场上堆成货堆的存入方式。这种方式特别适用于大宗散货,如煤炭、矿石、散粮和散化肥等。这种堆码方式简便,便于采用现代化的大型机械设备,节省包装费用,提高仓容利用率,降低运费。因此,散堆方式是目前货物库场堆存的一种趋势。

2)垛堆方式

垛堆方式是指对包装货物或长、大件货物进行堆码。堆码方式应以增加堆高,提高仓容利用率,有利于保护货物质量为原则。为适应不同货物的性能、外形和保管的要求,货垛的形式可以各异。箱形货物的堆垛通常有以下四种基本形式。

第一种重叠式。货物各层排列方式、数量完全相同,层间无交叉搭接,垛形整齐。这种垛形的优点是操作简单、计数容易、收发方便;缺点是稳定性差,易倒垛,因而常用绳子、绳网、塑料弹性薄膜等辅助材料来防塌。如图 4-9(a)和(b)。

第二种砌砖式。货垛上下两层排列的图谱正好旋转 180°,层间互相搭接。因而稳定性较好,但是要求货物的长宽比为 2∶3 或 3∶4。如图 4-10。

第三种纵横交错式。货垛上下两层的货物的图谱正好旋转 90°,层间互相搭接,这种形式的优点是稳定性较好;缺点是只能用于正方形托盘,是机械化作业的主要堆垛形式之一。如图

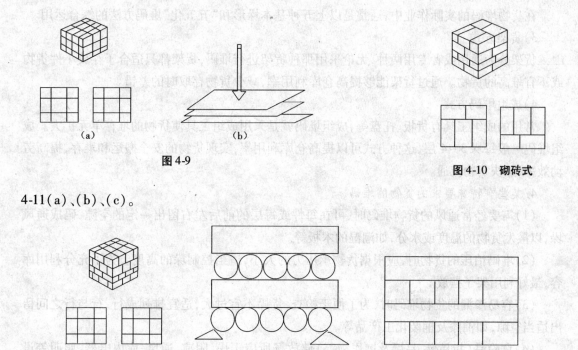

图 4-9

图 4-10　砌砖式

4-11(a)、(b)、(c)。

图 4-11

第四种中心留空通风式。需通风防潮的货物堆垛时,货物之间需留有一定的空隙。上下两层图谱方向对称,矩形、方形图谱均可采用。其优点是有利于通风、透气,适宜货物的保管养护,但是空间利用率较低。如图4-12(a)、(b)、(c)。

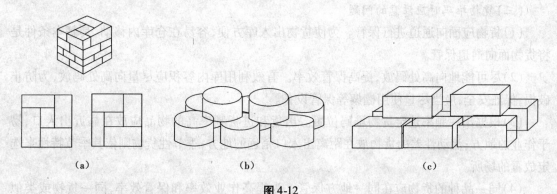

图 4-12

此外,还有压缝式。货垛底层成正方形、长方形或圆形,然后在两件货物的缝间上码。以正方形、长方形为垛底的货垛纵横截面为"人"字形。适用于建筑陶瓷、阀门、桶形货物。

常见的"五五化"堆码。这是我国人工堆码中常用的一种科学、简便的堆码方式,以五为基本的计数单位,一个集装单元或一个货垛的货物总量是五的倍数,如梅花五、重叠五等,堆码后作业人员可根据集装单元数或货垛数直接推算货物总数,大大加快了点数的速度,并有效减少了计数的差错。

项目四：库内操作

在货物堆码的实际作业中,通常是以上五种基本垛形和"五五化"堆码方法的综合运用。

3)货架方式

货架分为通用或者专用两种,无论采用那种货架进行堆码,货架都只适合于存放小件货物或不宜堆高的货物。通过货架能够提高仓库利用率,减少货物存取时的差错。

4)成组堆码方式

常用的成组工具有货板、托盘等,成组堆码就是采用成组工具使货物的堆存单元扩大。成组堆码一般每垛3~4层,这种方式可以提高仓库利用率,实现货物的安全搬运和堆存,提高劳动效率,加快货物流通。

4.某些有特殊要求的货物的堆码

(1)需要经常通风的货物堆码时,可在每件或每层的前后左右留出一定的空隙,码成通风垛,以散发货物的温度或水分,如潮湿的木板等。

(2)堆码怕压的货物时,应根据货物承压力的大小,适当控制垛的高度。为了充分利用库容,最好利用架子摆放。

(3)容易渗漏的货物堆码时,为了便于检查,货垛不宜过大,适宜排列成行,行与行之间留出适当空隙,如油漆及桶装化工产品等。

(4)危险品(指易燃、易爆及爆炸物等)储放场所应干燥、阴凉、通风,库内电器、照明等设备要采用防爆装置,并设有安全消防设施。堆码不宜过高。

(5)有毒、有害品(氰化钾、氰化钠等)都应单独存放,严密保存。切忌与酸类相遇,储放场所也必须干燥、阴凉、通风。堆码不宜过高。

(6)腐蚀品(各类酸碱等)应单独存放。避免露天存放,适宜在干燥、阴凉、通风场所存放,堆码不宜过高。要经常检查,防止渗漏、腐蚀,切忌水浸。

(三)货物堆码时应注意的问题

(1)货物应面向通道进行保管。为使货物出入库方便,容易在仓库内移动,其基本条件是将货物面向通道保管。

(2)尽可能地向高处码放,提高保管效率。有效利用库内容积应尽量向高处码放,为防止破损,保证安全,应当尽量使用棚架等保管设备。

(3)根据出库频率选定货物堆码位置。出货和进货频率高的物品应放在靠近出入口、易于作业的地方;流动性差的货物放在距离出入口稍远的地方;季节性货物则依其季节特性来选定放置的场所。

(4)同一品种的货物应在同一地方保管。为提高作业效率和保管效率,同一货物或类似货物应放在同一地方保管,员工对库内货物放置位置的熟悉程度直接影响着出入库的速度,将类似的货物放在邻近的地方也是提高效率的重要方法。

(5)根据货物的重量安排保管位置。安排放置场所时,应把重的货物放在货架下边,把轻的货物放在货架上边。需要人工搬运的大型货物则以腰部的高度为基准,这是提高效率、保证安全的一项重要原则。

(6)依据货物形状安排保管方法。依据货物形状保管也是很重要的,如标准化的商品应放在托盘或货架上来保管。

（7）先进先出的原则。货物保管的一条重要原则是对于易变质、易破损、易腐败的货物以及机能易退化、老化的货物，应尽可能按先进先出的原则，加快周转。由于货物的多样化、个性化以及使用寿命普遍缩短，这一原则显得十分重要。

二、物品苫垫

物品在堆码时一般都需要苫垫，即把货垛垫高，露天货物进行苫盖，只有这样才能使货物避免受潮、淋雨、曝晒等，保证储存物品的质量。

（一）物品苫盖

1. 苫盖目的

苫盖的目的就是为了防止存放在露天货场的货物直接受到风吹、雨打、日晒、冰冻的侵蚀。为了便于苫盖，货物在堆垛时必须堆成易苫盖的垛形，如屋脊形、方形等，并选择适当的苫盖物。如果露天存放的货物不怕风吹、雨淋、日晒等，而且货场排水性能好，可以不进行苫盖，如生铁、石块等。

2. 苫盖材料

通常使用的苫盖材料有塑料布、席子、油毡纸、苫布等，也可以利用一些货物的旧包装材料改制成苫盖材料。若货垛需苫盖较长时间，一般可用二层席子，中间夹一层油毡纸作为苫盖材料，这样既通风透气，又可防雨雪、日晒；若货垛只需临时苫盖，可用苫布。为了节省苫盖成本，还可以制成适当规格通用型的苫瓦，方便实用，可以反复利用。

3. 苫盖方法

苫盖方法主要有以下四种：

1）垛形苫盖法

根据货垛的形状进行适当地苫盖，适用于屋脊形货垛、方形货垛及大件包装物品的苫盖，常使用塑料布、苫布、席子等。如图 4-13。

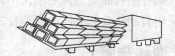

图 4-13　垛形苫盖法

2）鱼鳞苫盖法

即用席子、苫布等苫盖材料，自下而上、层层压着围盖的一种苫盖方法，因从外形看酷似鱼鳞，故称鱼鳞苫盖法。适用于怕雨淋、日晒的物品。

若物品还需要通风透气的储存条件，可将席子、苫布等苫盖材料的下端反卷起来，使空气流通。

3）隔离苫盖法

即用竹竿、钢管、旧苇席等，在货垛四周及垛顶隔开一定空间打起框架，进行苫盖，既能防雨，又能隔热。

4）活动棚架苫盖法

根据常用的垛形制成棚架，棚架下装有滑轮可以推动。活动棚架需要时可以拼搭，并放置在货架上，用作苫盖；不需要时，则可以拆除，节省空间。

（二）货物垫垛

垫垛就是在货物堆垛前，根据货垛的形状、底面积大小、货物保管养护的需要以及负载重量等要求，预先铺好垫垛物的作业。

项目四：库内操作

1. 垫垛目的

垫垛的目的就是为了使堆垛的货物免受地坪潮气的侵蚀,使垛底通风透气,提高储存货物的保管养护质量,是仓储保管作业的重要环节。

2. 垫垛材料

通常采用枕木、石墩、水泥墩、木板、防潮纸等。根据不同的储存条件和物品的不同要求,采用不同的垫垛材料。

3. 垫垛方法

常用的垫垛方法主要有码架式、垫木式、防潮纸式三种。

1)码架式

即采用若干个码架,拼成所需货垛底面积的大小和形状,以备堆垛。码架,是用垫木为脚,上面钉有木条或木板的构架,专门用于垫垛。码架规格不一,常见的有长 2 m、宽 1 m、高 0.2 m 或 0.1 m。不同储存条件,所需码架的高度不同,楼上库房使用的码架,高度一般为 0.1 m;平库房使用的码架,高度一般为 0.2 m;货棚、货场使用的码架高度一般在 0.3 m～0.5 m。

2)垫木式

即采用规格相同的若干根枕木或垫石,按货位的大小、形状排列,作为垛垫。枕木和垫石一般都是长方体,其宽和高相等,约为 0.2 m,枕木较长一般为 2 m 左右,而垫石较短一般为 0.3 m 左右。这种垫垛方法最大的优点是,拼拆方便,不费时且节省储存空间,适用于底层库房及货棚、货场垫垛。

3)防潮纸式

即在垛底铺上一张防潮纸作为垛垫,常用芦席、油毡、塑料薄膜等防潮纸。库房地面干燥且储存的物品对通风要求又不高时,可在垛底垫一层防潮纸防潮。此外,若采用货架存货,或采用自动化立体仓库的高层货架存货,则货垛下面可以不用垫垛。

【训练步骤】

步骤 1:分组。将学生分为组,每组五六人为宜。

步骤 2:垛址选择。根据任务描述中给出的具体内容,选择垛址。

步骤 3:堆垛。综合考虑垛基、垛形和货物的堆积方式。

步骤 4:苫垫。按照货物的特性和储存环境进行苫垫。

【注意事项】

(1)注意锻炼学生高效准确的实务操作技巧,培养学生的团队精神。

(2)能为学生提供实际演练的环境,例如,能有专用实训室等。

(3)以组为单位进行考核,既要考核工作质量,又要考核工作效率。

【训练评价】

训练考核评分表

考评人		被考评人	
考评内容	货物堆码苫垫的过程训练		
考评标准	内容	分值/分	实际得分
	能选择合适的垛址	20	
	能进行科学的垛形设计	20	
	堆垛科学迅速	20	
	苫垫合理美观	20	
	能积极参与团队的工作任务	20	
合计		100	

注:考评满分为100分,60分以下为不及格;60~70分为及格;70~80分为中;80~90分为良;90~100分为优。

【任务练习】

一、填空题

货垛"五距"是指( )、( )、( )、( )和( )。

二、判断题

(1)常用的垫垛方法主要有码架式、垫木式、防潮纸式三种。( )

(2)垛形苫盖法即用席子、苫布等苫盖材料,自下而上、层层压茬围盖的一种苫盖方法。( )

三、简答题

(1)什么叫做货物堆码?

(2)什么是鱼鳞苫盖法?

(3)常用的垫垛方法主要有哪几种?

四、案例分析

氨化秸秆的主要方法——堆垛氨化法

堆垛氨化法是将秸秆堆成垛、用塑料薄膜密封进行秸秆氨化处理的方法,亦称堆剁法、垛贮法。季节和天气的选择、原料和材料的准备等与窖氨化法基本相同。不同的是不需要水泥窖或土窖,可在平地上进行。堆垛法操作规程要点如下。

(一)操作步骤

在干燥平整的地上把0.1 mm~0.2 mm厚的无毒聚乙烯塑料薄膜铺开,再把秸秆分层整齐堆放。用尿素或碳铵作为氨源处理秸秆,一般是边堆垛边施放氨源,可以将氨源溶解于水中浇洒,也可采用边撒尿素或碳铵,边浇水。若用氨水处理,可一次垛到顶后再浇泼;用液氨氨化,是在堆垛、密封后用专门设备将氨气注入。

垛的大小可视情况而定。大垛适合于液氨氨化,可节省塑料薄膜,容易机械化管理,但水不易喷洒均匀,且容易漏气:规格一般在长×宽×高为4.6 m×4.6 m×2 m。为了便于通氨,可在垛中间埋放一根多孔的塑料管或胶管。小垛适合于尿素或碳铵氨化,规格一般在长×宽×高为2 m×2 m×1.5 m。草垛也可以做成圆锥形。无论哪种规格,垛顶应作成屋脊型,以

73

利于排掉雨水。垛下铺和上盖的塑料薄膜在每边留出 1 m。

如果采用液氨氨化，堆垛完成后注液氨。将硬塑料管与液氨管或氨瓶接通，按秸秆干重的 3% 通入氨气即可。目前我国采用的通氨方式主要有两种：一种是用氨槽车从化肥厂灌氨后直接开到现场氨化；另一种是将氨槽车中的氨分装入氨瓶后，再向秸秆中施氨。

（二）堆垛氨化注意事项

（1）塑料薄膜选用所用的塑料薄膜要求无毒、抗老化和气密性能好，通常用聚乙烯薄膜，膜的厚度和颜色视情况而定。如氨化粗硬的秸秆如玉米秸，应选择厚一点的薄膜（厚度 0.12 mm），若氨化麦秸则可选用薄一点的塑料膜。膜的宽度主要取决于垛的大小和市场供应情况。膜的颜色，一般以抗老化的黑色膜为好，便于吸收阳光和热量，有利于缩短氨化处理时间。

（2）液氨的安全操作。液氨为有毒易爆材料，操作时应注意安全。操作人员应配备防毒面具、风镜、防护靴、雨衣、雨裤、橡胶手套、湿毛巾，现场应备有大量清水、食醋。盛氨瓶禁止碰撞和敲击，防止阳光曝晒。

请回答：为什么要在垛下铺和上盖的塑料薄膜的每边留出 1 m 的距离？

【扩展知识1】青干草的贮藏

青干草系天然草地青草或栽培牧草，收割后经天然或人工干燥制成。干物质中粗蛋白质含量较高，约 8.3%，粗纤维含量约 33.7%，是草食动物越冬的良好饲料。晒制好的青干草，一定要注意妥善保存。青干草贮藏不好，不仅降低品质，而且易造成发霉变质，甚至会引起自燃。青干草的贮藏，目前仍以堆草垛的方式较为普遍。为了防潮，草垛应选择在地势高燥、平坦，且不易积水的地方，同时垛底必须用树枝、秸秆或石块等垫高 18 cm 以上。草垛的大小可根据青干草的数量来决定，草多时堆成长方体，宽 5 m ~ 6 m，高 6 m ~ 7 m，长 8 m ~ 10 m；草少时可堆成圆柱体，直径 3 m ~ 4 m，高 5 m ~ 6 m。为了防雨，青干草堆完后，垛顶应呈尖圆形，垛顶斜坡应在 45° 以上，最后用秸秆严密封盖垛顶，防止雨水浸入。为了防止自燃，上垛的青干草，含水量一定要在 15% 以下。堆大垛时，为了避免垛中产生的热量难以散发，应在堆垛时，每隔 50 cm ~ 60 cm，垫放一层硬秸秆或树枝，以便于散热。

【扩展知识2】预防日常植物堆垛自燃的基本措施

预防日常植物堆垛自燃的基本措施有以下三点。

一、堆垛湿度不宜超标

对此类原料必须晾干后才能堆垛，或先堆成小堆，经干燥后再并成大堆，要始终使植物产品保持干燥状态，并存放在干燥的地方，同时做好雨雪防潮。

二、堆垛不宜过大，加强通风

按照规定，每个堆垛不要大于 150 t，垛距不小于 4 m，垛头距不小于 8 m，并且每个堆垛的垂直方向和横向都要采取预留通风孔、通风口、通风沟等散热措施。

三、加强检测

植物堆垛自燃前都有迹象，要设专人检测温度和湿度。发现冒气、塌陷、有异味及温度达到 40 ℃ ~ 50 ℃ 时，应重点监视；温度在 60 ℃ 以上时，必须立即倒垛散热，倒垛时要注意采取防护措施，防止垛内自燃或引起飞火蔓延。

任务 4 - 3 : 货物保管与保养

【任务描述】

某超市仓库要大量进一批生鲜易腐的货物,这些货物的养护有其特殊的要求,而且养护难度较大,它不同于其他货物,稍不注意,极易造成死亡或腐败变质;其原因主要是微生物的繁殖,空气中氧的作用,尤其是油脂中游离的不饱和脂肪酸的被氧化,以及货物内在氧化酶、过氧化酶、淀粉酶、蛋白酶等的作用下,加速了货物自身的代谢,产生热、水蒸气和二氧化碳以及有害的物质的间接与直接的污染引起货物品质的分解,从而生长出对人体有害的病菌。

要求:为了避免和防止鲜活易腐易烂易变质的生鲜食品在超市中不致损失或损耗,请设计超市仓库生鲜易腐货物的保管养护方法。

【训练目标】

通过设计特定货物保管养护方法的训练,使学生能够熟练地对在库货物进行保管与养护的操作。

【相关知识】

一、货物的保管与养护的含义

（一）货物保管

所谓货物保管,就是对货物进行储存及对其数量、质量进行管理控制的活动。货物在储存期间会发生质量变化,要根据其质量变化规律和货物的本身特性,设计保管措施,创造适宜的储存环境,从而达到防止或减弱货物质量变化,降低货物损耗,防止货物损失的目的。货物的保管过程要应用各种科学技术和手段,并且要结合仓库的具体条件,最大限度地减少货物的自然消耗,杜绝因保管不善而造成的货物损害,防止货物损失。

货物保管是一项比较复杂的综合性工作,为了减少劳动消耗,高质量地完成货物保管任务,在实际工作中应遵循以下基本原则。

1. 质量第一

货物保管的根本目的就是保持货物原有的使用价值和价值,以优质产品满足社会生产和人们生活的需要。因此,货物保管必须把提高货物保管质量放在首位,保证库存货物质量良好,使用户和货主得到最大的满意。

2. 预防为主

货物的保管是质量第一,但质量的保证一定是预防为主,应采取预防措施,有效地控制货物质量和数量的变化,把质量事故消灭在萌芽状态,避免或减少货物在保管中的质量劣化和数量损耗,以防患于未然,这样可收到事半功倍的效果。

3. 讲究科学

货物保管要讲究科学,要根据自然因素(如温度、湿度等)的变化规律和货物本身的物理化学性质及其变化规律,采取相应的保管措施,货物保管要从实效出发,切忌形式主义。

4.提高效率

任何工作都要讲究效率,货物保管也不例外,要通过各种方法努力调动和发挥人的积极性和主观能动性,充分有效地利用各种仓储设施,合理确定储备量,以便不断提高劳动生产率,充分地利用仓库及设备,加速货物的周转,减少资金占用等。

5.确保安全

货物的安全是第一要事。在货物保管工作中,要采取有效措施防盗、防破坏、防火、防爆、防洪、防雷击、防毒等。另外,在保证货物安全的同时,还要保证仓储设施安全和人身安全。

(二)货物养护

货物养护是指货物在储存过程中,需要针对不同性质的货物在不同储存条件下采取不同的保养措施,以防止其质量劣化。货物养护是货物储存和流通过程中一项极为重要的工作,是保证货物在储存和流通期间质量安全的有力措施。货物养护的基本方针为:"以防为主,防治结合"。要做到防得早、防得细致,做好了"防",就可以减少"治"或者避免"治"。但是一旦发生质量问题,就必须进行治,治得及时、恰当,同样可以避免使货物的使用价值受到影响而发生损失。

二、库存货物质量变化

货物在储存期间,货物的质量会或多或少地发生变化,其主要原因与货物本身的成分、结构和理化性质的特点,以及受到日光、温度、湿度、空气、微生物等客观外界条件都有关系。货物质量的变化包括物理机械变化、化学变化、生理生化变化及其他生物引起的变化等,虽然质量变化的形式很多,但是只要了解货物质量变化的规律及影响质量变化的因素,对确保货物安全,防止和减少货物损失有着十分重要的作用。

(一)物理机械变化

所谓物理机械变化是指仅改变货物的外部形态(如气体、液体、固体"三态"之间发生的变化),不改变其本质,在变化过程中没有新物质生成,并且可能反复进行变化的质量变化现象。货物常发生的物理机械变化有挥发、溶化、熔化、渗漏、串味、沉淀、沾污、破碎与变形等。

1.挥发

挥发是低沸点的液体货物或经液化的气体货物,在空气中经汽化而散发到空气中的现象。液体货物的挥发会降低货物的有效成分,增加货物损耗,降低货物质量;一些燃点很低的物品还可能引起燃烧或爆炸,造成大气污染;一些物品挥发的蒸汽有毒性或有麻醉性,会对人体造成伤害。常见易挥发的货物有酒精、白酒、香精、花露水、香水、化学试剂中的各种溶剂、医药中的一些试剂、部分化肥农药、杀虫剂、油漆等。

挥发速度与气温的高低、空气流动速度的快慢、液体表面接触空气面积的大小有很大关系。气温越高、空气流动速度越快,接触面积越大,挥发速度越快。因此,防止货物挥发的主要措施是加强包装的密封性,控制库房温度,高温季节应采取降温措施,保持适宜的温度。

2.溶化

溶化是指固体货物在保管过程中,吸收空气或环境中的水分达到一定程度时,就会成为液体的现象。常见易溶化的货物有食糖、食盐、明矾、硼酸、甘草硫浸膏、氯化钙、氯化镁、尿素、硝酸铁、硫酸钾、硝酸锌及硝酸锰等。

虽然货物溶化后本身的性质并没有发生变化,但由于货物溶化后形态改变会给储存、运输及销售部门带来很大的不便,因此对易溶化货物应按货物性能,分类分区存放在干燥阴凉的库房里,不适合与含水分较大的货物存放在一起。在堆码时要注意底层货物的防潮和隔潮,垫底要垫得高一些,并采取吸潮和通风相结合的温湿度管理方法来抑制货物吸湿溶化。另外,货物溶化与空气温度、湿度及堆码高度有密切关系,所以还要严格注意温度、湿度及堆码的高度等因素。

3. 熔化

熔化是指低熔点的货物受热后发生软化以致化为液体的变化现象。货物的熔化,除受气温高低的影响外,与货物本身的熔点、货物中杂质种类和含量高低密切相关。熔点越低,越易熔化;杂质含量越高,越易熔化。常见易熔化的货物有百货中的香脂、发蜡、蜡烛;文化用品中的复写纸、蜡纸、打字纸、圆珠笔芯;化工货物中的松香、石蜡、粗萘、硝酸锌;医药货物中的油膏、胶囊、糖衣片等。

货物熔化,有的会造成货物流失、粘连包装、沾污其他货物;有的因产生熔解热而体积膨胀,使包装爆破;有的因货物软化而使货垛倒塌。预防货物的熔化,应根据货物熔点的高低,选择阴凉通风的库房储存。在保管过程中,一般可采取密封和隔热措施,加强仓库的温度管理,防止日光照射,尽量减少温度的影响。

4. 渗漏

渗漏主要是指液体货物,特别是易挥发的液体货物,由于包装容器不严密,包装质量不符合货物性能的要求,或在装卸搬运时碰撞震动破坏了包装,而发生跑、冒、滴、漏的现象。

货物的渗漏与很多因素都有关系,这些因素有包装材料的性能、包装容器的结构及包装技术的优劣、仓库温度变化等。例如,有些包装焊接不严,受潮锈蚀;有些包装耐腐蚀性差;有的液态货物因气温升高,体积膨胀而使包装内部压力增大胀破包装容器;有的液态货物在降温或严寒季节结冰,也会发生体积膨胀引起包装破裂而造成货物损失,这些都与仓库的温度变化有关系。因此,对液态货物的管理应综合考虑多种因素,尤其是库内温湿度的控制和管理。

5. 串味

串味是指吸附性较强的货物吸附其他气体、异味,从而改变本来气味的现象。货物之所以具有强的吸附性并且容易串味,主要是因为它的成分中含有胶体物质,以及具有疏松多孔性的组织结构。常见的易被串味的货物有大米、面粉、木耳、食糖、饼干、茶叶、卷烟等。常见的易引起其他货物串味的货物有汽油、煤油、桐油、腌鱼、腌肉、樟脑、肥皂、化妆品以及农药等。

货物串味,与其表面状况,与异味物质接触面积的大小、接触时间的长短,以及环境中异味的浓度有关。容易串味的货物应该尽量密封包装,运输和仓储过程中要保持运输工具和仓储环境的的清洁卫生,并且不得与有强烈气味的货物同车船运输或同库储存。

6. 沉淀

沉淀是指含有胶质和易挥发成分的货物,在低温或高温等因素影响下,部分物质的凝固,进而发生沉淀或膏体分离的现象。常见的易沉淀的货物有墨汁、墨水、牙膏、化妆品等;某些饮料、酒在仓储中,也会离析出纤细絮状的物质而出现混浊沉淀的现象。预防货物的沉淀,应根据不同货物的特点,防止阳光照射,做好货物冬季保温和夏季降温工作。

7. 沾污

沾污是指货物外表沾有其他物质,或染有其他污秽的现象。货物沾污主要是因生产、储运中卫生条件差及包装不严所致。对一些外观质量要求较高的货物,如绸缎、呢绒、针织品、服装等要注意防沾污,精密仪器、仪表类也要特别注意。

8. 破碎与变形

破碎与变形是常见的机械变化,是指货物在外力作用下所发生的形态上的改变。货物的破碎主要发生在脆性较大或易变形货物的仓储中,如玻璃、陶瓷、搪瓷制品、铝制品等因包装不良,在搬运过程中受到碰、撞、挤、压和抛掷而破碎、掉瓷、变形等。货物的变形则通常发生在塑性较大的货物的仓储中,如铝制品、皮革、塑料和橡胶等制品由于受到强烈的外力撞击或长期重压,易丧失回弹性能,从而发生形态改变。

对容易发生破碎和变形的货物,要注意妥善包装,轻拿轻放,在库堆跺高度不能超过一定的压力限度。

(二)化学变化

货物的化学变化是指构成货物的物质发生变化,不仅改变了货物本身的外观形态,也改变了货物的本质,并有新物质生成,且不能恢复成原状的变化现象。货物发生化学变化,严重时会使货物完全丧失使用价值。货物中常见的化学变化有化合、分解、水解、氧化、老化、聚合、裂解、风化、曝光和锈蚀等。

1. 化合

化合是指货物在储存期间,在外界条件的影响下,两种或两种以上的物质相互作用而生成一种新物质的反应。化合反应通常不是单一存在于化学反应中,而是两种反应(分解、化合)依次先后发生。如果不了解这种情况,就会给保管和养护此类货物造成损失。

2. 分解

分解是指某些性质不稳定的货物,在光、电、热、酸、碱及潮湿空气的作用下,由一种物质生成两种或两种以上物质的变化现象。货物发生分解反应后,不仅使其数量减少、质量降低,有的还会在反应过程中产生一定的热量和可燃气体而引起事故。如化工产品中的过氧化钠,如果储存在密封性好的桶里,并在低温下与空气隔绝,其性质非常稳定。但如果遇热,就会发生分解放出氧气;电石遇到潮气,能分解成乙炔和氢氧化钙,并能放出一定的热量,乙炔气体易于氧化而燃烧,要特别予以注意。这类物品的储存要注意包装物的密封性,库房中要保持干燥、通风。

3. 水解

水解是指某些货物在一定条件下,遇水发生分解的现象。货物的品种不同,在酸或碱的催化作用下发生的水解情况也不同。如肥皂在酸性溶液中,能全部水解,而在碱性溶液中却很稳定;蛋白质在碱性溶液中容易水解,在酸性溶液中却比较稳定,所以羊毛等蛋白质纤维怕碱不怕酸。

在物流过程中,易发生水解的货物要注意包装材料的酸碱性,要清楚哪些货物可以或不能同库储存,以防止货物的人为损失。

4. 氧化

氧化是指货物与空气中的氧或其他能放出氧的物质接触,发生的与氧相结合的化学变化。常见的易氧化的货物有某些化工原料、纤维制品、橡胶制品、油脂类货物等。棉、麻、丝、毛等纤维制品,长期受阳光照射会发生变色,也是由于其中的纤维被氧化的结果。

容易发生氧化的货物一定要储存在干燥、通风、散热和温度比较低的库房,防止由于货物的氧化降低货物的质量,甚至于在氧化过程中产生热量,发生自燃,或者引发爆炸事故,最终不能保证货物的质量安全。

5. 老化

老化是指含有高分子有机物成分的货物(如橡胶、塑料、合成纤维等)在储存过程中,受到光、氧、热等因素的作用,出现发粘、龟裂、变脆、强度下降等性能逐渐变坏的现象。易老化是高分子材料存在的一个严重缺陷。老化的原因主要是高分子材料在外界条件作用下,分子链发生了降解和交联等变化。容易老化的货物,在保管与养护过程中,要注意防止日光照射和高温的影响,不能在阳光下曝晒。货物在堆码时不宜过高,以防止底层的货物受压变形。橡胶制品切忌同各种油脂和有机溶剂接触,以防止发生粘连现象。塑料制品要避免同各种有色织物接触,以防止发生串色。

6. 聚合

聚合是指某些货物组成中的化学键在外界条件的影响下发生聚合反应,成为聚合体而变质的现象。例如,由于桐油中含有高度不饱和脂肪酸,在阳光、氧和温度的作用下,能发生聚合反应,生成桐油块浮在其表面,使桐油失去其使用价值。所以,储存、保管和养护此类货物时,要特别注意日光和储存温度的影响,以防止聚合反应的发生,造成货物质量的降低。

7. 裂解

裂解是指高分子有机物(如棉、麻、丝、毛、橡胶、塑料、合成纤维等),在日光、氧、高温条件的作用下,发生了分子链断裂、分子量降低,从而使其强度降低,机械性能变差,产生发软、发黏等现象。例如,天然橡胶在日光、氧和一定温度的作用下,就会发软、发黏而变质。所以,此类货物在保管与养护过程中,要避免受热和日光的直接照射。

8. 风化

风化指含有结晶水的货物,在一定温度和干燥空气中,失去结晶水而使晶体崩解,变成非结晶状态的无水物质的现象。

9. 曝光

曝光是指某些货物见光后,引起变质或变色的现象。例如,石炭酸(苯酚)为白色结晶体,见光即变成红色或淡红色。这些货物在储存过程中,要特别注意防止光线照射,并要防止空气中的氧和温湿度的影响,要做到密封包装。

10. 锈蚀

锈蚀是指金属或金属合金,同周围的介质相接触时,相互间发生某种反应而逐渐遭到破坏的过程。由于金属本身不稳定,在其组成中存在着自由电子和其他杂质,受到水分和有害气体的作用就会被锈蚀。

(三)生理生化变化及其他生物引起的变化

生理生化变化是指有机体货物(有生命力的货物)在生长发育过程中,为了维持其生命活动,自身发生的一系列特有的变化。如呼吸作用、发芽、胚胎发育和后熟作用等。其他生物引起的变化是指货物在外界有害生物的作用下受到破坏的现象,如虫蛀、鼠咬、霉变等。

1. 呼吸作用

呼吸作用是指有机货物在生命活动过程中,不断地进行呼吸,分解体内有机物质,产生热量维持其本身的生命活动的现象。呼吸作用可分为有氧呼吸和无氧呼吸两种类型。

无论是有氧呼吸还是无氧呼吸,都要消耗营养物质,降低食品的质量。有氧呼吸会不断地产生热量,热量的不断积累会不断地使食品腐败变质。同时,有机体分解出来的水分,又有利于有害微生物的生长繁殖,加速货物的霉变。无氧呼吸则会不断地产生酒精,酒精的不断积累会引起有机体细胞中毒,造成生理病害,缩短储存时间。另外,无氧呼吸或有氧呼吸对于一些鲜活货物会消耗更多的营养物质。而且有机体货物在保持正常的呼吸作用的情况下会具有一定的抗病性和耐储性。因此,应保证鲜活货物正常而最低的呼吸,利用它们的生命活性,减少货物损耗、延长储藏时间。

2. 发芽

发芽是指有机体货物在适宜条件下,冲破"休眠"状态,发生的发芽、萌发现象。发芽会使有机体货物的营养物质转化为可溶性物质,供给有机体本身的需要,从而降低有机体货物的质量。如发芽的土豆,由于养分的转移和消耗,使土豆变得空瘪粗老,基本不能再食用。有机体发芽的同时,还会产生发热、发霉等现象,这样会大大增加货物的损耗,使其质量降低。因此,容易发芽的货物必须要提前采取多项预防控制,具体包括控制容易发芽货物的水分,并加强温湿度管理。因此,像土豆这样的货物,也可以通过降低温度来延长休眠期,采用植物生长素或γ射线辐照等方法延长休眠期,从而抑制土豆发芽。

3. 胚胎发育

胚胎发育主要指的是鲜蛋的胚胎发育。在鲜蛋的保管过程中,当温度和供氧条件适宜时,胚胎会发育成血丝蛋、血坏蛋。经过胚胎发育的禽蛋,其新鲜度和食用价值大大降低。因此,加强温湿度管理(低温储藏或停止供氧)是抑制鲜蛋胚胎发育的最好办法。

4. 后熟作用

后熟是指瓜果、蔬菜等类食品在脱离母株后继续其成熟过程的现象。瓜果、蔬菜等的后熟作用,能改进色、香、味以及硬脆度等食用性能。但当后熟作用完成后,则容易发生腐烂变质,难以继续储藏,甚至失去食用价值。因此,为了延长储藏期、均衡上市的目的,具有后熟作用的食品应在其成熟之前采收,并采取控制储存条件的办法,来调节其后熟过程。

5. 霉腐

霉腐是指货物在霉腐微生物作用下所发生的霉变和腐败现象。在气温高、湿度大的季节,如果仓库的温湿度控制不好,储存的针棉织品、皮革制品、鞋帽、纸张以及中药材等许多货物就会发霉;肉、鱼、蛋类就会腐败发臭;水果、蔬菜就会腐烂;果酒变酸,酱油生白膜。霉腐会不同程度地损害货物的质量,直致货物完全丧失其使用价值。更有甚者,霉腐的货物有的具有毒性,可以使人或牲畜中毒而亡。因此,易霉腐货物的储存最好的方法就是严格控制温湿度,并做好货物防霉工作,一旦发生霉腐,应及时正确地做好除霉工作。

6. 虫蛀

害虫对货物的危害性很大,货物在储存期间,常常会遭到仓库害虫的蛀蚀。仓库害虫能使货物发生破碎和孔洞,而且害虫排泄的废物会污染货物,降低货物的使用价值和价值。因此,仓储保管货物时一定要做好防虫工作。

三、影响库存货物质量变化的因素

在储存过程中货物质量会发生变化,严重的会使货物丧失使用价值。因此一定要掌握货物质量变化的规律,保养好货物的质量。影响库存货物质量发生变化的因素很多,主要分为内因和外因两部分,内因决定了货物变化的可能性和程度,外因是促成这些变化的条件。

(一)影响库存货物质量变化的内因

货物在储存期间发生各种变化,起决定作用的是货物本身的内在因素。如化学成分、结构形态、物理化学性质、机械及工艺性质等。

仓储管理

1. 化学成分

不同的化学成分及其不同的含量,既影响货物的基本性质,又影响货物抵抗外界自然因素侵蚀的能力。如普通低碳素钢中加入少量的铜和磷,就能有效地提高其抗腐蚀性能。

2. 结构形态

材料的结构分为微观结构和宏观结构,货物的形态又分为固态、液态和气态。货物结构和形态不同,受到各种因素的影响程度也不同。

3. 物理化学性质

货物的物理化学性质是由其化学成分和组织结构所决定的。物理性质主要是指挥发性、吸湿性、水溶性、导热性等;化学性质主要是指化学稳定性、燃烧性、爆炸性、腐蚀性等。这些都是货物发生变化的决定性因素。

4. 机械及工艺性质

货物的机械性质是指强度、硬度、韧性、脆性、弹性等。货物的工艺性质是指其加工程度(毛坯、半毛坯、成品)和加工精度等。不同加工程度和加工精度的产品,在同等条件下,其变化的程度是不一样的。

5. 包装状况

包装虽然不是产品本身的构成部分,但它却是货物流通过程中产品的载体。大部分货物都有包装,其主要功能是保护货物,包装形式、包装材料、包装技术等,对货物的变化都会产生一定的影响。

(二)影响库存货物质量变化的外因

影响库存货物变化的外界因素很多,从大的方面可分为自然因素和社会因素两大类。这里主要介绍自然因素。

1. 温度

适当的温度是货物发生物理变化、化学变化和生物变化的必要条件。温度过高、过低或急剧变化,都会对某些货物产生不良影响,促使其发生各种变化。如易燃品、自燃品,温度过高容易引起燃烧;含有水分的物质,在低温下容易结冰失效;精密仪器仪表在温度急剧变化的情况下,其准确性会受到影响。

2. 湿度

大气湿度对库存货物的变化影响最大。大部分货物怕潮湿,但也有少数货物怕干燥。过分潮湿或干燥,会促使货物发生变化。如金属受潮后锈蚀,水泥受潮后结块硬化;木材、竹材及其制品,在过于干燥的环境中,易开裂变形。

3. 日光

日光实际上是太阳辐射的电磁波,按其波长,可分为紫外线、可见光和红外线。紫外线能量最强,对货物的影响最大,如它可促使高分子材料老化、油脂酸败、着色物质褪色等。可见光与红外线能量虽较弱,但它被物质吸收后变为热能,加速货物发生物理化学变化。

4. 大气

大气是由干洁空气、水汽、固体杂质等组成的。空气中的氧、二氧化碳、二氧化硫等,对货物都会产生不良影响,大气中的水汽会使湿度增大;大气中的固体杂质,特别是其中的烟尘对货物的危害很大。

5. 生物及微生物

影响货物变化的生物,主要是指仓库害虫、白蚁、老鼠、鸟类等,其中以虫蚀鼠咬危害最大。微生物主要是霉菌、木腐菌、酵母菌、细菌等,如霉菌会使很多有机物质发霉,木腐菌使木材、木制品腐朽。

四、货物保管与保养的基本要求

对在库储存的货物管理要建立健全定期和不定期、定点和不定点、重点和一般相结合的检查制度,严格控制库内温湿度和做好卫生清洁管理。"以防为主、防治结合"是保管保养的核心,要特别重视物品损害的预防,及时发现和消除事故隐患,防止损害事故的发生。特别要预防发生爆炸、火灾、水浸、污染等恶性事故和造成大规模损害事故。在发生、发现损害现象时,要及时采取有效措施,防止损害扩大,减少损失。

仓库保管保养的措施主要有:经常对物品进行检查测试,及时发现异常情况;合理地对物品通风;控制阳光照射;防止雨雪水湿到物品,及时排水除湿;除虫灭鼠,消除虫鼠害;妥善进行湿度控制、温度控制;防止货垛倒塌;防霉除霉,剔出变质物品;对特殊物品采取针对性的保管措施等。

做好货物保管与保养的基本要求如下。

（一）严格验收入库物品

货物入库时必须要做到严格验收,弄清物品及其包装的质量状况,保证入库的货物都是质量完好的货物。尤其是特殊货物更要特别注意,例如,容易吸湿性的货物要检测其含水量是否超过安全水平,对其他有异常情况的物品要查清原因,针对具体情况进行处理和采取救治措施,做到防微杜渐。

（二）适当安排储存场所

由于不同物品性能不同,对保管条件的要求也不同,分类分区、合理安排储存场所是物品养护工作的一个重要环节。如怕潮湿和易霉变、易生锈的物品,应存放在较干燥的库房里;怕热易溶化、发粘、挥发、变质或易发生燃烧、爆炸的物品,应存放在温度较低的阴凉场所;一些既怕热又怕冻且需要较大湿度的物品,应存放在冬暖夏凉的楼下库房或地窖里。此外,性能相互抵触或易串味的物品不能混存在同一库房,以免相互产生不良影响。尤其对于化学危险物品,要严格按照有关部门的规定分类分区安排储存地点。

（三）科学进行堆码苫垫

阳光、雨雪、地面潮气对物品质量影响很大,要切实做好货垛遮苫和货垛垛下苫垫隔潮工作,如利用石块、枕木、垫板、苇席、油毡或采用其他防潮措施。存放在货场的物品,货区四周要有排水沟,以防积水流入垛下;货垛周围要遮盖严密,以防雨淋日晒。货垛的垛形与高度,应根据各种物品的性能和包装材料,结合季节气候等情况妥善堆码。含水率较高的易霉物品,热天应码通风垛;容易渗漏的物品,应码间隔式的行列垛。此外,库内物品堆码应留出适当的距离。

（四）控制好仓库温湿度

仓库的温湿度对货物质量有很大的影响,特别是危险品的储存,仓库的温湿度关系到物品储存的安全。而温度与湿度密切相关,在一定湿度下,随着温度的变化,空气中的水分可以变成水蒸气,也可以变成水滴。例如,易燃液体贮藏室温度一般不许超过 28 ℃,爆炸品贮藏温度不许超过 30 ℃。因此控制仓库的温湿度是十分重要的。应根据库存物品的保管与养护要求,适时采取密封、通风、吸潮和其他控制与调节温湿度的办法,力求把仓库温湿度保持在适应物品储存的范围内。

（五）定期进行货物的在库检查

一般仓库的进出库作业量都很大，而且储存的货物也都品种繁杂，规格型号复杂，特性功能各异，因此必须要对在库进行定期或不定期的盘点和检查。虽然盘点和检查的工作会很复杂，但是为了保证在库货物的质量和数量完好，盘点和检查也是非常必要的。

1. 检查

检查工作主要包括：检查物品保管条件是否满足要求；检查物品质量的变化动态；检查各种安全防护措施是否落实、消防设备是否正常。检查时应特别注意物品的温度、水分、气味、包装物的外观、货垛状态是否有异常。

2. 盘点

盘点是检查账、卡、物是否相符，把握库存物品数量和质量动态的手段。

（六）搞好仓库清洁卫生

储存环境不清洁，易引起微生物、虫类寄生繁殖，危害物品。因此，对仓库内外环境应经常清扫，彻底铲除仓库周围的杂草、垃圾等物，必要时使用药剂杀灭微生物和潜伏的害虫。对容易遭受虫蛀、鼠咬的物品，要根据物品性能和虫、鼠生活习性及危害途径，及时采取有效的防治措施。

五、货物保管与保养的主要方法

（一）仓库温湿度的控制与调节

1. 温度

1）库温

库外露天的温度叫气温；仓库里的温度一般叫做库温；货垛物品的温度叫垛温。气温对库温有直接影响，对垛温有间接影响。

库温的变化规律为：

（1）气温逐渐升降时，仓库温度也随之逐渐升降，仓库温度主要随气温变化而变化。

（2）仓库温度的变化，总是落后于气温变化1小时~2小时。一日内气温在日出前的瞬间达到最低值，14时温度达到最高值；而仓库温度则以日出后1小时为最低，15时为最高。

（3）仓库温度与气温相比，夜间仓库温度高于气温，白天仓库温度低于气温。

（4）仓库温度变化的幅度比气温变化的幅度小，假如气温变化幅度为10℃，则仓库温度变化的幅度仅为5℃~6℃。

（5）仓库内温度还受仓库建筑结构、建筑材料、外表面颜色、库房部位以及储存货物等多种因素的影响。一般来讲，仓库坐落在空旷的地方，外温的影响较小，坐落在周围有建筑物的地方，受外温影响较大；铁皮和木板结构的仓库，受外温影响较大，石墙次之，砖墙又次之。外墙颜色浅、抹光的受外温影响比颜色深、不抹光的小。库房高度、墙壁厚薄、有无顶棚等，也对库温有不同影响。其次，库内不同部位的温度分布也不一致，一般接近库顶的部位，温度较高，而接近于地面的部位，温度较低；向阳一面温度较高，背阳一面温度偏低，垛顶温度偏高，垛底温度偏低；通风好的部位易受外温影响，库内深处温度较稳定。另外，商品堆码的形式和商品的种类都对库温有一定的影响。

库内温度的年变化，完全受气温变化的影响。在春夏季节，气温直线上升时，库温通常低于库外温度；秋冬季节，气温急剧下降时，库温常常高于库外气温。但是，还要根据仓库的密封情况来正确判断。大气温度不可控制,但是仓库温度可以通过采取一定的措施进行控制。

2)货物的安全温度

在绝对湿度不变的情况下,气温的变化,可以提高或降低商品的含水量;同时,当气温超过货物所适应的范围时,将引起那些易溶、易挥发及一部分液体货物发生物理、化学以及生理生化变化,从而造成损失。如甲醛在温度低于15℃时,就会发生聚合反应。因此,把能够保证某种货物质量安全的温度界限成为该种货物的安全温度。对一般货物来说,只要求最高温度界限,但对一些怕冻货物,还要求最低温度线。货物的安全温度,指的是空气温度。

2.湿度

1)仓库湿度

库外露天的湿度叫空气湿度,是指空气中水蒸气含量的程度。通常以绝对湿度、饱和湿度、相对湿度等指标来衡量。

绝对湿度是指单位体积空气中,实际所含水蒸气的重量,即每立方米的空气中,含水蒸气量的克数。

饱和湿度是指在一定气压、气温的条件下,单位体积空气中所能含有的最大水蒸气重量。

相对湿度是指空气中实际含有水蒸气量与当时温度下饱和水蒸气量的百分比,即绝对湿度与相对湿度的百分比,它表示在一定温度下,空气中的水蒸气距离该温度时的饱和水蒸气量的程度。相对湿度越大,说明空气越潮湿;反之,则越干燥。在仓库温湿度管理中,检查仓库的湿度大小,主要是通过观测相对湿度而实现的。

三者之间关系为:相对湿度 = (绝对湿度/饱和湿度) ×100%。

一般而言,温度越高空气的绝对湿度就会越高;相对湿度越大说明空气越潮湿;当温度下降使未饱和空气达到饱和状态时,空气中的水蒸气会变成水珠附在冷的物品上,俗称"出汗",这种现象出现会造成物品损坏,而此时的湿度称之为"露点"。

在温度不变的情况下,空气绝对湿度越大,相对湿度越大;绝对湿度越小,相对湿度越小。在空气中的水蒸气含量不变的情况下,温度越高,相对湿度越小;温度越低,相对湿度越大。

仓库内湿度的变化为:

(1)日变化的时间迟于仓库外,幅度也较小;

(2)密封条件较好的仓库受大气湿度影响较小;

(3)仓库内各部位的湿度也因情况不同而异。

2)货物的安全相对湿度

某些含水量较大的货物,在相对湿度较小的情况下,水分蒸发较快,往往会发生干缩、干裂现象;纺织品货物相对湿度若长期高于70% ~75%的情况下,就会发生霉腐变质现象,使货物的含水量超过正常范围,而降低其使用价值。为了保持货物含水量在安全界限内,就要控制储存环境的空气相对湿度在一定范围内,这个范围就是货物的安全相对湿度。各种货物的安全相对湿度在不同温度下也不一样,而是随着温度的变化而变化。当气温升高时,货物的安全相对湿度就降低;反之,气温降低时,则货物的安全相对湿度就升高。在空气相对湿度高于货物安全相对湿度时,货物可能并不会立即变质。如果超过货物安全相对湿度的时间长,幅度大,货物吸收水分越多,含水量增加,容易引起商品质量的变化。因此控制相对湿度在安全范围内,保证货物的安全含水量,保证货物质量的安全。

3. 温湿度的控制

仓库的温湿度对储存物品的质量影响很大，而仓库的温湿度往往又受自然气候变化的影响，这就需要仓库管理人员依据仓储对象的性质正确地控制和调节仓库温湿度，以确保仓储物品的安全。仓库温度、湿度控制的方法很多，主要有：通风、密封、人工吸潮、降温等。

1）通风

通风就是根据空气自然流动规律，有目的地使仓库内外空气交流，以达到调节库内空气温湿度的目的。利用通风调节库内温湿度是简便易行的有效方法。但是，通风时需要一定的条件，才能收到预期的效果。否则，可能适得其反。

（1）通风时机。

仓库通风需要考虑货物的性质以及它们对温湿度的不同要求，并结合库内外温湿度的对比以及风力、风向等。因此，通风时机主要分为以下几种。

第一种，通风降温。有些货物对温度要求比较严格，而对空气湿度要求则不大严格。如易挥发的双氧水、氨水等化工货物。这类怕热货物，在夏季，只要库外温度低于库内温度，就可以通风。

第二种，通风升温。当库外温度高于库内温度时，可采用通风的办法升温。主要是指怕冻或怕凝固的货物，采用通风方法，调节库内温度。

第三种，通风降湿。有些货物怕潮，如五金货物，需要通风来降低库内的相对湿度。通风时机一般有以下几种情况。

• 当库外空气的相对湿度和绝对湿度都低于库内时，可以通风。

• 当库外温度和绝对湿度都低于库内，而相对湿度稍高时，也可以通风。

• 库内外温度接近，库外相对湿度比库内低，或库内外的相对湿度接近而库外温度较库内温度较低时，都可以通风；因为在这两种情况下，库外的绝对湿度都比库内低。

第四种，通风降温、降湿。当库外温度、相对湿度和绝对湿度都低于库内时，才能通风，达到同时降温、降湿的目的。例如，储存皮革制品就需要同时降温和降湿。

第五种，通风增湿。有些货物怕干，例如，竹木制品，可采用通风方法增加相对湿度。当库外相对湿度高于库内相对湿度时可通风。当库外温度低于库内温度，而相对湿度等于库内时，也可通风。

（2）通风方法。

第一种方法是自然通风。也就是利用库内外的温差和气压差，开启库房的门窗和通风口等，使库房内外的空气进行交换。

第二种方法是机械通风。也就是在库房的上部装设排风扇、库房下部装置送风扇，利用机械设备来加强库内外空气的交换而通风。有的还在通风装置空气过滤设备，以提高空气的洁净程度和降低空气的温度和湿度。此外，为数不少的商业储运公司应用先进的、科学的货物养护设备，进行调温调湿，效果很好。

2）仓库密封

密封就是利用绝热性与防潮性较好的材料，把货物尽可能地严密封闭起来，防止和减弱外界温湿度对货物的影响，以达到安全储存的目的。密封措施是仓库温湿度管理的基础。对库房密封，就能使库内温度处于相对稳定状态。

（1）密封材料。

密封材料多种多样，凡是绝热性、隔潮性好的材料，都可以作为密封的材料。常用的密封材料有以下几种。

• 防潮纸。即具有防潮能力的包装纸的总称。常见的有柏油纸、蜡纸、油纸、用防水剂进行表面处理的纸等。

• 油毡纸。俗称油毛毡，是利用破布、废纸为原料，高级的掺用部分动物毛和矿棉等，将原纸通过熔融的沥青，经热辊挤压，表面掺上滑石粉或碎云母片等制成的。油毡纸隔潮、防水性能好，常用于地坪、库内地面的隔潮，是一种使用较普遍的防潮密封材料。

• 塑料薄膜。该材料防水隔潮能力很强，但是透气率很低。塑料薄膜成本较低、使用方便、效果好，应用广泛。一些生鲜、鲜活货物的储存，都采用塑料薄膜来密封包装。

• 稻谷壳。稻谷壳的主要成分是木质素和粗纤维素，因表面有一层蜡质，故其吸湿性并不是很强，而且稻谷壳内有大空隙，如果成层铺垫，能起到隔热防潮的作用，是良好的密封防潮材料。用作密封的稻谷壳含水量应控制在11%～12%为宜，低些更好。为了防止害虫滋生，可在稻谷壳中渗入少量毒性较小的杀虫剂，搅拌均匀并晾干。使用时，首先在地坪、垫板上铺上一层油毡纸或塑料薄膜，然后再铺15 cm～30 cm厚的稻壳，铺垫一次可使用几年，不必晾晒。

此外，密封材料还有芦席、锯末、干草、河沙等。

（2）密封形式。

• 整库密封。即将整个库房全部密封起来。一般适用于储存量大、出入库不频繁或整进整出的货物，并且要求库房建筑条件较好，为钢筋水泥结构的库房。整库密封时，门、窗、地面等都要采取措施进行密封，例如，要挂上内外两道棉或麻的门帘；窗户玻璃应刷成白色，以防阳光射入和减弱库外热度对库内的影响；门缝要用棉花或其他塞严等。

• 整室密封。即库内小室密封，就是在库内选择温度较低且干燥的适当地方，用木板、纤维板、竹子等材料，建成一个临时性或半固定性的夹层或密封小室，在小室内堆放货物。

• 整垛密封。即利用防潮隔热性能较好的密封材料将整个货垛上下四周严密地密封起来。一般适用于出入不太频繁或整进整出的货物。整垛密封做法简便，效果较好。很多仓库多采用塑料薄膜进行整垛密封。

• 整柜密封。即用密封材料将整个货柜严密地封闭起来的方法。一般适用于出入库频繁、怕潮易霉或易溶化、易生虫的拆件零星货物。

• 整件密封。即严密封闭货物的包装。一般适用于数量不多、体积小的易碎、易生虫的货物，如食品、皮革制品、竹木制品、金属制品、乐器以及仪器等。缸装货物，可用黄泥拌石灰，封盖缸口，或再加塑料布密封。用木箱（桶）、蒌篓包装的货物，可用牛皮纸在包装内外严密加以裱糊。对于易锈、易溶化的货物，可用塑料薄膜严密密封。怕热易熔化变质的货物以及怕潮易溶化变质的货物，如打字蜡纸、干电池等，可用夹层木箱密封储存。包装箱夹层中间填满谷壳或锯末，箱子内外严加裱糊。这样，既隔潮又降温。

各种密封方法可以单独使用，也可以结合使用。

总之，在实际工作中，货物的养护工作一定要结合货物的特性、各地气候特点与仓库条件等因素，因地制宜，灵活运用。但是为了保证货物在密封期间的质量安全，必须注意：密封前，要认真检查货物的质量和含水量是否正常，保证货物质量正常方可密封；要根据货物性质确定密封时间，怕潮易霉的货物，应在梅雨季节来临之前密封，怕热易熔的货物，应在较阴凉的季节进行密封,怕冻货物应在气温较高时进行密封,怕干裂的货物应在温度较高、干燥期来临之前密封等;密封后要定期检查。

3)仓库吸湿

仓库吸湿是在梅雨季节或阴雨天,库内湿度过大,又不宜通风时,在密封条件下使用机械或吸潮剂来降低库内湿度的方法。

(1)吸潮剂吸湿。

吸潮剂具有较强的吸湿性,能迅速吸收库内空气中的水分,从而降低相对湿度。吸潮剂有很多种,常用的如下。

• 生石灰。即氧化钙。生石灰吸湿性比较强,在潮湿的空气中,容易吸收空气中的水蒸气。在使用时,可先捣碎成鸡蛋大小的块状,然后用木箱、筐篓或用铁制容器盛装起来,一般以装到盛装容器的三分之二为宜。装生石灰的容器应妥善放在垛底、垛边、沿墙的四周、库房进出门的两侧,并严禁同货物接触。使用生石灰吸潮时,要严禁其与水分直接接触,以免迅速反应大量放热,引起火灾事故。生石灰吸潮后生成的氢氧化钙,具有较强的腐蚀性,它还能同空气中的二氧化碳反应而放出水分。在使用时,就要勤检查,发现容器内有潮湿呈粉末现象,要及时更换容器内的生石灰。对那些怕碱性的丝毛织品、皮革制品等货物,不要使用生石灰吸潮。为了有效地控制库内的湿度,在使用吸潮剂之前,要首先计算出它的合理用量。

吸潮剂用量 = 仓库溶剂 × (当时库内的绝对湿度 − 库内所要求的湿度)/每千克吸潮剂的吸水量

• 氯化钙。氯化钙分为无水氯化钙和工业氯化钙,呈白色固体状。无水氯化钙的吸湿能力很强,每千克可吸收 1~1.2 kg 水分。我国仓储部门在库内所用的都是工业氯化钙,吸湿性略差些,每千克约吸水 0.7~0.8 kg。氯化钙吸潮后就会溶化成液体变成氯化钙的水化物。这样在使用时要把其放在竹筛上火灾麻袋里,在其下面放置盛装吸潮后的氯化钙液体的瓷制容器。容器中的水溶液要随时倒入库外积存,因为溶液中水分蒸发,影响库内湿度。吸潮溶化后的氯化钙液体,经加热熬煮后还可以继续使用。但是它的缺点比较多,目前已逐渐被淘汰。

• 硅胶。又称硅酸凝胶,是无色透明或是乳白色的颗粒状或不规则的固体。硅胶的吸湿性能很强,每千克可吸收 0.4 kg~0.5 kg 水,吸湿后不溶化,不污染货物,无腐蚀性,吸湿达到饱和状态后,经过一段时间的烘干后可以继续使用。一般在无色的硅胶里加入氯化钴、氯化铁、溴化铜,使其带有一定的颜色,以便掌握其吸湿的程度。蓝绿色的硅胶吸湿后会逐渐变为浅绿色、黄绿色,最后变为深黄色。深蓝色的硅胶吸湿后会逐渐变为浅蓝色,最后变为粉红色或无色。黑褐色或赭黄色的硅胶吸湿后会逐渐变成浅咖啡色,最后变成浅绿色或无色。由于硅胶的价格比较贵,多用于精密仪器等使用价值比较高的货物的吸潮。

(2)机械吸湿。

除了使用吸潮剂外,还可以用空气去湿机吸湿。去湿机具有体积小、重量轻、吸湿快、效率高、不污染货物等优点,而且在机器的底部装有胶轮可以自由移动,接上电源就可以工作。在温度 27 ℃,相对湿度在 70% 时,一般每小时能吸收 3.4 kg 水分。这种去湿机在其背面还附加有可供拆装的新鲜空气风口,可与室内空气混合经去湿后再进入库内,以便保持库内一定量的新鲜空气。

4)气幕隔潮

气幕俗称"风帘",是利用机械鼓风产生强气流,在库房门口形成一道气流帘子,其风速大于库内外空气的流速,可以组织库内外空气的自然交换,从而防止库外热潮空气进入库内。气幕是由气幕筒与自动门两部分联装而成。当自动门的电动机启动时,气幕筒的鼓风电动机也随之启动,当自动门关闭时,气幕筒的电源就会切断而停止鼓风。即启门鼓风,闭门息风。

5)自动控制

可以利用自动控制设备自动控制与调节库房的温湿度,并自动做好记录。当库内温湿度超过储存货物规定范围时,能自动报警、自动开启仓库窗户、自动开动去湿机、自动记录、自动调节。当库内温湿度达到适宜条件时,又能自动停止去湿机工作,自动关闭仓库通风窗。这种自动控制设备占地面积小(仅 1 m³ 左右),使用方便。

(二)仓库要做好防霉虫工作

1. 仓库防霉

货物霉腐是指在某些微生物的作用下,引起货物生霉、腐烂和腐败发臭等质量变化的现象。常见的易霉腐的货物有很多,凡是生物制品如植物的根、茎、叶、花、果及其制品,动物的皮、毛、骨、肌体、脏器及其制品,在适宜菌类生长的条件下,都易发生霉变;矿产品、金属货物本身不会发霉,但是如果沾染污物或以生物为原料制成的附件、配件,在一定条件下,菌类也会生长。一般仓库容易发霉的货物有:棉麻、纸张、鞋帽、纸绢制品、皮毛、皮革、丝毛织物、烟、酒、糖、茶、干鲜果菜等。

1)影响霉腐微生物生存的外界条件

(1)水分和空气湿度。

当空气相对湿度达到 75% 以上时,多数货物的含水量就可能引起霉腐微生物的生长繁殖,因而通常把 75% 这个相对湿度叫做霉腐临界湿度。当湿度与霉腐微生物自身的要求相适应时,霉腐微生物就会生长繁殖。

(2)温度。

大部分的霉腐微生物最适宜的生长温度为 20 ℃~30 ℃,在 10 ℃ 以下不易生长,在 45 ℃以上停止生长。由此可见,高温和低温对霉腐微生物生长都不利。

(3)光线。

多数霉腐微生物在日光直射下经过 1~4 个小时就能大部分死亡。所以,货物大都是放在阴暗的地方才容易霉腐。

(4)溶液浓度。

多数微生物在浓度很高的溶液中不能生长。例如,盐腌和蜜饯食品不能腐烂。但也有少数微生物例外。

(5)空气成分。

多数霉腐微生物要在有氧条件下才能正常生长,因此储存货物的空气成分对货物的霉腐很重要,如果能使二氧化碳增多,而氧气减少,就会抑制微生物的生长。

2)防霉方法

(1)控制好仓库的温湿度。

(2)选择好储存的场所。将易霉腐的货物放在光线充足、干燥的地方。

(3)做好货物的防潮工作。堆码时下垫隔潮,不要靠墙靠柱等。

(4)使用化学药剂防霉。

如果货物已经发生霉腐,应立即采取措施,防止恶化,可根据货物性质不同采用晾晒、加热消毒、烘烤、熏蒸等方法处理。

2. 仓库防虫

仓库内的害虫来源有很多,例如,害虫嵌入在货物中随同货物一起进入仓库;货物的包装材料中隐藏有害虫;树木上的害虫飞入仓库;库内滋生害虫等。这些害虫具有适应性强、食性广杂、繁殖力强、活动隐蔽等特点。常见的易虫蛀货物有毛丝织品、毛皮制品、竹藤制品、纸张及纸制品、烟叶、干果等。

仓库防虫的主要方法有两种,一种是杜绝害虫来源;一种是药物防治。

1) 杜绝害虫来源

入库货物要做好杀虫、防虫处理工作;仓库的环境卫生要做好。

2) 药物防治

当前仓库防治害虫的主要措施就是使用各种化学杀虫剂,常见的杀虫剂有:驱避剂(利用其挥发出的气味起到驱避害虫的目的)、杀虫剂(例如,敌敌畏、敌百虫等)、熏蒸剂(例如,硫磺)。

此外,高温、低温杀虫、缺氧防治等方法均可以起到杀虫的目的。

(三) 仓库要做好金属的防锈和除锈工作

金属在大气中的腐蚀称为锈蚀或生锈。金属生锈是自然规律,但是金属锈蚀危害严重,应该采取措施做好金属的防锈以及除锈工作。

1. 金属防锈

1) 防水防潮,保持干燥

露天下存放的金属材料及设备,主要应预防大气降水(雨、雪、雾、霜、露等)的直接侵蚀,做好下垫上苦工作;存入料棚的金属材料应主要防止漏雨和淋雨;金属库房应保持干燥,其相对湿度应控制在临界湿度以下。

2) 避免在金属材料表面出现结露现象

如果金属材料本身的温度与其所接触的外界温度温差过大,就会出现结露现象。因此,在冬季,库外的金属材料应选择库内外温差小的时机入库,不然,温度很低的金属材料与温度比较高的库内空气接触,有可能出现结露现象;对于有包装的金属设备等,入库后应先放置一段时间,等设备的温度与库内气温相接近时,再进行拆装。

3) 尽量避免有害气体的侵蚀

有害气体主要是工业废气,它可以加速金属的锈蚀。在城市内的物资仓库,很难加以避免,但是可以降低其危害程度。因此,仓库(包括露天仓库)应与产生工业废气的工厂、车间、铁路干线、锅炉房、浴池等保持一定的距离,库房应具有较好的密封性,且库房应处于有害气体的上风向等。

4) 做好卫生清洁工作

金属材料上的灰尘会加速金属的锈蚀,所以金属材料应做好苦盖、密封以及除尘工作。为此,存放金属材料的仓库应远离储灰场、储煤场和储砂场;仓库范围内应硬化地面和绿化库区,防止起尘;库区内不应堆放垃圾及杂物,保持库区的清洁卫生。

5) 防止金属材料的机械损伤

金属材料出厂前已经进行了表面钝化处理或者表面已经形成了一层氧化膜,具有较好的防腐蚀作用,在物资的装卸搬运过程中,应注意装卸搬运的方式方法,防止金属材料的机械损伤,保护其防护膜不受破坏。

6)喷涂缓蚀防护层

金属腐蚀主要是电化学腐蚀,为了破坏电化学腐蚀的条件,可在金属表面喷涂缓蚀防护层,它可以将金属与大气在某种程度上隔离起来,起到防腐蚀的作用。常用的防护层有防锈油脂、气相缓蚀剂等。涂油防锈是在金属表面喷涂一层具有缓蚀作用的防锈油脂。防锈油脂对金属有良好的附着力,具有易喷涂、易清除、无毒害等特点。气相防锈是利用挥发性的固体物质在金属制品周围挥发出缓蚀气体来阻隔腐蚀介质的腐蚀作用,以达到防锈的目的。气相缓蚀剂具有良好的缓蚀防锈功能、无严重毒害作用。气相防锈特别适用于体积小、要求高、形状和结构复杂的金属制品及仪器仪表的防锈,因为防锈是靠挥发的气体起作用,而其他能充满包装或容器的每一个角落和缝隙,所以对任何部位都能发挥作用,而且气相防锈不需要喷涂油膜,不影响被保护金属的外观和使用。

2. 金属除锈

金属的锈蚀是一个从量变到质变的过程,金属开始生锈时表面出现黄色或红色粉末,成为轻锈或浮锈,很容易除掉,对材质无多大影响。随着锈蚀的继续进行,部分氧化膜脱落,出现部分红褐色或淡赭色锈斑,只有用钢丝刷才能除掉,清除后表面粗糙,甚至留有锈痕,这时称为中锈或迹锈。如任其继续锈蚀,则会形成片状褐色松脆的锈层,锈层剥离后,金属表面会出现麻坑,严重影响材质,这时称为重锈或层锈。

金属锈蚀后,应及时除锈,以防进一步加快锈蚀。应根据金属材料及制品的锈蚀程度、精密度、价值、形状、批量等不同情况,采用相应的除锈方法。一般的除锈方法有物理方法和化学方法两种。

1)物理方法除锈

物理方法除锈是利用机械摩擦除去锈层的方法,主要有人工除锈法和机械除锈法。人工除锈也称手工除锈,是靠人工使用钢丝刷、铜丝刷、砂纸、砂布等打磨锈蚀物表面,除掉锈层的方法。人工除锈,劳动强度大,劳动条件差,除锈效率低,需要花费较多的工时,因此只适用于数量少或无法使用机械除锈的情况。机械除锈是利用专门的机械设备进行除锈的方法。

2)化学方法除锈

化学方法除锈是利用酸或碱溶液,与金属表面锈蚀产物发生化学反应,将锈蚀产物溶解、除掉的方法。最广泛采用的化学除锈法就是酸洗法,主要依靠酸与金属锈蚀产物发生化学作用,使不溶性的锈蚀产物变成可溶性物质,脱离金属表面溶入溶液中,达到除锈的目的。

六、5S 管理

5S 管理是企业现场(包括车间、办公室)管理中的一项基本管理。它来源于日本,为日货走向世界立下了汗马功劳。5S 是 SEIRI(整理)、SEITON(整顿)、SEISO(清扫)、SEIKETSU(清洁)、SHITSUKE(素养)这 5 个单词,因为 5 个单词前面发音都是"S",所以统称为"5S",后来人们又将"5S"翻译成英文等。它的具体类型内容和典型的意思就是倒掉垃圾和仓库长期不要的东西。

这里的 5S 是指在物品保管现场,按步骤进行整理、整顿、清扫、清洁和素养的 5 项活动。5S 的不同文字说明如表 4-2 所示。

表 4-2　5S 的不同文字说明

中文	整理	整顿	清扫	清洁	素养
日文(罗马字母)	SEIRI	SEITON	SEISO	SEIKETSU	SHITSUK
英文	Organization	Neatness	Cleaning	Standardization	Discipline and Training
英文	Sort	Straingten	Sweep	Sanitary	Sentiment

（一）整理

整理是指做出要与不要的决定。明确区分要与不要,将要的留下来,不要的清除掉。实施整理的目的是节省空间,防止误发误用,防止积压变质,只管理需要的货物,以提高管理质量和管理效率。

（二）整顿

整顿是指将"要"的东西留下来,"不要"的东西处理掉。第一,把需要的货物以合理的方式分类摆放,并明确标记,以利于准确、快速地查找取用,减少混料、错发的现象。要做到:凡物必分类,有类必有区,有区必有标记;第二,把不要的货物处理掉。实施整顿的目的是便于查找。

（三）清扫

清扫是指将环境清理干净。在整理、整顿后,要进行彻底打扫干净,杜绝污染源。实施清扫的目的是因为整洁明亮的工作环境有利于提高产品质量。

（四）清洁

清洁是指随时保持整洁。清洁是一种状态,是维持整理、整顿、清扫的结果。实施清洁的目的是因为清洁的环境,能使人心情愉快,积极乐观。

（五）素养

素养是指不断追求完美。所谓素养,是指养成遵守既定事项的好习惯,不论是在家庭或是在其他地方,4S(即前4个方面)是身边谁都能做得到的事,做得到也应该做得好,素养就是这4S 的升华。实施素养的目的是培养遵纪守法、品德高尚、具有责任感的员工,营造团队精神。

实施 5S 管理可产生的效能:
- 减少浪费;
- 提高效率;
- 保证质量;
- 树立企业形象;
- 产生经济效益。

【训练步骤】

步骤 1:分组。将学生分为组,每组六七人为宜。
步骤 2:生鲜易腐货物的储存。根据任务描述中给出的具体内容,进行货物保管和养护。
步骤 3:温湿度控制。按照货物的保管要求合理控制温湿度。
步骤 4:仓库清洁。按照生鲜易腐货物的卫生要求清洁仓库。

【注意事项】

（1）务必使学生在操作前充分了解储存货物的养护要点。
（2）能为学生提供实际演练的环境,例如,能有专用实训室等。

项目四：库内操作

（3）以组为单位进行考核,考核形式灵活多样。

【训练评价】

训练考核评分表

考评人		被考评人	
考评内容	生鲜易腐货物保管养护训练		
	内容	分值/分	实际得分
考评标准	能选择合适的储存库房	25	
	能用科学方法控制库内温湿度	25	
	能按规定定期清洁库房	25	
	能积极参与团队的工作任务	25	
	合计	100	

注:考评满分为100分,60分以下为不及格;60～70分为及格;70～80分为中;80～90分为良;90～100分为优。

【任务练习】

一、单项选择题

（1）下列哪一项是指货物在储存过程中所进行的保养和维护工作。（　　　）

A.货物养护　　　　　B、货物保管　　　　　C.货物存储　　　　　D.货物运输

（2）货物养护工作的方针是（　　　）。

A.节省开支　　　　　　　　　　B.效率第一

C.加强责任制　　　　　　　　　D.以防为主、防治结合

（3）改变物质本身的外表形态,而不改变其本质,并不生成新物质是指货物的（　　　）。

A.物理变化　　　　　B.化学变化　　　　　C.机械变化　　　　　D.生物变化

二、简答题

（1）货物中常见的化学变化有哪些?

（2）影响库存货物质量变化的外因有哪些?

三、案例分析

粮食全年保管养护的规律总结

世间万物的发展都有一定的规律,粮食保管也不例外。河北省某县国家粮食储备库主任编制出一套《粮食保管一年早知道示意图》,用坐标法把气候和粮情变化规律直观地标示出来,并撰写了一万多字的说明书,总结出一年中各个时期保粮的措施与重点工作。

元月

元月地冻天气寒,极端低温会出现。抓住有利干冷天,冷冻粮食搞会战。

安全粮食搞深翻,潮热粮食货场摊。冷冻杀虫又抑霉,低温储粮保安全。

二月

二月立春气温暖,中旬以后较明显。低温保粮抓关键,压顶赶在回升前。

低温时间要延长,需要石灰来刷墙。石灰杀虫又灭菌,反射光热保低温。

三月

三月要把春防抓,最高气温二十三。中午仓前害虫爬,初消措施把虫杀。

防止热气来侵入,密封仓房作到家,自然风干季节到,通风降水要搞好。

仓储管理

92

四月

四月清明万物生,存粮安全记心中。抽心挖底来细查,问题处理在萌芽。

四月害虫到处爬,春防工作莫放下。每旬进行一清消,完全彻底把虫杀。

五月

五月工作实在忙,各项工作切莫忘。高温低湿晒潮粮,夏征准备记心上。

害虫侵袭危害大,清消杀虫要狠抓,粮堆害虫已发现,彻底杀虫除隐患。

六月

六月工作最关键,样样都要搞会战。害虫侵袭到顶峰,除治密闭莫放松。

中旬征购正大忙,抓好粮质第一桩。夏粮热入密仓房,高温杀虫办法强。

七月

七月初伏到汛期,雨中三查要牢记。湿热空气要侵袭,粮食仓房全密闭。

七月粮虫呼吸强,科学方法来保粮。抓住时机搞双低,安全储粮费用低。

八月

八月汛期雨绵绵,防汛工作最关键。发现问题不可轻,军事行动来完成。

八月立秋雨星星,湿热空气到顶峰,虫霉危害最严重,保粮方针记心中。

九月

九月还在湿热期,防虫防霉莫麻痹。发现虫霉手头利,及时清理是第一。

九月白露秋来到,秋征准备开始了。腾仓并仓要牢记,清仓消毒要搞好。

十月

十月首先抓秋征,把好粮质功夫硬。寒露到来天转冷,注意温差粮结顶。

十月害虫要越冬,这个问题不可轻。综合措施来防治,彻底杀虫勿留情。

十一月

十一月秋征入库完,抓好水杂排队关。立冬前后温差大,防止结顶要细抓。

十一月鼠雀要搬家,潜入粮库要住下。抓住规律来防治,千方百计消灭它。

十二月

十二月虽说粮情稳,切莫存有麻痹心。局部发热会出现,挖底细查最关键。

防治鼠雀切莫忘,通风降温记心上,元旦前夕来座谈,总结四无利再战。

请总结粮食保管的重点在哪几方面?

【扩展知识1】物品对温湿度的要求

种类	温度/℃	相对湿度/(%)
金属及其制品	5～30	≤75
塑料制品	5～30	50～70
仪表、电器	10～30	70
轴承、钢珠	5～35	60
汽油、煤油	≤30	≤75
工具	10～25	50～60
树脂、油漆	0～30	≤75

【扩展知识2】超市生鲜食品养护的要求与手段

一、采用多种保鲜、养护手段和科学方法

为了避免和防止鲜活易腐易烂易变质的生鲜食品在超市中不至损失或损耗,在储存方面应采用多种保鲜、养护手段和科学方法,如目前应用的冷藏储存、气调储存、脱氧储存、辐射储存、臭氧杀菌储存、涂膜储存等等,确保生鲜食品在储存期的安全,保护其质量和使用价值;要做到减少不必要的环节和避免反复翻动;要贯彻"先进先出"和"质差先出"的原则。严把保管期。

二、生鲜食品养护的手段

超市生鲜食品的养护主要借助于冷藏仓库及各种冰柜来实现。冷藏仓库一般可分为如下几种。

(1)低温冷藏仓库;一般温度控制在 −15 ℃ ~ −18 ℃。

(2)高温冷藏仓库。又称冷风库,一般温度控制在 −2 ℃ ~5 ℃。

(3)结冻冷藏仓库。又称速冻冷藏仓库,一般温度控制在 −20 ℃ ~30 ℃。

(4)恒温仓库。一般温度控制在 5 ℃ ~20 ℃。

(5)冰仓库。一般温度控制在 0 ℃左右。

任务4－4:货物盘点

【任务描述】

仓储货物清单又称为盘点卡,指货物在货架上摆放的次序。仓储货物清单栏目一般包含货物编码、货物名称、货物条码、规格等。

要求:建立仓储盘点清单,并利用现有资源(如教室、宿舍、学校库房等)练习盘点操作,并记录在盘点清单上。

【训练目标】

通过货物盘点的训练,使学生能够熟练进行仓库盘点操作。

【相关知识】

一、货物盘点的目的和程序

货物在库房中因不断地有进出库作业,其库存账面数量容易与实际数量产生不符的现象。有些物品因存放时间过久、储存措施不恰当而变质、丢失等造成损失。为了有效地掌握货物在库数量,需要对在库货物的数量进行清点,即盘点工作。货物盘点是保证储存货物达到账、货、卡完全相符的重要措施之一。仓库的盘点能够确保货物在库数量的真实性及各种货物的完整性。

(一)货物盘点的目的

1. 确定现存量

通过盘点可以查清实际库存数量,并确认实际库存数量与账面库存数量的差异。账面库

存数量与实际库存数量不符的主要原因通常是手工作业中产生的误差,如记录库存数量时多记、误记、漏记;作业中导致的货物损坏、遗失;验收与出库时清点有误;盘点时误盘、重盘、漏盘等。如发现盘点的实际库存数量与账面库存数量不符时,应及时查清原因,并做出适当的处理。

2.确认企业损益

库存货物的总金额直接反映企业库存资产的使用情况,库存量过大,将增加企业的库存成本。通过盘点,可以定期核查企业库存情况,从而提出改进库存管理的措施。

3.核实货物管理成效

通过盘点,可以发现呆品和废品及呆废品处理情况、存货周转率以及货物保管、养护、维修情况,从而采取相应的改善措施。

(二)货物盘点的程序

一般情况下,盘点工作可按下列程序进行:

1.盘点前的准备工作

盘点前要对可能出现的问题,对盘点工作中易出现的差错进行周密地研究和准备是非常重要的。准备工作主要包括:

(1)确定盘点的先后程序和所用的具体方法;

(2)配合会计人员做好盘点准备;

(3)设计、印制盘点用的各种表格;

(4)准备盘点使用的基本器具。

2.确定盘点时间

一般情况下,盘点的时间选择在月末或财务决算前。盘点时间可以是每天、每周、每月、每季、每年盘点一次不等。从理论上讲,在条件允许的情况下,盘点的次数越多越好。但每一次盘点都要耗费大量的人力、物力和财力。因此,应根据实际情况确定盘点时间。存货周转率比较低或库存品种比较少的企业可以半年或一年进行一次货物的盘点。存货周转量大或库存品种比较多的企业可以根据货物的性质、价值大小、流动速度、重要程度来分别确定不同的盘点时间。如按 ABC 分类法将货物分为 A、B、C 不同的等级,分别制定相应的盘点周期,重点的 A 类货物,每天或每周盘点一次,一般的 B 类货物每两周或三周盘点一次,重要性最低的 C 类货物可以每个月甚至更长时间盘点一次。

3.确定盘点方法

货物盘点的方法很多,而且不同的储存场所对盘点的要求也不尽相同,因此所采用的盘点方法也会有所差异。必须根据实际需要确定盘点的方法,这样才能尽可能快速、准确地完成盘点作业。

4.培训盘点人员

盘点工作是一项比较繁杂的工作,需要盘点人员认真、细心、耐心。盘点是否准确、盘点的结果是否能反映真实的情况,取决于盘点作业人员的认真程度和程序的合理性。因此,必须对参与盘点的所有人员进行集中培训。培训的主要内容就是盘点的方法、盘点作业的基本流程和要求,使工作人员掌握盘点的基本要领,清楚表格及单据的填写。

5.盘点作业

盘点工作开始时,首先要对储存场所及库存货物进行一次清理。清理工作主要包括:

（1）对尚未办理入库手续的货物，应予以标明，不在盘点之列；

（2）对已办理出库手续的货物，要提前通知有关部门，运到相应的配送区域；

（3）账卡、单据、资料均应整理后统一结清；

（4）整理货物堆垛、货架等，使其整齐有序，便于清点计数；

（5）检查计量器具，使其误差符合规定要求；

（6）确定在途运输货物是否属于盘点范围。

盘点人员按照盘点单到指定库位清点货物，并且将数量填入盘点单中实盘数量处。

使用盘点机进行盘点，可以采用两种方式：一是输入货物编码及数量；二是逐个扫描货物条码。

二、货物盘点的内容和方法

（一）货物盘点的内容

1. 查数量

通过盘点查明库存货物的实际数量，核对账面库存数量与实际库存数量是否一致，这是盘点的主要内容。

2. 查质量

检查在库货物质量有无变化，包括受潮、锈蚀、发霉、干裂、鼠咬，甚至变质情况；检查有无超过保管期限和长期积压现象；检查技术证件是否齐全，是否证物相符；必要时，还要进行技术检验。

3. 查保管条件

检查库房内外储存空间与场所的利用是否恰当；储存区域划分是否明确，是否符合作业情况；货架布置是否合理；货物进出是否方便、简单、快速；工作联系是否便利；搬运是否方便；传递距离是否太长；通道是否宽敞；储区标志是否清楚、正确，有无脱落或不明显；有无废弃物堆置区；温湿度是否控制良好；堆码是否合理稳固，苫垫是否严密；库房是否漏水，场地是否积水；门窗通风洞是否良好等等。即检查保管条件是否与各种货物的保管要求相符合。

4. 查设备

检查各项设备的使用和养护是否合理；是否定期保养；储位、货架标志是否清楚明确，有无混乱；储位或货架是否充分利用；检查计量器具和工具，如皮尺、磅秤以及其他自动装置等是否准确，使用与保管是否合理，检查时要用标准件校验。

5. 查安全

检查各种安全措施和消防设备、器材是否符合安全要求；检查使用工具是否齐备、安全；药剂是否有效；货物堆放是否安全，有无倾斜；货架头尾防撞杆有无损坏变形；检查建筑物是否损坏而影响货物储存；对于地震、水灾、台风等自然灾害有无紧急处理对策等。

（二）货物盘点的方法

1. 货物盘点的种类

货物盘点分为账面盘点及现货盘点两种。

1）账面盘点

又称永续盘点，就是把每天入库及出库货物的数量及单价输入电脑或记录在账簿上，而后不断地累计加总算出账面上的库存量及库存金额。

2）现货盘点

又称实地盘点，也就是实地去点数，调查仓库内货物的库存数，再依货物单价计算出库存金额的方法。

因此，要得到最正确的库存情况并确保盘点无误，最直接的方法是确定账面盘点与现货盘点的结果完全一致。如存在差异，即产生账货不符的现象，就应分析、寻找错误的原因，弄清究竟是账面盘点记错还是现货盘点点错，划清责任归属。

2.货物盘点的方法

1）动态盘点法

动态盘点又称永续盘点，是指对有动态变化的货物（即发生过收发的货物），即时核对该批货物的余额是否与账、卡相符的一种盘点方法。动态盘点法有利于及时发现差错和及时处理。

2）重点盘点法

重点盘点法是指对货物进出动态频率高的，或者是易损耗的，或者是昂贵的货物进行盘点清查的一种方法。

3）全面盘点法

全面盘点法是指对在库货物进行全面地盘点清查的一种方法。通常多用于清仓查库或年终盘点。盘点的工作量大，检查的内容多，把数量盘点、质量检查、安全检查结合在一起进行。

4）循环盘点法

循环盘点是在每天、每周按顺序一部分一部分地进行盘点，到了月末或期末则每项货物至少完成一次盘点的方法。它是指按照货物入库的前后顺序，不论是否发生过进出业务，有计划地循环进行盘点的方法。

5）定期盘点法

定期盘点又称期末盘点，是指在期末一起清点所有货物数量的方法。

期末盘点必须关闭仓库做全面性的货物清点。因此，对货物的核对十分方便和准确，可减少盘点中的不少错误，简化存货的日常核算工作。缺点是关闭仓库，停止业务会造成损失，并且动用大批员工从事盘点工作，加大了期末的工作量；不能随时反映存货收入、发出和结存的动态，不便于管理人员掌握情况；容易掩盖存货管理中存在的自然和人为的损失；不能随时结转成本。

采用循环盘点法时，日常业务照常进行，按照顺序每天盘点一部分，所需的时间和人员都比较少，发现差错也可及时分析和修正。其优点是对盘点结果出现的差错，很容易及时查明原因；不用加班，可以节约经费。

（三）盘点结果的处理

1.盘点差异因素分析

当盘点结束后，发现账货不符时，应追查差异的原因。可以从以下因素着手：

（1）是否因记账员素质较低，记账及账务处理有误，或进出库的原始单据丢失，盘点不佳导致账货不符；

（2）是否因盘点方法不当，漏盘、重盘或错盘而导致账货不符；

（3）是否因盘点制度的缺点导致账货不符；

（4）是否因账货处理制度的缺点，导致货物数目无法表达；

（5）是否在容许范围之内；

（6）是否可事先预防，是否可以降低账货差异的程度。

2．盘点结果的处理

货物盘点账货差异原因追查清楚后，应针对主要原因进行调整与处理，制定解决方法。

（1）依据管理绩效，对分管人员进行奖惩。

（2）对废次品、不良品减价的部分，应视为盘亏。

（3）存货周转率低，占用金额过大的库存货物宜设法降低库存量。

（4）盘点工作完成以后，所发生的差错、呆滞、变质、盘亏、损耗等结果，应予以迅速处理，并防止以后再发生。

（5）呆滞品比率过大，应设法研究，致力于降低其比率。呆滞品是百分之百的可用品，但是由于库存周转率极低，特别容易被忽视，久而久之积少成多，不但耗损货物价值、积压营运资金，而且占据可利用的库存空间。呆滞品可采取以下措施进行处理：打折出售、与其他公司进行以物易物的相互交易、修改再利用、调拨给其他单位利用。

（6）货物除了盘点时产生数量的盘亏外，有些货物在价格上会产生增减，这些差异经主管部门审核后，必须利用货物盘点数量盈亏及价格增减更正表修改。

【训练步骤】

步骤1：分组。将学生分为组，每组10人为宜。

步骤2：盘货。根据任务描述中给出的具体内容，建立盘点清单，进行货物盘点。

步骤3：对盘点结果进行分析处理。

【注意事项】

（1）注意培养学生严肃认真的工作态度、良好的团队协作精神等。

（2）能为学生提供实际演练的环境，例如，能有专门的库房供学生盘点练习或仓储管理系统实训室等。

【训练评价】

训练考核评分表

考评人		被考评人	
考评内容	货物盘点训练		
考评标准	内容	分值/分	实际得分
	建立盘点清单	25	
	科学盘点程序	25	
	盘点结果分析处理	25	
	能积极参与团队的工作任务	25	
	合计	100	

注：考评满分为100分，60分以下为不及格；60~70分为及格；70~80分为中；80~90分为良；90~100分为优。

【任务练习】

一、单项选择题

(1)下列哪项又称永续盘点。（　　　）

A. 全面盘点法　　　　B. 动态盘点法　　　　C. 重点盘点法　　　　D. 循环盘点法

(2) 在 ABC 分类法下,哪类货物每天或每周盘点一次。（　　　）

A. A 类　　　　B. B 类　　　　C. C 类　　　　D. ABC 三类

(3)下列哪项工作是指为了有效地掌握货物在库数量,需要对在库货物的数量进行清点的工作。（　　　）

A. 苫垫工作　　　　B. 堆垛工作　　　　C. 复核工作　　　　D. 盘点工作

二、简答题

(1)ABC 分类法下的盘点周期是怎样的?

(2)货物盘点的内容有哪几项?

三、案例分析

某储运中心强化仓储物资盘点管理

某储运中心自开展"双增双节、反腐打盗"活动以来,在加大内部挖潜方面积极想措施,强化了仓储物资的盘点管理。及时把握了库存物资的状态,保证账、物、卡、资金相符,合理处置了物资差额、错误、变质、呆滞、盘盈、损耗等情况,有效控制了企业财产的损失。

为更好地管理和利用物资,保持合理库存量,盘活资金,给采购部门提供准确的数据。储运中心在物资管理科专门成立了物资盘点小组,负责各仓库物资的计划盘点、月度抽查盘点和临时盘点任务等。与此同时,针对业务的不断调整和工作中出现的问题,完善了物资盘点管理制度及考核办法。在盘点工作中,物资管理科盘点组不仅查清物资实际库存量和账目、资金是否相符,还要及时记录反馈物资的状态,有无超储存期限、破损、锈蚀、老化等现象。在发现问题后,积极寻找原因,采取合理的纠正预防措施,把发生问题的概率控制在最小,损失降到最低。

请问该中心如何通过强化仓储物资盘点管理来杜绝浪费现象?

【扩展知识1】某企业盘点操作制度

一、总则

为加强库存货物的管理,明确相关人员的保管责任,避免公司的资产受到损失,保证库存货物的真实、准确、有效,确保账实相符,特制定本制度。

二、盘点对象及范围

盘点对象为公司总部 DC 及各分公司 RDC 内存放货物;范围包括所有在库(含常规、非常规类货物)成品。

三、盘点责任主体

公司财务是所有货物金额的最终确认者,负责对整个公司货物盘点数据进行最终核定,还可以按需要对库存货物不定期组织抽盘;销管部下属 Logistics 工作组是所有货物实物保管的最终责任主体,负责组织与指导库存货物的定期盘点工作。对库存货物的丢失、毁损,分公司

项目四：库内操作

经理是分公司的第一责任人并负直接管理责任,销管部负职能管理责任,各分公司 Logistics 工作组负直接责任;分公司经理是分公司货品管理和盘点的第一责任人;对货物的丢失、毁损负直接责任。

四、盘点周期

1. 例行盘点

每月 1 日为全公司盘点日,例行盘点不仅是货品管理的需要,同时也是仓管开展自检自查的过程。逢法定节假日另行通知。

2. 其他事项盘点

(1)供应商某规格产品停产或由于销售模式的改变等,需按大类、规格等对应盘点。

(2)销管经理、分公司经理、总部及分公司 Logistics 工作组等与物流相关人员离职或工作调动时应组织盘点,并建议人力资源部的人事调动在月例行盘点后进行。

(3)按需要对总部及分公司进行的抽盘。

五、盘点人员分工

1. 参加人员

(1)总部:销管经理、Logistics 工作组。

(2)分公司:分公司经理、各销管、Logistics 工作组。

2. 人员职责及分工

(1)领导小组:总部领导小组由财务总监、营销总监、销管部经理组成;分公司由分公司经理、财务负责人、Logistics 工作组组长(或销管)。

(2)各盘点单位管理人员。

督查员:由总部或分公司派出至某盘点单位检查盘点工作,不固定。

总盘人:负责盘点工作的指挥、协调、督导及异常事项向总、分公司领导小组的通报。

总部由销管部经理或 Logistics 工作组组长担任,分公司由分公司经理担任。

(3)各具体盘点实施小组(必须由三人组成一个盘点小组)。

盘点人:负责有顺序地唱报货物型号,由仓库保管员担任。

记录人:负责盘点人唱报货物型号的记录工作,由仓库负责人(或销管)担任。

监盘人:负责复核、监督盘点人唱报型号与记录型号的一致。

总部由客服组人员担任,分公司由财务人员担任。

六、盘点前准备工作

(1)各仓库保管员将货品按常规、非常规等大类、规格将库存货品整理码放;

(2)财务部人员将所有货品明细自 SAP 中导出,签字确认;

(3)残次货品(残次货品的系统、手工保管账必须建立)均单独堆放,与正常库存货品分开;

(4)盘点开始后停止所有货品的进出库动作;

(5)总盘人安排好人员。

(资料来源:http://blog.zj56.com.cn/blogtext.asp? id=2899)

项目五

库存控制

任务 5-1:定量订货

【任务描述】

某企业每年需要购买 A 物资 10 000 t,每吨价格为 350 元,其年储存成本是 5 元/(t·年),每次订货成本为 20 元。假定批量订货,一次到货。

要求:

(1)①确定每次订货的量,使其对企业最有利,即确定最优订货数量;

②确定每年订货的次数,使其对企业最有利;

③确定每次订货时间间隔,使其对企业最有利。

(2)假如 A 物资供应商给出批量折扣条件是:若一次订购量小于 500 t 时,每吨价格为 350 元;若一次订购量大于或等于 500 t 时,每吨价格是 320 元。

如果其他条件不变,确定每次采购多少量,使其对企业最有利。

(3)若允许缺货,且年缺货损失费为 8 元/(件·年)。

若其他条件不变,确定允许缺货的最佳批量。

(4)若订购批量小于 500 t 时,运输价格为 3 元/件,若订购批量大于 500 t 时,运输价格为 2 元/件。

若其他条件不变,确定最佳的订货量。

(5)若最佳订货量为 500 t,订货提前期为 7 天,平均日消耗量为 20 t,安全库存量为 30 t。

若其他条件不变,确定订货点。

(6)年储存成本是 5 元/(t·年),每次订货成本为 20 元。假定是分批均匀进货,进货速度为 $P=1\,500\ t/$月,需求速度 $D=850\ t/$月,那么问应如何组织订货,总费用如何计算?

【训练目标】

通过定量订货训练,让学生学会如何根据实际情况,在不同条件下确定合适的订货批量。

【相关知识】

一、经济订货批量(EOQ)模型

经济订货批量模型又称整批间隔进货模型或EOQ存贮模型,英文为 Economic Order Quantity,该模型适用于整批间隔进货,不允许缺货的存贮问题,即某种物资单位时间的需求量为常数 D,存贮量以单位时间消耗数量 D 的速度逐渐下降,经过时间 T 后,存贮量下降到零,此时开始订货并随即到货,库存量由零瞬间上升为最高库存量 Q,然后开始下一个存贮周期,形成多周期存贮模型。经济订货批量是一种比较理想的状态。

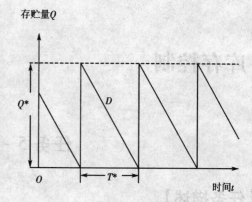

图 5-1　经济订货批量模型图

由于需求量和提前订货时间是确定已知的,因此只要确定每次订货的数量是多少或进货间隔期为多长时间,就可以做出订货策略。由于订货策略是使订货总费用最小的经济原则来确定订货批量,故称该订货批量为经济订货批量。

T——存贮周期或订货周期(年或月或日);

D——单位时间需求量(件/年或件/月或件/日);

Q——每次订货批量(件或个);

C_1——存贮单位物资单位时间的存贮费(元/件·年或元/件·月或元/件·日);

C_2——每次订货的订货费(元);

t——提前订货时间。在理想的经济订货批量计算中,它等于零,即订货后瞬间全部到货。

V——物资的单价或成本(元);

r——存贮费率(元/元·年或元/元·月),即存贮每元物资一年所需的的存贮费用,则存贮费 $C_1 = r \cdot V$

经济订货批量就是使库存总费用达到最低的订货数量,是通过平衡订货费用和保管费用两方面得到的,其计算公式为:

$$Q^* = \sqrt{\frac{2C_2D}{C_1}}, \tag{5-1}$$

由 $Q^* = D/T^*$ 可得,经济订货间隔期为:

$$T^* = \sqrt{\frac{2C_2}{DC_1}} \tag{5-2}$$

按经济订货批量进货时的最小存贮总费用为:

$$C^* = \sqrt{2DC_1C_2} \tag{5-3}$$

二、定量订货法

定量订货法是一种基于数量的订货方法,主要靠控制订货点和订货批量两个参数来控制订货。

1.定量订货法的原理

预先确定一个订货点,在销售过程中随时检查库存,当库存下降到订货点时,就发出一个订货批量,这个订货批量一般以经济订货批量为标准。

定量订货法要随时检查库存,当库存下降到给定的订货点时,就发出订货,每次订货都订一个给定的订货批量。其原理见图5-2所示。

图中是一般情况的例子。在第一阶段,库存以一定的速率下降,当库存下降到 Q_k 时,就发出一个订货批量 Q^*,"名义库存"升高了 Q^*,达到 $Q_{max} = Q_k + Q^*$。进入第一个订货提前期 T_1,在 T_1 内库存继续下降,到 A 点(正好等于 Q_s,在 Q_s 线上)时,新订货物到达,T_1 结束,实际库存由 Q_s 上升到 $Q_s + Q^*$,增加了 Q^*,到达 B 点,进入第二个阶段。在第二

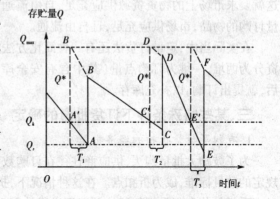

图5-2　定量订货法模型图

个阶段内,库存以一定的速率下降(与第一阶段的速率不同),由图可看出库存的消耗周期长些。当库存下降到 C' 点,即 Q_k 时,发出一个订货批量 Q^*,"名义库存"升高了 Q^*,达到 $Q_{max} = Q_k + Q^*$,进入 T_2,库存下降到 C 点,第二批货 Q^* 到达,T_2 结束,实际库存升高了 Q^*,达到 D 点。接着进入第三个阶段,库存以一定的速率下降(与第一二阶段的速率均不同),库存消耗快,周期短,到 E' 点(Q_k)时发出一个订货批量 Q^*,进入 T_3,在 T_3 内,库存下降较快,动用了安全库存。新订货到达后,实际库存升高了 Q^* 到 F 点,接着进入下一个阶段。库存量就是这样周而复始地循环着。

由图中可以看出,由于整个过程控制了订货点 Q_k 和订货批量 Q^*,使得整个系统的库存水平得到了控制。最高库存量 Q_{max} 不超过 $Q_k + Q^*$。

2.定量订货法控制参数的确定

由上述原理可知,定量订货法需要控制的参数主要有两个:一个是订货点,一个是订货数量。

订货数量,一般为经济订货批量 EOQ。

订货点的计算公式为:

订货点 = 平均日需求量 × 提前期 + 安全库存。

3.定量订货法的优缺点

1)优点

订货点、订货批量一经确定,则定量订货法的操作就非常简单。

当订货量确定后,可以据此提前安排收货、验收、保管等工作,提高工作效率,节省成本。

定量订货法订货批量由经济订货批量决定,可以降低平均库存量和库存费用。

2)缺点

要随时盘存,花费较大的人力和物力。

订货模式过于机械化,灵活性差。

订货时间不能预先确定,所以难于加以严格地管理,难于预先安排较精确的人力、物力、财力等。

所以,定量订货法只能适用于订货不受限制的情况,即订货时间和地点都不受任何限制,这就要求市场上的物资资源供应充足、自由流通。例如,螺栓、螺母,这些单价便宜,不适宜少量订购的物品,市场供应充足,且自由流通。

在实际当中,定量订货法还有一种简化方法,即双堆法。它不用随时盘点,而是将储备物资分为两堆,一堆为订购点量(其中含有安全库存量),另一堆为其余量,当其余量发放完之后,就提出订购,以补充库存。

三、某些特殊条件下订货批量的确定

1. 有购买数量折扣的经济批量

为了鼓励大批量购买,供应商往往在订购数量超过一定量时提供优惠的价格。这个事先规定的数量标准,成为折扣点。在这种情况下,折扣之前和折扣之后的价格肯定不同,买方应对享受折扣前和享受折扣后的总费用进行计算和比较,以确定是否需要增加订货量去获得折扣。总费用应该包括购买费(VQ)、订货费(DC_2/Q)和保管费($QC_1/2$),其公式为:

$$TC = VQ + \frac{DC_2}{Q} + \frac{QC_1}{2}。 \tag{5-4}$$

2. 允许缺货的经济批量

在实际运作中,由于各种不确定因素的存在,有时难免会出现缺货。在允许缺货的情况下,经济批量是指订货费、保管费和缺货费之和最小时的订货量,计算公式为:

$$EOQ = \sqrt{\frac{2C_2D}{C_1}} \cdot \sqrt{\frac{C_1 + C_3}{C_3}}。 \tag{5-5}$$

3. 有运输数量折扣的经济批量

当运输费由卖方支付时,一般不考虑运费对年度总费用的影响。但是运费如果由买方支付的话,就要考虑运费对年度总费用的影响。此时,年度总费用应该包括:购买费、订货费、保管费和运费。其计算公式为:

$$TC = 购买费 + 订货费 + 存储费 + 运输费$$

$$= DV + \frac{DC_2}{Q} + \frac{QC_1}{2} + DP_2, \tag{5-6}$$

式中:P_2——单位重量的运输价格。

四、分批均匀进货的经济订货批量

前面所述均为假设所定货物量一次全部到货入库,而在实际生活中,有时不可能在瞬间就完成大量进货,而是分批均匀进货,甚至一边进货一边出货(进货速度大于出货速度),直到库存量最高。这时不再继续进货,而只是出货,直到库存量降低到安全库存量,又开始新一轮的库存周期循环,如图5-3所示。分批均匀进货的经济批量,仍然是追求存贮总费用最低的经济订货批量。

假设进货速度为P,出货速度(即为需求速度)为D,且$P > D$,T_1为一次均匀补充库存直至最高库存量需要的时间,满足一个订货周期T的需用量,即$Q = PT_1 = DT$。由此可以计算出:$T_1 = DT/P$。

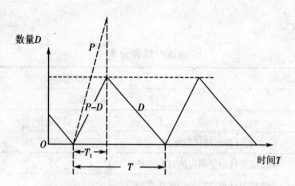

图 5-3　分批均匀进货的经济订货批量

订货批量 Q 需要时间 T_1，即为进货延续时间。在 T_1 时间库存的实际增长速度为 $P-D$，最高库存量为 $(P-D)T_1$，平均库存量为 $(P-D)T_1/2$。由此可推导出，一个周期内的存贮总费用为 $C = $ 存储费 $+$ 订货费 $= \dfrac{1}{2}C_1(P-D)T_1T + C_2$，将 $T_1 = DT/P, T = Q/D$ 带入，再除于 T，可得单位时间存贮总费用为 $CZ = \dfrac{1}{2}C_1\dfrac{P-D}{P}Q + C_2\dfrac{D}{Q}$。

由此可求得使单位时间存贮总费用最低的经济订购批量为：

$$Q^* = \sqrt{\frac{2C_2D}{C_1}} \cdot \sqrt{\frac{P}{P-D}}, \tag{5-7}$$

相应的经济订购周期为：

$$T^* = \sqrt{\frac{2C_2}{DC_1}} \cdot \sqrt{\frac{P}{P-D}}, \tag{5-8}$$

最小存贮总费用为：

$$C^* = \sqrt{2DC_1C_2} \cdot \sqrt{\frac{P-D}{P}}。 \tag{5-9}$$

注：这里的 C^* 是不包含材料的购买费用的。

【训练步骤】

（1）熟悉任务要求。

（2）带着问题学习定量订货法的相关知识。

（3）计算不同条件下的最佳订货批量，制定订货策略。

【注意事项】

（1）注意培养学生严肃认真的工作态度。

（2）注意理论知识与实践工作的结合理解。

项目五：库存控制

【训练评价】

训练考核评分表

考评人		被考评人	
考评内容		定量订货法	
考评标准	内容	分值/分	实际得分
	能计算经济订货批量	25	
	能根据条件制定相应的订购策略	25	
	能分清均匀分批到货与一次送货到门	25	
	能熟练记忆相关计算公式	25	
合计		100	

注:考评满分为100分,60分以下为不及格;60~70分为及格;70~80分为中;80~90分为良;90~100分为优。

【任务练习】

(1)某车间需要某种原件,不允许缺货,按生产计划,月需求量为 400 件,每订购一次,订货费为 5 元,该元件在市场可立刻购得。已知存贮费为 0.6 元/件·年,问应如何组织进货?

(2)某企业每年需要购买 K 型物资 1500 个,单价是 15 元/个,年保管费率为单价的 15%,每次订货费为 200 元。

①计算经济订货批量 EOQ;

②若允许缺货,且年缺货费为 5 元/个,若其他条件不变,允许缺货的经济批量是多少?

③若存在数量折扣:一次订货量小于 700 个,每个单价是 15 元/个,订货量大于或等于 700 个,单价为 12 元/个,若其他条件不变,最佳订货批量是多少?

④若订购批量小于 800 个时,运输费率为 2 元/个;当订购批量大于或等于 800 个时,运输费率为 1.6 元/个。若其他条件不变,最佳订购批量是多少?

(3)向批发商订购某产品,批发商规定,不同订货量可以享受不同的折扣价格,如下表所示,年需求量为 15 000 件,订货费为每次 10 元,年存贮费率 $r = 0.06$(元/元·年),求经济订货批量。

序号	订货数量(件)	价格折扣(%)	单位 Vi(元)
1	1~299	0	35.00
2	300~599	10	32.00
3	600 及以上	20	28.00

(4)某企业仓库 H 型零件年需求量为 60 000 个,一次订货费为 100 元,H 型零件的单价为 50 元,年单位零件的保管费率为单价的 20%,进货速度为 6 000(个/月),试计算该零件在分批连续进货条件下的经济批量、每年的库存总成本、每年的订货次数和订货间隔周期。

【扩展知识】某商场智能洗衣机的采购

随着信息技术的发展,人们使用的东西越来越智能化,新一代的智能洗衣机成了人们感兴趣的商品,智能洗衣机逐渐热销起来。某商场开始经营这种智能洗衣机,但是智能洗衣机价格

仓储管理

高,一台智能洗衣机销售价为 4 000 元。商场考虑到节省流动资金的占用,开始实行库存控制,按订货点机制进行采购。订货提前期为 10 天,安全库存大致取 3 天的销售量。商场的销售速率是平均每天销售 3 台,所以订货点为(10 + 3)× 3 = 39 台。订货批量大致取一个月的销售量,即 90 台。但是这些参数也经常根据旺季和淡季销售速率的变化而适当变化。

这样实施的结果是商场基本上没有出现缺货现象,费用也比较少,资金占用的也较少、资金周转率比较快。

任务 5 - 2:定期订货

【任务描述】

某企业想采用定期订货法来管理 Y 型物资,已知该物资的年需求量为 10 000 件,经济订货批量为 800 件,订货提前期为 7 天,安全库存量为 150 件。

要求:

(1)试确定具体的订货策略。

(2)在某一订货周期初,若通过盘点已知当时的实际库存量为 600 件,已订货而还没有到达的物资量为 0 件,以及已经售出但还没有发货的物资数量 B_i 为 400 件。试确定本次订货量。

【训练目标】

通过定期订货训练,让学生学会如何根据实际情况,在不同条件下确定合适的订货周期和订货批量。

【相关知识】

定量订货法是从数量上控制库存量,虽然操作简单,但是需要随时检查库存,费时费力。而定期订货法是基于时间的订货控制方法,它预先设定订货周期和最高库存量,从而达到控制库存量的目的。只要订货周期和最高库存量控制得当,既可以不造成缺货,又可以达到节省库存费用的目的。

一、定期订货法的原理

定期订货法的原理为,预先设定一个订货周期 T 和一个最高库存量 Q_{max},周期性的检查库存,求出当时的实际库存量 Q_{ki}、已订货而还没有到达的物资量 I_i,以及已经售出但还没有发货的物资数量 B_i,然后发出一个订货批量 Q_i。这个第 i 次的订货量 Q_i 的大小,应使得订货后的"名义库存"升高到 Q_{max}。

定期订货法的原理如图 5-4 所示。在第一阶段,库存以一定的速率下降。因为订货周期是事先确定的,所以订货时间也就确定了。到了订货时间,不论库存量有多少,都要发出订货。所以当到了第一次订货时间(A 点)时,就检查库存,求出当时的库存量 Q_{k1},并发出一个订货批量 Q_1,使库存上升到 Q_{max}。然后进入第二阶段,经过 T 时间又检查库存,得到此时的库存量 Q_{k2},并发出一个订货批量 Q_2,使库存上升到 Q_{max}。如此重复。

二、定期订货法的控制参数

根据原理可知,定期订货法需要确定三个参数,订货周期 T、最高库存量 Q_{max} 和第 i 次订货量 Q_i。订货周期用来控制库存的订货时机,最高库存量用来控制库存的给定库存水平。每隔一个订货周期 T,就检查库存发出一个订货量 Q_i。

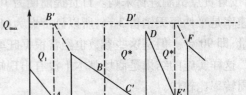

图5-4 定期订货法模型图

1. 订货周期 T 的确定

在定期订货法里,两次订货的时间间隔 T 是固定的,它的确定可以分为三种情况:

第一种是如果订货周期可以由存贮系统自行决定,则可按 $EOQ = \sqrt{\dfrac{2C_2 D}{C_1}}$ 求得经济订货批量的理论值,再按 $T = \dfrac{Q^*}{D}$ 计算求得订购周期,然后适当取整即可。

第二种是如果订货周期需要存贮系统和供货厂商共同商定时,可以根据上述求得的 T,协调企业的具体情况,合理确定。

第三种是订货周期还可以根据物资供应情况的历史统计资料,求得平均供货周期。

实际当中,很多企业还把用上述方法确定的订货周期与日历时间单元(日、周、旬、月、季度、年等)结合起来,统筹考虑来确定合适的订货周期。

2. 最高库存量 Q_{max} 的确定

最高库存量的确定一般是根据一个订货周期 T 和其后一个订货提前期 T_k 合起来组成的时间单元$(T + T_k)$ 内的需求量 Q 和安全库存量来确定的。一般情况下,

$$Q_{max} = Q + SS, \tag{5-10}$$

式中:SS——安全库存量

3. 第 i 次订货量 Q_i 的确定

定期订货法中,每次订货量不一定,它与当时的实际库存量 Q_{ki}、已订货而还没有到达的物资量 I_i,以及已经售出但还没有发货的物资数量 B_i 都有关系。一般情况下,第 i 次的订货量由下式确定:

$$Q_i = Q_{max} - (Q_{ki} + I_i - B_i)。\tag{5-11}$$

三、定期订货法的优缺点

1. 优点

(1)管理人员不用每天检查库存,只是到了订货周期规定要订货的时间,才检查库存,发出订货量。

(2)计划性强,有利于工作计划的安排,实行计划管理。

(3)可以合并订购或进货,减少订货费,而且还方便实现多个品种的联合订购。

(4)周期盘存比较彻底、精确。

因此,定期订货法一般适用于需要严格管理的重要货物。

2. 缺点

(1)因为保险时间($T + T_k$)较长,因此需要较大的安全库存量来保证库存需求。

(2)每次订货的批量不固定,无法制定出经济订货批量,因而运营成本较高,经济性较差。

(3)相对较麻烦,每次订货都需要计算订货量。

四、定量订货法和定期订货法的比较

定量订货法可以在任何时间订货,时间仅取决于产品的需求状况。定期订货法的订货时间取决于事先确定好的订货周期。定量订货法是根据产品的需求状况,当库存量达到某一事先确定的水平时,订货行动便开始;定期订货法是根据事先规定的订货周期,时间一到就开始订货。定量订货法的主要参数是经济订货批量,而定期订货法的主要参数是目标库存和订货周期。

定量订货法和定期订货法的共同优点在于,两者都比较容易制定出统一的采购计划,即订货时间点或库存数量点;将要采购的商品汇总采购,能够获得批量采购的价格优惠;定量和定期订货法基本上来说计算都比较简单,可以有效地设置一般库存和安全库存,对于货物需求的保障能力较好。对于计算机管理库存来说,管理难度大大下降,可以节约人力、物力和营运时间。

定量订货法和定期订货法的共同缺点在于,两者均不适合相关需求库存的管理和相关需求货物的供应管理。对于实施供应链管理的企业来说,信息失真的长鞭效应难以避免。

【训练步骤】

(1)熟悉任务要求。

(2)带着问题学习定期订货法的相关知识。

(3)计算经济订货周期、最高库存量,制定定期订货策略。

(4)根据任务要求,计算每次订货量。

【注意事项】

(1)注意培养学生严肃认真的工作态度。

(2)注意理论知识与实践工作的结合理解。

【训练评价】

训练考核评分表

考评人		被考评人	
考评内容		定期订货法	
考评标准	内容	分值/分	实际得分
	能计算经济订货周期	25	
	能计算最高库存量	25	
	能计算每次订货量	25	
	能熟练记忆相关计算公式	25	
	合计	100	

注:考评满分为100分,60分以下为不及格;60~70分为及格;70~80分为中;80~90分为良;90~100分为优。

【任务练习】

一、多选题

(1)定期订货法的优点为(　　)。

A.计划性强,有利于工作计划的安排,实行计划管理

B.可以合并订购或进货,减少订货费,而且还方便实现多个品种的联合订购

C.周期盘存比较彻底、精确

D.需要较大的安全库存

(2)定期订货法需要确定的参数为(　　)。

A.订货点　　　　　B.最高库存量　　　　　C.订货周期　　　　　D.每次订货量

二、简述定期订货法的原理。

三、计算

某企业想采用定期订货法来管理某种物资,已知该物资的年需求量为 6 000 件,经济订货批量为 90 件,订货提前期为 4 天,安全库存量为 60 件。

要求:

(1)试确定具体的订货策略。

(2)在某一订货周期初,若通过盘点已知当时的实际库存量为 176 件,已订货而还没有到达的物资量为 100 件,以及已经售出但还没有发货的物资数量 B_i 为 90 件。试确定本次订货量。

任务 5 – 3:安全库存的确定

【任务描述】

某仓库想在服务水平为 95% 的基础上,确定 Y 物资的安全库存量和订货点,现有的数据有 Y 物资过去 12 个订货提前期的需求量,分别为:162、173、167、180、181、172、170、168、167、174、170、168 t。

要求:确定 Y 物资合适的安全库存量和订货点。

【训练目标】

通过安全库存量的确定训练,让学生学会如何根据已有的资料来确定合适的安全库存量。

【相关知识】

在实际工作中,需求是随机变化的,同时,补充货物的过程也是随机的,它受到供应商的生产状况、运输状况等影响,很难精确确定。对这种需求与供应的随机性,主要通过设立安全库存来实现。

一、安全库存的定义

安全库存(safety stock)是指为使企业生产经营活动正常进行,防止由于不确定因素(订货提前期内需求增长、到货延误等)引起的缺货而设置的一定数量的库存。

如果某一期间的需求是一定的,不发生变化,那么就没有必要设置安全库存。但是,实际

工作中,因为需求、交货期等一般为不确定因素,往往会发生变化,导致库存与需求发生偏差。安全库存就是为了避免出现库存不足,对库存进行适当管理而设置的。

安全库存量一般情况下是不动用的,若一经动用,则应在下批订货到达后立即补齐。安全库存量除了受需求与供应的不确定性影响外,还与企业希望达到的顾客服务水平有关。安全库存越大,出现缺货的可能性就会更小,可以避免出现缺货是我们所期望的。但是,安全库存与库存量有很大关系。安全库存过高,会导致剩余库存的出现。而且要保持100%的库存服务率付出的成本代价就会非常大。因此,应根据不同物品的用途以及客户的要求,确定合理的顾客服务率,允许一定程度的缺货。

二、安全库存的确定

实践表明,很多物资在订货提前期间的实际需求量 D_t 所出现的概率是服从正态分布的,因此,在实际需求量 D_t 的统计资料比较齐全的情况下,则可运用统计分析法来确定安全库存量 Q_0,其计算公式如下:

$$Q_0 = \alpha \sigma_D \tag{5-12}$$

式中:σ_D——某种物资的提前订货期实际需求量 D_t 的标准偏差;

   α——为安全系数。

σ_D 反应需求量的变化程度,变化程度越大,标准偏差就越大,所需要的安全库存量也就越大。标准偏差 σ_D 可以根据原始数据或经过加工整理后的统计资料,利用数理统计方法求得,即:

$$\sigma_D = \sqrt{\frac{1}{n}\sum_{i=1}^{n}\left(D_{ti} - \overline{D_t}\right)^2}, \tag{5-13}$$

其中,

$$\overline{D_t} = \frac{1}{n}\sum_{i=1}^{n} D_{ti}, \tag{5-14}$$

式中:n——资料数;

   D_{ti}——第 i 次订货提前期的实际需求量;

   $\overline{D_t}$——订货提前期内的平均实际需求量。

安全系数 α 是根据预定服务水平来确定的。服务水平通常用供应量占需求量的百分比来衡量。服务水平与安全系数的关系如表5-1所示。

表5-1　服务水平与安全系数的关系表

安全系数 α	0.5	0.6	0.7	0.8	0.9	1.0	1.1	1.2
服务水平%	69.15	72.57	75.80	78.81	81.59	84.13	86.43	88.49
缺货率%	30.85	27.43	24.20	21.19	18.41	15.87	13.57	11.51
安全系数 α	1.3	1.4	1.5	1.6	1.7	1.8	1.9	2.0
服务水平%	90.32	91.92	93.32	94.52	95.54	96.41	97.13	97.72
缺货率%	9.68	8.08	6.68	5.48	4.46	3.59	2.87	2.28
安全系数 α	2.1	2.2	2.3	2.4	2.5	2.6	2.7	3.0
服务水平%	98.21	98.61	98.93	99.18	99.38	99.53	99.65	99.87
缺货率%	1.79	1.39	1.07	0.82	0.62	0.47	0.35	0.13

由表可见，α 越大，服务水平越高，而缺货率则越小，即 α 是保证物资供应程度的系数。但是，随着 α 取值增大，安全库存量必然增大，因而会引起库存费用的增加，所以，通常不必去追求百分之百的服务水平，而只需选择一个比较满意的服务水平就行了。

确定了安全库存量后，还可以直接求出订货点，其计算公式为：

$$Q_k = \overline{D}_t + Q_0, \tag{5-15}$$

有时候，为了简化计算提前订货期内的实际需求量的标准偏差 σ_D，也可以用近似计算方案求得，按平均绝对值偏差（MAD）计算进行求解。

$$MAD = \frac{1}{n} \sum_{i=1}^{n} |D_{ti} - \overline{D}_t|, \tag{5-16}$$

$$\sigma_D = 1.25 MAD。 \tag{5-17}$$

简化后用 MAD 计算的结果和用 σ_D 的公式计算的结果非常相似。

三、降低安全库存的方法

由于安全库存主要受顾客需求和订货提前期的不确定性影响，因此降低安全库存的方法主要从消除顾客需求的不确定性和订货提前期的不确定性方面考虑。

1. 改善需求预测

预测越准，意外需求发生的可能性就越小。

2. 缩短订货提前期

订货提前期越短，在该期间内发生意外的可能性也越小。

3. 减少供应的不确定性

让供应商知道你的生产计划，以便它们能够及早做出安排，从源头上降低供应的不确定性。

4. 运用历史数据，精确计算顾客需求量和订货提前期的标准差

运用统计的手法通过对前 6 个月甚至前 1 年顾客需求量和订货提前期的分析，求出比较准确的标准差，使得应用公式计算更准确。

5. 改善现场管理，减少废品或返修品的数量

改善现场管理可以减少由于废品或返修品的增加而造成的不能按时按量满足顾客需求，从而不得不动用安全库存。

【训练步骤】

(1)熟悉任务要求。

(2)带着问题学习安全库存的相关知识。

(3)用统计分析法计算安全库存量。

(4)分析降低安全库存量的方法。

【注意事项】

(1)注意培养学生严肃认真的工作态度。

(2)注意理论知识与实践工作的结合理解。

(3)要理解为什么用标准偏差计算安全库存量。

【训练评价】

训练考核评分表

考评人		被考评人	
考评内容	安全库存量的确定		
考评标准	内容	分值/分	实际得分
	能用统计分析计算安全库存量	50	
	能分析降低安全库存量的方法	25	
	能熟练记忆相关计算公式	25	
	合计	100	

注:考评满分为100分,60分以下为不及格;60~70分为及格;70~80分为中;80~90分为良;90~100分为优。

【任务练习】

一、简答题

(1)简述什么是安全库存。

(2)简述降低安全库存的方法。

二、计算

永远食品公司有以往9个月(1月份到9月份)的面粉需求量的统计数据,见下表,公司要求面粉的服务水平必须在99%以上,试确定其安全库存量和订货点。

周期(月)	1	2	3	4	5	6	7	8	9
需求量	30	45	50	36	40	45	35	42	46

任务5-4:ABC分类库存控制法

【任务描述】

某企业仓库存储商品3 500种,每种商品的价格和销售量均不同,其年度销售额排序分为7个档次,详情如表5-2所示。因为品种过多不易管理。

要求:采用ABC分类法对所存储商品进行分类管理。

表5-2 根据年销售额统计的品种数和销售额

每种商品年销售额 X(万元)	品种数	销售额(万元)
$X > 10$	265	6 000
$8 < X \leq 10$	70	550
$6 < X \leq 8$	56	270
$4 < X \leq 6$	97	350
$2 < X \leq 4$	174	430
$1 < X \leq 2$	360	400
$X \leq 1$	2 478	700

【训练目标】

通过 ABC 分类法进行库存管理的训练,让学生学会如何对库存物品进行分类,并根据不同类别的要求进行管理。

【相关知识】

如果仓库里只存储一种商品,那么不存在重点选择的问题,因此不需要进行 ABC 分析。但是一般情况下,仓库里存储的商品品种很多,甚至于上千上万种,而仓库的资源有限,这就需要将仓储的商品进行分类管理。

一、ABC 分类法简述

ABC 分类法最初来源于意大利经济学家帕累托的人口管理理论。帕累托在 1879 年提出了"关键的少数和次要的多数"理论,即:占人口总数 20% 的人手中掌握着社会总财富的 80%,而占人口总数 80% 的人手中掌握着社会总财富的 20%。该理论也被称为是帕累托原则或 80/20 原则。

后来人们发现帕累托理论在其他事物当中也存在,于是就把这个理论推广使用开来。例如,在科研机构中,少数科研人员取得大部分的研究成果;在学校里,学习成绩拔尖的学生只是少数;在公司里,少数人领导大多数人等。1951 年,美国通用电器公司的迪克在对公司的库存产品进行分类时,首次提出将公司的产品,根据销量、前置时间等,分成 ABC 三类:A 类库存为重要的产品,B 类库存为次重要的产品,C 类库存为不重要的产品。

二、ABC 分类库存控制法的原理及步骤

库存管理工作包括多种业务,管理的物资成千上万。一般说来,对所有的库存物资都进行详尽的严格管理是不经济的,也是相当复杂的。比较合理的办法就是对重点物资进行重点管理,而对于一般物资则可以采用相对较松的管理。ABC 分类法应用在库存管理上就是强调对物资进行分类管理,根据库存物资的不同价值而采取不同的管理方法。

（一）ABC 分类库存控制法的原理

将库存物品按品种和占用资金的多少分为特别重要的库存(A 类)、一般重要的库存(B 类)和不重要的库存(C 类),然后针对不同等级分别进行管理与控制。其核心就是"抓住重点,分清主次"。

（二）ABC 分类库存控制法的步骤

(1)确定统计期间(一年、一个季度等),收集相关数据(品种数、单价、销售量等)。

(2)计算每一种物品的年销售金额,并计入 ABC 分析卡。

表 5-3   ABC 分析卡

物资名称			物资编号
单价	销售数量		销售金额

(3)按销售金额的大小将卡片进行排序。

(注意:如果库存品种繁多,逐一列出很麻烦,而且由于混杂在一起,得不出明确概念,若是按金额大小排队之后,再按一定的标准把供应金额分成段,计算出各个段的百分比,就会一

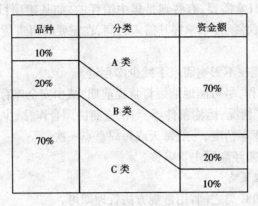

图 5-5 库存 A、B、C 三类物资品种和资金比值关系

目了然。如表 5-3 所示。)

（4）列表计算品种累计、占全部品种的百分比、占全部品种的累计百分比、累计销售金额、占累计销售总额的百分比、占累计销售额的累计百分比。如表 5-4 所示。

表 5-4 ABC 分类法的计算表

每种商品年销售额 X（万元）	品种数	占全部品种的百分比/%	品种累计	占全部品种的累计百分比/%	销售额（万元）	占累计销售总额的百分比/%	累计销售金额/万元	占累计销售额的累计百分比/%
合计								

（5）根据 ABC 分类标准制作 ABC 分析表，如表 5-5 所示。

表 5-5 ABC 分析表

分类	品种数	占全部品种的百分比/%	占全部品种的累计百分比/%	销售额/万元	占销售总额的百分比/%	占销售总额的累计百分比/%
A						
B						
C						

（6）根据 ABC 分析表画出 ABC 分类管理图，如图 5-6 所示。

（7）对 A、B、C 类物资实施不同的管理策略。

三、ABC 分类库存管理的策略（表 5-6）

（一）A 类物资的管理策略

A 类物资是"重要的少数"，要重点管理，应该设法降低其库存额，提高其周转率，这对减少资金占用，提高企业经济效益具有重要的现实意义。主要的具体策略如下。

（1）尽可能地正确预测需求量，根据需求变化特点组织进货。

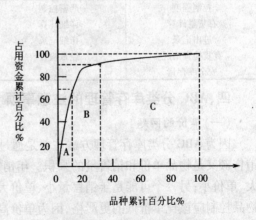

图 5-6 ABC 分类管理图

A类物资中，有些是日常需要，有些则是集中消耗的，如基建项目、机车制造、机车大修等用料集中发生，批量很大，必须技术掌握其需求时间，在需要时再进货，以免因过早进货而造成积压。

（2）少量采购，尽可能在不影响需求下减少库存量。

（3）与供应商协调合作，尽可能地缩短订货提前期，减少安全库存量。

事先了解供应商生产情况、运输条件等，与供应商协调合作，减少安全库存量。

（4）多次盘点，提高库存精度，一般每天或每周盘点一次。

（5）A类物品的采购需经高层主管审核。

（二）B类物资的管理策略

B类物资介于A类和C类之间，用常规方法管理即可。

（1）一般控制库存量，比A类物资的管理放松。

（2）盘点次数比A类少些，一般2～3周盘点一次。

（3）每次采购量也属于中等。

（4）采购需经中级主管审核。

（三）C类物资的管理

C类物资是"次要的多数"，不应投入过多的力量，宁肯多储备一些，所以采取简单的管理策略。主要的策略如下：

（1）盘点次数很少，并可规定C类物资的最少出库量，减少处理的次数；

（2）安全库存量可多些，或者减少订货次数；

可按品种大类综合核定储备定额，将总储量控制在定额左右，减少订货次数；

（3）采购仅需基层主管审核。

这里应把积压物资与C类物资区别开来。所谓积压物资是指多年不发生消耗的物资，它不属于C类，应清仓处理，避免积压。

表5-6　ABC类库存物资的管理控制方法

管理方法　　类别 项目	A	B	C
控制程度	严密控制	较严控制	一般控制
存货量计算	详细计算	较细计算	粗略计算
进出记录	详细记录	有记录	一般记录
存货检查情况	经常检查	较常检查	一般检查
安全库存量	低	较大	大

四、ABC分类库存管理的注意事项

（一）单价的问题

因为ABC分类库存管理方法主要是通过年销售额的大小来确定物品的重要性大小，而年销售额又是物品单价和销售量的乘积。年销售额相同的两个品种，其中有的可能是年销售量大、单价小；另一个可能是年销售量小、单价大。两者的管理策略应该略有不同，一般单价高的物品控制应该比单价低的更严格，因为单价高，存量略高一点，占用资金额就会急剧上升。所以，凡单价高的物品特殊注意，例如，与需用部门多联系，了解其使用方向、需要日期与数量，准时组织采购、控制库存量，力求少积压。同时与需用部门研究替代品的可能与方法，尽量少用高价材料。

(二)物品的重要性

ABC 分类时只考虑资金额是不够的,还必须考虑物品的重要性,主要包括以下几个方面:

(1)缺货会造成停产或严重影响正常生产的物品;

(2)缺货会危及安全的物品;

(3)市场短缺、缺货后不易补充的物品。

A 类物品固然重要,但是它们是通过其销售金额计算的,没有考虑物品的重要性。有一部分 B 类或 C 类物品虽然年销售金额不高,但却具有缺货会影响生产、危及安全、不易补充等性质。因此这些物品完全可能是重要物品。

对于 A 类物品,一般库存管理策略是降低安全库存,适当压缩存量,通过加强管理的方法补救由此造成的风险。但是对于重要物品,库存管理的策略是增加安全库存,且加强管理。

【训练步骤】

(1)熟悉任务要求。

(2)带着问题学习 ABC 分类库存控制的相关知识。

(3)用 ABC 分类法对库存商品进行分类管理。

(4)分析 ABC 三类商品的库存管理策略。

(5)分析 ABC 分类库存控制法的注意事项。

【注意事项】

(1)注意培养学生严肃认真的工作态度。

(2)注意理论知识与实践工作的结合理解。

(3)注意培养学生工作时的严谨性。

【训练评价】

训练考核评分表

考评人		被考评人	
考评内容	ABC 分类库存控制管理法		
考评标准	内容	分值/分	实际得分
	能对库存物品进行 ABC 分类	50	
	能制定 ABC 三类物品的管理策略	25	
	能分析 ABC 分类库存控制法的问题	25	
	合计	100	

注:考评满分为 100 分,60 分以下为不及格;60~70 分为及格;70~80 分为中;80~90 分为良;90~100 分为优。

【任务练习】

(1)关于 ABC 分类法,下列论述错误的是( )。

A. 对 A 类物资一般应采用定期订购的库存控制方式

B. C 类物资应视为物资管理的重点对象

C. ABC 三类物资要采用不同的库存控制方法进行管理

D. 若资源有限,B 类物资可以归到 C 类物资中一并管理

(2)某企业保持有 12 种商品的库存,有关资料如表 5-7 所示。为了有效控制和管理这些商品,该企业打算用 ABC 分析法对其进行分类,请帮该企业完成分类工作并画出 ABC 分类管理图。

表 5-7　库存商品的信息

商品编码	单价/元	销售量/件	商品编码	单价/元	销售量/件
A	4	350	G	6	500
B	9	1400	H	7	550
C	1	300	I	4	120
D	3	160	J	2	330
E	2	280	K	4	290
F	1	220	L	3	2 500

(3)某厂供应品种为 800 个,年供应金额为 10 000 万元,分成 7 段,详情见表 5-8。帮该企业完成 ABC 分类工作并画出 ABC 分类管理图。

表 5-8　供应金额的分段详情表

序号	供应金额区段/万元	品种数/个	供应金额/万元
1	$X > 12$	80	3 000
2	$10 < X \leqslant 12$	10	3 100
3	$9 < X \leqslant 10$	19	1 000
4	$7 < X \leqslant 9$	32	680
5	$4 < X \leqslant 7$	70	961
6	$2 < X \leqslant 4$	89	670
7	$X \leqslant 2$	500	589
合计		800	10 000

任务 5 - 5:物料需求计划(MRP)

【任务描述】

某企业应用 MRP 系统进行库存控制管理工作,表 5-9 给出该企业的产品 H 的主生产进度计划、主产品 H 的结构文件 BOM 如图 5-7 所示、产品 H 的库存文件如表 5-10 所示。时间单位为周,计划期长为 8 周。H、B、C、D 的期初库存量分别为 10、5、0、8。H 的计划到货量见 H 的库存文件,B、C、D 在第 1 周计划到货量分别为 0、20、8。

表 5-9　产品 H 的生产进度表

时期(周)	第 1 周	第 2 周	第 3 周	第 4 周	第 5 周	第 6 周	第 7 周	第 8 周
产量(件/周)	20	20	30		65		20	

表 5-10　产品 H 的库存文件

H 产品 提前期:1 周	周　次							
	第1周	第2周	第3周	第4周	第5周	第6周	第7周	第8周
总需要量	20	20	30		65		20	
计划到货量	15		28		20		45	

要求:掌握 MRP 系统的运作原理、运作过程等相关知识。模仿 MRP 系统的运作,计算出 MRP 系统的输出数据(包括 H 产品的订货计划、B 部件的订货计划、C 部件的订货计划、D 部件的订货计划和出产 H 所需要的物料综合计划。)

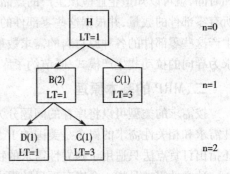

图 5-7　主产品 H 的结构文件图

【训练目标】

通过 MRP 库存控制管理的训练,让学生学会对简单的产品能够手工计算 MRP 的物料生产或采购计划,能够在给定条件下,推算出 MRP 系统的输出结果。

【相关知识】

一、MRP 的产生

20 世纪 60 年代中期之前,企业一般用订货点法来控制库存。但是订货点法主要根据历史记录和实际经验来推测未来的物料需求,比较适用于需求量稳定均衡的物料。

但是,用订货点方法来对库存进行控制和管理,存在很多问题。例如,用订货点方法会造成高库存和低服务水平。因为服务水平越高则库存也越高,而且服务水平大于 95% 以上时,再要提高服务水平,库存量上升很快。如果装配一个部件,需要 5 种零件,当以 95% 的服务水平供给每种零件时,每种零件的服务水平会很高。即使如此,装配这个部件时,5 种零件都不发生缺货的概率仅为 $(0.95)^5 = 0.774$,即装配这种部件时,几乎 4 次中就有 1 次碰到零件配不齐的情况。一台产品常常由上百、上千种零部件,装配产品时不发生缺货的概率就很低了。所以说,用订货点方法来控制和管理库存容易造成零件积压、缺货等问题。

而且,60 年代中期以后,随着经济的发展,消费者的需求越来越多样化和个性化,市场需求变化非常大、非常快,因此生产企业必须根据销售市场的变化及时灵活地调整企业的生产计划。而订货点法不够灵活,不能根据市场需求的变化及时进行调整。为了尽可能地避免消费需求的波动对企业产生大的冲击,企业不得不保持较高的安全库存,造成库存量过高。在这种背景下,需要开发一种新的库存控制方法来满足库存管理的需要。

20 世纪 60 年代在美国生产管理与计算机应用领域提出了 MRP(Material Requirement Planning),即物料需求计划。该方法是美国著名的生产管理和计算机应用专家欧·威特和乔·伯劳士在对 20 多家企业进行研究后提出来的。由于该方法是在生产管理专家结合生产经验和计算机数据处理优势的基础上研制的,比较简单适用,因而得到美国生产与库存管理协会的大力推广,并迅速在美国及其他发达国家制造企业的物料管理中得到了广泛应用。

MRP 是在订货点法的基础上发展形成的一种新的库存计划与控制方法,是建立在计算机基础上的生产计划与库存控制系统。其主要内容包括客户需求管理、产品生产计划、原材料计划以及库存记录。运用 MRP 系统,可以精确地确定各级产品的组成零部件的需求数量和时间,实现有限低库存与高服务水平的并存,解决了制造企业所关心的货物供需平衡问题。

企业的生产过程就是将原材料和零部件转化成产品的过程。如果知道了市场的需求数量和时间,就可以知道企业应该生产的产品数量和时间。然后根据产品的结构确定构成产品的所有零部件的数量,并根据这些零部件的生产周期倒推其生产时间和投入生产时间,以及确定生产这些零部件的各种原材料的需求数量和时间。围绕企业的生产过程,可以实现以客户需求为导向的拉动式生产模式,既节约了库存,又节约了时间。

二、MRP 的基本原理

按需求的类型可以将库存的问题分为两种,一种是独立性需求,一种是相关性需求。独立性需求和相关性需求的概念是美国的 J. A. 奥列基博士(Dr. Joseph A. Orlicky)提出的,同时他还指出订货点法只适用于独立性需求的物资。

独立性需求是指一个库存项目的需求与其他库存项目的需求是无关的需求。即需求项目之间没有任何联系,不会产生一个项目的需求对另一个项目的需求产生影响的需求形式。也可以说独立性需求是将要被消费者消费或使用的制成品的库存。例如,制造业的成品库存(如自行车生产企业的自行车库存;汽车生产企业的汽车库存等),用于维修、办公的各种用品等都属于独立性需求库存。这类制成品的库存需求受市场波动影响很大,不受其他库存品的影响。

相关性需求是指一个库存项目的需求和其他库存项目的需求有直接相关性。也可以说是将被用来制造最终产品的材料或零部件的库存。自行车生产企业为了生产自行车还要保持很多原材料或零部件的库存,如车把、车梁、车轮、车轴等。这些物料彼此之间具有一定的相互关系。例如,一辆自行车需要有两个轮子,如果生产 100 辆自行车,就需要 200 个车轮子。需求的相关性有两种:一种是横向的,如随同产品发货的备件等;另一种是纵向的,即上一级的需求项目派生出下一级的需求项目,如图 5-8 所示。

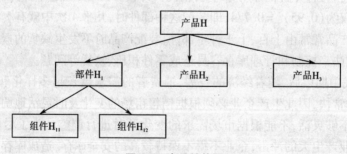

图 5-8 产品结构图

MRP 的基本原理是:由主生产计划、主产品结构文件和产品库存文件逐个求出主产品所有零部件的生产供应时间和生产供应数量。其中,如果零部件是企业内部生产,需要根据各自生产条件和时间长短提前安排投产时间,形成零部件生产供应计划;如果零部件需外购,则根据各自的订货提前期确定提前发出订货的时间、订货数量和批次,形成采购计划。据此实现所有零部件的供应计划,保证客户所需产品的交货期、压缩原材料的库存数量和周期,减少资金占用。

MRP 的逻辑原理图如图 5-9 所示。由图中可以看出，MRP 是根据主生产进度计划、主产品的结构文件和库存文件而生成的。

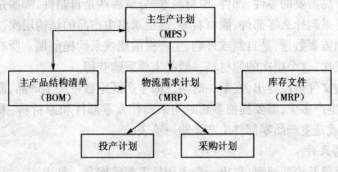

图 5-9 MRP 逻辑原理图

主产品就是企业用以供应市场需求的产成品。例如，汽车制造厂生产的汽车，电视机厂生产的电视机等，都是各自企业的主产品。

主产品的结构文件 BOM(Bill of Materials) 主要反映主产品的层次结构、所有零部件的结构关系和数量组成。根据这个文件，可以确定主产品及其各个零部件的需要数量、需要时间和它们相互间的装配关系。

主生产进度计划 MPS(Master Production Schedule)，主要描述主产品及其结构文件 BOM 决定的零部件的生产进度，表现为各时间段内的生产量，有出产时间、出产数量、或者装配时间、装配数量等。

主产品库存文件，就是主产品以及主产品所属所有零部件、原材料的现有库存量清单文件。包括了主产品及其所有零部件的库存量、已订未到量和已分配但还没有提走的数量。

制定物料需求计划有一个指导思想就是，要尽可能减少库存。需要的物资若仓库中有，就不再安排生产和采购；如果仓库中数量不够，只安排不够的按一部分数量投产或采购。

由物料需求计划再产生产品的投产计划和采购计划，根据产品投产计划和采购计划组织物资的生产和采购，生成制造任务单和采购订货单，交制造部门生产或交采购部门去采购。

MRP 系统的主要目标在于控制库存水平，并优化统筹产品的生产优先顺序，满足交货期的要求，使生产系统的负载与需求之间达到均衡，即在恰当的时间订货，且保证恰当的订货量，满足生产和向客户提供所需的各种材料、部件和产品。

三、手工计算物料需求计划

物料需求计划的制定最早都是用手工分析计算得来的，在这里讲手工计算物料需求计划主要是想让大家了解计算机计算物料需求计划的原理，更多地熟悉物料需求计划过程。

用手工计算物料需求计划的过程步骤如下。

（一）制定主产品生产计划和零部件生产计划

主产品的生产计划，在订货制生产企业，这个计划主要是根据社会对主产品的订货计划生成的；在库存制生产企业，这个计划是根据订货计划或靠预测和经营计划生成。主产品的生产计划就是社会对主产品的需求计划，它是企业生产和采购的主要依据。

在制造企业中，零部件的生产有两个用途：一是用于装配主产品；二是用于提供社会维修企业,对社会上处于使用状态的主产品进行维修保养。这里的零部件生产计划,主要指社会维修企业所提出的零部件的订货计划。

(二)制定主产品的结构文件

根据装配主产品需要的零件、部件、原材料等,分清哪些是自制件,哪些是外购件。自制件在制造过程中又要采购什么零部件、原材料等,逐层求出主产品的结构层次。每个层次的每一个零部件都要标出需要数量、是自制或外购、生产提前期或采购提前期。所有自制件都要分解到最后的原材料层次,这个层次的原材料一般都需要采购获得。

由主产品结构文件可以得出,在某一时间之前生产既定数量的主产品,需要提前多长时间生产什么零部件、生产多少,需要提前多长时间采购什么零部件和原材料、采购多少。把这些资料形成一个表,就是主产品零部件生产采购一览表。

(三)制定库存文件

根据现有库存量及消耗速率,得出一个主产品零部件库存一览表。

(四)部件生产计划

根据主产品和零部件的生产计划、主产品结构文件和库存文件,推导求出物料需求计划。

第 i 个品种下月需求量如下确定:

$$P_i = P \cdot n_i + P_{oi} \tag{5-18}$$

式中:P_i——第 i 个零部件下月需求量;

　　P——主产品下月的计划生产量;

　　n_i——一个主产品中包含第 i 个零部件的个数;

　　P_{oi}——第 i 个零部件下月的外购订货数量。

(五)根据物料需求计划求得采购任务清单

例题:某企业的主产品 A 由两个 B 和一个 C 组成。而一个 B 由一个 D、三个 E 组成。一个 D 又由一个 F 加工得到,而 C、E、F 都是通过外购取得。主产品的结构文件,如图 5-10 所示。图中,A、B、C、D、E、F 为产品名,括弧内的数字表示一个上级产品中所包含的本产品的件数,而 LT 表示订货提前期,单位为天。

由主产品结构文件可以得到主产品零部件生产采购一览表,如表 5-11 所示。

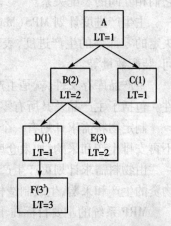

图 5-10　主产品 A 的结构文件图

表 5-11　主产品 A 零部件一览表

零部件名称	数量	自制	外购	提前期(天)
B	=2a	√		2
C	=a		√	1
D	=B=2a	√		1
E	=3B=6a		√	2
F	=3D=6a		√	3

假设 A 产品有数量 a 个。

主产品生产计划和零部件外订计划如表 5-13 所示。其中包括了主产品的出产计划,也包括了社会对零部件 C、E 的维修订货计划。

表 5-12　主产品生产计划和零部件外订计划一览表

时间(周)	第 1 周	第 2 周	第 3 周	第 4 周	月合计
A 生产(件/周)	40	41	36	38	155
C 外订(件/周)	15		20		35
E 外订(件/周)		15		25	40

根据表 5-11 和表 5-12,以及公式 5-18,确定下月的需求量。

表 5-13　零部件的下月需求量

零部件名称	下月需求量
C	$155 \times 1 + 35 = 190$
E	$155 \times 6 + 40 = 970$
F	$155 \times 6 = 930$ kg

四、MRP 系统的运行

MRP 的运行是从客户订单和市场需求开始,通过客户订单以及预测市场需求,得出客户需要什么、需要多少;之后确定产品生产计划,得出最终将要生产产品的时间和数量,这成为预测需要多少人力、物力资源和资金的依据;然后制订零部件生产和采购计划,以及制订之后的原材料供应计划,从而得出生产产品所需要准备的原材料和外购的零部件的具体情况。而在确定实际购买多少零部件和原材料之前,还需要检查库存,并考虑到订货提前期的时间因素,来得出实际的购买量以及购买时间。

为实现这个运行过程,MRP 系统分为 MRP 的输入和和 MRP 的输出两部分。

（一）MRP 的输入

1. 主生产计划（MPS,Master Production Schedule）

主生产计划是 MRP 系统中最主要的输入信息,也是 MRP 系统运行的主要依据。它是靠市场的订单或市场预测来确定未来一段时间(一般是一年)的总需求量,包括需求数量、需求时间等。在主生产计划中,产品出产进度计划一般以周或旬为时间计划单位,它根据企业生产能力状况经过综合平衡,将综合计划具体化。产品出产的进度计划所覆盖的时间长度一般不少于其组成零部件中最长的生产周期。否则这样的产品出产进度计划不能进行 MRP 系统的运行,因此是无效的。

实际上,主生产计划以及其中的产品出产进度计划是解决"要生产什么,生产多少?"的问题。

2. 主产品结构文件（BOM,Bill of Materials）

主产品结构文件又称为物料清单（BOM）,但是它不单单是物料清单,还包括主产品的结构层次、所有各层零部件的品种数量和装配关系。一般用一个自上而下的结构树表示。每一层都对应一个级别,最上层是 0 级,即主产品级,下一层是 1 级,对应主产品的一级零部件,再下一层是 2 级,这样一级一级往下分解,直到最末一层,也就是原材料或外购零部件。

主产品结构文件解决的是"要用到什么"的问题。

3. 库存文件

库存文件也叫库存状态文件,主要包括库存相关信息,提供和记录各种物料的参数变化,具体包括以下参数信息。

1）总需求量

总需求量是指主产品或零部件在每一期内的全部需求量。其中主产品的需求量与主生产进度计划一致,零部件的需求量是根据主生产计划和主产品的结构文件推算出来的。

2）库存量

库存量是指一个周期期末库存货物的数量。在开始运行 MRP 以前,仓库可能还有库存量,叫做现有库存量,也叫本期期初库存量。MRP 运行是在期初库存量的基础上进行的,所以各个品种的起初库存量作为系统运行的重要参数必须要输入到系统之中。在一个周期内,随着货物供应的进行,库存量会发生变化,所以本期期初库存量和期末库存量是不同的。因此规定这里记录的库存量都是周末库存量。它的计算公式为:

库存量 = 本期期初库存量 + 本期到货量 − 本期需求量。

为了防止意外情况造成的延误,有些货物设立有安全库存。因此在考虑安全库存的情况下,库存量还应包含有安全库存量。

3）计划到货量

计划到货量是指在本期 MRP 计划之前已经购进在途、或者生产在产、预计要在本次 MRP 计划期的某个时间到达的货物数量。这些货物会在给定的时间点实际到货入库,并且可以用来满足本次 MRP 计划期内的生产和装配需要;也可以是临时订货、计划外到货或者物资调剂等得到的货物,但不包括根据这次 MRP 运行结果产生的生产任务单生产出来的产品或根据采购订货单采购回来的外购品。这些产品由下面的"计划接受订货"来记录。

（二）MRP 的输出

MRP 的输出信息较多,主要的输出信息有主产品及零部件在各期的净需求量、计划订货接受量和计划订货发出量三个文件。

1. 净需求量

所谓净需求量是指系统需要外界在给定的时间提供的给定物料的数量。净需求量很好地回答了到底生产系统需要什么物资、需要多少、什么时候需要的问题。但是并不是所有的零部件每期都有净需求,只有发生缺货的周,即计划库存量小于 0 才可能发生净需求量。

净需求量的求法如下:

（1）本周计划库存量 >0 时,因为不缺货,所以净需求量为 0。

（2）本周计划库存量 <0 时,又分为两种情况:

第一种:本周计划库存量 <0,而上周的计划库存量 ≥0 时,则本周净需求量就等于本周的缺货量,即本周计划库存量的绝对值。

第二种:本周计划库存量 <0,而上周的计划库存量 <0 时,则本周净需求量就等于本周的缺货量与上周的缺货量之差,即本周计划库存量与上周计划库存量之差的绝对值。

所以,求净需求量可以这样简单的确定:

（1）在现有库存量一栏中第一个出现的负库存量的周期,其净需求量就等于其负库存量的绝对值;

（2）在其后连续出现的负库存量的各周期中,各周期的净需求量等于其本周的负库存量与前一周的负库存量之差的绝对值。

2. 计划接受订货量

计划接受订货量是指为满足净需求量的需求,应该计划从外界接受订货的数量和时间。它用于记录满足净需求量的数量和时间,并且是后面的"计划发出订货"的参照点,因为"计划接受订货量"和"计划发出订货量"两者数量完全相同,时间上相差一个订货提前期。计划接受订货量的时间和数量与净需求量完全相同,即:

计划接受订货量 = 净需求量。

3. 计划发出订货量

计划发出订货量是指发出采购订货单进行采购或发出生产任务单进行生产的数量和时间。其中发出订货的数量,等于"计划接受订货"的数量,也等于同周期的"净需求量"的数量。计划发出订货量的时间为一个生产或订货提前期的时间,即:

计划发出订货时间 = 计划接受订货时间 – 生产(或订货)提前期

= 净需求量时间 – 生产(或订货)提前期。

为了直观起见,MRP 的输出参数总是与 MRP 的库存文件连在一起,边计算边输出结果。举例:

现有 A 产品的库存文件,具体数据见表 5-14 所示。期初库存量为 20。

要求计算出 MRP 系统的输出数据。

表 5-14   A 产品的库存文件

A 产品 提前期:1 周	周 次							
	第1周	第2周	第3周	第4周	第5周	第6周	第7周	第8周
总需要量	25	15	20		60		15	
计划到货量	10		15		40		50	

要计算 MRP 的输出数据,就是上面所提到的三个参数,包括净需求量、计划接受订货量和计划发出订货量。但是计算这些还需要现有库存量,而表 5-14 中没有给出,可以通过下面公式计算出。

本期末库存量(现有库存量) = 上期期末库存量 + 本期计划到货量 – 本期需求量。

上式中本期期末库存量即为 MRP 系统中的现有库存量,它可以为正数、负数和零。所以计算出的现有库存量如表 5-15 所示。

下面就需要将 MRP 的输出参数求出,包括净需求量、计划接受订货量和计划发出订货量。根据上面各个参数的计算方法,可以计算出具体的数据,见表 5-15 所示。

现有库存量的计算中,第 1 周,现有库存量 = 20 + 10 – 25 = 5;第 2 周,现有库存量 = 5 + 0 – 15 = – 10;第 3 周,现有库存量 = – 10 + 15 – 20 = – 15;依次类推可以求出后面各周的现有库存量。

净需求量的计算中,第 1 周,现有库存量为 5 ≥ 0,所以,净需求量为 0;第 2 周,现有库存量为 – 10,其负为第一次出现,所以净需求量为 | – 10 | = 10;第 3 周,现有库存量为 – 15,连续第二次出现负数,所以净需求量为 | – 15 – (– 10) | = 5;依次类推求出后面各周的净需求量。

计划接受订货量的计算非常简单,因为其时间和数量与净需求量完全相同。

计划发出订货量的计算也非常简单,它和"计划发出订货量"两者数量完全相同,时间上比"计划接受订货量"的时间提前一个订货提前期。而本例中订货提前期为 1 周。

表 5-15　A 产品的库存文件及 MRP 的输出结果

A 产品 提前期:1 周	周　次							
	第 1 周	第 2 周	第 3 周	第 4 周	第 5 周	第 6 周	第 7 周	第 8 周
总需要量	25	15	20		60		15	
计划到货量	10		15		40		50	
现有库存量(20)	5	−10	−15	−15	−35	−35	0	0
净需求量	0	10	5	0	20	0	0	0
计划接受订货		10	5		20			
计划发出订货	10	5		20				

五、MRP 的特点

(一)计划的精细性

实施 MRP 要求企业制定详细、可靠的主生产计划,提供可靠的存货记录等。

(二)需求的确定性

MRP 运作的依据是主生产计划、主产品的结构文件、库存文件和各种零部件的生产时间或订货提前期计算出来的,需求的数量和时间都是确定的,不能改变。

(三)需求的相关性

MRP 是针对相关性需求物资的管理方法,需求与资源、需求与品种数量之间都相关。

(四)计算的复杂性

如果主产品复杂、零部件特别多,计算机的计算是相当复杂和庞大的。不过借助计算机进行数据处理,可以大大提高工作效率。

六、MRP 的注意事项

(一)企业必须实施 MRP 系统

如果企业没有实施 MRP 系统,那么就谈不上进行 MRP 库存控制。

(二)需要有良好的供应商管理基础

MRP 系统的运作需要大量的数据做支持,其中涉及有关订货提前期等数据,这就需要有良好的供应商管理做基础,需要与供应商建立稳定的客户关系。

(三)对企业管理的要求更高

MRP 系统的运作需要输入很多的数据,因此需要企业的管理要严格到位,在需要的时候能够将正确的数据输入系统,否则就会影响系统的正常运转,因此对企业的管理提出了更高的要求。

七、MRP 的发展

尽管 MRP 的目标之一是将库存保持在最低水平又能保证及时供应所需的物品,但是MRP 系统仍然存在一些缺陷,主要是没有考虑到生产企业的现有生产能力和采购条件的约束。因此,计算出来的物流需求日期有可能因为设备和工时的不足而没有能力生产,或者因为原料的不足而无法生产等。同时,它也缺乏根据计划实施情况的反馈信息对计划进行调整的功能。

因此,MRP 又进一步发展和完善,20 世纪 70 年代 MRP 发展为闭环 MRP 系统。它在原来

MRP 系统的基础上,将生产能力需求计划、车间作业计划和采购作业计划也全部纳入系统中,形成了一个封闭的 MRP 系统。

之后,随着闭环 MRP 的发展,又将制造范围的资金控制加入系统中,计划方法的名称随着控制对象的升级而改为"制造资源计划(Manufacturing Resourse Planning)",即 MRPII。之后,随着企业计划与控制的原理、方法和软件的成熟和完善,出现了很多的新的管理方法,如 JIT;新的管理思想和战略,如计算机集成制造系统(CLMS,Computer Integrated Manufacturing System)和精益生产(LP,Lean Production)等。计算机和信息技术也飞速发展。MRP 厂商不断完善自己的产品,在产品中加入新的内容。20 世纪 90 年代初,美国人总结当时 MRPII 软件在应用环境和功能方面主要发展的趋势,提出"企业资源计划"(ERP,Enterprise Resources Planning)的概念。ERP 又向前发展了一步,对资源的计算和控制的范围从制造业延伸到整个企业,并且资源计划的原理和方法应用到了非制造业。

【训练步骤】

(1)熟悉任务要求。
(2)带着问题学习 MRP 库存控制管理的相关知识,边学边思考如何完成任务要求。
(3)学会用手工计算 MRP 运作结果。
(4)学会模仿 MRP 系统运作,计算 MRP 运作的结果参数。
(5)对所得的 MRP 运作的结果进行分析。

【注意事项】

(1)计算量很大,而且前后数据关联性很强,注意培养学生严谨、耐心的工作态度。
(2)注意理论知识与实践工作的结合理解。
(3)MRP 运作过程中难免会遇到特殊情况,要将其特殊处理,例如,紧急订单等。

【训练评价】

训练考核评分表

考评人		被考评人	
考评内容	MRP 库存控制管理		
考评标准	内容	分值/分	实际得分
	会用手工计算 MRP 运作结果	25	
	会计算计算机运作 MRP 的结果参数。	50	
	会对所得的 MRP 运作的结果进行分析	25	
	合计	100	

注:考评满分为 100 分,60 分以下为不及格;60~70 分为及格;70~80 分为中;80~90 分为良;90~100 分为优。

【任务练习】

(1)简述 MRP 运作的基本原理。
(2)简述 MRP 系统的输入、输出参数。
(3)简述 MRP 系统的特点。

（4）简述 MRP 的目标。

（5）什么是独立性需求和相关性需求。

（6）设 A 产品的主需求文件和主产品的结构文件如表 5-16 和图 5-11 所示，图中 LT 是订货提前期。又知道 A、B、C、D 的现有库存量分别为 10、8、7、5，计划到货量为 5、4、3、1，都是第 1 周到货，其中 B 和 D 在第 2 周还分别有 10 和 8 的社会维修订货量，试根据这些条件用 MRP 求出物料需求计划。

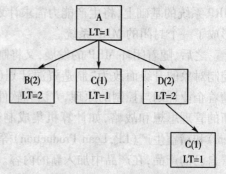

图 5-11　A 产品的结构图

表 5-16　产品 A 的出产进度表

时间（周）	第1周	第2周	第3周	第4周	第5周	第6周	第7周	第8周
产量（件/周）	25	15	20		60		15	

任务 5－6：零库存控制

【任务描述】

现代社会，市场竞争激烈，某空调生产企业面对竞争压力，除了进行产品创新外，还一直致力于压缩库存成本。该企业在了解到很多国际型企业在库存控制上实现了"零库存"，并获得很大的效益之后，也想在本企业实现"零库存"，但是不知道采取什么具体的方式来实现"零库存"。

要求：请帮助该生产企业进行分析，提出实现"零库存"控制的几种切实可行的方法。

【训练目标】

通过零库存控制管理的训练，让学生对零库存有更深的理解和掌握，学会结合企业实际情况，采取实现"零库存"控制的合适方法。

【相关知识】

长期以来，库存作为生产和消费保障的重要手段受到推崇。但国外的统计资料表明，如果使存货保值，必须以近 20%的速度增加其价值。存货在消耗企业可观的储存费用的同时，往往随着时间的变化，其价值也不断贬值，进而形成不良资产，可见，库存已经成为制约企业发展的障碍之一。零库存管理作为一种有效的物流管理策略，在国外已经成功应用多年，并被各国学者所广泛推崇。

一、零库存的概念

零库存是一种特殊的库存概念，其对工业企业和商业企业来讲是个重要分类概念。零库存并不是等于不要储备和没有储备。所谓的零库存，是指物料（包括原材料、半成品和产成品等）在采购、生产、销售、配送等一个或几个经营环节中，不以仓库存储的形式存在，而均是处于周转的状态。它并不是指以仓库储存形式的某种或某些物品的储存数量真正为零，而是通

128

过实施特定的库存控制策略,实现库存量的最小化,甚至可以为"零",即不保持库存。不以库存形式存在就可以免去仓库存货的一系列问题,如仓库建设、管理费用,存货维护、保管、装卸、搬运等费用,存货占用流动资金及库存物的老化、损失、变质等问题。

零库存(Zero Inventory)可追溯到20世纪的六七十年代,当时的日本丰田汽车实行准时制(JIT,just in time)生产,在管理手段上采用了看板管理,以单元化生产等技术实行拉动式生产(Pull Manufacturing),以实现在生产过程中基本没有积压的原材料和半成品。这种按需求生产的制造流程不但大大地降低了生产过程中库存和资金的积压,而且在实现JIT的这个过程中,也相应地提高了相当于生产活动的管理效率。而生产零库存在操作层面上的意义,则是指物料(包括原材料、半成品和产成品)在采购、生产、销售等一个或几个经营环节中,不以仓库储存的形式存在,而均是处于周转的状态。也就是说零库存的关键不在于适当不适当,这和有否拥有库存没有关系,问题的关键在于是产品的存储还是周转的状态。

如此看来零库存的好处是显而易见的。如果企业能够在不同环节实现零库存的话,例如,库存占有资金的减少;加快资金周转;库存管理成本的降低以及规避市场的变化及产品的更新换代而产生的降价、滞销的风险等等。

二、零库存管理的方法

"零库存"管理的含义是以仓库储存形式的某些种物品数量为"零",即不保存经常性库存,它是在物资有充分社会储备保证的前提下,所采取的一种特殊供给方式。

目前企业实行"零库存"管理,其具体的实现方式如下。

(一)无库存储备

库存储备事实上是仍然保有储备,但不采用库存形式,以此达到零库存。像国家战略储备的物资,往往是重要物资,战略储备在关键时刻可以发挥巨大作用,所以几乎所在国家都要有各种名义的战略储备。由于战略储备的重要,一般这种储备都保存在条件良好的仓库中,以防止其损失,延长其保存年限。因而,实现零库存几乎是不可想象的事。但是有些物资可以采用无库存储备的方式来解决问题。例如,有些国家将不易损失的铝这种战备物资作为隔音墙、路障等储备起来,以备万一,在仓库中不再保有库存。

(二)委托营业仓库存储和保管货物

营业仓库是一种专业化、社会化程度比较高的仓库。委托这样的仓库或物流组织储存货物,从现象上看,就是把所有权属于用户的货物存放在专业化程度比较高的仓库中,由后者代替用户保管和发送货物,用户则按照一定的标准向受托方支付服务费。采用这种方式存放和储备货物,在一般情况下,用户自己不必再过多地储备物资,甚至不必再单独设立仓库从事货物的维护、保管等活动,在一定范围内便可以实现零库存和进行无库存式生产。这种零库存形式优势在于:受委托方利用其专业的优势,可以实现较高水平和较低费用的库存管理,用户不再设库,同时减去了仓库及库存管理的大量事务,集中力量于生产经营。但是,这种零库存方式主要是靠库存转移实现的,并不能使库存总量降低。

(三)协作分包方式

即美国的"sub—con"方式和日本的"下请"方式,主要是制造企业的一种产业结构形式,这种形式可以以若干企业的柔性生产准时供应,使主企业的供应库存为零,同时主企业的集中销售库存使若干分包劳务及销售企业的销售库存为零。

在许多发达国家,制造企业都是以一家规模很大的主企业和数以千百计的小型分包企业组成一个金字塔形结构。主企业主要负责装配和产品开拓市场的指导,分包企业各自分包劳务、分包零部件制造、分包供应和分包销售。例如,分包零部件制造的企业,可以采取各种生产形式和库存调节形式,以保证按主企业的生产速率在指定时间送货到主企业,从而使主企业不再设一级库存,达到零库存的目的。对于商店销售,可通过配额码、随供等形式,以主企业集中的产品库存满足各分包者的销售,使分包者实现零库存。

（四）轮动方式

轮动方式也称同步方式,是在对系统进行周密设计前提下,使每个环节速率完全协调,从而根本取消甚至是工位之间暂时停滞的一种零库存、零储备形式。这种方式是在传送带式生产基础上,进行更大规模延伸形成的一种使生产与材料供应同步进行,通过传送系统供应从而实现零库存的形式。

（五）准时供应系统（JIT）

在生产工位之间或在供应与生产之间完全做到轮动,这不仅是一件难度很大的系统工程,而且需要很大的投资,同时,有一些产业也不适合采用轮动的方式。因而,广泛采用比轮动方式有更多灵活性、较容易实现的准时方式。准时方式不是采用类似于传送带的轮动系统,而是依靠有效的衔接和计划达到工位之间、供应与生产之间的协调,从而实现零库存,即"在需要的时候,按需要的量,生产所需的产品"。这是在日本丰田公司生产方式的基础上发展起来的一种先进的管理模式,它是一种旨在消除一切无效劳动,实现企业资源优化配置,全面提高企业经济效益的管理模式。

看板方式是JIT（Just In Time）生产方式中的一种简单有效的方式,也称传票卡制度或卡片制度。采用看板方式,要求企业各工序之间或企业之间或生产企业与供应者之间采用固定格式的卡片为凭证,由下一环节根据自己的节奏,逆生产流程方向,向上一环节指定供应,其主要目的是在同步化供应链计划的协调下,使制造计划、采购计划、供应计划能够同步进行。在具体操作过程中,可以通过增减看板数量的方式来控制库存量。

水龙头方式也是JIT的一种形式,是一种像拧开自来水管的水龙头就可以取水而无需自己保有库存的零库存形式。这是日本索尼公司首先采用的。这种方式经过一定时间的演进,已发展成即时供应制度,用户可以随时提出购入要求,采取需要多少就购入多少的方式,供货者以自己的库存和有效供应系统承担即时供应的责任,从而使用户实现零库存。适于这种供应形式实现零库存的物资,主要是工具及标准件。

（六）按订单生产方式

在拉动（pull）生产方式下,企业只有在接到客户订单后才开始生产,企业的一切生产活动都是按订单来进行采购、制造、配送的,仓库不再是传统意义上的储存物资的仓库,而是物资流通过程中的一个"枢纽",是物流作业中的一个站点。物资是按订单信息要求而流动的,因此从根本上消除了呆滞物资,从而也就消灭了"库存"。

（七）实行合理配送方式

一般来说,在没有缓冲存货情况下,生产和配送作业对送货时间更敏感。无论是生产资料,还是成品,物流配送在一定程度上影响其库存量。因此,通过建立完善的物流体系,实行合理的配送方式,企业及时地将按照订单生产出来的物品配送到用户手中,在此过程中通过物品的在途运输和流通加工,减少库存。企业可以通过采用标准的零库存供应运作模式和合理的配送制度,使物品在运输中实现储存,从而实现零库存。

1. 采用"多批次、少批量"的方式向用户配送货物

企业集中各个用户的需求，统筹安排、实施整车运输，增加送货的次数，降低每个用户、每个批次的送货量，提高运输效率。配送企业也可以直接将货物运送到车间和生产线，从而使生产企业呈现出零库存状态。

2. 采用集中库存的方法向用户配送货物

通过集中库存的方法向用户配送货物，增加库存使商品和数量形成规模优势，降低单位产品成本，同时在这种有保障的配送服务体系支持下，用户的库存也会自然日趋弱化。

3. 采用"即时配送"和"准时配送"的方法向用户配送货物

为了满足客户的特殊要求，在配送方式上，企业采用"即时配送"和"准时配送"的方法向用户配送货物。"即时配送"和"准时配送"具有供货时间灵活、稳定、供货弹性系数大等特点，因此作为生产者和经营者，采用这种方式，库存压力能够大大减轻。甚至企业会选择取消库存，实现零库存。

（八）供应商管理库存（VMI）

VMI 由上游企业拥有和管理库存，下游企业只需要帮助上游企业制定计划，从而下游企业实现零库存。VMI 实际上是对传统库存控制策略进行"责任倒置"后的一种库存管理方法，这无疑加大了供应商的风险。

三、看板管理

（一）看板管理的概念

"看板"是在生产过程中，作为生产指令、领料指令的一种卡片。看板管理是丰田生产模式中的重要概念，是指为达到准时生产方式（JIT）控制现场生产流程的工具，在同一道工序或者前后工序之间进行物流或信息流的传递方式。JIT 是一种拉动式的管理方式，它需要从最后一道工序通过信息流向上一道工序传递信息，这种传递信息的载体就是看板。具体为以顾客需求为组织生产的出发点，将顾客需求信息及时反馈到总装配线的最后一道工序。最后一道工序严格按照顾客需求进行组装，并运用看板作为生产指令和领料指令，按反工艺流程向前一道工序领取生产所必需的零部件，而上一道工序只生产补充被领走的零部件，这样可一直向前追溯到原材料的准备，从而实现生产准时化，达到生产在制品储备最少，库存接近于零。这种生产管理方式就是丰田所谓的"传票卡方式"，即看板管理。准时生产方式中的拉式（Push）生产系统可以使信息的流程缩短，并配合定量、固定装货容器等方式，而使生产过程中的物料流动顺畅。准时生产方式的看板旨在传达信息："何物，何时，生产多少数量，以何方式生产、搬运"。看板的信息包括：零件号码、品名、制造编号、容器形式、容器容量、发出看板编号、移往地点、零件外观等。

（二）看板管理的特点

1. 后一道工序按需要到前一道工序领货

看板不能跨车间（或仓库）取货，取到货后要把前工序零件上的看板摘下挂在指定位置上用以作为前工序的生产指令，然后换上自己所带去的取货看板将零件取回。这样可以做到严格看板所规定的数量进行领料和生产，防止过多的在制品储备，使生产过程中的库存减少到接近于零。

2. 上一道工序只生产后工序所取走数量的零件

前工序严格按后工序取货时摘下的看板及时生产，不见看板不生产，绝不过量制造零部

项目五：库存控制

件。这样,既可以避免盲目生产、防止积压,也可以避免出现紧急短缺等现象,从而使所有工序达到按节拍进行同步化生产。

3.必须保证百分之百的合格品

因为实现看板管理,要求在制品储备趋近于零,如果上工序留下不合格件,后工序就要停产。因为必须经常保证百分之百的合格品流通。当出现不合格件时,要及时采取措施,绝对不准在不合格件上挂看板,不能交给后工序;没有挂看板的零件不准取走。这样做有利于各工序实行生产工人质量自控,便于及时发现不合格件,杜绝无效劳动减少损失浪费。这比传统的最后工序才检验,往往一废一大批的做法显然要优越得多。

4.用最后的工序——消费者的需求量与总装配工序来调节平衡整个生产过程

看板管理把顾客的需求作为企业生产的出发点,把顾客的需求与最后的总装配工序联系在一起,然后按反向工艺流程来控制生产。这样,可以迅速反映市场需求信息,保证做到真正的按需生产,使生产发挥出高度的适应性,避免过量生产而造成积压。

看板对于减少库存、消灭次品,杜绝浪费等都起着巨大的作用。看板的作用及其使用规程可归纳成表4-17。

表 5-17　看板的作用及使用规程

作　用	使用规程
(1)"取件指令"或"运送指令"	(1)后一道工序按照看板到前一道工序领货
(2)"生产指令"	(2)前一道工序只生产掉看板所显示的品种和数量
(3)防止"生产过量"和"过量运送"	(3)没有看板,不运送,不制造零件
(4)作为"实物单",是必须作业的证件	(4)看板必须挂在实物上
(5)防止出废品,要让出不合格品的工序感到痛心	(5)不合格的零件不能挂看板,挂看板的零件必须是百分之百的合格品
(6)是暴露问题的工具,库存管理的工具	(6)看板的周转数量应尽量减少

看板方式作为一种进行生产管理的方式,在生产管理史上是非常独特的,看板方式也可以说是 JIT 生产方式最显著的特点。但是,决不能将 JIT 生产方式与看板方式等同起来。JIT 生产方式说到底是一种生产管理理念,而看板只不过是一种管理工具。看板只有在工序一体化、生产均衡化、生产同步化的前提下,才有可能发挥作用。如果错误地认为 JIT 生产方式就是看板方式,不对现有的生产管理方式作任何变动就单纯地引进看板方式的话,是对企业发展起不到任何作用的。各企业要结合本企业的具体情况,根据看板管理的基本原理、学创结合,编制出切合实际的物料管理看板。

四、供应商管理库存(VMI)

(一)VMI 的概念

传统的库存是由库存拥有者管理的。因为无法确切地知道用户需求与供应的匹配状态,所以需要库存,库存设置与管理是由同一组织完成的。这种库存管理模式并不总是最优的。例如,一个供应商用库存来应付不可预测的或某一用户不稳定的需求(这里的用户不是指最终用户,而是分销商或批发商),用户也设立库存来应付不稳定的内部需求或供应链的不确定性。由于供应链的各个不同组织根据各自的需求独立运作,导致重复建立库存,整个供应链系统的库存会随着供应链长度的增加而发生需求扭曲,因而无法达到供应链整体成本最低。

而 VMI 打破了传统的各自为政的库存管理模式,体现了供应链的集成化管理思想,适应市场变化的要求,是一种新的、有代表性的库存管理思想。

VMI 是 Vendor Managed Inventory 的缩写,可译为"供应商管理的库存"。具体来说,VMI 是一种以用户和供应商双方都获得最低成本为目的,在一个共同的协议下由供应商管理库存,并不断监督协议执行情况和修正协议内容,使库存管理得到持续改进的合作性策略。VMI 的主要思想是供应商在用户的允许下设立库存,确定库存水平和补给策略,拥有库存控制权。

VMI 的理念与 RMI(Retailer Managed Inventory,可理解为零售商自己管理库存)的传统库存管理模式完全相反。作为一种全新的库存管理思想,VMI 在分销链中的作用尤为重要,正受到越来越多的人的重视。

(二)VMI 的特点

同传统的库存控制方法相比,VMI 模式具有以下几个特点。

1. 合作性

VMI 模式的成功实施,客观上需要供应链上各企业在相互信任的基础上密切合作。其中,信任是基础,合作是保证。

2. 互利性

VMI 追求双赢的实现,即 VMI 主要考虑的是如何降低双方的库存成本,而不是考虑如何就双方的成本负担进行分配的问题。

3. 互动性

VMI 要求企业在合作时采取积极响应的态度,以实现反应快速化,努力降低因信息不畅而引起的库存费用过高的状况。

4. 协议性

VMI 的实施,要求企业在观念上达到目标一致,并明确各自的责任和义务。具体的合作事项都通过框架协议明确规定,以提高操作的可行性。

(三)推动 VMI 运行的先决条件

企业在实施 VMI 前,应该对自己所处的环境和自身的条件加以分析与比较。主要考虑的因素如下。

1. 企业在供应链中的地位

首先要考虑企业是否为"核心企业"或者是否为供应链中至关重要的企业。它要求实施企业必须具备较高管理水平的人才和专门的用户管理职能部门,用以处理供应商与用户之间的订货业务、供应商对用户的库存控制等其他业务;必须有强大的实力推动 VMI,使供应链中的企业都按照它的要求来实行补货、配送、共享信息等目标框架协议。

2. 企业在供应链中的位置

VMI 一般适合于零售业与制造业,最典型的例子就是沃尔玛和戴尔集团。他们有一个共同的特点,就是在供应链中所处的位置都很接近最终消费者,即处在供应链的末端。其中有一个主要原因就是,VMI 可以消除"牛鞭效应"的影响。

3. 信誉良好的合作伙伴

VMI 在实施过程中要求零售商(在制造业为生产商)提供销售数据,而供应商要按时准确地将货物送到客户指定的地方,这一点生产商的要求尤其高。

(四)VMI 的实施方法

库存状态对供应商透明是实施供应商管理用户库存的关键。供应商能够随时跟踪和检查到销售商的库存状态,从而快速地响应市场的需求变化,对企业的生产(供应)状态做出相应的调整。为此需要建立一种能够使供应商和用户(分销、批发商)的库存信息系统透明连接的方法。

供应商管理库存的策略可以分为如下几个步骤实施。

1. 建立顾客情报信息系统

要有效地管理销售库存,供应商必须能够获得顾客的有关信息。通过建立顾客的信息库,供应商能够掌握需求变化的有关情况,把由分销商进行的需求预测与分析功能集成到供应商的系统中来。

2. 建立销售网络管理系统

供应商要很好地管理库存,必须建立起完善的销售网络管理系统,保证自己的产品需求信息及物流畅通。

3. 建立供应商与分销商的合作框架协议

供应商和分销商一起通过协商,确定处理订单的业务流程及控制库存的有关参数(如再订货点、最低库存水平等)、库存信息的传递方式(例如,EDI 或 Internet)等。

4. 组织结构的变革

因为 VMI 改变了供应商的组织模式,需要由订货部门负责用户库存控制、库存补给等工作。

一般来说,适合实施 VMI 的情况有:

(1)分销商没有信息系统和其他基础设施来管理库存;

(2)制造商实力雄厚并且比分销商市场信息量大;

(3)制造商有较高的库存交货水平,能够有效规划运输。

(五)VMI 的局限性

通过几年的实施,VMI 被证明是比较先进的库存管理办法。VMI 由上游企业拥有和管理库存,下游企业只需要帮助上游企业制定计划,从而下游企业实现零库存,上游企业库存大幅度减小。但 VMI 也有以下局限性:

(1)VMI 中供应商和零售商协作水平有限;

(2)VMI 对于企业间的信任要求较高;

(3)VMI 中的框架协议虽然是双方协定,但供应商处于主导地位,决策过程中缺乏足够的协商,难免造成失误;

(4)VMI 的实施减少了库存总费用,但在 VMI 系统中,库存费用、运输费用和意外损失(如物品毁坏)不是由用户承担,而是由供应商承担。

由此可见,VMI 实际上是对传统库存控制策略进行"责任倒置"后的一种库存管理方法,这无疑加大了供应商的风险。

五、零库存实施的条件

零库存是对某个具体企业、具体商店、车间而言,是在有充分社会储备保障前提下的一种特殊形式。因此,零库存是在供应链企业的协作下共同完成的。要真正实现"零库存",需要以下几个必要条件:

(1)供应链上下游企业的共同合作,仅靠某个企业是绝对不可能的;

(2)供应链上下游企业的整体信息化水平应该基本相当,且足够高;

(3)要有强大的物流系统作支撑。

所以,"零库存"的实施需要有整个环境的支持,包括社会环境、产业环境、整个国情等。

零库存是综合管理实力的体现。但是零库存的实施具有不小的风险性,因此企业要想实行零库存控制,应该考虑周全,不能盲目实施。

六、零库存管理在国外的发展现状

零库存管理作为产生于日本的先进管理方式,在日本企业中有着广泛的应用。1989年,零库存管理方式就已经在日本制造业被广泛采用。谈到零库存管理在日本的成功应用,日本丰田汽车公司无可争议地成为了零库存管理最大的受益者,也是最好的证明。随着零库存管理在日本丰田汽车公司的成功实施,越来越多的日本企业加入到了实行零库存管理的行列中。经过几十年的发展,零库存管理在日本已经拥有了供、产、销的集团化作业团队,形成了以零库存管理为核心的供应链体系。

美国的企业从20世纪80年代开始逐步了解并认识了零库存管理理论。现在,零库存管理已从最初的一种减少库存水平的方法,发展成为内涵丰富,包括特定知识、技术、方法的管理哲学。如Dell计算机公司运用直销模式以实现产成品的零库存,通过"供应商管理库存"(VMI,Vendor Management Inventory)的方式,实现原材料的零库存管理。零库存管理方式不仅在日本、美国广泛应用,其应用足迹也遍布欧洲、大洋洲等世界各地。

七、我国企业实施零库存控制的措施

我国的企业要想真正实现零库存控制,必须要结合我国和企业的实际情况。因此,要想实施零库存控制能够成功,企业一定要把以下几点做好。

1. 广泛宣传零库存管理

企业要向全体员工宣传减少库存的思想,对于不同专业的员工进行针对性宣传,做到人人了解推行零库存管理的意义,形成推行零库存管理的良好氛围。

2. 做好供应商管理工作

要想实施零库存,必须做好供应商管理工作,要合理选择供应商,与供应商建立长期的合作伙伴关系,保证所需货物及时、正确、高质量供应。

3. 以销售为导向进行生产

要想实现零库存,销售部门和生产部门必须通力配合。生产部门要根据销售部门提供的市场需求灵活生产,要具有一定的弹性生产能力,保持均衡生产;而销售部门要准确掌握市场信息,及时把市场信息传递给生产部门,供生产部门安排生产所用,并且销售部门还要管理好销售渠道,保证销售渠道的畅通和稳定。这样有利于零库存的实施。

4. 加强企业的管理工作

零库存大大增强了企业内部各个环节、各个部门之间的关系和相互依存性,任何一个环节的差错都会使整个作业链条紊乱或瘫痪。因此,企业必须加强日常管理工作,严格奖惩制度等,以保障零库存的顺利实施。

【训练步骤】

(1)带着问题学习零库存控制的相关知识,边学边思考如何完成任务要求。

(2)各组讨论提出任务要求的实施方法。

(3)对各种方法讨论其实施条件及可行性。

(4)总结。

【注意事项】

(1)注意培养学生结合所学知识和实际情况进行思考的能力。

(2)注意引导学生对所提出的问题进行独立分析。

(3)注意培养学生讨论并总结的能力。

(4)附录里有关 JIT 和 JMI 的内容最好也能让学生知道。

【训练评价】

训练考核评分表

考评人			被考评人	
考评内容		零库存控制		
考评标准	内容	分值/分	实际得分	
	会结合实际提出完成任务的实施方法	25		
	会对每种实施方法进行分析	50		
	会与大家交流沟通并总结结果	25		
	合计	100		

注:考评满分为100分,60分以下为不及格;60~70分为及格;70~80分为中;80~90分为良;90~100分为优。

【任务练习】

一、简答题

(1)如何理解零库存。

(2)目前企业实行"零库存"管理的实现方式哪那些?

(3)我国企业要想实施零库存,需要做好哪些方面?

(4)零库存实施的几个条件是什么?

(5)看板管理的特点是什么?

二、案例分析题

三洋制冷的"零库存"生产管理

三洋制冷在1995年引进"准时制生产方式"时,进行了认真的研究和比较分析,使管理思想出现了比较大的变化,认识到在大批量生产方式下的均衡生产,是以大量的原材料、零部件、在制品、半成品的库存为条件的,超量的库存掩盖了生产过程中的矛盾,造成了均衡生产的假象,占用了大量的资金、空间、时间,浪费了人力和物力,如果仍然沿用这种业已落后的生产方式,将使企业错过进一步完善和发展的机会,失去潜在的竞争能力。

为此,三洋制冷把"准时制"和公司的实际情况相结合,提出了"零库存"的生产管理思想,作为公司产供销等生产经营活动的指导思想。在这里需要特别强调指出的是,"零库存"并非指数学上的完全没有,而是"尽量减少到最少的必需程度"的库存的意义。从这一指导思想出发,三洋制冷首先改善内部生产流程,尽可能以最少的零部件和在产品库存来达到真正的均衡生产。例如,在制造部里,为上下筒体加工提供筒盖部件的班组,以前采取的是筒盖加工完毕后,就吊装到下道工序处放置的方法,放置时间的长短与本班无关,造成在产品库存积压。通过推行"零库存"的生产管理思想,他们积极地和上下工序协商,从后向前反向计算所需加工工时,按需生产,从而在下道工序需要时,直接把部件吊装到正在组装的产品上投入使用,真正做到了准时生产。

这是有意识推行准时制生产方式后所取得的第一项成果,对参与者以很大的鼓舞,他们以此为契机,在制造部生产现场开始逐步推广,取得了较好的成效。看到这些成绩,一部分人觉得"零库存"的生产管理思想似乎要立即取代传统的管理思想,但是他们过于低估传统习惯的能量了。和三洋制冷推行的质量、安全、环境、成本管理等管理活动相比较,先进生产管理方式的实施推广的路途上充满了艰辛。

制造部在取得了初步成果后发现,要想全面实施准时制生产方式是非常困难的。首先,制造部内各工序实施准时制生产经常受到国内外物资供应不及时的干扰,造成生产中断。当要求采购部门按照精益生产方式改进工作时,经常会受到"精益生产方式只能在美日那样物流先进的国家才存在实现的可能,在中国这样的物资供应不能得到保障的情况下要实施准时制生产简直是开玩笑"这样的反驳,甚至部分中高层管理人员也认为实行"零库存"管理风险太大,还是应该加大库存以保证生产的顺利进行,满足用户需要。其次,由于国内市场充满着不可确定性,制造部按照合同交货期准时完成的产成品,由于各种原因却积压在库房内,无法按期发往用户处。这也给反对者以有力支持:"看吧,这种新方式不适合国情吧,真是没事找事。"此外,制造部内部也存在着对该生产方式一知半解、思想不统一、缺乏支持手段等困难,"准时制"生产方式很难得到顺利实施。这些种种困难给准时制生产带来极大的困扰,"零库存"的生产管理思想和传统思维的交锋处于僵持状态,并经常处于下风,准时制生产方式的实施陷入了困境。

转机发生在1999年底。随着当时中国宏观经济陷入低谷,市场形势突然变得非常严峻,由于公司此前的经营一直顺风顺水,对外部环境的变化缺乏预见性和充分的准备,经营上出现较大困难:大批的产成品出现长期积压,收不到贷款;而按照预测大量采购的各种物资也积压在原材料库房中,无法投入使用。两者占用了大量的资金,给公司的经营活动带来了严重的影响。在这种严峻的形势面前,公司的领导层终于下定决心,抛弃传统的生产管理观念,大力推行以"零库存"的生产管理思想为代表的先进管理方法,以取得经营管理工作的突破。为此,公司在2000年初设立了生产管理部,负责公司生产经营相关联活动的计划、组织、协调、控制、检查和考核等工作,把从合同签订后直到产品完成出厂的整个流程交由生产管理部统筹管理,并承担着产成品、在产品和原材料整个存货资金的控制工作。从此,"零库存"的生产管理思想才正式在三洋制冷得到大力推广,准时制生产方式才得以在企业生产经营的主要流程正式实施,并逐年显示出巨大的成效来。

生产管理部主政以后,在公司领导层的大力支持下,和相关部门初步统一了思想,迅速采取了应对措施,扭转了被动局面。首先,与营销部门加强信息沟通,随时掌握市场动向,从压缩产成品库存入手,逐步盘活资金;对于新增合同,通过各地事务所定期确认交货期,不断调整生产进度,避免形成新的积压;对于依靠库存原材料难以满足生产的合同,则在事务所与用户谈判时就开始介入,根据谈判的进展状况和可靠程度,确定何时提前进行物资采购,以满足短交货期的合同。通过这些主要对策,基本上解决了精益生产方式用户方面的问题,为"零库存"的生产管理思想的全面推广打通了一条出路。

项目五:库存控制

与此同时,生产管理部开始了对原材料库存的整顿工作。借着 ERP(企业资源计划)系统投入使用的机会,生产管理部全面掌握了库存状况,避免了以前采购部门因为对库存实际数量掌握不清而盲目采购的情况再发生,从而可以根据营销部门的合同和信息,有计划地对积压物资安排使用,仅仅对于短缺的物资才安排采购,从源头上开始对库存进行控制。经过艰苦的努力,在当年圆满完成了原材料库存资金的控制指标,"零库存"的生产管理思想初步得到了验证。

为了使"零库存"的生产管理思想得到进一步贯彻,避免存货资金出现反弹,生产管理部在 2001 年度加强了对采购计划的管理,重要物资由生产管理部直接下达采购计划,采购部门仅负责执行,从而基本上消除了采购部门超额采购的行为,有效地控制住了原材料库存。由于生产管理部可以随时掌握市场信息,又可以通过采购计划和生产计划对生产工作进行动态调整,从而使公司的销供产走上了良性循环的道路,而更重要的收获是,绝大多数员工已经从心里接受了"零库存"的生产管理思想,并且从被动地服从指挥向主动参与过渡,为精益生产方式的全面实施做好了准备。

2002 年,三洋制冷正式引进精益生产方式,特别是花大力气推行"消除生产现场中的 7 种浪费"的活动。在对"7 种浪费"进行分析后,生产管理部发现,虽然原材料库存已经大幅度下降了,但仍有继续压缩的余地,为保证生产而保留的安全库存应该还可以削减。因此,他们主动参与采购部门同供应商的谈判,要求供应商努力缩短交货期,尽可能准时供货。他们分析了国外和国内成功实施"零库存"生产的企业的成功经验,发现在某种程度上"零库存"的实施存在着一个误区,就是:主生产企业的库存得到了大幅度压缩,甚至达到了"零库存",但是真正的库存是被转移到供应商处了,即主生产企业实现"零库存"在某种程度上是以牺牲供应商的利益为代价的。

能否找到一种两全其美的方法呢?生产管理部经过反复研究后认为,在目前的情况下,很难找到一种完美的方法,只能在某种程度上加以改进。他们通过努力,与供应商达成多种合作意向,把各种相关信息及时传递给供应商,通过长期、中期和短期的计划和信息更新迅速调整物资供应,既保证了生产,又压缩了公司内的原材料库存,同时减少了供应商的库存积压。经过近几年的努力,物资供应工做出现了较大改观:公司在国际采购方面,与重要的供应商形成了战略合作伙伴关系,数家国外大供应商在大连保税区设立了保税库,根据预测提供物资,不仅使三洋制冷的库存得以下降,也确保了短交货期合同可以得到满足。在国内采购方面,大连地区的供应商已开始实现物资直接送到三洋制冷的生产工序旁,部分物资真正实现了"零库存",准时制生产方式真正得到了贯彻落实,为公司的生产经营工作做出了重大贡献。

(案例来源:http://www.dianliang.com)

问题:

(1)三洋制冷在全面实施准时制生产方式过程中遇到哪些困难?

(2)三洋制冷在解决"真正的库存转移到供应商处"问题时,采取的措施是什么?

(3)总结实施"零库存"的意义。

【扩展知识 1】准时化库存管理(JIT)

一、JIT 的产生

JIT 是 Just In Time 的缩写,译为准时或及时。如将其与生产管理与库存管理联系起来,意为"准时到货"。JIT管理方法是由日本的丰田公司在20世纪70年代后期的成功应用而成为举世闻名的先进管理体系。当年，丰田公司的副总大野耐一在美国参观超级市场时受到超级市场供货方式的启发而萌生的想法。美国的超级市场除了商店货架上的货物之外，是不另外设仓库和设库存的。超市每天晚上都根据今天的销售量来预计明天的销售量而向供应商发出订货。第二天清早供应商按指定的数量送货到超市，有的供应商一天还分两次送货，基本上按照用户需要的品种、需要的数量，在需要的时间、送到需要的地点，所以基本上每天的送货刚好满足了用户的需要，没有多余、没有库存、也没有浪费。大野耐一就想到了要把这种模式运用到生产中去，因而产生了准时化生产。

到1989年为止，日本的制造业已经广泛地应用不同程度的JIT管理体系；美国的工业企业已有约40%以上使用该方法。JIT管理体系的采纳已经被视为那些具有世界领先地位的企业成功的关键。

二、JIT的基本思想

JIT的基本思想是以需定供。即供方根据需方的要求（或称看板），按照需方需求的品种、规格、质量、数量、时间、地点等要求，将物品配送到指定的地点。

传统的生产系统采用的是由前向后推动式的生产方式，即由原材料仓库向第一道生产工序供应原材料，进行加工和生产，由此向后推，直到制成成品转入产成品仓库，等待销售，在这种生产系统中，大量原材料、在制品、产成品的存在，必然导致大量生产费用的占用和浪费。

而JIT的基本思想正好与传统生产系统相反，它是以顾客（市场）为中心，根据市场需求来组织生产。JIT是一种倒拉式管理，即逆着生产工序，由顾客需求开始，订单→产成品→组件→配件→零件和原材料，最后到供应商。具体说，就是企业根据顾客的订单组织生产，根据订单要求的产品数量，上道工序就应该提供相应数量的组件，更前一道工序就应该提供相应的配件，再前一道工序提供需要的零件或原材料，由供应商保证供应。整个生产是动态的，逐个向前逼进的。上道工序提供的正好是下道工序所需要的，且时间上正好（准时，Just In Time），数量上正好。JIT系统要求企业的供产销各环节紧密配合，大大降低了库存，从而降低成本，提高了生产效率和效益。

JIT的目标是：

（1）追求零库存或库存达到最小的生产系统；

（2）改进质量，消除生产管理中各种引起不合格产品的因素，实现零缺陷；

（3）通过减少准备时间、等候时间和批量来缩短交货时间；

（4）以最小成本完成任务。

三、实施JIT的关键点

建立JIT管理系统需要一段很长的时期，它需要企业文化和管理方式发生巨大的变革，这并不是轻易就能完成的。然而，采用JIT管理系统的企业将获得巨大的收益，提高市场的竞争力，获得生存。以下是建立JIT管理体系时应重视的几个方面。

（一）实行全面质量管理

全面质量管理主要包括建立质量保证体系：在资源方面，重视原材料和外购件的质量保证，慎重选择供应厂商；在设计方面，运用JIT管理体系要求设计的产品具有很强的柔性。在人员上，强调人的工作质量和对产品质量的责任感；在加工过程中，重视质量过程控制；在设备管理中,重视设备运作质量,坚持预防性设备维护制度。只有在全面质量管理的作用下,才能在 JIT 系统的每个环节上把好质量关,使之尽力做到"零缺陷",才能实现"零库存"。

(二)企业全员参与管理

充分发挥人的能力是 JIT 的一个重要方面。为了实现不间断地提高产品质量和生产效率,企业需要建立一支经过交叉岗位训练和一专多能的职工队伍,员工能够在下道工序需要时,及时准确地提供合乎质量要求的产品。因此,按产品分类的生产原则重新组织起来形成的若干个班组,如果不能担负对本部门的职责,就必须进行学习,提高技能。同时,企业还要改革劳动、人事和分配制度,形成一种激励机制和不断创新的工作氛围。

(三)利用看板管理法保证生产管理过程物流畅通

看板管理是一种需求拉动型生产管理方式,与供应推动型管理方式相区别。这种需求拉动型的生产管理,有效形成一紧密联系的生产链和快节奏生产时间计划,减少了在制品的库存和相应的搬运、计量、记录等工作量。

(四)不断改善 JIT 管理系统

JIT 管理系统是一个需要不断改进完善的过程。理想的 JIT 管理系统的最高目标是"零机器调整时间"、"零缺陷"、"零库存"、"零设备故障",因而 JIT 是一个永不停止的过程。

JIT 管理体系的运用正是企业寻求的向管理要效益,从而增强企业竞争力之路。JIT 不仅是库存管理的一场革命,也是整个企业管理思想的一场革命。

【扩展知识2】联合库存管理(JMI)

一、联合库存管理的基本思想

为了克服 VMI 系统的局限性和规避传统库存控制中的牛鞭效应,联合库存管理(Jointly Managed Inventory,JMI)随之而出。简单地说,JMI 是一种在 VMI 的基础上发展起来的上游企业和下游企业权利责任平衡和风险共担的库存管理模式。JMI 体现了战略供应商联盟的新型企业合作关系,强调了供应链企业之间双方的互利合作关系。

联合库存管理是解决供应链系统中由于各节点企业的相互独立库存运做模式导致的需求放大现象,提高供应链的同步化程度的一种有效方法。联合库存管理强调供应链中各个节点同时参与,共同制定库存计划,使供应链过程中的每个库存管理者都从相互之间的协调性考虑,保持供应链各个节点之间的库存管理者对需求的预期保持一致,从而消除了需求变异放大现象。任何相邻节点需求的确定都是供需双方协调的结果,库存管理不再是各自为政的独立运作过程,而是供需连接的纽带和协调中心。

JMI 在供应链中实施合理的风险、成本与效益平衡机制,建立合理的库存管理风险的预防和分担机制、合理的库存成本与运输成本分担机制和与风险成本相对应的利益分配机制,在进行有效激励的同时,避免供需双方的短视行为及供应链局部最优现象的出现。通过协调管理中心,供需双方共享需求信息,因而起到了提高供应链运作稳定性的作用。

二、联合库存管理的实施

1. 建立协调管理机制

为了发挥联合库存管理的作用,供应链各方应从合作的精神出发,建立协调管理的机制,建立合作沟通的渠道,明确各自的目标和责任,为联合库存管理提供有效的机制。可以从供应

仓储管理

链共同愿景、库存控制方法、利益分配、激励机制等方面建立相应的协调管理机制。

2. 建立信息平台

既然是联合进行库存管理，联合的各方需要及时的进行信息沟通，因此需要建立一个信息交流的平台或网络，保证信息的畅通和准确，使得所有的信息与库存的管理同步，提高各方的协作效率、降低成本

3. 发挥第三方物流系统的作用

实现联合库存可借助第三方物流(TPL)具体实施。把库存管理部分功能代理给第三方物流公司，使企业更加集中于自己的核心业务，增加了供应链的敏捷性和协调性，提高了服务水平和运作效率。

项目六

流通加工作业

任务 6 - 1:钢材的流通加工

【任务描述】

某配送中心接到一批钢材加工任务,按照企业现有人员和设备情况,各项任务加工所需的时间及预定交货期如表所示。

任务编号	A_1	A_2	A_3	A_4	A_5	A_6
所需加工时间 t_i(天)	8	5	7	6	4	7
预定交货期 d_i(天)	38	24	25	34	23	10

要求:利用综合规则对现有加工任务排序,求出最佳的流通加工顺序。

【训练目标】

通过训练,能对企业的流通加工任务进行合理安排;做到缩短工作时间,降低作业成本。

【相关知识】

一、流通加工的概念和特点

《中华人民共和国国家标准物流术语》中对流通加工(Distribution Processing)的定义:物品在生产地到使用地的过程中,根据需要施加包装、分割、计量、分拣、刷标志、拴标签、组装等简单作业的总称。流通加工是具有商品属性的物品进入流通领域后进行的辅助性的加工活动。目的是为了弥补生产过程中的加工不足或更有效地满足用户多样化需要,使产需双方更好地衔接而进行的物流活动。

与生产加工相比较,流通加工具有以下特点。①从加工对象看,流通加工的对象是进入流通过程的商品,具有商品的属性,以此来区别多环节生产加工中的一环。流通加工的对象是商品,而生产加工的对象不是最终产品,而是原材料、零配件或半成品。②从加工程度看,流通加工大多是简单加工,而不是复杂加工,一般来讲,如果必须进行复杂加工才能形成人们所需的商品,那么,这种复杂加工应该专设生产加工过程。生产过程理应完成大部分加工活动,流通加工则是对生产加工的一种辅助及补充。特别需要指出的是,流通加工绝不是对生产加工的取消或代替。③从价值观点看,生产加工的目的在于创造价值及使用价值,而流通加工的目的则在于完善其使用价值，并在不做大的改变的情况下提高价值。④从加工责任人看，流通加工的组织者是从事流通工作的人员，能密切结合流通的需要进行加工活动。从加工单位来看，流通加工由商业或物资流通企业完成，而生产加工则由生产企业完成。⑤从加工目的看，商品生产是为交换、为消费而进行的生产，而流通加工的一个重要目的是为了消费（或再生产）所进行的加工，这一点与商品生产有共同之处。但是流通加工有时候也是以自身流通为目的，纯粹是为流通创造条件，这种为流通所进行的加工与直接为消费进行的加工在目的上是有所区别的，这也是流通加工不同于一般生产加工的特殊之处。

二、流通加工的作用

（一）方便流通

方便流通，包括方便运输、方便储存、方便销售、方便用户。例如，流通加工中的集中下料，是将生产企业直接运来的整包装、标准化产品，分割成适合用户需要的规格、尺寸或包装的物品。例如，钢板裁剪，薄板厂生产出来的薄板为 60 吨一卷，运输、吊装、储存都非常方便，但运到金属公司销售给用户时，有的用户只买几米。为了方便销售、方便用户，就需要金属公司用切板机将钢板切割、裁剪成适合用户需要的形状尺寸，用户买回去就可以直接使用，因此钢板裁剪这种流通加工就起到了方便流通、方便运输、方便储存、方便销售、方便用户的作用。其他如钢筋或圆钢裁制成毛坯、木材锯板等都具有这样的作用。

（二）提高了生产效益，也提高了流通效益

由于采用流通加工，生产企业可以进行标准化、整包装生产，这样做适应大生产的特点，提高了生产效率，节省了包装费用和运输费用、降低了成本；流通企业可以促进销售，增加销售收入，也提高了流通效益。

（三）流通加工不但方便了用户购买和使用，还降低了用户成本

用量小或临时需要的用户，缺乏进行高效率初级加工的能力，依靠流通加工可使用户省去进行初级加工的机器设备的投资及人力，降低了成本。目前发展较快的初级加工有：净菜加工、将水泥加工成生混凝土、将原木或板方材加工成门窗、冷拉钢筋及冲制异形零件、钢板预处理、整形、打孔等加工。

（四）提高加工效率及设备利用率

由于建立集中加工点，可以采用效率高、技术先进、加工量大的专用机具和设备。这样做的好处：一是提高了加工质量；二是提高了设备利用率；三是提高了加工效率。其结果是降低了加工费用及原材料成本。例如，一般的使用部门在对钢板下料时，采用气割的方法，需要留出较大的加工余量，不但出材率低，而且由于热加工容易改变钢的组织，加工质量也不好。集中加工后可采用高效率的剪切设备，在一定程度上防止了上述缺点。

（五）充分发挥各种输送手段的最高效率

流通加工环节将实物的流通分成两个阶段。一般来说由于流通加工环节设置在消费地，从生产企业到流通加工这一阶段输送距离长、可以采用船舶、火车等大运量输送手段；而从流通加工到消费环节这一阶段距离短，主要是利用汽车和其他小型车辆来配送经过流通加工后的多规格、小批量、多用户的产品。这样，可以充分发挥各种输送手段的最高效率，加快输送速度，节省运力运费。

（六）可实现废物再生、物资充分利用、综合利用，提高原材料利用率

通过流通加工进行集中下料，将生产厂商直接运来的简单规格产品，按用户的要求进行下

项目六：流通加工作业

143

料。例如,将钢板进行剪板、切裁;木材加工成各种长度及大小的板、方等。集中下料可以优材优用、小材大用、合理套裁,明显地提高原材料的利用率,有很好的技术经济效果。如北京、济南、丹东等城市对平板玻璃进行流通加工(集中裁制、开片供应),玻璃利用率从60%左右提高到85%~95%。木屑压制成木板、边角废料改制等流通加工都可以实现废物再生利用,提高物资的利用率。

（七）改变功能,增加商品价值,提高收益

在流通过程中进行一些改变产品某些功能的简单加工,其作用除上述几点外还可提高产品销售的经济效益。例如,内地的许多制成品(如洋娃娃、牙具、时装、轻工纺织产品、工艺美术品等)在深圳进行简单的装潢加工,改变了产品的外观,仅此一项就可使产品售价提高20%以上。流通加工可以成为提高物资附加价值的活动。

三、钢材的流通加工

（一）钢材的流通加工服务

我国钢材市场广大,其中以辽宁、上海、河北、包头、武汉等地最为集中。钢材流通加工的形式主要有钢板的切割、使用矫直机将薄板卷材展平、纵向切割薄板卷,使之成为窄幅(钢管用卷材)、用汽割厚板、切断成型钢材等。

汽车、冰箱、冰柜、洗衣机的等生产制造企业每天需要大量的钢板。生产企业生产的各种钢材(钢板、型钢、线材等)的长度、规格常常不适用客户,如热连轧钢板和钢带、热轧厚钢板等板材最大交货长度可达7 m~12 m,有的是成卷交货。对于使用钢板的用户来说,大中型企业由于消耗批量大可设专门的剪板及下料加工设备,按生产需要进行剪板、下料加工。但是,对于使用量不大的企业和多数中小型企业来讲,单独设置剪板、下料的设备不但占用大量的流动资金,而且设备闲置时间长、人员浪费大、不容易采用先进方法等缺点,采用集中剪板、集中下料方式,可以避免单独剪板、下料的一些弊病,提高材料利用率。

国外有专门进行钢材流通加工的钢材流通中心,不仅从事钢材的保管,而且进行大规模的设备投资,使其具备流通加工的能力。中国物资储运企业20世纪80年代便开始了这项流通加工业务,现在各大金属材料配送中心都配有剪切加工设备,其中由中国物资储运总公司控股的中储发展股份有限公司与上海宝钢集团、日本三菱株式会社三方合资兴建的天津宝钢储菱物资配送有限公司总投资1.3亿人民币,从日本引进具有国际先进水平的钢材横剪、纵剪生产线,年加工能力可达10~12万t。现已成功地为首都机场改扩建工程、小浪底水利枢纽工程等国家重点工程项目提供钢材的流通加工及配送等服务。

（二）钢板集中加工的优势

（1）由于可以选择加工方式,加工后钢板的晶相组织较少发生变化,可保证原来的交货状态,因而有利于进行高质量加工;

（2）加工精度高,可减少废料、边角料,也可减少再进行机加工的切削量,既可提高再加工效率,又有利于减少消耗;

（3）钢板剪板及下料的流通加工,由于集中加工可保证批量及生产的连续性,可以专门研究此项技术并采用先进设备,从而大幅度提高效率和降低成本;

（4）使用户能简化生产环节,提高生产水平。

四、流通加工技术

(一)集中下料问题

1. 问题提出

某配送中心从钢管厂进货时得到的原料钢管长是 7.4 m,现有三个客户分别需要 2.9 m 长、2.1 m 长和 1.5 m 长的钢管各 100 根,问配送中心应如何安排钢管切割方案,才使原材料最节省?

2. 问题分析

首先,应当确定哪些切割方案是可行的,所谓一个切割方案,是指按照用户需要在原料钢管上安排切割的一种组合,例如,我们可以将 7.4 m 长的钢管截下 2.9 m 的一根、1.5 m 的三根,所剩料头为 0;或者截两根 2.9 m 的、一根 1.5 m 的,所剩料头为 0.1 m,可行的切割方案是很多的。其次,应当确定哪些切割方案是合理的,通常假设一个合理的切割方案的余料应该很小,至少不应该大于或等于客户需要的钢管的最小尺寸,在这种合理性假设下,可以选择的切割方案一共有 4 种,如表 6-1 所示。

表 6-1　备选切割方案

	方案 1	方案 2	方案 3	方案 4
2.9 m	1	2	0	1
2.1 m	0	0	2	2
1.5 m	3	1	2	0
合计/m	7.4	7.3	7.2	7.1
料头/m	0	0.1	0.2	0.3

问题转化为在满足用户需要的条件下,按照哪些种合理的方案使原材料最为节省。即切割后剩余的料头和最小或切割原料钢管的总根数最少。

3. 模型建立及求解

假设 4 种方案切割的钢管数分别为:X_1, X_2, X_3, X_4。此问题转化为下列线性规划问题。即决策目标为切割后剩余的料头最小的线性规划问题。设切割后剩余的料头和为 Y。

目标函数为:

$$\text{Min } Y = 0X_1 + 0.1X_2 + 0.2X_3 + 0.3X_4,$$

约束条件为:

$$\begin{cases} X_1 + 2X_2 + X_4 = 100, \\ 2X_3 + 2X_4 = 100, \\ 3X_1 + X_2 + 2X_3 = 100, \end{cases}$$

$$X_1, X_2, X_3, X_4 \geqslant 0.$$

利用运筹学的单纯形法对上述数学问题求解,结果如下:$X_1 = 10$ 根;$X_2 = 30$ 根;$X_3 = 20$ 根;$X_4 = 30$ 根。目标函数值 $Y = 16$ m。

(二)流通加工作业排序

1. 评价加工顺序安排的主要指标

(1)最大流程:在某工作地完成加工的各项任务所需流程之和。最大流程要求最短,即

$F_{\text{max}} \rightarrow \min$。

（2）平均流程：在某工作地完成加工的各项任务平均所需经过的时间

$$\bar{F} = \frac{1}{n}\sum_{i=1}^{n}F_i ，$$

平均流程要求最短，即 $\bar{F} \to \min$。加工作业流程时间缩短，意味着加工周期缩短，间接费用节约，延期的可能性减少，节约流动资金。

（3）最大延期量：指如果任务的完成时刻 F_i 已超过交货时刻 d_i，则形成交货延期 $D_i = F_i - d_i$，最大延期量 $D_{\max} = \max\{D_i\}$，$D_{\max} \to \min$。

（4）平均延期量：在某工地完成各项任务的延期量的平均值，即

$$\bar{D} = \frac{1}{n}\sum_{i=1}^{n}D_i ，$$

平均延期量要求最小，即 $\bar{D} \to \min$。

加工延期量的减少可以满足用户要求，提高企业信誉，减少违约损失等。

2. 作业排序方法

某物流中心流通加工部门在某一工作期间共负责 6 项钢板加工任务，所需时间及预定交货期如表 6-2 所示。在保证按期交货的前提下，应如何安排流通加工作业？

表 6-2　各加工任务所需时间及预定交货期　　　　　　　　　　单位：d

任务编号	A_1	A_2	A_3	A_4	A_5	A_6
所需加工时间 t_i(d)	6	4	7	9	5	2
预定交货期 d_i(d)	30	21	20	34	9	17

（1）最短加工时间规则：按加工任务所需加工时间长短，从短到长按顺序排列，数值最小者排在最前面加工，最大者排在最后面加工。以上述任务为例，则有：

表 6-3　按最短加工时间规则排序结果　　　　　　　　　　单位：d

任务编号	A_6	A_2	A_5	A_1	A_3	A_4	合计	备注
所需加工时间 t_i	2	4	5	6	7	9	—	—
计划完成时间 F_i	2	6	11	17	24	33	93	$\bar{F}=15.5$
预定交货期 d_i	17	21	9	30	20	34	—	$\bar{D}=1$
交货延期量 D_i	0	0	2	0	4	0	6	

加工排序的方案是：A_6—A_2—A_5—A_1—A_3—A_4

最大加工流程时间：$F_{\max} = 93$（d）

平均加工流程时间：$\bar{D} = 15.5$（d）

最大交货延期量：$D_{\max} = 6$（d）

平均交货延期量：$\bar{D} = 1$（d）

采用这一方法可使平均流程时间最短，滞留在本工作地的在制品平均占用最少，有利于节约流动资金占用，减少厂房、仓库及加工作业面积和节约保管费用。由于该方法没有考虑交货期，所以这种排序有可能存在首交货延期问题。

（2）最早预定交货期规则：按加工任务规定完成时刻，即按预定交货期的先后顺序进行排列。预定交货期最早的排在最前，最晚的排在最后。

表6-4　按最早预定交货期规则的排序结果　单位:d

任务编号	A_5	A_6	A_3	A_2	A_1	A_4	合计	备注
所需加工时间 t_i(d)	5	2	7	4	6	9	—	—
计划完成时间 F_i(d)	5	7	14	18	24	33	101	$\bar{F}=16.8$
预定交货期 d_i(d)	9	17	20	21	30	34		$\bar{D}=0$
交货延期量 D_i(d)	0	0	0	0	0	0	0	

加工排序的方案是:$A_5 - A_6 - A_3 - A_2 - A_1 - A_4$

最大加工流程时间:$F_{\max} = 101$(d)

平均加工流程时间:$\bar{F} = 16.8$(d)

最大交货延期量:$D_{\max} = 0$(d)

这种方法的优点是消除了延期量,缺点是加工流程时间增加了,平均加工流程时间也增加了。所以,采用此方法可以保证按期交货或交货延期量最小,减少违约罚款和企业信誉损失。但平均流程时间增加,不利于减少在制品占用量和节约流动资金。

(3)综合规则:将上述两种规则综合使用的方法。

步骤:①先根据最早预定交货期规则,安排一个最大延期量为最小的方案。

　　　$A_5 - A_6 - A_3 - A_2 - A_1 - A_4$。

②计算完成所有任务总时间。本例中是 33 天。

③查出初始方案中预定交货期大于等于总流程时间的加工任务,按最短加工时间规则,把加工时间最长的排在最后。即在不发生交货延期的条件下,按最短加工时间排序。本例中只有任务 A_4,故将其排在最后。

④暂舍去已排定的 A_4,剩下 $A_5 - A_6 - A_3 - A_2 - A_1$ 回到步骤②。剩下的 5 项任务的总流程时间为 24 天,再按步骤③排定 A_1。然后剩下其余四项任务,再重复以上步骤,其中 A_3、A_2 均满足条件,按最短加工时间规则,将 A_2 调到 A_3 前面。同理,剩余两项任务 A_6、A_5,将 A_6 调到 A_5 前面。

⑤最后排定的顺序为:$A_6 - A_5 - A_2 - A_3 - A_1 - A_4$ 见表6-4

表6-5　按综合规则的排序结果　单位:d

任务编号	A_6	A_5	A_2	A_3	A_1	A_4	合计	备注
所需加工时间 t_i(d)	2	5	4	7	6	9	—	—
计划完成时间 F_i(d)	2	7	11	18	24	33	95	15.8
预定交货期 d_i(d)	17	9	21	20	30	34	—	0
交货延期量 D_i(d)	0	0	0	0	0	0	0	

按综合规则排定的顺序,不但消除了延期,最大加工流程时间比按最早预定交货期规则缩短了 6 天,平均流程时间缩短了 1 天,延期量仍然为 0。

(三)任务分配——匈牙利方法

在流通加工任务计划中还存在将加工任务分给谁和用什么设备完成最合适的问题。此类加工任务分配问题可以分为两类:一类是使目标值(如成本、工时等)达到最小的分配方案;一类是使目标值(如利润等)达到最大的分配方案。此类问题可用匈牙利方法或分支定界法求解。本案例介绍匈牙利法。

项目六:流通加工作业

147

有4项流通加工任务分给4个小组去完成,各小组完成不同任务需用不同的加工时间。

表6-6　各小组完成不同加工任务的工时表

	任务(1)	任务(2)	任务(3)	任务(4)
A	3	10	6	7
B	14	4	13	8
C	13	14	12	10
D	4	15	13	9

1. 匈牙利法求解步骤

(1)列出矩阵。

(2)逐行缩减矩阵。

(3)再逐列缩减矩阵。

(4)检查是否可以分配。

(5)为增加"0"元素进行变换。

(6)重新检查覆盖线。

(7)确定最优方案。

2. 案例求解

(1)列出矩阵

$$\begin{bmatrix} 3 & 10 & 6 & 7 \\ 14 & 4 & 13 & 8 \\ 13 & 14 & 12 & 10 \\ 4 & 15 & 13 & 9 \end{bmatrix}$$

(2)逐行缩减矩阵。在每一行中选择一个最小元素,然后将每一行中的各元素均减去这个最小元素。本例中各行最小元素分别是:3、4、10、4。

$$\begin{bmatrix} 0 & 7 & 3 & 4 \\ 10 & 0 & 9 & 4 \\ 3 & 4 & 2 & 0 \\ 0 & 11 & 9 & 5 \end{bmatrix}$$

(3)再逐列缩减矩阵。现在的矩阵每一行都有0,但每一列不全有0。第三列中各元素均减去最小元素2得到如下矩阵:

$$\begin{bmatrix} 0 & 7 & 1 & 4 \\ 10 & 0 & 7 & 4 \\ 3 & 4 & 0 & 0 \\ 0 & 11 & 7 & 5 \end{bmatrix}$$

(4)检查是否可以分配。采用0元素最小覆盖线的检验法,当覆盖线的维数等于矩阵的阶数时,则最优方案已经找到。此时只有三条覆盖线,尚未找到最优方案。

(5)为增加0元素进行变换。找出没有覆盖线的行与列中的最小元素。本例是1,将不在覆盖线上的元素都减去1,而在有两条覆盖线的交点上的每一个元素都加上1,其余元素不变。

$$\begin{bmatrix} 0 & 7 & 0 & 3 \\ 10 & 0 & 6 & 3 \\ 4 & 5 & 0 & 0 \end{bmatrix}$$

仓储管理

0　11　6　4

（6）重新检查覆盖线。重复（4）的做法，经检查已可以分配。

（7）确定最优方案。按 0 元素所占位置进行分配，可得最优流通加工任务分配方案，即完成任务用的总工时最小的分配方案。

$$\begin{bmatrix} A & 0 & 7 & 0\triangle & 3 \\ B1 & 0 & 0\triangle & 6 & 3 \\ C & 4 & 5 & 0 & 0\triangle \\ D & 0\triangle & 11 & 6 & 4 \end{bmatrix}$$

最优分配方案是：A（3），B（2），C（4），D（1）。

此方案所需总工时为：6 + 4 + 10 + 4 = 24（h）

【训练步骤】

（1）先熟悉按最短加工时间规则排序的方法；

（2）分析这种方法的优缺点；

（3）按最早预定交货期规则对任务排序；分析此方法的优缺点；

（4）利用综合规则对任务排序；分析此方法的优缺点；

（5）让学生学会利用综合规则法对流通加工作业进行安排，认识物流时间与物流成本的关系。

【注意事项】

（1）此任务只涉及流通加工排序的问题，除了掌握此方法外，还要掌握另外一种任务分配方法——匈牙利法；

（2）这里介绍的流通加工排序问题的假设条件是加工结束时刻为配送时间，所以目标是平均占用资源减少，节约流动资金和保管费用等。

【训练评价】

训练考核评分表

考评人		被考评人	
考评内容	钢材的流通加工训练		
考评标准	内容	分值/分	实际得分
	熟练掌握最短加工时间排序法	10	
	熟练掌握最早预定交货期排序法	20	
	重点掌握综合规则排序法	40	
	深刻理解物流时间与物流成本的关系	30	
合计		100	

注：考评满分为100分，60 分以下为不及格；60 ~ 70 分为及格；70 ~ 80 分为中；80 ~ 90 分为良；90 ~ 100 分为优。

项目六：流通加工作业

【任务练习】

一、名词解释

流通加工　流通加工合理化　流通加工的生产管理

二、填空

(1)流通加工既属于_____,也属于_____。

(2)对于流通加工合理化的最终判断,要看其是否能实现_____和_____两个效益,而且是否取得了__。对流通加工企业而言,应把__放在首位。

(3)流通加工地点设置是关系到整个物流加工能否有效的重要因素。一般而言,为衔接单品种大批量生产与多样化需求的流通加工,加工地应设置在_____。

三、单项选择

(1)流通加工主要是为促进与便利(　　)而进行的加工。

A.流通　　　　　　B.增值　　　　　　C.流通与销售　　　D.提高物流效率

(2)流通加工满足用户的需求,提高服务功能,成为(　　)的活动。

A.高附加值　　　　B.附加加工　　　　C.必要附加加工　　D.一般加工

(3)流通加工的地点和消费地距离过大,形成多品种的末端配送服务困难,这样的不合理流通加工形式是(　　)造成的。

A.流通加工方式选择不当　　　　　　B.流通加工地点设置不合理

C.流通加工成本过高,效益不好　　　　D.流通加工作用不大,形成多余环节

四、多项选择

(1)流通加工大多数可能是(　　)加工。

A.附加性　　　　　B.象征性　　　　　C.简单性　　　　　D.增值性

(2)为使流通加工合理化,在作业时应尽量做到(　　)的结合。

A.加工与配送　　　B.加工与装卸　　　C.加工与合理运输　D.加工与合理商流

E.加工与节约

五、简答与论述

(1)与生产加工相比,流通加工有何特点?

(2)结合学过的知识,分析流通加工的地位和作用?

(3)请举例说明流通加工的类型有哪些?

任务 6-2:木材的流通加工

【任务描述】

随着人们生活水平的提高和生活环境的改善,对木质材料的需求量越来越大,如木地板、实木家具、公共场所的木质凉亭及座椅等,但不经过处理的木制品在使用过程中容易出现腐蚀、浸泡、虫蛀、易燃等问题,所以许多建材加工企业都从事各种木材加工业务。

某木材加工厂接到一批木材加工任务,原料为落叶松和鱼鳞云杉原木,要求处理后满足亭院桌椅、公园设施、木屋花圃、社区休闲场所的木制建筑使用要求,即处理后的木材具有防腐、

防变形、防开裂，且抗白蚁等虫害的侵蚀、抗真菌类生物的侵蚀的特性。

要求：为此木材加工任务设计加工处理工艺；对主要工艺环节选择合适的处理方法，并详细说明其技术处理要求。

【训练目标】

通过木材流通加工任务的训练，能对木材加工的工艺流程进行合理设计，针对不同原料及需求选择合适的防腐剂、防火剂。

【相关知识】

一、常见木材流通加工形式

木材流通加工的形式很多，可依据木材种类、地点等，决定加工方式。在木材产区可对原木进行流通加工，使之成为容易装载、易于运输的形状。

（一）磨制木屑、压缩输送

磨制木屑、压缩输送是一种为了实现流通的加工。木材是容重轻的物资，在运输时占有相当大的容积，往往使车船满装但不能满载，同时，装车、捆扎也比较困难，尤其是用于造纸的原木。从林区外送的原木中有相当一部分是造纸材，木屑可以制成便于运输的形状，以供进一步加工，这样可以提高原木利用率、出材率，也可以提高运输效率，具有相当客观的经济效益。例如，美国采取在林木生产地就地将原木磨成木屑，然后压缩使之成为容重较大、容易装运的形状，而后运至靠近消费地的造纸厂，取得了较好的效果。根据美国的经验，采取这种办法比直接运送原木节约一半的运费。

（二）集中开木下料

在流通加工点将原木锯截成各种规格锯材，同时将碎木、碎屑集中加工成各种规格板，甚至还可进行打眼、凿孔等初级加工。过去用户直接使用原木，不但加工复杂、加工场地大、加工设备多，更严重的是资源浪费严重，木材平均利用率不到50%，平均出材率不到40%。实行集中下料、按用户要求供应规格下料，可以使原木利用率提高到95%，出材率提高到72%左右，有相当好的经济效果。

二、木材防腐加工

木材是人类最早使用的天然材料，也是当今世界四大材料（钢材，水泥，木材和塑料）中唯一可再生，可自然降解的生物资源，其容积重小、强度高、防振抗振、声热传导性低、电绝缘性好、耐冲击、耐久性强、具弹性和韧性、材色和纹理美丽、健康环保、易加工的特性，使之成为最理想的室内外建筑材料和装饰材料。

未经防腐处理的木材、木制品易受虫侵和腐烂，而且在木材与土壤或与水接触时也许只能有延续1年至4年的寿命。而经过防腐处理的木材不但外表美观，而且牢固、体重轻、加工性能强，并且在正常的维护下可以达到50年，全世界每年可以节省数十亿株树木。在全球森林资源日益枯竭的情况下，作为再生资源，对木材的合理利用首先要符合森林的可持续性发展，以维护全球的自然生态平衡，而延长木材的使用寿命，节约森林资源一直是现代木材和建筑工业所追求的，而且防腐木还是一种环保的建筑材料。

（一）木材防腐剂

木材上使用的防腐剂应具备如下条件：对真菌具高毒性；易浸注木材；持久性强，不易挥发、流失;对容器、工具无腐蚀性;对人畜无害;不增加木材燃烧性;无色、无臭,便于油漆;对木材胀缩影响小;药源充足,价格低廉。

目前使用的木材防腐剂主要有三类,即油类防腐剂、有机溶剂防腐剂和水溶性防腐剂。

1. 油类防腐剂

油类防腐剂是具有足够毒性和防腐性能的油类。主要是指煤杂酚油、煤焦油、恩油等,主要用来处理铁路枕木、电杆、海港桩木等生物败坏严重而对颜色和气味要求不高的环境中使用的木材。

油类防腐剂具有防腐效果好,耐候性强、抗雨水或海水冲刷、对金属腐蚀性低、来源广、价格低等优点,但气味辛辣,刺激皮肤,处理后木材呈黑色,不便油漆,温度升高时易出现溢油现象。

2. 油载防腐剂

油载防腐剂是指一类能溶于有机溶剂中具有防腐能力的化合物、又称为有机溶剂防腐剂,如五氯苯酚、环烷酸酮、8 - 羟基喹啉酮、三丁基氧化锡等。最适合用于细木工的处理,其最大特点是颜色浅,处理的木材不变形。

3. 水载防腐剂

水溶性防腐剂是能溶于水的对真菌等生物有毒的物质,是目前世界上应用最广泛,品种最多的一类防腐剂。如硼化物,铜、铬、砷(CCA)季铵铜(ACQ)、铜唑(CuAz)等,其优点是来源丰富,效果好,一般无刺激性气味。

水溶性防腐剂具有价格低廉,木材表面干净,无刺激气味,对木材的油漆、胶合无影响,不增加木材的可燃性等优点,但易引起木材体积膨胀,干燥后收缩,所以不适于精确尺寸部件的处理;同时抗流失性较差,不适于与地面接触的木材处理。

(二)木材防腐加工方法

木材防腐加工是在木材表面加涂层或在压力下灌注化学品,化学品可提高其抵御腐蚀和虫害的能力。防腐处理加工并不改变木材的基本特征,相反可以提高恶劣使用条件下木建筑材料的使用寿命。

各种木材使用的环境不同,对防腐效能的要求不同,对防腐剂的吸收量不同。木材防腐的处理方法可分下列两类。

1. 常压法

常压法有涂刷法、浸泡法、扩散法、热冷槽法和树液置换法等。上述方法均属于表层处理,工艺和设备比较简单,但防腐剂保留时间短。主要适应于浸注性好的木材,如用于门窗木料的防腐处理。

2. 真空加压法

常用真空加压法木材防腐加工的步骤如下。

(1)在处理厂,木材先被装入处理容器,容器中先抽真空,以便去除木材细胞内的空气,为添加防腐剂做好准备。

(2)圆筒内装满防腐剂,在 5 个大气压的高压下防腐剂被压入木材细胞。然后,从处理容器中取出木材,放入固化室中。

(3)固化程序是防腐木材加工程序里最重要的一个环节,它是改变防腐剂化学结构的过程,有效地把防腐剂与木材细胞粘结起来,从而阻止防腐剂从木材中渗漏,加长产品的寿命。

（4）处理后的木材表面美观，可以防止真菌、白蚁，和昆虫造成的腐蚀和腐烂。

此法适用于易腐朽难浸注木材的防腐处理，如云杉、鱼鳞云杉、落叶松等；也适用于易注入材的防腐处理，如处理永久性的木建筑、枕木、坑木和海中桩柱等。其防腐效果和时间均优于常用法。

（三）新型防腐剂

1. 烷基铵化合物（AAC）

传统使用的防腐剂由于它的毒性，一般能有效防止微生物破坏木材。但是，这些防腐剂因其毒性给人类和周围环境带来危害和污染，为此，迫使人们研究和寻找对人畜无害、对环境无污染，仅对微生物有毒的新型防腐剂。现已发现由长链季铵化合物和叔胺盐类化合物组成的统称为烷基铵类化合物（AAC）就是符合上述要求颇有发展前景的木材防腐剂。

AAC 之所以如此引人关注，是因为它具有下述特点：①可作为水溶性防腐剂使用；②致死生物效力高，范围广；③与传统防腐剂相比客观环境喜于接受；④与铜铬砷（CCA）防腐剂相比，其成本极为相近。

AAC 溶液稳定，在木材中固定良好，抗流失。经 AAC 防腐处理的木材保持木材本色，对金属紧固件无腐蚀作用，对油漆无不利影响。AAC 对人畜无毒害，时常作为灭菌剂、眼药水、烫发剂和化妆品等应用于人们的生活中。通过对鼠类的急性口服试验证明，AAC 对哺乳动物的毒性甚低。AAC 不易挥发，对环境无污染。

综上所述，烷基铵类化合物（AAC）有希望发展成为环境善于接受的新型高效水溶性防腐剂。

2. 八硼酸钠

八硼酸钠系一种含硼化合物，粉状，速溶。用其处理过的木材可以防止所有主要木腐菌对细木工构件和房屋行架的侵蚀，也可抵抗家天牛、家具窃蠹和粉蠹等幼虫对木材的破坏。在用于不和地面直接接触的环境下，具有长期的防腐、防蛀效果。这种防腐剂尤其适于处理含水率高于饱和点的木材。最常用的处理方法是浸渍扩散法，即将由制材车间锯剖后的木材放入八硼酸钠的浓缩溶液中作短期浸渍，然后将木材密封堆放，使防腐剂向木材内部扩散。许多国家的研究人员认为，扩散浸渍法是能够使硼类化合物渗进木材深层的有效方法，许多用加压浸注法难以浸注进行防腐处理的树种，用扩散浸渍法却能收到很好的防腐效果。用八硼酸钠处理的木材表面洁净，无刺激性气味，对人畜和环境无危害，对处理过的木材再进行加工时，无需专门防护。八硼酸钠的 pH 值近于中性，对木材的酸碱性质无影响。处理后不改变材色，不改变木材的力学强度，便于着色、油漆与胶合。

由于这种防腐剂具有一系列优点，因此，目前德国、日本、美国、澳大利亚和新西兰等许多国家均采用八硼酸钠对木材进行防腐处理，获得了广泛的应用。

3. 氨溶烷基胺铜（ACQ）

美国 CSI 公司 20 世纪 90 年代研究开发了 ACQ（氨溶烷基胺铜）木材保护剂，该保护剂已经美国环境保护部门认可，并已经通过 AWPA 的批准，作为新一代木材保护剂投入使用（商业）。ACQ 具有如下优点：①具有良好的防霉、防腐、防虫的性能；②对木材有很好的渗透性，可用来处理大规格、难处理的木材和木制品；③抗流失，具有长效性；④低毒不含砷、铬、酚等对人畜有毒害的物质。

ACQ 已成为取代目前在世界各国广泛使用的 CCA（铜、铬、砷）的新一代木材保护剂，现已在美国、日本、东南亚等国家投入使用。特别适合于处理室外用材。

总之,为了延长木材的使用寿命,合理利用木材资源以及有助于维持生态平衡,保护环境,造福于人类,广泛试验、研究和采用与传统不同的新型防腐剂和无毒处理方法,势在必行。

三、木材防火加工

(一)木材防火剂

良好的木材防火剂应具有较高的防火效力、对人畜无害,且价格便宜,对木材的主要性能(如吸湿性、尺寸稳定性、木材强度、油漆和胶合等)无不良影响,对金属不产生腐蚀,并具有抗流失和对防虫防腐有利等作用。

可用作浸渍防火剂的材料很多,目前广泛使用的多为无机化合物。这些无机化合物的主要优点是防火效力高且价格低廉,但它们对材性略有不良影响。用作这类防火剂的无机化合物主要有:磷酸氢二铵、硫酸铵、氯化锌、硼砂、硼酸和三氧化二锑等。由于各种化合物具有不同的特性,故采用多种化合的复合物作为防火剂往往效果最好。

硅酸钠(水玻璃)常用作防火涂料的主要成分,并加入惰性材料如高岭土、石棉等混合使用。脲醛树脂和磷酸铁为基础的混合物,也常用作防火涂料。

(二)木材化学防火加工方法

木材化学防火加工方法可分为浸渍和表面涂覆两种。

1.防火剂浸渍处理

防火剂浸渍处理的作用,主要是在起火时,能阻止或延缓木材温度的升高,降低火焰蔓延的速度以及减低火焰穿透木材的速度。

防火剂浸渍方法与防腐剂浸渍方法相似,不同之处是防火剂需要很高的注入量,故常用压力浸注法;对容易浸注的木材,也可采用热冷槽法浸注。

2.表面涂覆处理

防火剂涂覆在木材表面的主要作用是将木材与热源隔开,以阻止木材的受热分解和放出可燃气休,此外还可防止空气直接与木材接触。表面涂覆处理多用于提高已建成的木结构的防火能力。

(三)防火剂的选用

承重木结构使用的防火剂应是对人畜无毒,且经消防部门鉴定合格、批准生产的产品。

选用防火剂时,应根据现行《建筑设计防火规范》的规定和设计要求,按建筑物耐火确定所采用的防火剂。如采用防火浸渍剂,则应依此确定等级对木构件耐火极限的要求,浸渍剂的等级。木材防火浸渍剂的特性和用途列于表6-7。

表6-7 木材防火浸渍剂的特性和用途

编号	名称	配方组成%	特性	适用范围	处理方法
1	铵氟合剂	磷酸铵 27 硫酸铵 62 氟化钠 11	空气相对湿度超过80%时易吸湿,降低木材强度10% ~ 15%	不受潮的木结构	加压浸渍
2	氨基树脂1384型	甲醛 46 尿素 4 双氰胺 18 磷酸 32	空气相对湿度在100%以下,温度为25℃时,不降低木材强度	不受潮的细木制品	加压浸渍

编号	名称	配方组成%	特性	适用范围	处理方法
3	氨基树脂 OP144 型	甲醛 26 尿素 5 双氰胺 7 磷酸 28 氨水 34	空气相对湿度在85%以下，温度为20℃时，不降低木材强度	不受潮的细木制品	加压浸渍

注：①木材防火浸渍等级的要求分为三级：

一级浸渍——吸收量应达 80 kg/m³，保证木材无可燃性；

二级浸渍——吸收量应达 48 kg/m³，保证木材缓燃；

三级浸渍——吸收量应达 20 kg/m³，在露天火源作用下，能延迟木材燃烧起火。

②经过试验，且经消防部门鉴定合格、批准生产的其他防火浸渍剂亦允许采用。

涂覆用的防火剂又称防火涂料或防火漆。涂刷在可燃建筑结构上，遇小火不燃烧，在火势不大时，具有阻滞延燃能力，从而减缓火焰传播速度；离开明火后能自行熄灭，可提高材料的耐火能力，防止火灾迅速蔓延扩大，但不能完全阻止和消灭火灾。用于木材的防火涂料——丙烯酸乳胶涂料，每平方米的用量不得少于 0.5 kg。这种涂料无抗水性，可用于顶棚、木屋架及室内细木制品。经过试验，且经消防部门鉴定合格、批准生产的其他防火涂料亦允许采用，其用量应按该种涂料的使用说明要求执行。

对于露天结构或易受潮的木构件，经防火剂处理后，尚应加防水层保护。

四、木材压缩加工

木材压缩加工可以使材质轻软、密度较低、加工工艺性能差的木材在物理力学性能方面得到较大的改善。随着森林结构的变化，原始森林所提供的大径级木材愈来愈少，人工林、间伐林和速生丰产林提供的幼龄材、小径木越来越多。木材流通加工技术则可以改变木材的某些特性，提高木材的使用价值。

（一）压缩加工机理

木材是一种多孔的生物材料，其细胞壁呈圆形，首尾相连形成细管状，细管适应树干长度，即成轴向的。这些管状细胞的直径约为 0.01 mm～0.5 mm 之间，某些管状细胞在树干中就像车轮一样，呈放射状。这些管状细胞或纤维是树的水分输送系统，与其他类型的细胞一起为树干提供强度。当一块湿木样品被加热到摄氏 100℃ 时，它会变得柔软，并可以弯曲，其弯曲两端外侧可以拉长 2%，保持纤维不被破坏。另一方面，在纤维不挤在一起的情况下，弯曲两端的内侧可以压缩 35%。根据这一特性，对木材进行不同的预处理及不同的压缩工艺就可以得到不同性能的压缩木。

木材经过一定的温度和压力加工处理后，产生的一种质地坚硬、密度大和强度高的强化处理材料，通常称为压缩木。木材经压缩密实后，其组织构造、物理力学性质都发生了重大变化——力学强度增强，变形很小，耐磨性、耐久性好，从而有效地改善了木材的性能，提高了木材的利用价值。比如压缩后的梣木（白蜡树）、榉木、黑樱桃木、榆木、硬槭木、丝柏木、橡木、北方红橡木和胡桃木等，都可根据需要制造出不同规格产品。

（二）压缩加工方法

早在 20 世纪初德国和美国就有了木材压缩产品和关于制造压缩木的专利。前苏联在1932 年已经制定出炉中加热压缩法（简称干法）和蒸煮压缩法（简称湿法）工艺；我国在 20世纪 50 年代末和 60 年代初也曾研制出煤矿用压缩木锚杆和纺织用压缩木木梭；自 20 世纪 90年代以来，随着世界木材工业的迅速发展，各国学者在前人研究的基础上将木材的压缩及其变

项目六：流通加工作业

形固定的研究推向一个新的高度,目前,压缩方法主要有平压、辊压和静水压。

1. 多轴压缩

一般是双轴方向施压使木材压缩变形,也有的采用双轴压缩使原木压缩成方材。后者由于原木外侧被压成方材的表面,所以原木表面变成了弦切纹理,即使是小径材也很不易看见节子,并且没有背裂,加工时的噪声和粉尘都很少。

2. 部分压缩

一种是靠压缩方向使变形产生倾斜,另一种是靠压缩面受压使变形扩展。前者加大锯材表面的含水率后,高温加压成表层压密木材。此法适合地板、墙体材等要求改善木材表面物理特性的加工。后者进行模压使各种花纹压在木材表面,磨光后再现木材年轮状花纹,若吸些水使压缩部分稍有回弹,则可呈雕刻状。

3. 辊压法

辊压法是将木材从两个金属辊间通过受压,使受压木材的局部逐渐变形。装置需要的负载小,可连续施压,是将来有望普及的压缩变形方式。

4. 静水压

木材放在耐压容器内加大静水压,使木材压缩变形。带皮原木采用此法处理,外侧受到局部压缩就成了"镶上皱纹"状的原木。此法因不能按设计进行,所以不适合批量加工,但可以作为工艺品加工,如带花纹的柱子。

(三)压缩加工的作用和意义

1. 木材的表面物理性能得到提高

压缩加工的直接后果就是使木材的密度加大,从而使木表硬度和耐磨性等表面物理性能得到了极大的提高。这种表面硬度性能极强的压缩木可以将软质速生人工林代替硬质阔叶材使用。比如,压缩木用在弦乐器上,可取代红木等昂贵树种做背板,不但品质更好,而且成本可降低十几倍,促进了民乐器的普及。

在日本,一些企业都在积极利用压缩技术开发地板材料,市场上已有山毛榉和栎木压密地板销售。另外,压密单板木塑化技术、水蒸气预处理压密单板插入装饰板和基材之间的地板等也在研制。

2. 提高了木材的强度性能

压缩木在使木材密度增加的同时,弯曲弹性模量和弯曲强度等强度性能也都能得到提高。因此,压缩木可以作为住宅内楼梯扶手、家具的腿、框架、各种工艺品、装饰家具、各种工具类的手柄和图章料等要求高强度性能的材料。木材经压缩密实后,其组织构造和物理力学性质都发生了重大变化,力学强度增强,变形很小,耐磨性和耐久性更好,也是一种很好的雕刻材料。

3. 装饰性、加工性的提高

木材经过压缩密化后,木材的重度感和硬度感显著增强,加热等处理过程又使木材本身的色泽产生了变化,增强了材料的装饰性。因此,压缩木可以作为昂贵而稀缺的黑檀、紫檀等高级木材的替代材料。不仅如此,原木经过压缩整形后,年轮、木射线的形状和间距将随着各个方向压缩程度的不同,压缩时树皮的存在与否而产生很大变化。如果用于刨切,可产生出各种各样具有不同纹理花纹的薄木,所以压缩整形木还可用来制造薄木,用于木材表面装饰。

另外,木材本来是不均质的材料,经压密处理使材质变得均匀,更易于切削加工、雕刻和微细加工和饰面加工等。

【训练步骤】

步骤1：查阅资料，了解木材特性及一般防腐处理工艺。
步骤2：根据任务要求撰写木材加工工艺流程图。
步骤3：设计干燥方法，并说明处理注意事项。
步骤4：选择合适的防腐剂，写出加工处理要求及注意事项。

【注意事项】

（1）木料加压防腐技术，大大延长了木材本身的使用寿命，节约了森林资源。此任务的训练，注意培养学生能源节约的意识。

（2）能为学生提供搜集资料的环境，例如，能有多台计算机上网等。

（3）在完成任务的过程中，还要注意学习新的木材加工技术及进展情况，培养学生主动获取新知识的意识和良好的自学习惯。

【训练评价】

训练考核评分表

考评人		被考评人	
考评内容	木材的流通加工训练		
考评标准	内容	分值/分	实际得分
	加工处理工艺设计	30	
	主要环节技术处理要求	30	
	方案细节及可行性评价	20	
	方案设计能力与方案总体评价	20	
	合计	100	

注：考评满分为100分，60分以下为不及格；60~70分为及格；70~80分为中；80~90分为良；90~100分为优。

【任务练习】

一、填空

（1）目前使用的木材防腐剂主要有三类，即（　　）、（　　）、（　　）。

（2）常见新型防腐剂的种类有：（　　）、（　　）、（　　）。

（3）木材防腐加工方法有：（　　）、（　　）。

（4）木材化学防火加工方法可分为（　　）和（　　）两种

二、简答题

（1）木材防腐剂应具备哪些条件？

（2）油类防腐剂的优点有哪些？

（3）水溶性防腐剂的优点。

（4）简述常用真空加压法木材防腐加工的步骤。

（5）烷基铵化合物特点有哪些？

（6）阐述木材压缩加工的机理。

项目六：流通加工作业

三、案例分析

目前，国际上通行的对木材进行防腐处理的主要方法是：采用一种不宜溶解的水性防腐剂，在密闭的真空罐内对木材施压的同时，将防腐剂压入木材纤维。经过压力处理后的木材，稳定性更强，防腐剂可以有效地防止霉菌、白蚁和昆虫对木材的侵害。从而使经过处理的木材具有在户外恶劣环境下长期使用的卓越的防腐性能。

过去防腐处理的方法主要以 CCA 为主。其主要化学成分为铬化砷酸铜（Chromated Copper Aarsenate），它清洁、无臭，处理后的木材表面可以上漆，是世界上公认的有效的防腐处理方法。但是，近年来北美地区发现部分人群对 CCA 有轻微过敏反映，为此美国已规定不再允许使用（在工业和房屋地基方面使用除外）；加拿大也于 2003 年底颁布实施类似法规，彻底禁止在对人体有接触方面使用。

目前，另一种应运而生的防腐处理方法 ACQ 开始逐渐取代 CCA，成为市场的主流。ACQ（Alkaline Copper Quaternary）的主要化学成分为烷基铜铵化合物。它不含砷、铬、砒霜等有毒化学物质，对环境无不良影响，且不会对人畜鱼及植物造成危害。这种处理方法的使用对人体安全上较之 CCA 更佳，现被美国环保署（EPA）认可为目前世界上环保最有效的木材防腐处理方法，在北美和欧洲地区广泛推广。但在防腐处理方法上 ACQ 在成本上比 CCA 高出近 20%。从目前国内市场看，这两种处理方法的防腐木材应该会共存一段时间。但从长远上看 ACQ 防腐处理将是未来发展趋势。

目前业内把真空加压处理的木材称之为防腐木，并能在自然环境下使用寿命达 20 年～50 年；其他方式如涂刷、浸泡等都属治标不治本，不能达到真正防腐的目的；区分方法：加压处理的木材锯开后，边材部分防腐剂会渗透 85% 以上；不加压处理如涂刷，浸泡，防腐剂只会浮在木材表面，锯断后里面会呈现木材本色；ACQ 加压木材呈浅绿色，CCA 加压木材呈灰绿色。由于国内防腐木材是属于新兴的行业，目前还不是很规范，很多的工厂在选材上基本选用不烘干的板材（含水率超过 30% 以上，所以加压渗透效果就不明显），一是加快生产周期、二是偷工减料降低成本；还有一些用户由于交货时间急促，盲目追求低价，为了迎合此类客户导致了一些工厂偷工减料，简化生产流程，仓促交货，防腐内在质量得不到保障不说，施工后外观甚至会出现严重开裂、翘曲、尺寸缩小现象；

（1）对比两种防腐剂 CCA 与 ACQ 的优劣。

（2）分析真空加压防腐处理的好处。

（3）如何鉴定真空加压防腐木的品质？

任务 6 - 3：水泥的流通加工

【任务描述】

所谓预拌混凝土，是指由水泥、集料、水以及根据需要掺入的外加剂和掺合料等按一定比例，经集中计量拌制通过专用运输工具运至使用地点的混凝土拌合物。预拌混凝土一般是按用户的要求在集中搅拌的混凝土搅拌站生产的新鲜混凝土在规定的时间内运送到施工作业区进行浇筑。预拌混凝土是一种主要的水泥流通加工方式。

今日中国，资源已成为制约经济发展的瓶颈。节约资源，保护环境，促进人与自然的和谐发展已为国人共识。水泥业是高物耗、高能耗、高污染的行业,而加快发展散装水泥,降低水泥业的物耗、能耗,减少水泥业的污染,既是建设资源节约型、环境友好型社会的必然要求,也是循环经济的重要组成部分。

2005年6月27日,《国务院关于做好建设节约型社会近期重点工作的通知》中指出:"落实发展散装水泥的政策措施,从使用环节入手进一步加大散装水泥推广力度。"

按有关政策规定:凡列入国家、自治区计划的重点建设工程必须使用散装水泥或者预拌混凝土达90%以上;水泥用量300 t以上或者房屋建筑面积在1500 m² 以上的其他建设工程必须使用散装水泥或者预拌混凝土达80%以上;水泥制品生产者全部使用散装水泥或者预拌混凝土。从2004年5月起,预拌混凝土车辆计征公路养路费按60%计征。

要求:进行社会调查,了解当地可用的水泥掺合料,如火电厂粉煤灰等;了解当地的水泥搅拌站建设情况及预拌混凝土需求、使用情况。写出关于"水泥流通加工的重要意义"的调研报告。

【训练目标】

通过训练深入理解水泥流通加工的意义,能根据当地实际情况设计废料利用方案,会撰写调研报告。

【相关知识】

一、水泥熟料的流通加工

水泥的熟料输送在使用地磨制水泥的流通加工。在需要长途运入水泥的地区,变运入成品水泥为运进熟料这种半成品,在该地区的流通加工点(磨细工厂)磨细,并根据当地资源和需要情况掺入混合材料及外加剂,制成不同品种及标号的水泥供应给当地用户,这是水泥流通加工的重要形式之一。在需要经过长距离输送供应的情况下,以熟料形态代替传统的粉状水泥有很多优点:

1. 可以大大降低运费、节省运力

运输普通水泥和矿渣水泥平均约有30%以上的运力消耗在矿渣及其他各种加入物上。在我国水泥需用量较大的地区,工业基础大都较好,当地又有大量的工业废渣。如果在使用地区对熟料进行粉碎,可以根据当地的资源条件选择混合材料的种类,这样就节约了消耗在混合材料上的运力,节省了运费。同时,水泥输送的吨位也大大减少,有利于缓和铁路运输的紧张状态。

2. 可按照当地的实际需要大量掺加混合材料

生产廉价的低标号水泥,发展低标号水泥的品种,就能在现有生产能力的基础上更大限度地满足需要。我国大中型水泥厂生产的水泥,平均标号逐年提高,但是目前我国使用水泥的部门大量需要较低标号的水泥,然而,大部分施工部门没有在现场加入混合材料来降低水泥标号的技术设备和能力,因此,不得已使用标号较高的水泥,这是很大的浪费。

如果以熟料为长距离输送的形态,在使用地区加工粉碎,就可以按实际需要生产各种标号的水泥,尤其可以大量生产低标号水泥,以减少水泥长距离输送的数量。

3. 容易以较低的成本实现大批量、高效率的输送

从国家的整体利益来看,在铁路输送中运力利用率比较低的输送方式显然不是发展方向。

如果采用输送熟料的流通加工形式,可以充分利用站、场、仓库等地现有的装卸设备,又可以利用普通车皮装运,比散装水泥方式具有更好的技术经济效果,更适合于我国的国情。

4. 可以大大降低水泥的输送损失

水泥的水硬性是在充分磨细之后才表现出来的,而未磨细的熟料抗潮湿的稳定性很强。所以,输送熟料也基本可以防止由于受潮而造成的损失。此外,颗粒状的熟料也不像粉状水泥那样易于散失。

5. 能更好地衔接产需,方便用户

从物资管理的角度看,如果长距离输送是定点直达的渠道,这对于加强计划性、简化手续、保证供应等方面都有利。

采用长途送熟料的方式,水泥厂就可以和有限的熟料粉碎工厂之间形成固定的直达渠道,能实现经济效益较优的物流。水泥的用户也可以不出本地区而直接向当地熟料粉碎厂订货,因而更容易沟通产需关系,具有明显的优越性。

二、集中搅拌混凝土

改变以粉状水泥供给用户,由用户在建筑工地现场拌制混凝土的习惯方法,而将粉状水泥输送到使用地区的流通加工点,搅拌成混凝土后再供给用户使用,即预拌混凝土,这是水泥流通加工的另一种重要加工方法。这种流通加工方式,优于直接供应或购买水泥在工地现场搅拌制作混凝土的技术经济效果。预拌混凝土技术 20 世纪 50 年代起源于欧美和日本,60 年代获得迅速发展,至今美日等国预拌混凝土年产量已占本国混凝土用量的 80% 以上。预拌混凝土技术是"九五"期间国家重点推广的新技术之一,是建筑业向工业化方向发展的一项重要举措。

这种水泥流通加工方法有如下优点。

(1)预拌混凝土是在混凝土搅拌站集中生产的,可以采取准确的计量手段,选择最佳的工艺,提高混凝土的质量和生产效率,节约水泥;同时,可以减少加工据点,形成固定的供应渠道,实现大批量运输,使水泥的物流更加合理。

(2)将水泥的使用从小规模的分散形态改变为大规模的集中加工形态,可以提高劳动生产力,实现建筑施工现代化。散装水泥的应用促进了预拌混凝土、干粉砂浆等绿色建筑材料的发展。预拌混凝土全部使用散装水泥,使大量的劳动力从落后的施工方式中解放出来,是现代化的生产方式,是建筑施工现代化的重要标志。预拌混凝土最为突出的优点是节约水泥,保证质量,提高效率,施工泵送高度高,一次连续性浇注量大。

(3)有利于提高搅拌设备的利用率,减少环境污染;可以大大降低噪音污染和减少粉尘排放,可以改善劳动环境,实现人与自然的和谐发展。袋装水泥现场搅拌噪音大、污染严重,一般都在 80 分贝以上,对周围居民影响甚大。而用散装水泥和预拌混凝土施工,可以大大减少噪音污染,改善周边施工环境。同时,散装水泥生产和运输都采用先进技术,减少了拆袋所产生的粉尘污染,净化了城市空气,有效解决了运输中水泥撒落等脏乱差公害,有利于改善大气环境质量。据北京市环境科学研究院测定,每吨包装水泥粉尘排放(可吸入颗粒物)为 4.48 kg,而每吨散装水泥只有 0.28 kg,包装水泥高于散装水泥 16 倍。国家环保局专家就包装水泥在流通和使用环节对环境造成如此严重的污染感到触目惊心。散装水泥的发展极大地改善劳动环境,提高了生产效率,同时还产生了巨大的综合经济效益,实现了人与自然的和谐发展。

(4)可以节省包装链条上的一切资源消耗。根据测算,每吨袋装水泥包装费约占生产成本的 20%，占销售价格的 16%。同时，按传统的包装水泥生产和消费方式，从水泥装包到运输装卸、销售和使用各环节，都用人工操作，劳动强度大，生产条件恶劣，效率低下。以水泥构件制品企业使用袋装水泥为例，一条生产线安排装卸工 60 名，其中 40 人卸车，20 人码垛、搬运和拆包；而如果使用散装水泥后，整个工段只需 10 人，劳动强度大大减轻，降低劳动成本 83%，减员增效作用显著，同时也促进了企业的可持续发展。

【训练步骤】

步骤 1：分组。将学生分为组，每组六七人为宜。

步骤 2：社会调查。根据任务描述中的具体要求，进行社会调查。了解混凝土需求及可用于掺合料的资源情况。

步骤 3：撰写调研报告。在详细调研的基础上，各组撰写详细的调研报告，并偿试撰写混凝土搅拌站建站可行性报告。

步骤 4：总结。总结水泥流通加工的意义。

【注意事项】

（1）调研活动开始前教师要对学生进行安全教育，认真组织好调查活动。

（2）教师可事先联系相关规划或管理部门，推荐优秀学生进行专项调查，获取有价值的数据。

（3）学生调研前应做好准备工作，包括事先规划好调研内容，备齐调研用品等。

（4）以组为单位进行考核，考核成绩包括调研过程中的表现及调研报告。

【训练评价】

训练考核评分表

考评人		被考评人	
考评内容	预拌混凝土需求及使用调查训练		
考评标准	内容	分值/分	实际得分
	专项调查	30	
	数据整理与数据分析	20	
	撰写调研报告	40	
	能积极参与团队的工作任务	10	
	合计	100	

注：考评满分为 100 分，60 分以下为不及格；60～70 分为及格；70～80 分为中；80～90 分为良；90～100 分为优。

【扩展知识】

其他几种典型的流通加工作业。

一、煤炭的流通加工

煤炭流通加工有多种形式：除矸加工、煤浆加工、配煤加工等。

（一）除矸加工

除矸加工是以提高煤炭纯度为目的的加工形式。一般煤炭中混入的矸石有一定发热量，混入一些矸石是允许的,也是较经济的。但是,有时则不允许煤炭中混入矸石,在运力十分紧张的地区要求充分利用运力、降低成本,多运"纯物质",少运矸石,在这种情况下,可以采用除矸的流通加工方法排除矸石。除矸加工可提高煤炭运输效益和经济效益,减少运输能力浪费。

（二）煤浆加工

用运输工具载运煤炭,运输中损失浪费比较大,又容易发生火灾。采用管道运输是近代兴起的一种先进技术。管道运输方式运输煤浆,减少煤炭消耗、提高煤炭利用率。目前,某些发达国家已经开始投入运行,有些企业内部也采用这一方法进行燃料输送。

在流通的起始环节将煤炭磨成细粉,本身便有了一定的流动性,再用水调和成浆状,则具备了流动性,可以像其他液体一样进行管道输送。将煤炭制成煤浆采用管道输送是一种新兴的加工技术。这种方式不和现有运输系统争夺运力,输送连续、稳定、快速,是一种经济的运输方法。

（三）配煤加工

在使用地区设置集中加工点,将各种煤及一些其他发热物质,按不同配方进行掺配加工,生产出各种不同发热量的燃料,称为配煤加工。配煤加工可以按需要发热量生产和供应燃料,防止热能浪费和"大材小用",也防止发热量过小,不能满足使用要求。工业用煤经过配煤加工还可以起到便于计量控制、稳定生产过程的作用,具有很好的经济和技术价值。

煤炭消耗量非常大,进行煤炭流通加工潜力也很大,可以大大节约运输能源,降低运输费用,具有很好的技术和经济价值。

（四）天然气、石油气等气体的液化加工

由于气体输送、保存都比较困难,天然气及石油气往往只好就地使用,如果当地资源充足而使用不完,往往就地燃烧掉造成浪费和污染。两气的输送可以采用管道,但因投资大、输送距离有限,也受到制约。在产出地将天然气或石油气压缩到临界压力之上,使之由气体变成液体,就可以用容量装运,使用时机动性也较强。这是目前采用较多的方式。

二、食品的流通加工

食品的流通加工的类型种类很多。只要我们留意超市里的货柜就可以看出,那里摆放的各类洗净的蔬菜、水果、肉末、鸡翅、香肠、咸菜等都是流通加工的结果。这些商品的分类、清洗、贴商标和条形码、包装、装袋等是在摆进货柜之前就已进行了加工作业,这些流通加工都不是在产地,已经脱离了生产领域,进入了流通领域。食品流通加工的具体项目主要有如下几种。

（一）冷冻加工

为了保鲜而进行的流通加工,为了解决鲜肉、鲜鱼在流通中保鲜及装卸搬运的问题,采取低温冻结方式的加工。这种方式也用于某些液体商品、药品等。

（二）分选加工

为了提高物流效率而进行的对蔬菜和水果的加工,如去除多余的根叶等。农副产品规格、质量离散情况较大,为获得一定规格的产品,采取人工或机械分选的方式加工称为分选加工。这种方式广泛用于果类、瓜类、谷物、棉毛原料等。

（三）精制加工

农、牧、副、渔等产品的精制加工是在产地或销售地设置加工点,去除无用部分,甚至可以进行切分、洗净、分装等加工,可以分类销售。这种加工不但大大方便了购买者,而且还可以对加工过程中的淘汰物进行综合利用。比如,鱼类的精制加工所剔除的内脏可以制成某些药物或用作饲料,鱼鳞可以制高级粘合剂,头尾可以制鱼粉等;蔬菜的加工剩余物可以制饲料、肥料等。

（四）分装加工

许多生鲜食品零售起点较小,而为了保证高效输送出厂,包装一般比较大,也有一些是采用集装运输方式运达销售地区。这样为了便于销售,在销售地区按所要求的零售起点进行新的包装,即大包装改小包装,散装改小包装,运输包装改销售包装,以满足消费者对不同包装规格的需求,从而达到促销的目的。

此外,半成品加工、快餐食品加工也成为流通加工的组成部分。这种加工形式,节约了运输等物流成本,保护了商品质量,增加了商品的附加价值。如葡萄酒是液体,从产地批量地将原液运至消费地配制、装瓶、贴商标,包装后出售,既可以节约运费,又安全保险,以较低的成本,卖出较高的价格,附加值大幅度增加。

三、机电产品的流通加工

多年以来,机电产品的储运困难较大,主要原因是不易进行包装,如进行防护包装,包装成本过大,并且运输装载困难,装载效率低,流通损失严重。但是这些货物有一个共同的特点,即装配比较简单,装配技术要求不高,主要功能已在生产中形成,装配后不需要进行复杂的检测及调试。所以,为了解决储运问题,降低储运费用,可以采用半成品大容量包装出厂,在消费地拆箱组装的方式。组装一般由流通部门在所设置的流通加工点进行,组装之后随即进行销售,这种流通加工方式近年来已在我国广泛采用。

四、平板玻璃的流通加工

按用户提供的图纸对平板玻璃套裁开片,向用户供应成品,用户可以将其直接安装到采光面上。这种方式的好处是平板玻璃的利用率可由不实行套裁时的62%～65%提高到90%以上;可以实现从工厂向套裁中心运输大包装平板玻璃,这不但节约了大量包装用木材,而且可防止流通中大量破损。套裁中心按用户要求裁制,有利于玻璃生产厂简化规格,搞单品种、大批量生产,这不但能提高工厂生产率,而且可以简化工厂切裁、包装等工序。现场切裁玻璃劳动强度大,废料也难以处理,搞集中套裁可以广泛采用专用设备进行裁制,废玻璃相对数量少并且易于集中处理,能够满足用户的个性化需要,提高服务水平。

【任务练习】

一、名词解释

预拌混凝土

二、简答题

（1）阐述水泥熟料的流通加工的作用。

（2）预拌混凝土加工的优点。

三、案例分析

在某一地区建设固定式搅拌站首先要了解当地的固定资产投资规模,多层与高层建筑的比例,基础设施建设与一般工民建的比例,大型公共建筑的投资者和资金落实情况,还要了解当地的优质散装水泥和砂石料供应情况,政府在推广预拌混凝土方面有什么政策,特别是预算

项目六：流通加工作业

价格中是否已包括了预拌混凝土的供应价格,建设单位的认可程度等,简言之,就是必须作可行性调查,然后决定在何地建设多大规模的搅拌站。政府主管部门在规划本地区搅拌站建设时;要遵循"统筹规划,合理布局,严格资质,科学管理"的管理方针,明确建设许可的审批条件,特别是建设主体的条件。建站的一般程序是:①市场调研,提出可行性研究报告;②征求规划部门的建设用地意见;③向行政主管部门申报批准或备案;④建成后对试验室进行验收;⑤评定预拌混凝土企业资质等级;⑥纳入建设工程质量监督管理范围。

(1)分析混凝土搅拌站建设的组织与管理要点有哪些?

(2)说明混凝土搅拌站建设的程序。

项目七

出库操作

任务 7 – 1：出库具体作业

【任务描述】

一号仓库收到通知，2009 年 7 月 10 日需要把 200 台彩电运送到商场。

要求：假设你是仓库管理员，接到通知后，对货物进行出库操作。

【训练目标】

通过货物出库工作的训练，使学生能够进行货物出库的整个操作。

【相关知识】

货物出库也叫发货业务，是根据业务部门或存货单位开具的出库凭证，从对出库凭证审核开始，进行拣货、分货、发货检查、包装直到把货物交给要货单位或发运部门的一系列作业过程。

一、货物出库方式

货物出库的方式通常有以下几种。

1. 自提货物

由提货人填制发货凭证，用自己的运输工具到仓库提货，仓库凭单发货。一般此种方式多运用于有自备车辆的单位，提货量较少，运输距离又较近的货物。提货人提货时，仓库的发货人与提货人同时在仓库现场对出库货物当面点交清楚并办理签收交接手续。

2. 送货

仓库根据货主单位预先送来的"提货单"对其所提货物实施出库作业，然后将出库货物交由运输部门送达收货单位，这种发货形式就是通常所称的送货制。

该种出库方式一般适用于少量货物的发运，且仓库根据"提货单"，可以事先安排人力、车辆等进行取货作业，从而减少出库时间。但要注意货物出库时要办理好交接手续，划清交接责任。

3. 托运

托运是由仓库在仓库备完货后，将货物通过运输单位（铁路、水路、公路、航空、邮局等）将货物运到购货单位指定地点，然后由用户自行提取的一种出库方式。在办理托运前，仓库应按需用单位的要求备货,并做好发运记录。该种方式适用于异地、同地业务单位之间购货。

4. 过户

过户,是一种就地划拨的形式,即货物虽未出库,但是所有权已从原存货户转移到新存货户。仓库必须根据原存货单位开出的正式过户凭证,才予办理过户手续。此种方式只变动货物所有者户头,即货物所有权改变,而货物保持不动。

5. 取样

货主单位出于对货物质量检验、样品陈列等需要,到仓库提取货样(一般都要开箱拆包、分割,发给若干细数)。仓库也必须根据正式取样凭证才予发给样品,并做好账务记载。

6. 转仓

货物转仓是指某种货物由于业务上的需要,或由于货物特征的原因而需要变更储存场所,从一个仓库移至另一个仓库储存的发货形式。该方式中货物存放地点发生变化。

二、货物出库的基本要求

(1)严格遵守货物出库的各项规章制度,做到"收有据,发有凭"、"先进先出、发陈储新"。

(2)"三不",即:未接出库凭证不翻账册、未经凭证审核不备货、未经复核货物不出库;"三核",即:在发货时,要核实凭证、核对账卡、核对实物;"五检查",即:对出库凭证和实物要进行品名检查、规格检查、包装检查、数量检查、重量检查。

(3)商品出库时要谨防差错事故的发生,而且要特别注重客户满意度,提高货物出库的效率,帮助提货人解决实际问题。

三、货物出库的基本程序

货物出库的基本程序如图7-1所示。

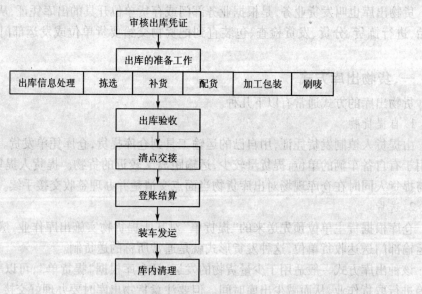

图 7-1 货物出库的基本程序

(一)审核出库凭证

审核凭证是货物出库管理的一个非常重要的环节,仓库部门接到出库凭证(提货单、领料单)后,必须对出库凭证进行严格审核,审核的主要内容有:

仓储管理

（1）检查领料单签字是否齐全。一般货物领用必须开具领料单，领料单要有经办人、领用人、保管人、仓储部门负责人签字才行。

（2）检查出库手续是否齐全、合理。例如，出门单证是否与货物符合；凭证的日期是否合理；有无涂改与污损；签章是否正确。

（3）核对收货单位、到站、开户行和账号是否齐全和准确。

若审核出现问题，具体做法如下。

（1）凡在证件审核中，发现有任何问题的，都不能发料出库，要及时向领导反应情况，待查明真实情况后再另行安排。

（2）如果出库凭证超过提货期限，用户前来提货，必须按规定缴足逾期的仓储保管费，然后方可发货。任何白条、都不能作为发货凭证。保管员给客户提货时，若发现货物规格不对，保管员无权对其进行调换，而是要通过制票员核查无误后重新开票才可。

（3）如果客户将出库凭证遗失，客户应按规定进行挂失，如果挂失时货已经被提走，仓库不承担责任；如果货物没有被提走，仓库查实后，要做好挂失工作，将原凭证作废，缓期发货。

（二）出库的准备工作

通常情况下，仓库调度接到客户通过网络传来或实际送来的提货单后，应根据出库凭证的要求做好出库的准备工作，以便能提高出库的工作效率，准确及时地做好货物出库工作。

1. 出库信息处理

出库凭证经审核确实无误后，将出库凭证信息进行处理。如果是人工处理，记账员会将出库凭证上的信息按照规定的手续登记入账，同时在出库凭证上批注商品的货位编号，并及时核对发货后的结存数量。如果是采用计算机进行库存管理时，则将出库凭证信息录入微机后，由出库业务系统进行信息处理，并打印生成相应的拣货信息即拣货单。

表 7-1 拣货单

XX 物流中心拣货单　　　　　　　　　　　　　　　　　第一页，共 1 页

单号:89180502210128　　配货作业号:0502210001　　拣货次序:2080297　　拣货门店:苏州苏苑 5310
拣货区:40　　　　　　　货道:4001　　　　　　　　拣货员:系统管理员　　拣货类型:拆零
品种数:14　　　　　　　总件数:14　　　　　　　　装车状态:未装车
拣货金额:313.3　　　　　周转箱数:0　　　　　　　实际箱数:0

序	货位	货品代码	货品名称	批号	单位	规格	件数	数量	条码	周转箱号
拣货道:4001										
1	40010411	31031101	金力波瓶啤 640 ml	—	瓶	1×12	1	12		
2	40010811	31030708	三锋利益特爽啤酒 640 ml	—	瓶	1×12	1	12	692602771961	
3	40011711	03091705	水森活纯净水 3 800 ml	—	桶	1×4	1	4		
4	40012221	03010302	可口可乐 600 ml	—	瓶	1×24	1	24		
5	40013421	13010360	来一桶酸菜火锅面 137 g	—	桶	1×12	1	12	6925303773038	
6	40041911	130070709	龙口粉丝香烧排骨 63 g	—	碗	1×12	1	12	6926537100045	
7	40042411	53171101	S 双铅卫生纸 500 g	—	包	1×10	1	10		
8	40043221	13010952	农心辛大碗面 117 g	—	碗	1×12	1	12		
9	40043611	13010375	VI 统一来一桶（香番牛肉）109 g	—	桶	1×12	1	12	6925303773007	

序	货位	货品代码	货品名称	批号	单位	规格	件数	数量	条码	周转箱号
10	40044721	13010150	康师傅红烧牛肉珍碗面 90 g	—	碗	1×12	1	12		
11	40044611	13010351	统一来一桶红烧牛肉 110 g	—	桶	1×12	1	12	6910505017219	
12	40045011	13010157	康师傅浓香牛肉大碗面 117 g	—	桶	1×12	1			

合计： 12 146

填单人：YMS 测试员工　　　　　　　　　　　　　　生成时间：2005-2-21　13：50：40

2. 拣选作业

拣选作业的方法很多，需要考虑多方面因素选择最适宜的拣选方法。仓库拣选时，常用的拣选作业主要有几种，单一拣选法，批量拣选法、混合拣选法和电子标签拣选系统。

1）单一拣选法

单一拣选法也叫按订单拣选法或摘果拣选法，主要是每次拣选只针对一张订单。该拣选法又可细分为单人拣选、分区接力拣选和分区汇总拣选几种方式。

单人拣选是指一个人从头到尾全程按订单实施拣选，该种方式的拣货单只需将订单资料转为拣货需求资料即可。

分区接力拣选是指将存储区或拣选区分为几个区域，各区人员按照订单接力完成拣选工作。

分区汇总拣选是指将存储区或拣选区分为几个区域，各区人员按照订单拣选本区域内存放的相应货物，然后各区域汇总所拣选货物即完成该订单的拣选工作。

单一拣选法机动灵活，准确度高，可以集中力量快速拣选。拣选人员责任明确，且拣选完毕后即完成该订单所需全部物品的配备，无需配货作业，工作效率很高。因此，单一拣选法适用于大量、少品种订单的拣选。

2）批量拣选法

批量拣选法又叫播种拣选法，是指将多个订单汇总在一起，再将各订单上的同种货物累加起来，一起实施拣选作业，然后再按订单进行配货。批量拣选法适合订单数量庞大的系统，可以优化拣选路线，缩短拣选时的搬运路线，增加单位时间的拣选量。但是，此种方法必须要等待时间汇总一批订单后进行规划才能实施拣选作业，等待拣选的时间较长。因此，批量拣选法比较适合长期客户、数量众多的专业性配送中心，而且货物的时间要求不太严格。

3）混合拣选法

混合拣选法是将单一拣选法和批量拣选法组合起来，兼具两种方式的优点。

4）电子标签拣选系统

拣选作业一直是费时、费力的作业活动，如果仓库的作业量很大时，拣选的作业量就会更大。为了提高拣选作业的效率，很多仓库（包括配送中心）通过引进自动拣选系统来提高拣选效率，电子标签系统就是其中之一。

电子标签拣选需要与之配备的货架，即仓储人员通过计算机系统将需要拣选的信息录入，执行拣选命令后，存放各种货物的货架上的货位指示灯和品种显示器会立刻显示出拣选物品在货架上的具体位置及所需数量，作业人员据此取出物品，放入输送带上的周转箱，然后按下按钮熄灭指示灯，输送带会带着周转箱进入自动分拣系统。

电子标签拣选系统中，拣选作业人员可同时作业，而且作业人员的工作量大大减少，且工

仓储管理

作效率较高,差错率较低,是真正的"无单拣选"。

图7-2　人工拣选

图7-3　电子标签拣选

3.补货作业

补货的目的是保证拣货区有货可拣,是保证充足货源的基础。何时补货取决于拣选区的货物存量。补货的方式主要有批次补货、定时补货、混合补货和自动补货几种。

1)批次补货

批次补货是指由计算机计算出每天的总补货量以及仓储区存货的情况,将货物一次性补足。这种补货方式适用于一天内作业量变化不大、紧急追加订货不多,或是每一批次拣货量事先掌握的情况。

2)定时补货

定时补货是指每天规定几个时间点,补货人员在时段内检查拣货区货架上的货物存量,如果发现存量不足或者货架上的存货已经降到预先规定的水平以下,则要马上予以补足。这种补货方式适用于分批拣货固定、处理紧急追加订货的时间也固定的情况。

3)随机补货

随机补货是指仓库有专门人员随时巡视拣货区的存量,发现不足随时补货。这种补货方式适用于每次拣选量不大、紧急追加订货较多,以至于一天内作业量不易事先掌握的场合。

补货通常是以托盘为单位进行补货作业,这种方式适合体积大或出货量大的货物;如果补充的货物体积小、量少但品种多,那么一般是将货物装进取货箱,整箱或拼箱用手推车推到拣选区域;还有的仓库将体积小、流动性不大的货物存放在同一货架的上下两层,下层为拣选区,上层为保管区,那么就可以根据要求由上层货架补充到下层货架,称为货位补货。另外,有些货物不进入保管区域,而是补货人员直接在进货时将货物运至拣选区,此种直接补货方式在一些货物周转非常快的仓库非常常见。而在一些自动仓库中,补货作业由计算机操控,可经过扫描条码后,将货物自动进行补货。

4. 配货作业

分拣完成之后,需要对分拣出来的货物根据用户或配送路线进行分类,然后进行配货检查,包装打捆等,将货物搬运到出货待运区,此过程称为配货作业。

货物分类后需要进行配货检查,以保证发运前货物的准确性。配货检查主要是检查货物的数量、外观质量等,对于外观质量来说,人工逐项或抽样检查是必要的,但是对于数量来说,可以将货物以一定的规律放置,例如,"五五堆码"等,以提高人工检查的效率。但是人工检查货物数量不但效率低而且容易出现错误,所以可以采用先进的信息技术来提高检查效率,主要有以下几种方式:

1)条码检查法

条码检查法要求货物上必须事先贴有条码,当配货检查时,只需用扫描机扫描货物上的条码标签,电脑就会自动将资料与出货单进行核对,检查是否有数量上的错误存在。

2)声音输入检查法

配货人员读出货物的名称及数量,电脑接收声音后会自动辨识,然后与单据比对进行核实。这种方法比较新,配货人员比较自由,但是对配货人员的发音要求比较高,必须要准确清楚,且语句字数有限,否则电脑不能辨认,会产生错误。

3)重量计算检查法

重量计算检查法就是先由电脑计算出配货货物的总重量,然后用计重器实际称出货物重量,再将电脑算出的数据与实际称出的数据进行比对。如果拣货车能够自动计算并显示出所拣货物的重量,那么就可大大节省时间,提高效率。

5. 加工包装

这里的"加工包装"主要是指出库时的流通加工和包装,目的是为了提高物流效率和运输实载率。例如,水泥和沙石料出库时,可根据客户要求用搅拌车运送到使用地直接供应混凝土;将木材的边角下料磨制成木屑压缩成型;将蔬菜洗净、分装;将多种香肠捆绑销售等。出库的货物包装,要求干燥、牢固,如有破损、潮湿、捆扎松散、水湿、油迹、污损等不能保障货物在运输途中的安全,应负责加固整理。常见的封口方式如图 7-4 所示。

6. 刷唛

包装完毕后,要在外包装上写清收货单位、收货人、到站、本批商品的总包装件数、发货单位等,并在相应的位置上印刷或粘贴条码标签,若用原来的包装物那么应彻底清除原有标识,以免造成标识混乱,导致差错。这就是刷唛。这外包装上印刷的运输唛头,主要是为了承运人及提货人方便辨认货物。运输唛头要严禁错刷、漏刷,一定要做到清楚、醒目、位置大小适当。常见的包装标志如图 7-5 所示。

(三)出库验收

出库验收的内容主要是核对货物条码(或物流条码)、货物的件数、货物包装上的品名、规

图7-4 常见的封口方式

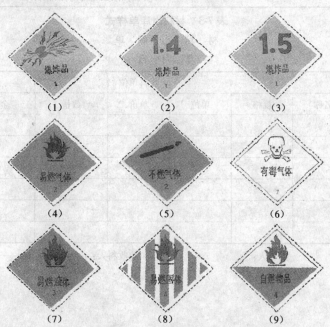

（1） （2） （3）

（4） （5） （6）

（7） （8） （9）

图7-5 部分常见包装标志

格等。出库验收时一定要仔细认真,尤其是对一些品种繁多的小物品,要采取全检的方式,以单对物,确保单物相符,准确无误。检验的标准主要有采购合约或订购单所规定的条件;各种货物的国家品质标准;采购合约中的规格或图解;以样品为标准。

（四）清点交接

货物经验收后,如果是本单位内部领料,则将货物和单据当面点交给提货人,办清交接手续;如果是送料或将货物托运,则与送料人员或运输部门办理交接手续,当面将货物交待清楚。交清后,提货人员应在出库凭证上签章。清点交接时,仓库方面应对重要货物、特殊货物的技术要求、使用方法、运输注意事项等,要主动向提货人、承运人交待清楚。交接清点后,保管员应在出库凭证上填写"实发数"、"发货日期"、"提货单位"等内容并签字确认,做好出库记录。

（五）登账结算

仓库门卫通常凭出库单的出门联或者专门的出门单放行出库的货物,如表7-2、表7-3、表7-4所示,货物出库单根据不同的货物和用途,也分为不同的种类。

表7-2　货物出库单样式

广州市龙腾信息科技有限公司

提　货　单

购货单位:000038　　　　　制单日期:2004-11-26　　　　　单　号:No SO11260007

货品名称	产地	规格	仓位	数量	重量	数量大写
烧碱(低度)	天津	25 kg/包	5 仓 3 位	40 包	1.000 t	肆拾包
纯碱	大连	40 kg/包	3 仓 8 位	25 包	1.000 t	贰拾伍包
硼酸	美国	25 kg/包	6 仓 4 位	20 包	0.500 t	贰拾包
氯化钾	以色列	50 kg/包	6 仓 3 位	30 包	1.500 t	叁拾包
//						//
备注	货品只限工业用途,禁止食用					

表7-3　材料出库单样式

材　料　出　库　单

年　　月　　日

发料单位				收料单位			
编号	材料名称	规格	单位	单价	数量	金额	备注

核准人:　　　　　　发料人:　　　　　　收料人:　　　　　　制单:

仓储管理

表 7-4　货物出库单样式

出　库　单

尊敬的客户：

当您收到以下产品时,请您与出库单核对,确认型号无误后请在下方收货人处签字。谢谢合作!

编号	产品名称	数量	单位	序列号

专线号：_____　　工程师：_____

收货单位：_____

收 货 人：_____

日　　期：_____

送货单位：_____

送 货 人：_____

日　　期：_____

（六）装车发运

装车是指车辆的配载。由于出库货物特性各异,因此车辆配载要特别注意,要对特性差异大的货物进行分类装载。例如,外观相近、容易混淆的货物要分开装载;渗水货物不能和容易受潮的货物一起装载;散发臭味的货物不能和吸臭性货物一起装载;散发粉尘的货物不能和清洁货物一起装载等。

货物的装车顺序要分清先后,尤其是同一车装载多个用户货物的更是要遵循"后送先装"的顺序,且要与货物的特性相结合,如轻货要放在重货上面,易滚动的桶装货物要垂直摆放等。

（七）库内清理

发货后的库内,有的货垛被拆开、有的货位被打乱,有的还留有垃圾、杂物等,因此,保管员要对库存的货物进行并垛、挪位、腾整货位,清扫发货场地、保持清洁卫生,检查相关设施设备和工具是否损坏、有无丢失等。这是库内现场的清理。另外,货物出库后,与该批货物相关的原始依据、凭证等要存入保管档案,档案要妥善保管,以备查用,这是档案的清理。

【训练步骤】

步骤1:分组。将学生分成几个小组,每组三四人为宜。

步骤2:掌握商品出库的程序。

步骤3:小组讨论。根据项目内所学到的知识,先在组内讨论,然后进行阐述。

步骤4:根据实际情况,要求各组逐一完成任务要求中的出库操作。

步骤5:讨论总结,加深理解。通过互评讨论,加强认识,深入理解商品出库要求及管理要点。

项目七　出库操作

【注意事项】

(1)引导学生认识商品出库在仓储管理中的重要性,培养学生认真、严谨的工作态度。

(2)以小组为单位,进行课堂讨论,加深对涉及知识的掌握和理解。

(3)以小组为单位进行考核,考核成绩应反映学生在实训过程中的综合表现。

【训练评价】

训练考核评分表

考评人		被考评人	
考评内容		商品出库训练	
考评标准	内容	分值/分	实际得分
	熟练掌握商品出库的方式	15	
	熟练掌握商品出库的基本要求	15	
	熟练掌握商品出库时的基本程序	30	
	能够熟练进行商品出库的操作	40	
	合计	100	

注:考评满分为100分,60分以下为不及格;60~70分为及格;70~80分为中;80~90分为良;90~100分为优。

【任务练习】

一、填空

(1)商品出库是根据业务部门或存货单位开具的(   ),从对(   )审核开始,进行(   )、(   )、(   )、(   )直到把商品交给要货单位或发运部门的一系列作业过程。

(2)出库的方式包括:(   )、(   )、(   )、(   )、(   )、(   )。

二、简答

(1)商品出库的基本程序是什么?

(2)备货的程序是什么?

(3)仓库的单据有出库单、提单等,而且一式多份,但为什么电子商务比较发达的企业,看到的这种单据很少,他们凭什么发货的?

三、案例分析

某商场的商品出库管理制度如下。

(1)卖场列出的上柜、调拨、退货清单,必须认真、准确、无遗漏地标注商品品牌、数量、金额、单价、清单明细等。

(2)采配助理必须对退货原因及库存进行认真核实后,方能开具出库单。

(3)卖场接到退货、调拨通知后,在对出库商品进行实物明细点验时,必须认真清点,核对准确、无误,方可签字认可出库,否则造成的经济损失,由当事人承担。

(4)出库要分清实物负责人和承运者的责任,在商品出库时双方应认真清点核对出库商品的品名、数量、规格等以及外包装完好情况,办清交接手续。若出库后发生货物损失等情况责任由承运者承担。

(5)商品出库后实物负责人在当日根据正式出库凭证销账并清点货品结余数,做到账货相符。

(6)按出货流程进行单据流转时,每个环节不得超出一个工作日。

问题:

试分析该商场的商品出库管理制度。

任务7-2:出库问题处理

【任务描述】

一号仓库收到通知,于2009年7月10日送到商场的200件彩电发生了问题。

要求:假设你是仓库管理员,接到通知后,应该怎样进行处理?

【训练目标】

通过处理商品发货出现的问题,使学生了解常见出库发生的问题,掌握处理解决问题的方法,能够完满地处理好所发生的问题及退货的处理过程。

【相关知识】

一、出库中发生问题

(一)出库凭证(提货单)异常

(1)如果出库凭证超过提货期限,用户前来提货,必须按规定缴足逾期的仓储保管费,然后方可发货。任何白条、都不能作为发货凭证。保管员给客户提货时,若发现货物规格不对或印鉴不符时,保管员无权对其进行调换,而是要通过制票员核查无误后重新开票才可。

(2)凡发现出库凭证有疑点,以及出库凭证发现有假冒、复制和涂改等情况时,应及时与仓库保卫部门以及出具出库单的单位或部门联系,妥善进行处理。

(3)货物进库未验收,或者期货未进库的出库凭证,一般暂缓发货,并通知货主,待货到并验收后再发货,提货期顺延。

(4)如果客户将出库凭证遗失,客户应按规定进行挂失,如果挂失时货已经被提走,仓库不承担责任,但要协助货主单位找回商品;如果货物没有被提走,仓库查实后,要做好挂失工作,将原凭证作废,缓期发货。保管员必须时刻警惕,如再有人持作废凭证要求发货,应立即与保卫部门联系处理。

(二)提货数与实存数不符

若出现提货数量与货物的实存数量不符的情况,可能会是如下原因/

(1)如属于入库时记错账,则可以采用"报出报入"方法进行调整,即先按库存账面数开具货物出库单销账,然后再按实际库存数重新入库登账,并在入库单上签明情况。

(2)如属于仓库保管员串发、错发而引起的问题,应由仓库方面负责解决库存数与提货数间的差数。

(3)如属于货主单位漏记账而多开提货数,应由货主单位出具新的提货单,重新组织提货和发货。

(4)如果是仓储过程中,货物有损耗,就需要考虑货物的损耗是否在合理范围内,并与货主协商解决,如果是属于合理范围内的损耗,应由货主自行承担,而超过合理范围之外的损耗,则应由仓储部门负责赔偿。

(三)串发货和错发货

串发货和错发货主要是指发货人员由于对货物种类规格不很熟悉,或者由于工作中的疏漏,把错误规格、数量的货物发出库的情况。出现串发货和错发货时,如果货物尚未离库,应立即组织人力,重新发货。如果货物已经离开仓库,保管人员应及时向主管部门和货主通报串发货和错发货的品名、规格、数量、提货单位等情况,会同货主单位和运输单位共同协商解决。一般在无直接经济损失的情况下由货主单位重新按实际发货数冲单(票)解决。如果已形成直接经济损失,应按赔偿损失单据冲转调整保管账。

(四)包装破漏

若在发货过程中,发现货物外包装破漏等现象,并由此引起货物渗漏、短缺等,那么发货时都要对其进行整理或更换包装,之后方可出库,否则由此造成的损失应由仓储部门承担。而之所以造成包装破漏等现象,主要原因是货物在储存过程中因堆垛挤压或装卸搬运时操作不慎造成的,因此在仓储作业时一定要按程序和规章办事,防止出现此类情况。

(五)漏记账和错记账

漏记账是指在货物出库作业中,由于没有及时核销货物明细账而造成账面数量大于或少于实存数的现象。错记账是指在货物出库后核销明细账时没有按实际发货出库的货物名称、数量等登记,从而造成账实不相符的情况。无论是漏记账还是错记账,一经发现,除及时向有关领导如实汇报情况外,同时还应根据原出库凭证查明原因调整保管账,使之与实际库存保持一致。如果由于漏记和错记账给货主单位、运输单位和仓储部门造成了损失,应予赔偿。同时应追究相关人员的责任。

二、出库后异常问题的处理

(1)在发货出库后,若有用户反映规格混串、数量不符等问题,如确属保管员发货差错,应予纠正、致歉;如不属保管员差错,应耐心向用户解释清楚,请用户另行查找。

凡属易碎货物,发货后用户要求调换,应以礼相待,婉言谢绝。如果用户要求帮助解决易碎配件,要协助其联系解决。

(2)凡属用户原因,型号规格开错,制票员同意退货,保管员应按入库验收程序重新验收入库。如属包装或产品损坏,保管员不予退货。待修好后,按有关入库质量要求重新入库。

(3)凡属产品的内在质量问题,用户要求退货和换货,应由质检部门出具检查证明、试验记录,经物资主管部门同意,方可退货或换货。退货或换货产品必须达到验收入库的标准,否则不能入库。

(4)物资出库后,保管员发现账实(结存数)不符,是多发或错发的要派专人及时查找追回以减少损失,不可久拖不决。

三、退货的处理

货物退换是售后服务的一部分。货物退换有各种原因,有的是发货人员在按订单发货时发生了错误;有的是运输途中货物受到损坏,负责赔偿的运输单位要求发货人确定所需要修理费用;有的是客户订货有误等。如果是货物有缺陷,需要退还,那么此类货物退货的一般程序如下。

（1）客户退货时应填写"退货申请表"（见表7-5），在收到同意退货的"退货申请表"后，必须按约定的运输方式办理运输。

表7-5　退货申请表

退 货 申 请 表　　　　　　　　　　　　编号：

客户或代理商名称：　　　　　　　　　　　负责人：

地址：　　　　　　电话：　　　　　　传真：　　　　　　联系人：

退回产品申请事由：

序号	产品型号规格	数量	合同编号或出厂编号	产品状态	公司复核
1				☐原包装　☐产品完好	
2				☐原包装　☐产品完好	
3				☐原包装　☐产品完好	
4				☐原包装　☐产品完好	
5				☐原包装　☐产品完好	
6				☐原包装　☐产品完好	
7				☐原包装　☐产品完好	
8				☐原包装　☐产品完好	
9				☐原包装　☐产品完好	
10				☐原包装　☐产品完好	

客户意见：　　　　　　　　　　　　　　　公司销售部批复意见：

申请单位：
（盖章）
20　年　月日　　　　　　　　　20　年　月　日

退回产品记录：退货编号　　　　　　　　　　　　　　　费用　　　　备注

注：退货费用按经销协议和公司相关规定执行；
　　收货单位和部门：×××有限公司×××部；
　　到达收货地址：　　　　　　邮编：　　　　　　收货人：

（2）仓库在收到客户的退货时，应尽快清点完毕，如有异议必须以书面形式提出。

（3）退回的货品与退货申请表是否相符，以仓库清点为准。

（4）仓库应将退入仓库的物品，根据其退货原因，分别存放、标识。对属于供应商造成的不合格品，应与采购部门联系，催促供应商及时提回。对属于仓库造成的不合格品且不能修复的，每月应申报一次，进行及时处理。

（5）对于已经发放的货品和退回的货品，要及时入账，并按时向其他有关部门报送有关材料。

退货过程涉及多方面的关系，包括生产商、分销商、储存部门、承运人、客户等，无论涉及那个环节，每个环节都要对货物检验，相应负责，且每个环节都要做到满意。因此，货物的退货过程一定要做好，才能保持相关单位的良好形象。

【训练步骤】

步骤1：分组。将学生分成几个小组，每组三四人为宜。
步骤2：掌握商品出库问题的处理及退货程序。
步骤3：小组讨论。根据项目内所学到的知识，先在组内讨论，然后进行阐述。
步骤4：根据实际情况，要求各组逐一完成任务要求中的问题处理和退货过程。
步骤5：讨论总结，加深理解。通过互评讨论，加强认识，深入理解商品出库问题的处理及退货过程。

【注意事项】

（1）引导学生认识商品出库在仓储管理中的重要性，培养学生认真、严谨的工作态度。
（2）以小组为单位，进行课堂讨论，加深对涉及知识的掌握和理解。
（3）以小组为单位进行考核，考核成绩应反映学生在实训过程中的综合表现。

【训练评价】

训练考核评分表

考评人		被考评人	
考评内容	商品出库训练		
考评标准	内容	分值/分	实际得分
	熟练掌握出库的相关知识	20	
	熟练掌握商品出库后异常问题的处理的知识	20	
	熟练掌握退货的处理知识	20	
	能够熟练运用相关的知识进行问题处理和退货处理的操作	40	
	合计	100	

注：考评满分为100分，60分以下为不及格；60~70分为及格；70~80分为中；80~90分为良；90~100分为优。

【任务练习】

一、思考题
（1）商品出库中常见发生的问题有哪些？

（2）出库后异常问题如何处理？

（3）如何进行退货处理？

（4）出库时，不小心发错了货（如规格不对、多发、少发）该如何处理？自认倒霉吗？

（5）仓库发货一切程序都正确，可客户要求退货，该如何处理？他们能直接到仓库中办理退货吗？

二、阅读

报喜鸟集团退货管理（试行）制度

前　言

为规范营销公司退货程序，建立和健全完善的退货制度，提高货品重新回仓和调配货的速度，最大限度地压减库存，真正做到货畅其流，规定如下：

（1）退货必须履行严格的登记制度；由贮运科科长签发退货通知单，转交司机提货；货到退仓由退仓负责人和司机核对件数后，当天把退货及退包数抄送配送科。

（2）退仓接退包必须在1天~2天内，对退货进行核对，另类整理，剔除次品，并详细登录在册，如拆包发现所退实数与专卖店清单数不符，由退仓负责人立即通知配送科各主管。

（3）退仓的货物一律凭转换单，才能直接提取。

（4）退仓必须做好退货统计、分析，以便其他科室或部门查询。

（5）退仓衣物如有皱褶，必须先整烫后入正品仓。

（6）次品货物打折收回，折扣另定。

项目八

特种仓储管理

任务 8－1：民爆品的仓储管理

【任务描述】

某工程施工现场，仓库内存放着施工中所需要的炸药、雷管以及其他施工所需材料。仓库左边为施工人员的宿舍，右边是施工道路，根据实际情况做好仓储工作。

要求：假设你是仓库管理员，应该怎样对仓库内的民爆品进行保管，并制定合适的仓储方案。

【训练目标】

通过训练，重点掌握民爆品的种类，民爆品安全仓储知识；能够有效地做好民爆品的仓储工作。

【相关知识】

爆炸品是指在外界作用下（如受热、受压、撞击等），能发生剧烈的化学反应，瞬时产生大量的气体和热量，使周围压力急骤上升，发生爆炸，对周围环境造成破坏的物品，也包括无整体爆炸危险，但具有燃烧、抛射及较小爆炸危险的物品。

爆炸品包括：爆炸性物质；烟火物质。爆炸品特性有：①爆炸性强；②敏感度高。各种爆炸品的化学组成和性质决定了它具有发生爆炸的可能性，但如果没有必要的外界作用，爆炸是不会发生的。也就是说，任何一种爆炸品的爆炸都需要外界供给它一定的能量——起爆能。不同的炸药所需的起爆能不同，某一炸药所需的最小起爆能，即为该炸药的敏感度（简称感度）。起爆能与敏感度成反比，起爆能越小，敏感度越高。

民用爆炸物品是指非军用的各种危险爆炸物品。按照《中华人民共和国民用爆炸物品管理条例》的规定，民用爆炸物品是指下列爆炸物品：

（1）爆破器材，包括各类炸药、雷管、导火索、导爆索、非电导爆系统、起爆药和爆破剂等；

（2）黑火药、烟火剂、民用信号弹和烟花爆竹；

3. 公安部门认为需要管理的其他爆炸物品，即由公安部门同有关部门制定的民用爆炸品名单中规定的爆炸物品。

一、民用爆炸物品介绍

(一)工业炸药

工业炸药指以硝酸铵类氧化剂与可燃物为主体或以单质炸药与附加物组成的爆炸性混合物,属于非军事用途的炸药,又称民用炸药。

工业炸药按用途分:包括岩石炸药、露天炸药、煤矿许用炸药以及特种炸药。按物理状态分:包括粉状炸药、含水炸药、胶质炸药、粘性炸药、浆状炸药、液体炸药。按产品系列分:包括铵梯炸药、铵梯油炸药、铵梯脲炸药、乳化炸药、粉状乳化炸药、膨化硝铵炸药、铵油炸药、铵松腊炸药、铵沥腊炸药、铵磺炸药、水胶炸药、胶质炸药、浆状炸药、粘性炸药、太乳炸药、含火药工业炸药、液体炸药、其他炸药。

1. 铵梯炸药

铵梯炸药指以硝酸铵为氧化剂、梯恩梯为敏化剂、木粉为可燃剂和疏松剂的工业粉状炸药,组分中含有抗水剂,则为抗水型铵梯炸药。构成铵梯炸药的系列产品是按用途划分的:岩石粉状铵梯炸药、露天粉状铵梯炸药、煤矿粉状铵梯炸药。

(1)岩石粉状铵梯炸药:岩石粉状铵梯炸药指用于无沼气及矿尘爆炸危险的地下和露天爆破工程的铵梯炸药。产品包括:1—3号岩石粉状铵梯炸药、1—4号抗水岩石粉状铵梯炸药。

(2)露天粉状铵梯炸药:露天粉状铵梯炸药指用于露天爆破工程的铵梯炸药。产品包括:1—3号露天粉状铵梯炸药和1—2号抗水露天粉状铵梯炸药。

(3)煤矿粉状铵梯炸药:煤矿粉状铵梯炸药指用于有沼气或煤尘爆炸危险的煤矿爆破工程的铵梯炸药。产品包括:2—3号煤矿粉状铵梯炸药、2—3号抗水煤矿粉状铵梯炸药。

2. 铵梯脲炸药

铵梯脲炸药指以硝酸铵为主要成分,与梯恩梯、木粉、硝酸脲混合而成的粉状炸药。

3. 乳化炸药

乳化炸药指以含氧无机盐水溶液为水相,以矿物油和其他可燃剂为油相,经乳化、敏化制成的乳胶状含水炸药,又称乳胶炸药。粉状乳化炸药是指外观状态不再是乳胶体,而是以极薄油膜包覆的硝酸铵等无机氧化剂盐结晶粉末的一种炸药,它保持了乳化炸药体系中氧化剂与可燃剂接触紧密充分的特点,呈粉末状态,无需引入敏化气泡,具有较高的爆轰敏感度和较好的爆炸性能,便于装填成挺实的药卷。乳化炸药产品包括:岩石乳化炸药、露天乳化炸药、煤矿乳化炸药。岩石乳化炸药指用于无沼气、矿尘爆炸危险的爆破工程的乳化炸药。产品包括:一级、二级岩石乳化炸药。露天乳化炸药指用于露天爆破工程的乳化炸药。煤矿乳化炸药指用于有沼气和煤尘爆炸危险矿井爆破工程的乳化炸药,并可在有水炮孔中使用。

4. 膨化硝铵炸药

膨化硝铵炸药是指用表面活性剂将硝酸铵膨化后加入复合油相和木粉混合后制成的炸药。产品包括:岩石膨化硝铵炸药、煤矿膨化硝铵炸药。岩石膨化硝铵炸药指用于无沼气、矿尘爆炸危险的爆破工程的膨化硝铵炸药。煤矿膨化硝铵炸药指用于有沼气和煤尘爆炸危险的矿井爆破工程的膨化硝铵炸药。

5. 铵油炸药

铵油炸药指由硝酸铵和燃料组成的一种粉状或粒状爆炸性混合物,主要适用于露天及无沼气和矿尘爆炸危险的爆破工程。产品包括:粉状铵油炸药、多孔粒状铵油炸药、重铵油炸药、粒状粘性炸药、增粘粒状铵油炸药。粉状铵油炸药指以粉状硝酸铵为主要成分,与柴油和木粉

（或不加木粉）制成的铵油炸药。产品包括：1—3号粉状铵油炸药。多孔粒状铵油炸药指由多孔粒状硝酸铵和柴油制成的铵油炸药。重铵油炸药指在铵油炸药中加入乳胶体的铵油炸药，具有密度大、体积威力大和抗水性好等优点，适用于含水炮孔中使用，又称乳化铵油炸药。

6. 粒状粘性炸药

粒状粘性炸药指在多孔粒状铵油炸药中加入爆炸粘稠剂混合而成的铵油炸药。

7. 粉状铵松蜡炸药

粉状铵松蜡炸药指以粉状硝酸铵为主要成分，与松香、木粉、石蜡等制成的混合炸药。

8. 水胶炸药

水胶炸药指以硝酸盐为氧化剂，以硝酸钾为主要敏化剂，加入可燃剂、胶凝剂、交联剂等制成的凝胶状含水炸药。水胶炸药是浆状炸药的发展，二者同一属性，一般来讲水胶炸药的交联程度更好，使用有效期更长，水胶炸药抗水性好，密度可调，可用雷管直接起爆。产品包括：岩石水胶炸药、煤矿水胶炸药、露天水胶炸药。岩石水胶炸药指用于无沼气、矿尘爆炸危险的爆破工程的水胶炸药，特别适用于有水工作面的爆破作业。煤矿水胶炸药指适用于有沼气和煤尘爆炸危险矿井爆破工程的水胶炸药，可在有水炮孔中使用。露天水胶炸药指用于露天爆破中的水胶炸药。

9. 含火药工业炸药

含火药工业炸药指在工业炸药中加入一定量经粉碎处理的退役火药形成的炸药。产品包括：含火药乳化炸药、含火药水胶炸药、含火药浆状炸药、含火药粉状炸药、含火药多孔粒状铵油炸药。含火药乳化炸药指在乳化炸药中加入一定量经粉碎处理的退役火药制成的炸药。含火药水胶炸药指在水胶炸药中加入一定量经粉碎处理的退役火药制成的炸药。含火药浆状炸药指在浆状炸药中加入一定量经粉碎处理的退役火药制成的炸药。产品包括：1号岩石含火药浆状炸药和1号露天含火药浆状炸药。含火药粉状炸药指在粉状炸药中加入一定量经粉碎处理的退役火药制成的炸药。含火药多孔粒状铵油炸药指在多孔粒状铵油炸药中加入一定量经粉碎处理的退役火药制成的炸药。

（二）工业雷管

工业雷管是工程爆破用的一种起爆器材，用它来引爆主装炸药、传爆药柱等炸药装药，完成爆破任务。工业雷管包含：火雷管、电雷管、导爆管雷管。工业雷管按用途分为：普通雷管和专用雷管。专用雷管包含：地震勘探电雷管、油气井用电雷管、安全雷管及电影电雷管等；按激发能种类分为：电雷管、非电雷管；按作用时间分为：瞬发雷管和延期雷管；按其主装炸药的净装药量分为：6号雷管（不少于0.4 g）和8号雷管（不少于0.6 g）两种，目前我国主要采用8号工业雷管。

1. 工业火雷管

工业火雷管指在火焰冲能作用下产生爆炸的一种雷管，简称火雷管。火雷管按管壳材质分为非金属管壳（纸）和金属管壳（钢、铝、铝合金、覆铜钢、铜等）。火雷管装配上导火索等点火元件即可引爆，使用灵活、简便。火雷管用于露天及井下无沼气、矿尘爆炸危险的爆破工程，与导火索配合使用，引爆主装炸药、传爆药柱等炸药装药。

2. 工业电雷管

工业电雷管指由电能作用而发生爆炸变化的一种雷管，它广泛应用于各种爆破作业。工业电雷管按作用时间分为：瞬发电雷管和延期电雷管。

瞬发电雷管指在瞬间发生作用的电雷管。瞬发电雷管是由火雷管及电引火元件组成。产品包括：普通瞬发电雷管、专用瞬发电雷管和煤矿许用瞬发电雷管。

延期电雷管指起到延时作用的电雷管。以瞬发电雷管为基础加上不同的延期装置，则形成不同的延期电雷管。延期电雷管按作用时间分为毫秒延期、1/4秒延期、半秒延期和秒延期等。产品包括：普通延期电雷管、专用延期电雷管和煤矿许用延期电雷管。

3. 导爆管雷管

导爆管雷管是塑料导爆管雷管的简称，它是由导爆管的冲击波冲能激发的工业雷管，由导爆管和火雷管装配组成，用于无沼气、煤尘等爆炸危险的爆破工程。产品包括：瞬发导爆管雷管和延期导爆管雷管。瞬发导爆管雷管是指在瞬间发生作用的导爆管雷管。延期导爆管雷管指起到延时作用的导爆管雷管。延期导爆管雷管按作用时间分为毫秒、半秒、秒延期导爆管雷管等。

（三）工业索类火工品

1. 工业导火索

工业导火索是一种延时传火、外形如索的产品。在爆破工程中它大量用于传导火焰、引爆雷管，进而引爆炸药，属于索类起爆器材。适用于无爆炸性可燃气体或粉尘的环境，广泛应用于矿山开发、兴修水利、电力及交通建设、农田改造等爆破工程。工业导火索按燃烧时间分为普通型和缓燃型两种。产品包括：塑料导火索、棉线导火索。塑料导火索指外表面涂覆层材质为塑料的导火索。棉线导火索指缠绕导火索的内外层线和外表面主体均为棉线的导火索。

2. 工业导爆索

工业导爆索是传递爆轰波的一种爆破器材，用以传爆或引爆炸药的作用，是工程爆破中广泛使用的一种爆破器材。产品包括：普通导爆索、震源导爆索、油气井用导爆索、其他工业导爆索。普通导爆索是目前大量使用的爆破器材，适用于一般露天及无沼气、煤尘爆炸危险的场所，在爆破工程中起传爆和引爆炸药的作用。工业导爆索产品包括：棉线导爆索和塑料导爆索。震源导爆索指用于地震勘探的一种导爆索。油气井用导爆索指用在油气井中起引爆传爆作用的爆破器材。其他工业导爆索指其他用途的工业导爆索。

3. 塑料导爆管

塑料导爆管指内壁沾附有锰炸药，以低速传播轰波的挠性塑料细管。主要分为：普通塑料导爆管、高强度塑料导爆管。

（四）聚能射孔弹（石油射孔弹）

聚能射孔弹是聚能射孔器的主体部件，由锥孔装药、药形罩及壳体等组成。产品包括：有枪身聚能射孔弹和无枪身聚能射孔弹。有枪身聚能射孔弹弹体装在射孔枪内，不承受压力，有耐温要求。无枪身聚能射孔弹直接放置在油井里，有耐温、耐压的要求。

（五）震源药柱

震源药柱是通过炸药爆炸作为震源激发地震波的爆破器材。由壳体、炸药柱和传爆药柱组成，用于地震勘探。按装药的品种分为：铵梯炸药震源药柱、胶质炸药震源药柱、乳化炸药震源药柱、其他震源药柱。铵梯炸药震源药柱指主装药为铵梯炸药的震源药柱。胶质炸药震源药柱指主装药为胶质炸药的震源药柱。乳化炸药震源药柱指主装药为乳化炸药的震源药柱。其他震源药柱指除上述震源药柱以外，装其他新型炸药的震源药柱。

（六）起爆具

起爆具又称传爆药柱，是用于引爆钝感炸药的爆破器材。按起爆方式分为：双雷管起爆具、双导爆索起爆具、雷管、导爆索起爆具、其他起爆具。双雷管起爆具指起爆具本体上有两个雷管孔，可用两个雷管起爆，起双保险的作用。双导爆索起爆具指起爆具本体上有两个导爆索孔，可用两个导爆索起爆，起双保险的作用。雷管、导爆索起爆具指起爆具本体上有一个雷管孔，一个导爆索孔，用雷管或导爆索都可以起爆。

二、民爆品的储存管理

爆破器材储存管理主要包括：贮存条件、出入库、定员定量、日常保管、装卸和防火防爆等管理内容。

（一）民爆器材贮存条件的一般性规定

（1）民爆器材仓库的设置、平面布置、围墙、道路、库房结构及防火、防爆、防雷、防静电、防潮、防盗、防汛（"七防"）设施应符合国家有关规范（规程、标准）、规定的要求。

（2）民爆器材必须储存在专用仓库内，仓库在投入使用前应通过中介机构的安全评价和行业管理部门组织的验收，并取得行业主管部门核发的贮存许可。

（3）建立了完整的安全生产责任制、安全管理制度和操作规程，建立了安全生产事故的应急预案。

（4）民爆器材仓库应设置仓库负责人，配备足够的、固定的仓库管理人员和保卫人员，设置固定和流动的岗哨。

（5）仓库管理人员、库管员、警卫、驾驶员、押运员、装卸工应了解产品的性能、掌握相应的安全生产知识，并经培训考试合格，持证上岗。爆破器材生产经销单位的库管员、驾驶员、押运员属国家规定的特种作业人员，从事培训单位应具有国家认可的培训资质。

（6）仓库大门及区域内应设安全警示标志（如防火防爆、严禁烟火、轻拿轻放、禁止撞击、严禁野蛮装卸……），各库房入口右侧外墙的明显位置处应设置仓库标识（标明仓库名称、储存品种、建筑物危险等级、定员、建筑面积、允许贮量、危害特性、责任人等）和危险品存放定置图。

（7）严禁将民爆器材分发给承包户或个人保管。使用单位临时存放的民爆器材仓库、储存点应得到当地公安机关批准。

（二）出入库管理

1. 人员、车辆的出入库管理

对所有人员、车辆进出库都应作记录或登记，因工作原因入库的外来人员应经过批准并有本单位人员带领。

2. 产品入库检查

爆破器材的入库应根据入库通知单（或其他入库凭证），结合运单核对物品规格、批号、数量，并逐件（箱、袋）检查包装有无异状（如破损、残漏、水湿、油污等等），如有异常情况，必须进一步了解清楚，在不影响质量的情况下，做好详细记载后方能入库，如发现有影响产品质量情况，应拒绝入库。注意是否混有其他产品。如须开箱检查或作其他处理时，必须搬出库房，到专门指定地点进行开箱或做其他处理，绝不允许在库房开箱。

3. 货物入库记录

详细做好爆破器材入库的情况登记。所记录的内容至少应包括：入库检查情况、收货人签字、运货人签字等。

4. 货物出库记录

详细做好爆破器材出库的情况登记。所记录的内容至少应包括：提货单位、车型、车辆牌照号、司机及押运人员姓名、时间、货物名称、产品品种规格、生产日期、批号(工业雷管箱号及雷管起止顺序号)、货物数量。

5. 货物交接

双方人员应分别在对方的交(运)货单、收货单(记录)上履行签字手续。从事配送业务时，内部人员之间出现民爆器材的交接时也应履行交接手续和作好相关记录。

(三)定员定量管理

1. 定员

对仓库人员(如库管员、装卸人员)实行定员管理，在满足工作要求的前提下，尽可能少地限制作业场地的人员，如一个仓库管理人员不超过两人，装卸工不超过 6 人等。并严禁在装卸作业时无关人员靠近装卸作业场地。

2. 定量

每个库房储存的品种和最大允许存放数量应按行业主管部门的核准严格执行，平时储存的爆炸物品不准超过规定的存量。

仓库贮量是根据爆炸品仓库所存放的爆炸品的危险等级以及该仓库与其他爆炸品仓库和外部保护目标的距离来核定的，是指该幢仓库中允许存放的所有爆炸品的总量。工业炸药、锰炸药、黑火药以 100% 计算总量，雷管以单发装量乘以库存总数量的积来计算总量，导爆索或导火索以单位长度的装药量乘以总长度计算总量。

(四)日常保管

1. 存放规定

民爆器材应专库存放，凡是相互性能间有抵触的民爆器材，不允许混合存放。如炸药不得与雷管同时存放在同一建筑物中，黑火药或硝酸铵应专库存放，雷管不得与导爆索、导火索存放在同一建筑物中。爆炸品宜单独品种专库存放，同类不同状态或不同危险等级的炸药宜分开存放，但受条件限制时，同类不同品种的爆炸品亦可同库存放。

爆炸物品仓库区域内不准存放下列物品：

(1)其他易燃、易爆的危险化学品；

(2)有毒或腐蚀性和放射性物品；

(3)燃料或可燃材料；

(4)来历不明的爆炸品。

生产使用的各种氧化剂(如硝酸盐、亚硝酸盐、氯酸盐…)、还原剂、酸、碱等应专库分别按品种隔开存放，严禁同库存放。

表 8-1 性质相抵触的爆破器材名称表

爆破器材名称	黑索金	梯恩梯	硝铵类炸药	胶质炸药	水胶炸药	浆化炸药	乳化炸药	苦味酸	黑火药	二硝基重氮酚	导爆索	电雷管	火雷管	导火索	非电导爆系统
黑 索 金	+	+	+	-	+	+	-	-	-	-	+	-	-	-	-
梯 恩 梯	+	+	+	-	+	+	-	-	-	-	+	-	-	-	-
销铵类炸药	+	+	+	-	+	-	-	-	-	-	+	-	-	-	-

爆破器材名称	黑索金	梯恩梯	硝铵类炸药	胶质炸药	水胶炸药	浆化炸药	乳化炸药	苦味酸	黑火药	二硝基重氮酚	导爆索	电雷管	火雷管	导火索	非电导爆系统
胶质炸药	-	-	-	+	-	-	-	-	-	-	-	-	-	-	-
水胶炸药	+	+	+	-	+	+	-	-	-	-	+	-	-	+	-
浆化炸药	+	+	+	-	+	+	-	-	-	-	+	-	-	+	-
乳化炸药	-	-	-	-	-	-	+	-	-	-	-	-	-	-	-
苦味酸	+	+	-	-	-	-	-	+	-	-	+	-	-	+	-
黑火药	-	-	-	-	-	-	-	-	+	+	-	-	-	-	-
二硝基重氮酚	-	-	-	-	-	-	-	-	-	+	-	-	-	-	-
导爆索	+	+	+	-	+	+	-	+	-	-	+	-	-	+	-
电雷管	-	-	-	-	-	-	-	-	-	-	-	+	-	-	-
火雷管	-	-	-	-	-	-	-	-	-	-	-	-	+	-	+
导火索	+	+	+	-	+	+	-	-	-	-	+	-	-	+	-
非电导爆系统	-	-	-	—	-	-	-	-	-	-	-	-	+	-	+

注：(1)"-"表示不可同库存放,"+"表示可同库存放。

(2)硝铵类炸药包括硝铵炸药、铵油炸药、铵松腊炸药、铵沥腊炸药、多孔粒状铵油炸药、铵梯黑炸药。

2.爆炸物品堆放

库房内储存的爆破器材,要做到堆放整齐、牢稳、便于通风和便于搬运。堆放炸药类、索类危险品的垛高不应超过1.8 m(纸箱包装的工业炸药堆高不宜超过5个箱高),堆放雷管类危险品的垛高不应大于1.6 m。库内运输通道宽度不应小于1.2 m,检查通道不应小于0.8 m。每堆垛不宜大于300箱,每垛相互之间应至少留0.1 m的间隙。爆炸物品的包装箱与仓库内墙之间应留出0.3 m的距离。

各垛必须有卡片、卡片上注明库区、垛号、物品名称、规格、批号、数量和进库日期。

为便于管理,要求有秩序地分类存放物品,对所有库房应按顺序编号,编号在建筑物的明显处标示出来,仓库面积较大的还应画出堆位置和确定垛号。这样每批物品入库后的存放位置就由库号、垛号所确定。库存物品还须制作堆垛的平面示意图,标明物品的名称、数量和存放位置。通过查看示意图,对库存物品情况便可一目了然。

3.产品养护

在储存过程中,爆炸物品受自然条件和环境条件的影响,发生物理变化、化学变化和生物作用,在质量上都可能发生变化。因此做好保管养护工作也就是使这种变化造成的损失减少到最低限度。根据季节性变化,必须采取相应的措施。如防汛、防雨水、防高温、防霉变、防自燃、防虫、防鼠咬、防渗漏、防潮解等等,就南方而言其主要措施是防止阳光直射和高温、加强通风、控制湿度、保证包装的完好等。

由于很多仓库没有采用自动调节控温设备,通常会采取自然通风降温,只要库外温度比库内温度低,就可进行通风,在一天里气温最低的时间一般是凌晨,所以通风降温最好在夜间或早晨进行。通风时可将所有门窗打开,加快空气对流,提高通风降温效果。但雨天则应关闭所有的通风口(包括地窗)。

夏季高温时段也可采用库顶喷水降温,但要防止水进入仓库内部。库房顶上再加一层石

仓储管理

棉瓦,中间留 30 mm 左右的空间,利用中间的空气层隔热降温,也可以收到一定效果。

库房内湿度过高,易使库存物品吸潮变质,通常也采用通风办法来调节湿度,库房相对湿度一般要求在 55% ~80%,理想的湿度范围在 55% ~65% 之间,但通风去潮湿时应注意下列情况:

(1)库外温度和相对湿度都低于库内时,可以进行通风;

(2)当库外温度高于库内温度,但高出范围不超出 3 ℃,库外绝对温度和相对湿度都低于库内时,可进行通风;

(3)库外温度虽然低于室内温度,但绝对湿度和相对湿度都高于库内时,不能进行通风,因为这种条件下通风会增加库内湿度;

(4)刮西北风时气候较干燥,而刮东南风时气候较潮湿,所以通常在刮西北风时通风去潮效果较好。

4. 定期检查储存物品的质量

合格的民爆器材在其特定的包装、储存条件下,也会缓慢地发生一些变化,当环境条件变坏时这些变化会发生得特别地迅速。因此库房储存保管的任务不仅要保证出入库的物品数量准确,也应保证所储存物品的质量,以保证在有效期内民爆产品的正常使用。

对于常用民爆器材来讲,影响储存质量的外界因素主要是温度和湿度,如硝铵炸药,吸潮后其爆炸性能下降,直接影响到使用效果,吸潮严重的甚至会出现潮解和拒爆。含有大于 0.3% 水分的硝铵炸药,在储存温度变化时容易发生结块(硬化),也会使其爆炸性能下降,起爆后出现非正常的燃烧,甚至无法被起爆。含水炸药(乳化炸药、浆状炸药等)在温度较高时也特别容易发生破乳或解析。工业雷管吸潮后也会出现起爆性能下降,延期雷管吸潮后其秒量大大增加,甚至发生拒爆。因此对储存 2 年以上的工业炸药或储存已半年以上的雷管组织定期的质量检查是十分必要的。

5. 养护管理措施

(1)根据有关的国家规定,结合储存品种的具体情况,制定出储存养护的管理规定。

(2)每个仓库内应设置干湿温度计,对库房温度、湿度每日至少检查记录一次,通风前必须先检查室内外温度,条件合适时才进行通风。

(3)遇恶劣天气,如雷雨、大风、冰雹等情况,必须及时检查库存物资的情况。

(4)制定定期取样检查产品质量的制度。

(5)经常保持库容整洁,做好清洁卫生工作,消除害虫、鸟、鼠生存繁殖条件,要求做到库内库外垃圾、污水、杂草三不留。

(6)不应开包储存爆炸品,对已开包的产品或包装破损的产品应及时作防潮包装处理。

6. 储存的安全措施

除了以上提到的不混存、堆放、定员定量以及出入库方面的措施外还应采取以下措施。

(1)严禁将火种带入仓库区,严禁在库区吸烟用火,严禁把电筒、贮能电器、移动通信工具带入仓库内,严禁把其他易燃、易爆物质带入库区,进入库区应关闭移动通信工具。及时清除距仓库 15 m 内的杂草、枯枝、落叶。

(2)储存正常产品的库房不得存放过期、变质、回收的民爆器材或其他物品。变质和过期的民爆器材应及时清理出库,经造册登记、制定处理方案、报批后,予以销毁。

(3)严格执行仓库管理的双人双锁的规定。建立人防、技防、犬防相结合的警卫措施,切实做好防盗、防破坏的工作。

（4）收存或发放民爆器材必须做到逐批登记,做到账卡物相符。

（5）严禁在库内开箱分零或更换包装,如需开箱或更换包装应在仓库土堤外进行。严禁用工具直接撬开箱盖,雷管分零宜在专门的开箱间内进行,其工作存量不超过1 000发。

（6）仓库保管员、装卸工应着棉质或防静电工作服作业,严禁穿带铁钉皮鞋、高跟鞋进库。

（7）定期捡查和维护消防器材和消防设施,确保其使用性能完好。

（8）定期捡查和维修仓库防雷、防静电设施,确保其有效性。

（9）定期检查仓库的建筑物、电气线路、排水系统,发现问题应立即处理。

（10）制定仓库区域内的维修、临时动火用电的作业规定,确保维修作业时民爆器材的安全。

7.仓库警卫和保管员的职责

警卫和保管员都要懂得所存爆炸物品的性能和发生事故后紧急处置措施,而且要求初中以上文化程度,工作责任心强、身体健康。

警卫的任务是负责守卫库房,做好防火、防盗、防破坏和防止发生意外事故的发生,其主要职责是:

（1）坚守岗位,不准擅离职守,严防爆炸物品丢失被盗或使库房受到损坏;

（2）对出入库的人员、物资、车辆进行捡查、验证、登记;

（3）严防无关人员进入库区,对进入库区的人员和车辆实施安全监督,严防将火具、火种、其他易燃、易爆等危险物品带入库区;

（4）定期对库房的防盗报警装置进行检查,切实保证其有效;

（5）及时报告或消除库区内外的异常情况;

（6）负责库内巡查。

保管员的任务是负责对爆炸物品的收发和管理库房,主要职责如下。

第一,收存爆炸物品要坚持四不入:①没有公安机关签发的爆炸物品运输证或没有其他规定手续的不入库;②爆炸物品的品种、数量不清不入库;③库内混存、超量不入库;④过期失效、变质的爆炸物品不入库。

第二,发放爆炸物品要坚持四不发:①没有公安机关签发的爆炸品运输证或没有本单位的发料单据不发;②运输爆炸物品的工具不符合规定和没有押运人员不发;③品种、数量与单据不符不发;④过期失效、变质的爆炸物品不发。

第三,收发爆炸物品做到准确无误,认真登记账目,做到日清月结,账物相符。发现爆炸物品丢失被盗,要立即报告。

第四,经常进行巡回检查,检查的主要内容是:①爆炸物品的堆垛是否牢稳,包装有无破损;②库内温度、湿度是否正常;③所存物品有无失效、变质现象;④有无短少、丢失或被盗情况;⑤消防用具是否齐全有效,水源是否充足;⑥库房建筑、防护土堤、围墙是否完好;⑦防雷系统、电气线路是否有异常。

第五,及时清理杂物,保持库内整洁。

第六,监督装卸作业,制止装卸过程中的不安全行为。

第七,及时报告或消除库区内外的异常情况。

第八,作好收发货记录、库房巡查记录,在收、发货单上签名。

【训练步骤】

步骤1:分组。将学生分成几个小组,每组三四人为宜。

步骤2:结合相关知识,让每组学生讨论生活中民爆品仓储的注意事项。

步骤3:根据学生提出的民爆品的仓储注意事项,分析问题,找到合适的仓储方案。

步骤4:根据任务中的实际情况,指导学生开展进一步的仓储工作,制定切实可行的方案。

步骤5:讨论总结,加深理解。通过互评讨论,加强认识,深入理解民爆品安全仓储要求及管理要点。

【注意事项】

(1)通过训练,让学生清楚认识到民爆品的危险特性及民爆品安全管理工作的重要性。培养学生严肃认真的工作态度和良好的团队精神。

(2)以组为单位进行考核,考核成绩包括学生最后完成的仓储方案和学生在实训过程中的表现等。

(3)让学生参考《民用爆炸物品安全管理条例》,增加知识涉及面。

【训练评价】

训练考核评分表

考评人		被考评人	
考评内容	民爆品仓储管理训练		
考评标准	内容	分值/分	实际得分
	熟练掌握并应用民爆品安全知识	20	
	针对民爆品进行有效的仓储管理	25	
	仓储方案的制作及汇报	35	
	严谨的工作态度及分析解决问题的能力	20	
	合计	100	

注:考评满分为100分,60分以下为不及格;60~70分为及格;70~80分为中;80~90分为良;90~100分为优。

【任务练习】

一、填空

(1)民用爆炸物品主要包括:( )、( )、( )、( )、( )、( )、( )。

(2)爆破器材储存管理主要包括:( )、( )、( )、( )、( )和( )等管理内容。

(3)爆炸物品仓库区域内不准存放下列物品:( )、( )、( )、( )。

二、简答

(1)民爆品的日常保管包括哪些工作?

(2)民爆器材贮存条件的一般性规定是什么?

三、案例分析

由于施工需要,物资采购人员采购了 48 kg 炸药、50 枚电雷管。为了省事,采购人员携带所购物品乘客运汽车返回施工现场。货物送达后,由仓库管理员负责仓储管理工作。管理员为了取用方便,将炸药和电雷管全部放在仓库入口处,并且堆放处没有明显的标志,也未做任何防火、防电、防雷措施。

问题:

(1)案例中,针对民爆品的仓储存在哪些问题?

(2)正确的民爆品仓储应该注意哪些事项?

四、案例阅读

2008 年 12 月 27 日凌晨 1 时 12 分,河南濮阳市华龙区东干城村发生一起民爆物品爆炸事故,共造成 15 人死亡,9 人受伤。记者闻讯后赶到现场,目睹了抢险的全过程。

在现场,跃入眼帘的是一个 1 m 多深、直径有四五 m 的大土坑,十余间房屋倒塌,还有几十间房屋受损,现场一片残垣断壁,衣被四处散落,一辆摩托车被炸得只剩下一个轱辘。上百名公安民警、消防武警战士和当地预备役官兵正在清理现场。

截至 27 日 15 时 30 分,经过救援人员地毯式搜救,最终确认没有新增人员伤亡。目前,清理基本结束,发生爆炸事故的房主、东干城村村民李红玉已经被当地警方控制,伤员伤情基本稳定,爆炸原因及相关详细情况正在调查中。据当地村民介绍,爆炸时像是发生了强烈地震,只听一声巨响,邻近的几排房屋的玻璃全部被震碎,许多房屋有不同程度的损毁。

河南省公安厅防爆专家王百姓在现场告诉记者,此次事故的爆炸物品初步判定为铁壳火雷管,这种火雷管是一种工程雷管,一般用于小型爆破作业。他分析说,事故原因有三种可能,一是老鼠来回跑动导致雷管撞击发生爆炸,二是天气干燥引发的自燃,三是人为搬动不慎所致。人员伤亡多的原因是人们都在熟睡中,房子发生大面积垮塌是由于村民居住建筑多为砖土简易结构,基本可排除人为破坏的可能。爆炸发生后,河南省代省长郭庚茂对事件做出批示,要求全力抢救伤员,尽量减少伤残,特别是在"两节"来临,要进一步加强对烟花爆竹、爆炸物品的检查监管。副省长史济春率有关部门负责同志到现场指挥救援抢险。当地成立了爆炸原因调查、伤员救治、现场清理、事件侦破、善后处理等 5 个小组,全面开展工作。

濮阳市华龙区公安分局政委刘继业告诉记者,爆炸发生后,濮阳市公安机关已对事故展开调查。房主李红玉今年 50 岁,他在接受警方调查时说,两个月前,两名陌生人租赁了他一间房屋,至于用途他并不清楚,也没有查看对方证件。目前,两名陌生人身份尚不明朗,是否在 15 名死亡人员中也不清楚。警方将采用 DNA 技术对死亡人员进行鉴定。

记者来到收治伤员的濮阳市中医院,受伤人员在这里都得到了有效救治,已有一名受伤人员因伤情无大碍出院,其他受伤人员伤情稳定。在濮阳市打工在此租住的 53 岁农民石全良胸部、背部和腰部都受了伤,正在输液治疗的他对记者说,当时他正在酣睡,忽然感觉到一阵大震动,屋顶就垮了下来,接着两面的墙也倒了,把他夫妻俩都压在房子里。十多分钟后,赶来的武警和医生把他们从废墟中挖了出来,送到了医院。濮阳市卫生局副局长刘铁军说,濮阳市共组织了 20 多名专家对伤员进行会诊抢救,并选择当地最好的医院集中救治,目前伤员都没有生命危险。另据了解,有关部门正对爆炸事件进行深入调查,公安机关对嫌疑人正在侦查之中,善后工作也同步展开。

27日8时,濮阳市委、市政府召开民爆器材隐患排查专项整治紧急会议,要求各县区、各部门对所辖区域存在的安全隐患尤其是私藏民爆器材进行逐户排查,发现隐患坚决消除。

任务8-2:油品的仓储管理

【任务描述】

2007年11月24日7时51分,中国石油天然气股份有限公司上海销售分公司租赁经营的浦三路油气加注站,在停业检修时发生液化石油气储罐爆炸事故,造成4人死亡、30人受伤。

发生事故的浦三路909号油气加注站是上海泛华能源发展股份有限公司1996年建成投入使用的。2004年,中国石油天然气股份有限公司上海销售分公司向上海泛华能源发展股份有限公司租赁经营该油气加注站,租赁期为20年。该油气加注站共有10 m³液化石油气储罐3个、20 m³汽油储罐2个、15 m³汽油储罐1个、15 m³柴油储罐1个,以上7个储罐均为埋地罐。该油气加注站主要经营车用液化石油气、汽油、柴油。2005年,取得上海市燃气管理处发放的"上海市燃气供应站供气许可证",有效期到2007年4月。目前,尚未取得危险化学品经营许可证。

经调查,事故的直接原因是,在进行管道气密性试验时,没有将管道与埋地液化石油气储罐用盲板隔断,液化石油气储罐用氮气压完物料后没有置换,导致液化石油气储罐与管道系统一并进行气密性试验,罐内未置换干净的液化石油气与压缩空气混合,形成爆炸性混合气体,因现场同时进行电焊动火作业,电焊火花引发试压系统发生化学爆炸,导致事故发生。

事故的背后反映出管理上的漏洞。据调查,中石油浦东销售中心将油气加注站的检修工作外包给太平洋公司,而太平洋公司承接检修工程项目后,又将其转包给没有施工资质的上海威喜建筑安装工程有限公司,检修过程中屡屡违反施工安全作业规程,没有按照安全检修要求对检修管道和设备内的气体进行置换,擅自用气密性试验代替管道的压力试验,在管道气密性试验时,没有将管道与液化石油气储罐用盲板隔离,且在没有动火许可证的情况下擅自动火,引发事故。而中石油浦东销售中心在整个检修工程外包后没有对施工过程安全问题进行有效地监督。

针对此案例提供的线索,查找资料分析如下问题:

(1)油库安全管理常识有哪些;

(2)油(气)站(库)检修维修安全管理注意事项;

(3)总结这次事故中相关部门应吸取的教训。

要求:认真阅读案例,查找相关资料,根据案例提供的线索回答问题。

【训练目标】

通过训练,强化学生安全操作意识,实践中能做到规范施工,安全施工;能撰写事故分析报告并熟练PPT制作。

【相关知识】

一、油品的分类

(一)油品的总分类

石油是由各种烃类和非烃类化合物所组成的复杂混合物。石油产品按其主要性能和用途,分为石油燃料、石油溶剂和化工原料、润滑剂、石油沥青和石油焦 6 大类。其中,各种燃料产量最大,约占总产量的 90%;各种润滑剂品种最多,产量约占 5%。各国都制定了产品标准,以适应生产和使用的需要。

(二)按产品用途分类

按照石油产品用途,通常可分 9 类:

(1)石油燃料类:包括汽油、喷气燃料、煤油、柴油和燃料油等。

(2)溶剂油类:包括石油醚、橡胶溶剂油和油漆溶剂油。

(3)润滑油类:包括内燃机润滑油、齿轮油、车轴油、机械油、仪表油、压缩机油和汽缸油等。

(4)电气用途类:包括变压器油、电容器油和断路器油等。

(5)润滑脂类:包括钙基润滑脂、钠基润滑脂、钙钠基润滑脂、锂基润滑脂和专用润滑脂等。

(6)固体产品类:包括石蜡类、沥青类和石油焦类等。

(7)石油气体类:包括石油液化气、丙烷和丙烯等。

(8)石油化工原料类:包括石脑油、重整油、AGO 原料、戊烷、抽余油和拔头油等。

(9)石油添加剂类:燃料油添加剂和润滑油添加剂。

二、油品常用理化指标

(一)密度

物质质量与体积之比称为密度。我国规定 20℃ 时的油品密度为标准密度。密度的测定主要用于油品计量和对某些油品质量的控制。

(二)馏程

馏程是指油品在规定条件下,从初馏点到终馏点(即干点)表示其蒸发的温度范围。通常把一定沸点范围内的馏出物叫馏分。馏程是用来判断石油产品中轻重组分组成多少的项目。

(三)辛烷值

辛烷值是表示汽油抗爆性能好坏的项目,也是划分汽油牌号的依据。通常烃类辛烷值高低排列顺序为:芳烃 > 环烷烃 > 异构烷烃 > 正构烷烃。

(四)十六烷值

十六烷值是表示柴油的自燃性能的项目。烃类十六烷值高低排列顺序是:正构烷烃 > 异构烷烃 > 环烷烃 > 芳香烃。

(五)闪点

闪点是表示石油产品蒸发倾向和安全性的项目。闪点是在规定条件下,加热油品所产生的蒸气和空气组成的混合物,遇火即发生瞬间闪火时的最低温度。

(六)凝点

凝点是评价油品使用环境的项目。凝点是指在规定条件下,油品冷却到失去流动性时的最高温度。

（七）实际胶质

实际胶质是判断油品安定性的项目。它是在规定条件下,测得燃料的蒸发残留物中的胶质含量,用 mg/100 ml 表示。它具有粘附性,常用来评定汽油或柴油在发动机中生成胶质的倾向,从实际胶质大小可判断油品能否使用和继续储存。

（八）饱和蒸气压

饱和蒸气压是评价汽油蒸发性能、形成气阻的可能性以及储运中损失轻质馏分向的重要项目。饱和蒸气压是在规定条件下,油品在试验装置中,气液两相达到平衡时,液面蒸气所显示的最大压力。

（九）粘度

相对流动的物质内部,其间发生磨擦阻力的量度叫粘度。粘度是大多数润滑油划分牌号的依据。

（十）水分

水分是指油品中的含水量,以重量百分数表示。油品中应防止水分混入,当燃料混进水分后,在低温使用时,会凝成小冰块而造成油路阻塞,影响供油。

三、常用油品

（一）汽油

汽油是消耗量最大的品种。汽油的沸点范围(又称馏程)为 30 ~ 205 ℃,密度为 0.70 ~ 0.78 g/cm³。汽油按其用途可分为车用汽油、工业汽油、航空汽油、溶剂汽油等。汽油按其组成特性分含铅汽油和无铅汽油。

1. 汽油的主要性能指标

汽油有 6 大品质要求:良好的蒸发性、良好的抗爆性能、良好的高氧化、安定性、良好的抗腐蚀性、良好的清洁性和满足环保要求。汽油的抗爆性能是指汽油在发动机中燃烧时不发生爆震的能力,用辛烷值和抗爆指数来表示。辛烷值是指标准燃料中所含异辛烷的百分含量。汽油的辛烷值越高,其抗爆性能越好。

汽油使用的质量要求主要是:①良好的蒸发性能,使发动机效率高,燃烧完全;②有足够的抗爆性能,保证发动机工作正常,平稳、不损坏机件;③化学安全性好,抗氧化能力强,长期存储和使用不变质;④抗腐蚀性能好,不腐蚀容器或机器部件。

2. 汽油牌号及选用

一般来说,汽油按马达法辛烷值分为 70 号和 85 号两个牌号,按研究法辛烷值分为 90 号、93 号、95 号和 97 号车用汽油 4 个牌号,目前日常生活中大家习惯的汽油牌号就是按研究法辛烷值分类的。牌号越高,其抗爆性越好,可适合高压缩比的汽油机使用。汽油通常用作汽油汽车和汽油机的燃料。车用汽油根据发动机压缩比的高低选用不同牌号的汽油;压缩比较高的,可选用较高牌号的汽油;反之,则选用较低牌号的汽油。不同牌号的汽油用在不同压缩比的动力设备上,不能认为使用汽油标号越高越好,否则发动机将不能正常工作,而且还会造成能源浪费,正确选用汽油标号是根据汽油发动机的压缩比。比如压缩比 8.2 选用 90 号汽油;压缩比 8.5 选用 93 号汽油;压缩比 9.0 选用 95 号汽油。航空汽油则通常用作活塞式航空发动机燃料,按研究法辛烷值分为 75 号、95 号、100 号三个牌号,目前只在小型飞机尤其是军用飞机上使用。

3.汽油清净剂

汽油清净剂是含有氨基和酰胺基等高分子表面活性物的复合物,在无铅汽油中具有较高的清洁、分散、抗氧、破乳和除锈性能。为保持汽车燃油系统(包括化油器、喷嘴、进油阀、燃烧室)的清洁,降低汽车尾气排放污染,减少油耗,在车用无铅汽油中加入汽油清净剂,可以有效地防止发动机内部沉积物的生成,分散、清除已生成的氧化沉积物,保持金属表面的清洁,从而保证发动机动力性能的正常发挥,节省燃料,降低污染物的排放。

(二)柴油

柴油是我国目前使用最多的发动机燃料,主要用于以柴油机作为动力的各种农业机械,大中型柴油汽车、铁路内燃机车、船舶舰艇以及各种工程机械等。

1.柴油的主要性能指标

柴油有5大品质要求:良好的蒸发和雾化性能;良好的低温流动性能;良好的燃烧性能;良好的安定性和抗腐蚀性及低磨损性。

1)蒸发性和雾化性

为了保证高速柴油机的正常运转,轻柴油要有良好的蒸发性,以便与空气形成均匀的可燃混合气,柴油的蒸发性用馏程和闪点两个指标来评定。馏程:200 ℃ ~365 ℃ ;闪点:柴油的闪点既是控制柴油蒸发性的项目,也是保证柴油安全性的项目。

2)流动性

柴油的流动性主要是用粘度、凝点和冷滤点来表示:①粘度是柴油重要的使用性能指标,在标准要求的粘度范围内,才能保证柴油对发动机燃油系统的良好润滑性,保证柴油有较好的雾化性能和供给量,从而保证柴油有较好的燃烧性能;②凝点是柴油储存、运输和收发作业的界限温度;③冷滤点是指柴油在规定条件下不能通过滤网的最高温度。同种柴油,冷滤点高于凝点4 ℃ ~6 ℃ 。

3)燃烧性

柴油的燃烧性也叫发火性或抗爆性,它表示柴油自燃的能力。评定柴油燃烧性能的指标是十六烷值。十六烷值是指和柴油燃烧性能相同的标准燃料中所含正十六烷的体积百分数。使用十六烷值高的柴油易于启动,燃烧均匀而且完全,发动机功率大,油耗低。

4)安定性

柴油的安定性是指柴油在储运和使用过程中抵抗氧化的能力。评定轻柴油安定性的指标主要用总不溶物和10%蒸余物残碳表示,其值越大,说明柴油的安定性越差,越易氧化变质,颜色加深变黑,胶质增大,越容易在发动机生成积碳,对柴油的储存和使用有很大影响。

5)腐蚀性

不论是轻柴油还是重柴油,都不能有大的腐蚀性,否则会腐蚀发动机,缩短使用寿命。柴油的腐蚀性用含硫量、酸度、铜片腐蚀三个指标控制。

2.柴油牌号及选用

柴油沸点范围有180 ℃ ~370 ℃ 和350 ℃ ~410 ℃ 两类。对石油及其加工产品,习惯上对沸点或沸点范围低的称为轻,相反成为重。故上述前者称为轻柴油,后者称为重柴油。轻柴油按质量分为优质品、一级品和合格品三个等级,按凝点分为10 号、0 号、−10 号、−20 号、−35 号和 −50 号六个牌号,10 号轻柴油表示其凝点不高于10 ℃,其余类推。轻柴油(十六烷值为45 ~50)是用作柴油汽车、拖拉机和各种高速(1000 r/min 以上)柴油机的燃料。选用柴油牌号必须以保证柴油冷凝点高于使用环境的最低气温为原则,根据不同气温、地区和季节,选用不同牌号的轻柴油。气温低,选用凝点较低的轻柴油,反之,则选用凝点较高的轻柴油。重柴油(十六烷值15~40)是中低速(1000 r/min 以下)柴油机的燃料,如各种型号柴油汽车、拖拉机和大型舰船等。重柴油一般按凝点分为 10 号、20 号和 30 号三个牌号。

表8-2 部分不同牌号柴油的适用条件

柴油牌号	适合条件
10 号轻柴油	适合于有预热设备的高速柴油机使用
5 号轻柴油	适合于风险率为 10% 的最低气温在 8 ℃以上的地区使用
0 号轻柴油	适合于风险率为 10% 的最低气温在 4 ℃的地区使用
−10 号轻柴油	适合于风险率为 10% 的最低气温在 −5 ℃以上的地区使用
−20 号轻柴油	适合于风险率为 10% 的最低气温在 −14 ℃以上的地区使用
−35 号轻柴油	适合于风险率为 10% 的最低气温在 −29 ℃以上的地区使用
−50 号轻柴油	适合于风险率为 10% 的最低气温在 −44 ℃以上的地区使用

(三)润滑油

从石油制得的润滑油约占总润滑剂产量的 95% 以上。产量最大的是内燃机油(占40%),其余为齿轮油、液压油、汽轮机油、电器绝缘油、压缩机油,合计占40%。商品润滑油按粘度分级,负荷大,速度低的机械用高粘度油,否则用低粘度油。炼油装置生产的是采取各种精制工艺制成的基础油,再加多种添加剂,因此具有专用功能,附加产值高。

润滑油除润滑性能外,还具有冷却、密封、防腐、绝缘、清洗、传递能量的作用。润滑油的主要指标有:粘度、粘度指数、闪点和燃点、灰分、残炭值。

1.我国润滑油按粘度等级分类

我国润滑油粘度等级分类是采用美国汽车工程师学会 SAE 分类标准,共分为 0W、5W、10W、15W、20W、25W、20、30、40、50、60 号 11 个级别。在我国,夏季一般使用粘度为 40 号的发动机油。南方少数地方使用 50 号的发动机油。我国冬季南方一般使用粘度为 30 号的发动机油。北方,则需使用 10W、15W 的油,极少数严寒地区还需 5W 油。此外,还有冬夏通用,南北通用,同时具有节能效果的多级油(XW/XX)。" W "代表冬天,W 前的数字(0、5、10、15、20),和 W 后面的数字(30、40、50)均代表油品在 100 ℃时的运动粘度分级。0W、5W、10W、15W、20W、25W,泵送极限最高温度分别为 −35 ℃、−30 ℃、−25 ℃、−20 ℃、−15 ℃、−5℃。(数字越大,适用温度越高尾缀 W 的牌号,适用于冬季;不带尾缀 W 的牌号,适用于常温和夏季;若两个号连在一起,则表示是多级油,其性能满足两个粘度等级的要求。)

2.不同粘度等级的润滑油使用温度范围的确定

润滑油的粘度等级与使用的大致气温范围见表8-3。

表8-3 粘度等级与使用的大致气温范围(℃)

粘度等级	使用的大致气温范围(℃)	粘度等级	使用的大致气温范围(℃)
0W	−55 ~10	15W/40	−15 ~40
5W/20	−30 ~5	20W/40	−5 ~40
10W	−20 ~10	30	0 ~40
10W/30	−20 ~30	40	20 ~50
15W/30	−15 ~30		

3.我国润滑油按质量分类

我国润滑油的标准已与国际标准接轨,质量档次采用美国美国石油学会(API)提出的标准。汽油机油按质量水平分为 SC、SD、SE、SF、SG、SH、SJ(一般情况下油质与性能的良好顺序为 SC 至 SJ)。柴油机油按质量水平分为 CC、CD、CE、CF(一般情况下油质与性能的良好顺序为 CC 至 CF)。

四、石油产品的储运特性

(1)易燃性。

燃烧的难易和石油产品的闪点、燃点和自燃点3个指标有密切关系。石油闪点是鉴定石油产品馏分组成和发生火灾危险程度的重要标准。油品越轻闪点越低,着火危险性越大,但轻质油自燃点比重油自燃点高,因此轻质油不会自燃。对重油来说闪点虽高,但自燃低,着火危险性同样也较大,故罐区不应有油布等垃圾堆放,尤其是夏天,防止自燃起火。

(2)易爆性。

石油产品易挥发产生可燃蒸汽,这些气体和空气混合达到一定浓度,一遇明火有发生火灾、爆炸的危险。爆炸的危险性取决于物质的爆炸浓度范围。

(3)易挥发、易扩散、易流淌性。

(4)易产生静电。

石油及产品本身是绝缘体,当它流经管路进入容器或车辆运油过程中,都有产生静电的特性,为了防止静电引起火灾,在油品储运过程中,设备都应装有导电接地设施;装车要控制流速并防止油料喷溅、冲击,尽量减少静电发生。

(5)易受热膨胀性。

石油产品受热后,温度上升,体积迅速膨胀,若遇到容器内油品充装过满或管道输油后内部未排空而又无泄压设施,很容易体积膨胀使容器或管件爆破损坏,为了防止设备因油品受热膨胀而受到损坏,装油容器不准充装过满,一般只准充装全容积的85%~95%,输油管线上均应装泄压阀。

五、油品安全技术

石油商品是易燃、易爆、易产生静电和对人体有一定毒害作用的物品。由于油品有一定的危险性,因此,在储运和使用中,要严格遵守有关部门颁发的安全管理制度和有关操作规程,以杜绝事故的发生。

表8-4 油品安全性质表

油品名称	与空气混合时的爆炸极限含量%(v)		温度 ℃			卫生许可最高浓度
	下限	上限	一般沸程	闪点	自燃点	mg.m^{-3}
汽油	1.0	8.0	50~205	-50~28	415~530	300
煤油	0.8	6.5	200~300	40~55	380~425	300
轻柴油	0.6	6.5	180~360	55~90	300~380	-
重柴油	-	-	300~370	65~120	300~330	-
润滑油	-	-	350~530	120~250	300~350	-

（一）防火与防爆

1. 控制可燃物

（1）杜绝储油容器溢油。对在装卸油品操作中发生的跑、冒、滴、漏、溢油，应及时清除处理。

（2）严禁将油污、油泥、废油等倒入下水道排放，应收集放于指定的地点，妥善处理。

（3）油罐、库房、泵房、发油间以及油品调和车间等建筑物附近，要清除一切易燃物，如树叶、干草和杂物等。

（4）用过的沾油棉纱、油抹布、油手套、油纸等物，应置于工作间外有盖的铁桶内，并及时清除。

2. 断绝火源

（1）不准携带火柴、打火机或其他火种进入油库和油品储存区、油品收发作业区。严格控制火源流动和明火作业。

（2）油库内严禁烟火，修理作业必须使用明火时，一定要申报有关部门审查批准，并采取安全防范措施后，方可动火。

（3）汽车、拖拉机入库前，必须在排气管口加戴防火罩，停车后立即熄灭发动机，并严禁在库内检修车辆，也不准在作业过程中启动发动机。

（4）铁路机车入库时，要加挂隔离车，关闭灰箱挡板，并不得在库区清炉和在非作业区停留。

（5）油轮停靠码头时，严禁使用明火。禁止携带火源登船。

3. 防止电火花引起燃烧和爆炸

（1）油库及一切作业场所使用的各种电器设备，都必须是防爆型的，安装要合乎安全要求，电线不可有破皮、露线及发生短路的现象。

（2）油库上方，严禁高压电线跨越。储油区和桶装轻质油库房与电线的距离，必须大于电杆长度的 1.5 倍以上。

（3）通入油库的铁轨，必须在入库口前安装绝缘隔板，以防止外部电源由铁轨流入油库内发生电火花。

4. 防止金属摩擦产生火花引起燃烧和爆炸

（1）严格执行出入库和作业区的有关规定。禁止穿钉子鞋或掌铁的鞋进入油库，更不能攀登油罐、油轮、油槽车、油罐汽车和踏上油桶，并禁止骡马和铁轮车进入库区。

（2）不准用铁质工具去敲打储油容器的盖，开启大桶盖和槽车盖时，应使用铜扳手或碰撞时不会发生火花的合金扳手。

（3）在库房内应避免金属容器相互碰撞，更不准在水泥地面上滚动无垫圈的油桶。

（4）油品在接卸作业中，要避免装卸管在插入和拔出槽车口或油轮舱口时碰撞。凡是有油气存在的地方，都不能碰击铁质金属。

5. 防止油蒸气积聚引起燃烧和爆炸

（1）未经洗刷的油桶、油罐、油箱以及其他储存容器，严禁修焊。洗刷后的容器在备焊前要打开盖口通风，必要时先进行试爆。

（2）库房内储存的桶装轻质油品，要经常检查，发现渗漏及时换装。桶装轻质油的库房、货棚和收发间应保持空气流动。

（3）地下、山洞油罐区内，严防油品渗漏，要安装通风设备，保持通风良好，避免油气积聚。

（二）防止静电

1. 静电的产生

油品在收发、输转、灌装过程中，油分子之间和油品与其他物质之间的摩擦，会产生静电，其电压随着摩擦的加剧而增大，如不及时导除，当电压增高到一定程度时，就会在两带电体之间跳火（即静电放电）而引起油品爆炸起火。

静电电压越高越容易放电。电压的高低或静电电荷量大小主要与下列因素有关：

（1）灌油流速越快，摩擦越剧烈，产生静电电压越高；

（2）空气越干燥，静电越不容易从空气中消散，电压越容易升高；

（3）油管出口与油面的距离越大，油品与空气摩擦越剧烈，油流对油面的搅动和冲击越厉害，电压就越高；

（4）管道内壁越粗糙，流经的弯头阀门越多，产生静电电压越高；油品在输转中含有水分时，比不含水分产生的电压要高几倍到几十倍；

（5）非金属管道，如帆布、橡胶、石棉、水泥、塑料等管道比金属管道更容易产生静电；

（6）管道上安装滤网时，其栅网越密，产生静电电压越高；绸毡过滤网产生的静电电压更高；

（7）大气的温度较高（22 ℃~40 ℃），空气的相对湿度在13%~24%时，极易产生静电；

（8）在同等条件下，轻质燃料油比润滑油易产生静电。

2. 防止静电放电的方法

（1）一切用于储存、输转油品的油罐、管线、装卸设备，都必须有良好的接地装置，及时把静电导入地下，并应经常检查静电接地装置技术状况并测试接地电阻。油库中油罐的接地电阻不应大于10 Ω，其余设备的接地电阻不应大于100 Ω（包括静电及安全接地）。立式油罐的接地极按油罐圆周长计，每18 m一组，卧式油罐接地极应不少于二组。

（2）向油罐、油罐汽车、铁路槽车装油时，输油管必须插入油面以下或接近罐底以减小油品的冲击和与空气的摩擦。

（3）在空气特别干燥，温度较高的季节，尤应注意检查接地设备，适当放慢灌油速度，必要时可在作业场地和导静电接地极周围浇水。

（4）在输油、装油开始和装油到容器的3/4至结束时，容易发生静电放电事故，这时应控制流速在1 m/s以内。

（5）向船舶装油时，要使加油管线出油口与油船的进油口保持金属接触状态。

（6）在油库内严禁向塑料桶里灌注轻质燃料油，禁止在影响油库安全的区域内用塑料容器倒装轻质燃料油。

（7）所有登上油罐和从事燃料油灌装作业的人员均不得穿着化纤服装（经鉴定的防静电工作服除外）。上罐人员登罐前要手扶无漆的油罐扶梯片刻，以导除人体静电。

3. 接地装置的设置

1）接地线

接地线必须有良好的导电性能，适当的截面积和足够的强度。

油罐、管线、装卸设备的接地线，常使用厚度不小于4 mm、截面积不小于48 mm²的扁钢；油罐汽车和油轮可用直径不小于6 mm的铜线或铝线；橡胶管一般用直径3 mm~4 mm的多股铜线。

2）接地极

接地极应使用直径 50 mm、长 2.5 m、管壁厚度不小于 3 mm 的钢管。清除管子表面的铁锈和污物(不要作防腐处理)，挖一个深约 0.5 m 的坑，将接地极垂直打入坑底土中。接地极应尽量埋在湿度大、地下水位高的地方。

按地极与接地线间的所有的接点均应栓接或卡接，确保接触良好。

（三）防毒

一般认为油品具有一定的毒性，因其化学结构、蒸发速度和所含添加剂性质、加入量的不同而不同。一般认为基础油中的芳香烃、环烷烃毒性较大，油品中加入的各种添加剂，如抗爆剂(四乙基铅)、防锈剂、抗腐剂等都有较大的毒性。这些有毒物质主要是通过呼吸道、消化道和皮肤侵入人体，造成人身中毒。因此，要严格遵守操作规程，避免中毒事故发生。实践证明，只要掌握各种油品的性质采取必要的预防措施，中毒事故是完全可以避免的。

1.尽量减少油品蒸气的吸入量

(1)油品库房要保持良好的通风。进入轻质油库房作业前，应先打开窗门，让油品蒸气尽量逸散后才进入库内工作。

(2)油罐、油箱、管线、油泵及加油设备等要保持严密不漏，如发现渗漏现象应及时维修，并彻底收集和清除漏洒的油品，避免油品产生蒸气，加重作业区的空气污染。

(3)进入轻油罐、船舶油舱作业时，必须事先打开入孔通风，并穿戴有通风装置的防毒装备，还要佩上保险带和信号绳。操作时，在罐外要有专人值班，以便随时与罐内操作人员联系，并轮换作业。

(4)清扫汽、煤油油罐汽车和其他小型容器的余油时，严禁工作人员进入罐内操作，在清扫其他余油必须进罐时，应采取有效的安全措施。

(5)进行轻油作业时，操作者一定要站在上风口位置，尽量减少油蒸气吸入。

(6)油品质量调整作业场所，要安装排风装置，以免在加热和搅拌过程中产生大量油蒸气，危害操作人员健康。

2.避免口腔和皮肤与油品接触

(1)严禁用嘴吸含铅汽油或其他油品，如果必须从油箱中通过胶管将汽油抽出时，可用橡皮球或抽吸设备去吸。

(2)作业完毕后，要用碱水或肥皂洗手，未经洗手、洗脸、嗽口不要吸烟、饮水和进食。

(3)严禁用含铅汽油洗手，擦洗衣服、机件、灌注打火机或作喷灯燃料。

(4)不要将沾有油污、油垢的工作服、手套、鞋袜带进食堂和宿舍，应放于指定的更衣室，并定期洗净。

（四）防腐

石油商品在储运过程中，由于金属腐蚀，会损坏容器、管线及设备，甚至发生漏油事故。金属腐蚀所产生的氧化产物，会增加油品机械杂质含量并加速油品氧化，影响油品质量。因此，必须重视油库金属设备的防腐工作。

1.腐蚀类型

1)化学腐蚀

金属容器及设备周围的无机盐类如氯化钙、氯化钠、硫酸钙等介质与金属表面发生化学反应,能引起金属的腐蚀,这种腐蚀主要发生在与海水接触或埋设于地下的储油罐及输油管线。同时油品中含有硫化物、水分、有机酸等物质,与金属容器及管线内表面发生化学反应也会引起腐蚀。化学腐蚀与温度、介质成分、介质浓度、介质运动速度以及金属本身的材质等因素都有关系。一般来讲,海水及油品中的硫化物、酸性物质等都有较强的腐蚀介质。

2)大气腐蚀

大气腐蚀是一种电化学腐蚀。暴露在大气中的金属设备表面,由于环境水分的蒸发,常有一层冷凝水,在这一薄层冷凝水形成的同时,就有一些气体(大气中的 N_2、O_2、H_2S、HCL、SO_2、CO_2 等)溶进去,形成可导电的溶液(电解质溶液),金属和介质之间发生氧化还原反应,使金属遭到破坏。

大气腐蚀的产物为棕红色的 $Fe(OH)_2$,俗称铁锈。疏松的铁锈不能阻止金属与水溶液接触,所以金属表面还会继续腐蚀下去。油库的金属设备,都普遍受到大气腐蚀,其破坏性较大。

2. 涂层防腐

(1)定期在金属储油罐的内壁喷涂防腐涂层,如环氧树脂层或生漆层。

(2)定期将暴露在大气的输油管线及油泵等设备喷涂防锈漆。

(3)设置在地表的输油管线,要清除积水,防止浸泡,以免涂层剥落。

(4)油库设备中的活动金属部件,如输油管线的阀门等,要涂抹上防锈脂或润滑脂,防止水分从阀门螺杆渗入而引起腐蚀。露天阀门要安装防护罩,防止雨水冲掉防锈脂层。

(5)设置在码头常被溅湿的输油管线及设备,除了在表面喷涂抗腐防锈脂或黏附性较好的防护用润滑脂。

(6)埋没在地下的输油管线及储油容器,由于直接与泥土中的水分、盐、碱类及酸性物质接触,应在外表面涂上防锈漆,再喷涂沥青防护层。

3. 阴极防腐

1)护屏防腐

护屏防腐的原理是让阳极的金属腐蚀掉,保护阴极金属材料不被腐蚀。

在要保护的金属油罐及输油管线的外表连接一种电位低的金属或合金(护屏材料),由于在原电池中电位低者得到防腐,作为阳极的护屏材料被腐蚀。这种方法适用于储油罐、油船及地下输油管线的防腐。一般采用护屏材料的有锌、铝、镁及其合金。

2)外加电流的阴极防腐

外加电流阴极防腐方法是把被保护的技术管线及储油罐转化为阴极得到防腐;接电源正极的废钢材被腐蚀。这种方法适用于地下储油罐、地下管线和与海水直接接触的码头输油管线及油轮等。一般采用的阳极材料有废旧钢铁、石墨高硅铁、磁性氧化铁等,这些材料被消耗完后,随时可更换。

六、油品仓储质量管理

油品储存的主要方式有散装储存和整装储存,整装储存是指以标准桶的形式储存,散装储存是指以储油罐的形式储存。储油罐可分为金属油罐和非金属油罐,金属油罐又可分为立式圆筒形和卧式圆筒形。按照油库的建造方式不同,散装原油或油品还可采用地上储油、半地下储油(罐底埋入地下深度不小于罐高的一半,且罐内的液面不高于附近地面最低标高 2 m)和地下储油、水封石洞储油、水下储油等几种方式。

石油商品在储运和保管中,经常发生质量变化,因此在保管过程中应采取措施,延缓其变化速度,确保出库商品质量合格。油品的质量维护应把好"三关":即进货关,不让不合格油品进库;储存关,不让合格油品污染变质;出库关,不让不合格油品发到用户手中。为此,各环节做好以下几方面工作。

（一）减少轻组分蒸发和延缓氧化变质

一些油品,特别是汽油、溶剂油等,蒸发性较强。由于蒸发,除大量轻组分损失外,油品质量也随之降低。如在 7 ℃ -48 ℃范围内在有透气阀的露天油罐中储存 70 号汽油,10 个月后 10% 流出,温度高约 10 ℃,饱和蒸汽压也会下降;醇型汽车制动液（刹车油）由于其中的乙醇蒸发会使黏度变大;造化溶解油中的乙醇蒸发后会使乳化性能变差等。

油品在长期储存中还会氧化,使油质量变坏。例如,汽油柴油的胶质增多;润滑油的酸值增大;润滑脂的游离碱变小或产生游离酸等。减少油品轻组分蒸发和延缓氧化变质的主要措施如下。

1. 降低温度,减少温差

温度高时蒸发量大,氧化速度也加剧。所以要选择阴凉地点存放油品,尽量减少或防止阳光曝晒,还要求在油罐外表喷涂银灰色或浅色的涂层,以反射阳光,降低油温。为减少油品与空气接触面积,减少蒸发,应多用罐装,少用桶装。在炎热季节应喷水降温。有条件尽量使用地下、半地下或山洞储存油品,以降低储存的温度,延缓氧化,减少油品胶质增长的倾向。

2. 减少不必要的倒装

每倒装一次油品,就会增加一次蒸发损耗。实践证明,倒装 1 t 汽油,仅呼吸损耗就达 1.5 kg ~ 2.0 kg。倒装还会增加油品与空气接触,加速氧化。

3. 减少与铜和其他金属接触

各种金属特别是铜,能诱发油品氧化变质。因此,油罐内部不要用铜制部件。油罐内壁涂刷防锈层,能较好地避免金属对油品氧化所起的催化作用（涂层还能防止金属氧化锈蚀）,减缓油品变质的进程。

4. 减少与空气接触,尽可能密封储存

密封储存油品,具有降低蒸发损失,保证油品清洁,延缓氧化变质,减轻容器修饰等优点。密封储存对于润滑油较为适宜,特别是高级润滑油和特种油品,应当采用密封储存,以减少与空气接触和防止污染物侵入。

对于蒸发性较大的汽油、溶剂油等,要采用内浮顶油罐储存,以降低蒸发损耗和延缓氧化。据国外测定,用浮顶罐储存汽油,可减少蒸发损失 80% ~ 95%。同时还可减少环境污染和减少火灾爆炸事故的发生。

（二）防止混入水杂质造成油品变质

油品中的水杂,绝大部分是在运输、装卸、储存过程中混入的。在全部储存变质的油品中,由于混入水杂质而导致质量不合格的占绝大部分。混入油品中的杂质除了会堵塞滤清器和油路,造成供油中断外,还能增加机件磨损;混入油品中的水分能腐蚀机件（水分在低温下冻结后也能堵塞油路）;水分的存在会造成一些添加剂（如清净分散剂、抗氧抗腐剂、抗爆剂等）分解或沉淀,使其失效;有水分存在时,燃料氧化速度加快,其胶质生成量也加大。加有清净分散剂的润滑油和各种钠基润滑脂遇水会乳化;各种电器专用油品在混入水杂质后绝缘性能急剧变坏。因此,防止混入水杂,是搞好油品质量管理工作的主要环节。

1.定期检查油罐底部状况和清洗储油容器

油品储存的时间越长,氧化产生的沉积物越多,对油品质量的影响越严重。因此,必须每年检查罐底一次,以判断是否需要清洗。要求各种油罐的清洗周期是:轻质油和润滑油储罐3年清洗一次;重柴油储罐2.5年清洗一次。

2.定期抽检库存油品,确保油品质量

为确保油品质量,防止在保管过程中质量变化,要定期对库存油品抽样化验。桶装油品每半年复验一次,罐存油品可根据其周转情况每3月～12月复验一次。对于易于变质、稳定性差、存放周期长的油品,都应缩短复验周期。

（三）防止混油或容器污染变质

不同性质的油品不能相混,否则会使油品质量下降,严重时会使油品变质。特别是各种中高档润滑油,含有多种特殊作用的添加剂,当加有不同体系添加剂的油品相混时,就会影响它的使用性能,甚至会使添加剂沉淀变质。润滑油中混入轻质油,会降低闪点和黏度;食品机械油脂混入其他润滑油脂,会造成食品污染;溶剂油中混入车用汽油会使馏程不合格并增加毒性。因此,为防止各种油品相混或污染,应采取如下措施。

（1）为了防止散装油品在卸收、输转、灌装、发运等过程中发生污染,应根据油品的不同性质,将各管线、油泵分组专用,不同性质的油品,不要混用,如必须混用时,要清扫管线余油,在管线最低位置用真空泵抽取余油或用过滤后的压缩空气清扫,有条件的也可用蒸汽清扫,再用拟输送的油品冲洗几分钟,放出油头,并经检查确认清洁后方可使用。但必须注意:

①溶剂油不允许用含铅汽油管线。

②特种用油和高档润滑油要专管线专泵输送。

（2）油桶、油罐汽车、油罐、油船等容器改装别种油品时,应进行刷洗、干燥。灌装与容器中原残存品种相同的油料,可根据具体情况简化刷洗手续,但必须确认容器合乎要求,才能重复灌装,以保证油品质量。用使用过的油桶、油罐、油罐车、油船灌装中高档润滑油时,必须进行特别刷洗,即用溶剂或适宜的汽油刷洗,必要时用蒸汽吹扫,要求达到无杂质、水分、油垢和纤维,并无明显铁锈,目视不呈现锈皮、锈渣及黑色油污,方准装入。

【训练步骤】

步骤1:分组。将学生分成几个小组,每组三四人为宜。

步骤2:阅读案例。了解事故产生的原因。

步骤3:小组讨论。从案例提供的信息,先在组内讨论案例提出的问题。

步骤4:撰写报告。查找资料,对讨论结果进行整理,写出事故分析报告。

步骤5:小组互评。提交方案,并做出PPT进行方案介绍,各小组选派评委进行互评。

步骤6:讨论总结,加深理解。通过互评讨论,加强认识,深入理解油品安全仓储要求及管理要点。

【注意事项】

（1）通过训练,让学生清楚认识到油品的危险特性及油品安全管理工作的重要性。培养学生严肃认真的工作态度和良好的团队精神。

（2）以组为单位进行考核,考核成绩综合反映学生最后完成的报告成绩、PPT的质量和答

仓储管理

辩成绩、以及学生在实训过程中的表现等。

(3)引导学生参看《石油库管理制度》。

【训练评价】

训练考核评分表

考评人		被考评人	
考评内容	油品仓储安全训练		
考评标准	内容	分值/分	实际得分
	熟练掌握并应用油品安全知识	40	
	撰写案例分析报告	25	
	PPT 制作及汇报	15	
	严谨的工作态度及分析解决问题的能力	20	
	合计	100	

注:考评满分为100分,60分以下为不及格;60～70分为及格;70～80分为中;80～90分为良;90～100分为优。

【扩展知识】石油库管理制度(第三章 安全管理)

第十五条 各级油库必须建立健全安全组织:

一、成立由油库主任领导的,由有关职能部门和技术人员参加的安全管理委员会,统一领导全库的安全管理工作。油库管理安全的职能部门,根据安全管理委员会的安排,做好日常工作。

二、成立专业的、群众性的警卫消防队伍,并要对其加强安全教育和业务技术训练,使之真正做到常备不懈,起到应有作用。

三、各部门、车间、班组,都要设置安全检查员,负责督促检查本部门、车间、班组贯彻落实各项安全管理措施。

四、与毗邻单位组成治安联防组织,由管理安全的职能部门,负责与之保持密切联系,定期研究了解社会治安情况,帮助他们搞好安全教育和防火、灭火技术训练,共同保卫油库安全。

第十六条 各级油库要建立要求明确的出入库管理制度,在大门外设立醒目的告示牌,由门卫负责监督检查实施。出入库管理制度中,必须包括:禁止一切人员因私事入库、住库,临时工入库必须佩戴证章,因公入库的外单位人员必须凭证件进行登记;严禁携带火柴、打火机及其他易爆易燃物品入库,各种汽车和胶轮拖拉机入库,必须戴上防火帽等项内容。

第十七条 铁路蒸汽机车入库,要加挂隔离车,关闭灰箱挡板,不得清炉和顶车溜放作业。

第十八条 各级油库要建立夜间值班制度,平时要有安全管理委员会成员带班,节假日时要有油库正副主任带班。

第十九条 各级油库必须严格对明火加强管理:

一、库内电焊、气焊、铸锻、化验等常用固定明火点,要加强管理,并不得擅自移动;

二、在非固定点进行明火作业时,油库必须将用火理由、地点、项目、工作量、施工人员、安全防范措施等提出书面报告,在油罐区、油料储存区、轻油装卸区作业的,要通过直接业务主管部门报经当地商业行政领导部门和公安消防部门批准;在其他场地作业的,要经过油库安全管理委员会讨论同意。

第二十条 油库的油罐区、桶装储存区、收发油栈台、码头、油泵房、发电间、配电间、消防泵房为要害部门,必须采取措施严加防范,非本部门工作人员未经批准不得私自进入。配电间、消防泵房要建立值班制度。

第二十一条 油罐区的防火堤及防火堤以里,不准种植树木和其他作物。并应逐步建成水泥或其他地坪。防火堤以外种植的树木,不得影响消防道路的畅通和妨碍消防人员的实际操作。地上明罐防火堤以里不得有草;要及时清除覆土隐蔽罐顶部及其周围五米以内的枯草。

第二十二条 油库与周围其他单位、建筑的安全距离,油库内部建筑物的安全间距和明火作业点与其他建筑设施的安全距离,要按照国家颁发的石油库设计规范的规定执行。

第二十三条 各级油库都要做好五防:

一、防汛、防洪、防台风。每年在雨季到来之前,要对所有建筑物进行全面检查,发现问题及时做好整修、加固、并输通排水沟道。遇有紧急情况时,对空油罐和空容量较大的轻油罐,要进行灌水,对谨船和码头引桥要紧固系牢,防止水、风袭击造成移位损坏。同时要采取有效措施,保护好油库的机电设备、桶装油品和其他贵重物资,力求避免损失。

二、防胀。输油管线上的膨胀管,在收发和输转油品时,要关闭,用完后及时打开,防止胀裂管线、阀门。

三、防冻。每年在冬季到来之前,要做好油库设备的保温防冻工作。对油罐的放水阀、排污阀(底阀)和消防管线上的阀门、消火栓,要用不燃材料包扎保温,防止冻裂;解冻后要及时清除包扎物。

四、防山火。覆土隐蔽库要在罐区周围建筑防火墙或防火沟、防火带,防止山火侵袭。

五、防地震。油库接到地震预报后,要尽可能扩大桶装油品数量,以保证做好震期用油供应,同时要进一步加固防火堤,堵死放水口。接到临震预报后,要放空高架罐,拆断油罐阀门处的管线,防止拉裂油罐、阀门、管线。

第二十四条 防静电规定:

一、地面立式金属罐,按周长计算,每 + A 米要有一组静电接地装置,五十 m^3 小油罐的静电接地装置不得少于两组,电阻值不得大于 10 Ω。油库中其他部位的静电接地装置的电阻值不得大于 100 欧姆。接地装置技术要求要符合规定。

二、油罐汽车、火车、船舶装油规定:

(一)油罐汽车必须保持有较长度的接地拖链。在装油前先接好静电接地线。改装另种罐品时,要打开入孔盖充分通风,排除罐中油汽。使用非导电胶管输油时,要用导线将胶管两端的金属法兰进行跨接。

(二)油罐火车装油,在有杂散电流的情况下,要用导线将出油口与杂散电流的连接点进行跨接,形成连续导电通道。

(三)船舶装油时,要使加油管线的金属加油嘴与油船的进油口保持金属接触。

三、罐油和输油

(一)装油鹤管输油时,要下伸到接近油罐、船舱底部(油船有输油管达到舱底者除外),包括油罐输油,严禁喷溅式进油。套筒式鹤管,套筒间要进行金属跨接。严禁用塑料桶罐装汽油。

(二)罐注、输油的初速须控制在 1 米/秒之内,在出油口被浸没以后加大流速,但最高流速不得超过 6 米/秒。

1 米/秒限速流量如下

管线直接（时）	流量（立方米/小时）
12	246
10	168
8	109
6	59
4	27
3	15.5

四、计量、取样

（一）装抽完毕，油罐汽车、油罐火车、储油罐，要经过稳油时间后才能进行计量。

（二）输油作业过程中进行计量，量油尺的一端要和油罐跨接，防止静电放电。

（三）取样筒、温度计的系绳须是铜链或棉麻绳，不得使用含有化纤材料的制品。上油罐计量，操作人员不得穿着化纤服装，不得使用化纤棉纱。

第二十五条　除本制度第二十四条规定的防静电设施外，其他方面的防静电装置，要符合电业部门规定。

第二十六条　各级油库都要定期进行安全检查：

一、年度大检查，在十月份左右进行。

（一）检查的主要内容：领导干部对安全工作是否重视，对过去查出的隐患是否已经完成整改；各项规章制度是否健全和严格执行；各种安全组织是否健全和能够起到应有作用；各种生产和消防设备的技术状态是否良好和符合安全要求。

（二）检查工作的基本分工：一级站所属油库由一级站负责；直辖市所属油库和县级油库、直属加油站，由市公司负责；二级站、地、市级以上的油库由省、自治区公司负责县级油库由二级站地、市级公司负责；县级以下的下伸点和加油站，由县公司负责。检查后，要将过去一年中采取的措施和整改的问题，取得的成绩和经验教训，检查中发现的问题和解决意见及时逐级写出报告。

（三）对检查中发现的问题，要分类排队，油库能够解决的，限期抓紧整改。油库解决有困难的，属于业务领导部门管的，业务领导部门要及时予以解决；属于商业行政领导部门管的，要汇报清楚，请其帮助解决。

二、每月进行一次定期检查，由油库安全管理委员会负责组织。其主要任务：一是对油库安全工作进行全面检查，发现问题。二是研究解决存在问题的措施，组织力量抓紧整改。三是通过召开班组会检查总结，进行安全教育。

三、各基层单位的安全检查员，要督促检查本单位每一个职工认真执行安全制度、技术操作规程和岗位责任制，对违犯者，有权予以制止和纠正，有权向领导报告。

第二十七条　各级油库必须按照规定，向上级单位报告事故。其中库内发生的爆炸、着火、人员死亡、重伤致残、跑油、混袖及其他财产损失一万元以上的较大事故，必须按照附录一的规定，通过省、市、自治区公司和一级站，及时报告商业部燃料局。同时，对发生的事故，要根据查不清事故原因不放过，当事人和大家受不到教育不放过，安全措施不落实不放过的原则，进行严肃处理。

第二十八条　各级油库凡因制度不健全，职责分工不明确，或有制度和分工而不检查督促执行者发生的责任事故,油库主任要负主要责任。反之由当事人负主要责任。

第二十九条 各级油库对存在影响安全的隐患,本身能够解决的,必须积极加以解决;本身解决确实有困难的,要如实向有关领导部门报告,否则由此发生事故,油库要负主要责任。

【任务练习】

一、名词解释

辛烷值、闪点、饱和蒸气压。

二、填空

(1)润滑油的主要指标有( )、( )、( )、( )、( )。

(2)油品安全技术包括( )、( )、( )、( )。

(3)常用消防器材有( )、( )、( )、( )、( )、( )。

三、简答题

(1)石油产品按性能和用途可分为哪几种?

(2)汽油的六大品质指什么?

(3)汽油使用的质量要求。

(4)常用的汽油牌号可分为哪几种?牌号的含义是什么?

(5)柴油的五大品质要求是什么?

(6)阐述减少油品轻组分蒸发和延缓氧化变质的主要措施有哪些?

(7)为什么要防止油品混入杂质?

四、案例分析

1989年8月12日9时55分,中国石油总公司管道局胜利输油公司黄岛油库发生特大火灾爆炸事故,19人死亡,100多人受伤,直接经济损失3 540万元。

黄岛油库区始建于1973年,胜利油田开采出的原油由东(营)黄(岛)输油线输送到黄岛油库,再由青岛港务局油码头装船运往各地。黄岛油库原油储存能力760 000 m³,成品油储存能力约60 000 m³。

1989年8月12日9时55分,2.3万 m³ 原油储量的5号混凝土油罐突然爆炸起火。到下午2时35分,青岛地区西北风,风力增至4级以上,几百米高的火焰向东南方向倾斜。燃烧了4个多小时,5号罐里的原油随着轻油馏分的蒸发燃烧,形成速度大约每小时1.5 m、温度为150 ℃~300 ℃的热波向油层下部传递。当热波传至油罐底部的水层时,罐底部的积水、原油中的乳化水以及灭火时泡沫中的水汽化,使原油猛烈沸溢,喷向空中,撒落四周地面。下午3时左右,喷溅的油火点燃了位于东南方向相距5号油罐37 m处的另一座相同结构的4号油罐顶部的泄漏油气层,引起爆炸。炸飞的4号罐顶混凝土碎块将相邻30 m处的1号、2号和3号金属油罐顶部震裂,造成油气外漏。约1分钟后,5号罐喷溅的油火又先后点燃了3号、2号和1号油罐的外漏油气,引起爆燃,整个老罐区陷入一片火海。失控的外溢原油像火山喷发出的岩浆,在地面上四处流淌。大火分成三股,一部分油火翻过5号罐北侧1 m高的矮墙,进入储油规模为300 000 m³全套引进日本工艺装备的新罐区的1号、2号、6号浮顶式金属罐的四周,烈焰和浓烟烧黑3号罐壁,其中2号罐壁隔热钢板很快被烧红;另一部分油火沿着地下管沟流淌,汇同输油管网外溢原油形成地下火网;还有一部分油火向北,从生产区的消防泵房一直烧到车库、化验室和锅炉房,向东从变电站一直引烧到装船泵房、计量站、加热炉。火海席卷着整个生产区,东路、北路的两路油火汇合成一路,烧过油库1号大门,沿着新港公路向位于低处的黄岛油港烧去。大火殃及青岛化工进出口黄岛分公司、航务二公司四处、黄岛商检局、管道局仓库和建港指挥部仓库等单位。18时左右,部分外溢原油沿着地面管沟、低洼路面流入胶州湾。大约600吨油水在胶州湾海面形成几条十几海里长,几百米宽的污染带,造成胶州湾有史以来最严重的海洋污染。

经过5天5夜浴血奋战,13日11时火势得到控制,14日19时大火扑灭,16日18时油区内的残火、地沟暗火全部熄灭。

黄岛油库特大火灾事故的直接原因是由于非金属油罐本身存在的缺陷,遭受对地雷击,产生的感应火花引爆油气。根据是:①8月12日9时55分左右,有6人从不同地点目击,5号油罐起火前,在该区域有对地雷击;②中国科学院空间中心测得,当时该地区曾有过二三次落地雷,最大一次电流104安;③5号油罐的罐体结构及罐顶设施随着使用年限的延长,预制板裂缝和保护层脱落,使钢筋外露,罐顶部防感应雷屏蔽网连接处均用铁卡压固,油品取样孔采用9层铁丝网覆盖;5号罐体中钢筋及金属部件电气连接不可靠的地方颇多,均有因感应电压而产生火花放电的可能性;④根据电气原理,50 m～60 m以外的天空或地面雷感应,可使电气设施100 mm～200 mm的间隙放电,从5号油罐的金属间隙看,在周围几百米内有对地的雷击时,只要有几百伏的感应电压就可以产生火花放电;⑤5号油罐自8月12日凌晨2时起到9时55分起火时,一直在进油,共输入1.5万 m³原油。与此同时,必然向罐顶周围排入一定体积的油气,使罐外顶部形成一层达到爆炸极限范围的油气层。此外,根据油气分层原理,罐内大部分空间的油气虽处于爆炸上限,但由于油气分布不均匀,通气孔及罐体裂缝处的油气浓度较低,但仍处于爆炸极限范围。

问题:

(1)除直接原因之外,事故的背后必然隐藏着更深层次的原因,请同学们查找资料,分析其他方面的原因。

(2)对于油库管理,从此事件中应吸取哪些教训,采取哪些安全防范措施?

任务8-3:化工品的仓储管理

【任务描述】

1993年8月5日13时26分,深圳市安贸危险物品储运公司清水河化学危险品仓库发生特大爆炸事故。造成15人死亡,200多人受伤,其中重伤25人,直接经济损失2.5亿元。

据调查,13时10分,4号仓内冒烟起火,引燃仓内堆放的可燃物,13时26分,发生第一次爆炸,彻底摧毁了2、3、4号连体仓,强大的冲击波破坏了附近货仓,使多种化学危险品暴露于火焰下。这些危险品被持续加热1小时左右,14时27分,5、6、7号连体仓发生第二次爆炸,火灾迅速蔓延,引燃了距爆炸中心250 m处的木材堆场,300 m处6个四层楼的货仓和400 m～500 m处3个山头上的树木。大火持续16个小时直到凌晨5时许才被扑灭。

清水河仓库是1987年按杂品干货平仓设计、报批建设并验收合格的。1990年4月30日,市公安局消防支队按照干杂货平仓的使用性质对清六干杂货平仓进行消防验收,发给消防验收合格证。干杂货平仓验收合格后,移交中贸发(集团)储运公司使用、管理。该库离繁华市区国贸大厦仅 4.2 km,与建在居民住宅小区内的煤气储运站水平距离仅 300 多 m。仓库启用后,未报经有关部门批准,又擅自将原 2 至 3 号仓、4 至 5 号仓之间搭建,形成两个联体仓。中贸发储运公司在成立安贸公司之前,就在清六平仓存放过烟花爆竹。

1990 年 6 月 18 日,深圳中贸发(集团)储运公司与深圳市爆炸危险物品服务公司联合给深圳市人民政府报送"关于成立合营公司'深圳市危险物品储运公司'的请示",附有公司章程、合同和可行性研究报告。可行性研究报告中称,清六平仓的地理位置适合作危险品储存仓库,并将干杂货平仓说成是按照有关规定根据化学危险物品的种类、性能,设置了相应的通风、防火、防毒、防爆、报警、调温、防潮、避雷、防静电等安全设施的危险物品仓库。市政府办公厅按照办文程序,先征求了有关部门意见,经市公安局、运输局同意,市政府办公厅于 1990 年 9 月 6 日下发《关于成立深圳市安贸危险物品储运公司的批复》,批复中指出:该公司的经营范围为危险物品的储存、运输及装卸搬运(须经市运输局和公安局审批、备案)。经调查,安贸危险品储运公司只向公安局申报,未向运输局申报。1990 年 10 月 15 日发了营业执照。

1991 年 2 月 13 日,深圳市公安局消防支队对安贸危险物品储运公司的仓库进行防火安全检查,发现重大火险隐患,给该公司发出深圳市公安局火险隐患整改通知书,主要内容有两条:第 1 条,该仓库报消防审核时是按干杂中转仓库报的,现将干货仓改为爆炸性危险品仓库,在改变仓库的使用性质时,未报经市消防部门审核。第 2 条,该公司储存爆炸性危险物品仓库,距离铁路支线的安全间距不足,对铁路外贸物资运输的安全构成威胁。提出的整改意见是,"储存爆炸危险物品的仓库应立即停止使用,储存的爆炸性危险物品应在 2 月 20 日前搬出,否则按有关规定严肃查处"。

安贸危险物品储运公司接到火险隐患整改通知书后,没有整改。深圳市公安局也未进行有效监督,致使重大事故隐患没有得到解决,造成了严重后果。

按深公爆证字 1 号批准文件和深公毒证字 89105 号批准文件明确规定:8 号平仓存放爆炸品(烟花爆竹);4 号平仓存放易燃品;7 号平仓存放氧化剂;6 号平仓存放毒害品;3 号平仓存放腐蚀品;2 号平仓存放压缩液化气体。在实际使用中,却严重混装,把不相容的物品同库存放、相邻存放。比如事发当日,4 号仓内存放的可爆物品有:多孔硝酸铵 49.6 t、硝酸铵 15.75 t、过硫酸铵 20 t、高锰酸钾 10 t、硫化碱 10 t。其中高锰酸钾、过硫酸铵、硝酸钾、硝酸铵、多孔硝酸铵等均为氧化剂、强氧化剂,而硫化碱为强还原剂,仓内还有数千箱火柴,均一起存放在一个库内,且相互邻接。5 号平仓内有保险粉和强氧化剂硝酸钾、硝酸铵、高锰酸钾和氧化剂硫酸钡等同库存放。6 号平仓存放有甲苯、硫化碱、保险粉、硫磺等与氧化剂硝酸铵、硝酸钡等。7 号平仓也存放有硝酸铵、高锰酸钾,同时存放有保险粉、元明粉以及布匹、纸板等。同时还存在灭火方法不同的化学危险品同库存放的现象。如金属粉、丙烯酸甲酯、保险粉等遇水或吸潮后易发热,引起燃烧,甚至爆炸。

针对此案例提供的线索,查找资料分析如下问题:
(1)危险品仓库选址及建设布局要求;
(2)从事化学危险品储存的资质要求;
(3)化学危险品储存的基本要求;
(4)深圳市政府及有关部门在管理工作中存在哪些失职行为?
要求:认真阅读案例,查找相关资料,根据案例提供的线索回答问题。

【训练目标】

通过训练,强化危险品仓储管理安全意识,实践中能做到不违反安全操作规程,规范作业。并能及时发现存在的安全隐患问题,提出整改方案。

【相关知识】

由于危险品具有一定的易燃、易爆、腐蚀、毒害或放射等危险特性,从仓库的选址、库房设计到危险品的储存保管都有十分特殊的要求。

一、危险品及分类

（一）危险品的定义

危险品指在流通中,由于配制具有的燃烧、爆炸、腐蚀、毒害及放射线等特性,或因摩擦、振动、撞击、曝晒或温湿度等外界因素的影响,能够发生燃烧、爆炸或使人中毒、表皮灼伤,以及危及生命,造成财产损失等危险性的商品。由于危险品在运输、装卸和储存过程中容易造成人身伤亡和财产损失,所以需要特别防护。

（二）危险品分类

根据危险品特性将其分为 9 类:

第 1 类　爆炸品,如硝基脲、硝化甘油、梯恩梯(TNT)、高氯酸、铵硝酸铵等;

第 2 类　压缩气体和液化气体,如氢气、液化甲烷、液化天然气、液化乙烯、液氮、液氨;

第 3 类　易燃液体,如戊烷、己烷、烯丙醛、二氯化乙炔、甲苯、无水酒精、硝化棉溶液;

第 4 类　易燃固体、自燃物品和遇湿易燃物品,如红磷、硝化棉苦味酸铵、硝化沥青、硫磺、萘、樟脑、锆粉;

第 5 类　氧化剂和有机过氧化物,如双氧水、过氧化钾、高氯酸钾、高锰酸钾、硝酸钾、硝酸铵、亚硝酸铵;

第 6 类　毒害品和感染性物品,如氰化钾、氰化钡、砷、砷酸盐类、亚硒酸盐类、硒化物;

第 7 类　放射性物品;

第 8 类　腐蚀品,如硝酸、盐酸、氯化硅、氢氧化钠、水银;

第 9 类　杂类。

二、危险品库

（一）危险品库及分类

危险品库是存储和保管危险品的场所,根据隶属和使用性质分为甲、乙两类,甲类是商业仓储业、交通运输业、物资管理部门的危险品库,乙类为企业自用的危险品库。其中甲类危险品库储量大、品种多,所以危险性大。

根据规模又可分为三类:面积大于 9 000 m² 的为大型危险品库、面积在 550 m² ~ 9 000 m² 的为中型危险品库、550 m² 以下的为小型危险品库。

根据危险品库的结构形式分为地上危险品库、地下危险品库、半地下危险品库。

（二）危险品库的库区布局

危险品库根据其具有危险性的特点,在选址时应依据政府的总体市政布局,选择合适的建设地点,一般选择在郊区较为空旷的地带,远离居民区、供水地、主要交通干线、农田、河流、湖泊等,处于当地长年主风向的下风位。

根据《建筑设计防火规范》要求,危险品库库区应设置防火安全距离。大中型的甲类仓库和大型乙类仓库与居民区和公共设施的间距应大于 150 m,与企业、铁路干线的间距大于 100 m,与公路距离大于 50 m,在库区大型库房间距为 20 m～40 m,小型库房间距为 10 m～40 m。易燃商品应放置在地势低洼处,桶装易燃液体应放在库内。

危险品库应根据危险品的种类、特性,采用妥善的建筑结构,并取得相应的许可。同时设置相应的监测、通风、防晒、调温、防火、灭火、防爆、泄压、防毒、中和、防潮、防雷、防静电、防腐、防渗漏或隔离等安全设施和设备。

(三)危险品库结构

危险品库场建筑形式有地面仓库,地下仓库和半地下仓库,还有窑洞和露天堆场;在使用中应根据货物的性质采用不同的形式。

1.易爆炸性货物

按其性能可分为点火器材、起爆器材、炸药和其他四类。储存易爆炸性商品最好采用半地下库,三分之二于地下,地面库壁用 45 度斜坡培土,库顶用轻质不燃材料,库外四周修建排水沟;库房面积不宜过大,一般小于 100 m²,且要求通风好,并保持干燥。

2.氧化剂

氧化剂是指那些遇到某些外界影响会发生分解,并引起燃烧或爆炸的物质。储存氧化剂的仓库应采取隔热和降温措施,并保持干燥。

3.压缩气体

压缩气体是指采用高压罐(如钢瓶)储存气体或液化气。这些货物受冲击或高温时易产生爆炸。存放压缩气体的仓库应采用耐火材料建筑,库顶用轻质不燃材料,库内高度应大于 3.25 m,并安装有避雷装置。库门库窗应向外开启,以减小爆炸时的波及面。

4.自燃物品

指能与空气中的氧气发生反应,使货物本身升温,当温度达到自燃点时发生燃烧的物品。对于这类货物,应置于阴凉、干燥、通风的库房内,库壁采用隔热材料。

5.遇水易燃物品

受潮后,会产生化学反应而升温,在温度达到一定时会引起自燃的物品。这类货物应被储存在地势较高、干燥,便于控制温湿度的库房内。

6.有毒物品

有毒物品进入人体或接触皮肤后会引起局部刺激或中毒,甚至造成死亡。对于能散发毒害气体的货物应单独存放在库房内,且通风条件要好,并配备毒气净化设备。

7.腐蚀性物品

存放腐蚀性物品的仓库应采用铅板材料铺设库壁和门窗,物品应放置在阴凉、干燥、通风较好的库房内。

8.放射性物品

放置放射性物品的库房应采用板料铺设库壁和门窗,物品应放置在阴凉、干燥、通风较好的库房内。

另外,还有易燃物品、腐蚀性物品等危险物品,一般也应置于阴凉、干燥、通风较好以及设置专库存放。对于存放腐蚀物品的仓库应采用防腐涂料,对于放射性物品,则应采用铅板材料铺设库壁和门窗。

（四）危险品仓库的管理要点

危险品仓库管理除了要遵守一般仓储管理的规定外,还要遵守一些特殊要求。

1. 货物入库

仓库保管员应对货物按交通部颁发的《危险品运输规则》要求进行抽查,做好相应的记录;并在货物入库后的2天内应对其验收完毕。货物存放应按其性质分区、分类、分库存储。对不符合危险品保管要求的应与货主联系拒收。

在入库验收方法上,主要是采用感官验收为主,仪器和理化验收为辅。在验收程序上,可按以下步骤进行:

（1）检验货物的在途运输情况,检查是否发生过混装;

（2）检查货物的外包装上是否沾有异物;

（3）对货物包装、封口和衬垫物进行验查,看包装标志与运单是否一致,容器封口是否严密,衬垫是否符合该危险品运输、保管的要求;

（4）货物本身质量的检查,看是否有变质、挥发、变色或成分不符等问题。

（5）提出对问题的处理意见,对属于当地的货物,以书面形式提出问题和改进措施,并退货;如为外地货物,又无法退回的,又系一般问题不会造成危险的,可向货主提出整改意见,对于会影响库场安全的货物则应置于安全地点进行观察,待问题解决后方可入库。

2. 货物堆垛

根据危险品的性质和包装来确定合适的堆垛形状和货垛大小。

（1）桶装危险货物不得超过3个桶高,袋装货物不得超过4 m。

（2）库场内的危险货物之间及其与其他设备之间需要保持必要的间距,其中货垛顶距离灯具不小于1.5 m;货垛距墙不小于1.5 m;货垛之间不小于1 m;消防器材、配电箱周围1.5 m内禁止堆货或放置其他物品。

（3）仓库内消防通道不小于4 m;货场内的消防主通道不小于6 m。

（4）危险货物堆叠要整齐,堆垛稳固,标志朝外,不得倒置。

（5）货堆头要悬挂危险品编号、品名、性质、类别、级别、消防方法的标志牌。

3. 货物保管

对于危险品货物应实行分类分堆存放,堆垛不宜过高,堆垛间应留有一定的间距,货堆与库壁间距要大于0.7 m。对怕热、怕潮、怕冻物品应按气候变化及时采取密封、通风、降温和吸潮等措施。

应对危险品仓库实行定期检查制度,检查间隔不宜超过5天;对检查中发现的问题应及时以填写"问题商品通知单"的形式上报仓库领导。仓库保管员需保持仓库内的整洁,特别是对残余化学物品应随时清扫。对于残损、质次、储存久的货物应及时向有关单位联系催调。

4. 货物处置

对于废弃的危险品、危险品废弃物、货底、地角货、垃圾、仓储停业时的存货、容器等,仓库要采取妥善的处置措施,如随货同行、移交、封存、销毁、中和、掩埋等无害处理措施,不得留有事故隐患。剧毒危险品发生被盗、丢失、误用,应立即向当地公安部门报告。

5. 货物出库

对于一次提货量超过0.5t时,要发出场证,交通运输员陪送出场。仓库保管员应按"先进先出"原则组织货物出库,并认真做好出库清点工作。

6.送货

车辆运送时,应严格按危险品分类要求分别装运,对怕热怕冻的货物需按有关规定办理。

(五)危险品库经营资质

2002年11月15日施行的《危险化学品经营许可证管理办法》第六条规定危险化学品经营销售单位应当具备以下基本条件:

(1)经营和储存场所、设施、建筑物符合国家标准《建筑设计防火规范》、《爆炸危险场所安全规定》和《仓库防火安全管理规则》等规定,建筑物应当经公安消防机构验收合格;

(2)经营条件、储存条件符合《危险化学品经营企业开业条件和技术要求》、《常用危险化学品储存通则》的规定;

(3)单位主要负责人和主管人员、安全生产管理人员和业务人员经过专业培训,并经考核,取得上岗资格;

(4)有健全的安全管理制度和岗位安全操作规程;

(5)有本单位事故应急救援预案。

三、安全常识

(一)化学危险品仓库的火灾原因

(1)火源管理不严;

(2)性质相互抵触的物品混存;

(3)产品变质;

(4)养护管理不善;

(5)雷击起火;

(6)违反操作规程;

(7)着火扑救不当,因不熟悉化学品的性能和灭火方法,使用不正当的灭火器,反而使火灾扩大。

(二)设置小型仓库的要求

(1)小型仓库不宜与其他用途的房屋相连。

(2)不得将化学危险品储存场所设在地下室或半地下室内。

(3)设置良好的通风条件和隔热、降温、防潮、防风、防雷等。

(4)配备足够的与储存物品危险性能相适应的消防器材。

(三)化学危险物品分类存放的原则

(1)储存时要按照分区、分类、分段、专仓专储的原则。

(2)定品种、定数量、定人员、定库房进行保管。

(3)小型仓库分类、分间、分堆存放;性能抵触、灭火方法不同的物品、烈性危险品和其他危险品应分别储存。

(4)各车间房门口应标明品类和危险性,适用的灭火器和灭火方法。

(四)化学危险品的储存禁忌

两种或两种以上的化学危险品混存时,有的会猛烈分解爆炸,有的有极强的氧化性,易生成新的危险性物质,有的受热后极易吸潮而溶化,不仅对物品本身有损失,对人身安全也构成危害,因此,化学危险品的储存应根据国家的有关规定,按照危险物品装配原则。

（五）化学危险物品入库的安全验收要求

化学危险物品入库前,管理人员要认真进行检查,确认符合要求才允许入库储存。

检查内容包括:品名是否相符;灌装是否符合标准;包装是否良好。

（六）货垛要保持五距

即墙距、垛距、柱距、梁距、和灯距,一般规定,货垛与梁、柱距离不少于 30 cm,物品与墙灯距离不少于 50 cm,垛距不少于 1 m,底距不少于 10 cm。

（七）危险品仓库的日常管理要求

（1）经常进行检查。

（2）根据不同季节做好安全工作。

（3）加强出入人员的管理。

（八）发放化学危险品的要求

（1）要认准领货单据,弄清物品名称及数量,严防错发。

（2）了解各车间部门使用危险品的情况,领用的数量一般应限于当日的用量,对领用过多的要问明情况。

（3）在高温季节,对某些特别的危险物品,应避开高温时领发。

（4）爆炸品、剧毒品的发货更要从严管理,在其他环节也要严格要求,坚决实行"五双制度",即双人管理、双人收发、双人运输、双人使用、双人把锁,互相制约,互相监督,以防错发流散而造成事故。

四、化学品危险品泄漏的应急处理

在化学品的生产、储运和使用过程中,常常发生一些意外的破裂、倒洒等事故,造成化学危险品的外漏,因此需要采取简单、有效的安全技术措施来消除或减少泄漏危害,如果对泄漏控制不住或处理不当,随时都有可能转化为燃烧、爆炸、中毒等恶性事故。

（一）化学品危险品泄漏后采取的应急处理措施

1. 疏散与隔离

在化学品生产、储运过程中一旦发生泄漏,首先要疏散无关人员,隔离泄漏污染区。如果是易燃易爆化学品的大量泄漏;这时一定要打"119"报警,请求消防专业人员救援,同时要保护、控制好现场。

2. 切断火源

切断火源对化学品泄漏处理特别重要,如果泄漏物是易燃物,则必须立即消除泄漏污染区域内的各种火源。

3. 个人防护

参加泄漏处理人员应对泄漏品的化学性质和反应特性有充分的了解,要于高处和上风处进行处理,并严禁单独行动,要有监护人。必要时,应用水枪、水炮掩护。要根据泄漏品的性质和毒物接触形式,选择适当的防护用品,加强应急处理个人安全防护,防止处理过程中发生伤亡、中毒事故。

1）呼吸系统防护

为了防止有毒有害物质通过呼吸系统侵入人体,应根据不同场合选择不同的防护器具。对于泄漏化学品毒性大、浓度较高,且缺氧情况下,可以采用氧气呼吸器、空气呼吸器、送风式长管面具等。对于泄漏环境中氧气浓度不低于18%,毒物浓度在一定范围内的场合,可以采用防毒面具(毒物浓度在2%以下采用隔离式防毒面具,浓度在1%以下采用直接式防毒面具,浓度在0.1%以下采用防毒口罩)。在粉尘环境中可采用防尘口罩等。

2)眼睛防护

为了防止眼睛受到伤害,可以采用化学安全防护眼镜、安全面罩、安全护目镜、安全防护罩等。

3)身体防护

为了避免皮肤受到损伤,可以采用带面罩式胶布防毒衣、连衣式胶布防毒衣、橡胶工作服、防毒物渗透工作服、透气型防毒服等。

4)手防护

为了保护手不受损伤,可以采用橡胶手套、乳胶手套、耐酸碱手套、防化学品手套等。

4. 制止泄漏

不论是生产设备还是物料输送管道,不管是灌槽池,还是大小容器,一旦发生泄漏,均应采取果断措施,迅速制止泄漏。堵漏可使用缠裹,堵塞,关阀断料等方法制止泄漏,从根本上消除险情。

1)气体泄漏物处置

应急处理人员要做的只是止住泄漏,如果可能的话,用合理的通风使其扩散不至于积聚,或者喷雾状水使之液化后处置。

2)液体泄漏物处置

(1)控制泄漏。

立即将泄漏液体容器放在后备的第二容器内,再搬到没人的地方进行清理工作。对泄漏出的易燃液体要采取堵、截、回收等方法控制液体到处流散,把险情控制在最小范围。

(2)泄漏的易燃液体蒸气只要遇到明火或火花,即可能发生爆燃,所以,发生泄漏事故时,在液体流散区域和蒸气范围内要彻底消除火种,切断电源以防不测。

(3)覆盖液面减少挥发,隔绝空气,将一时难以回收且聚积较多的易燃液体用黄沙泥土覆盖,或用泡沫灭火器喷射泡沫,覆盖液体表面,控制其挥发气体,降低危险。

(4)用安全的清洁的工具<木质或塑料>清理泄漏液体和吸除附着液体的泥土黄沙,禁止使用非防爆性的金属工具,防止与地板摩擦产生火花引起爆燃。

(5)泄漏液体一旦引起爆燃,用黄沙,泥土,干粉灭火器,1211灭火器,或二氧化碳灭火器,泡沫灭火器扑灭。用水来稀释液体蒸气,保护人员撤离。

(6)清理后的黄沙泥土,不准直接丢弃在下水道或垃圾桶,以免污染水源和土地,必须通知环保部门回收处理(松香水可在适当的设备中燃烧)。

安全第一,预防为主。对化学品的泄漏,一定不可掉以轻心,平时要做好泄漏紧急处理演习,拟定好方案计划,做到有备无患,只有这样,才能保证生产、使用、储运化学品的安全。

【训练步骤】

步骤1:分组。将学生分成几个小组,每组三四人为宜。

步骤2:阅读案例。了解事故产生的原因。

步骤3:小组讨论。从案例提供的信息,先在组内讨论此危险品仓库经营管理中存在的违章行为及相关部门的失职行为。

步骤4：撰写报告。查找资料，对讨论结果进行整理，写出事故分析报告。

步骤5：小组互评。提交方案，并做出PPT进行方案介绍，各小组选派评委进行互评。

步骤6：讨论总结，加深理解。通过互评讨论，加强认识，深入理解危险品安全仓储要求及管理要点。

【注意事项】

(1)通过训练，让学生清楚认识到危险品的危险特性及仓储安全管理工作的重要性。培养学生严肃认真的工作态度和良好的团队精神。

(2)以组为单位进行考核，考核成绩综合反映学生最后完成的报告成绩、PPT的质量和答辩成绩、以及学生在实训过程中的表现等。

(3)注意引导学生参看《危险化学品的储存安全要求》、《仓储消防安全管理制度》、《危险化学品经营许可证管理办法》等。

【训练评价】

训练考核评分表

考评人		被考评人	
考评内容	危险品仓储安全管理训练		
考评标准	内容	分值/分	实际得分
	熟练掌握并应用危险品仓储知识	40	
	撰写案例分析报告	25	
	PPT制作及汇报	15	
	严谨的工作态度及分析解决问题的能力	20	
	合计	100	

注：考评满分为100分，60分以下为不及格；60～70分为及格；70～80分为中；80～90分为良；90～100分为优。

【任务练习】

一、单项选择题

(1)根据《常用危险化学品分类及标志》中有关危险化学品的分类，梯恩梯属于（　　　）。

A. 爆炸品　　　　　　　　　　　　B. 压缩气体和液化气体

C. 毒害品　　　　　　　　　　　　D. 易燃液体

(2)某天，有一运输车辆向仓库内运送来20桶甲苯，在操作过程中（　　　）的做法是不允许的。

A. 使用铜制工具进行装卸，避免撞击火花

B. 装卸人员穿防静电工作服，避免引起静电火花

C. 装卸时轻搬轻放，防止摩擦和撞击

D. 在库房内开桶检查，避免外界热源或火源影响

(3)某公司的3个库房内危险化学品分类存储方式有问题，建议采用（　　　）存储方式。

A. 一个库存苯、甲苯，一个库存硫磺、黄磷，一个库存氧气、氮气、氩气

B. 一个库存苯，一个库存甲苯、硫磺、黄磷，一个库存氧气、氮气、氩气

C. 一个库存苯、甲苯,一个库存硫磺、黄磷、氮气、氩气,一个库存氧气

D. 一个库存苯、甲苯、硫磺,一个库存黄磷,一个库存氧气、氮气、氩气

二、多项选择题

(1)在储存甲苯的库房内,由于包装破损,甲苯发生泄漏,可能发生的事故类型有( )。

A. 火灾　　　　　　　B. 爆炸　　　　　　　C. 中毒　　　　　　　D. 窒息

(2)根据《常用化学危险品储存通则》(GBl5603—1995),危险化学品的储存有( )。

A. 隔离储存　　　　　B. 隔开储存　　　　　C. 分离储存　　　　　D. 分开储存

三、问答题

(1)柴灶、煤灶与液化石油气灶能在同一房内使用吗?

(2)为什么空气重的可燃气体的火灾危险性大?

(3)常见的易燃液体有哪些?举出5例。经常遇到的可燃气体有哪些?举出5例。

(4)什么叫可燃气体?

(5)人们都知道氧气属助燃气体,请再说一种?

四、讨论题

某危险品仓储中心接到一批货物仓储任务,仓储具体任务如下:0.1 t TNT 液体炸药;20 kg 磷粉;工业用 HCl 溶液 3 t;放射性材料铀 3 kg。请为其制定合适的仓储方案。

【扩展知识】

危险化学品储存和使用

第七条　国家对危险化学品生产、储存实行统一规划、合理布局和严格控制,并对危险化学品生产、储存实行审批制度;未经审批,任何单位和个人不得生产、储存危险化学品。

县级以上地方人民政府根据当地经济发展的实际需要,在编制城乡规划时,应当按照确保安全的原则,规划适当区域用于危险化学品生产、储存。

第八条　危险化学品生产、储存企业应当具备下列条件:

(一)符合国家产业规划和布局的要求;

(二)有成熟的生产工艺和符合国家标准的作业场所、设施、设备或者储存方式;

(三)生产装置和储存设施的周边防护距离符合国家标准或者国家有关规定;

(四)有与危险化学品生产、储存相适应的管理人员和技术人员;

(五)有健全的安全管理规章制度和操作规程;

(六)有符合国家规定的危险化学品事故应急救援预案;

(七)法律、法规规定和国家标准要求的其他条件。

第九条　设立剧毒化学品生产、储存企业和其他危险化学品生产、储存企业,申请人应当分别向省、自治区、直辖市人民政府安全生产监督管理部门和设区的市级人民政府安全生产监督管理部门提出申请,并提交下列文件、资料:

(一)原料、中间产品、最终产品或者储存的危险化学品的物理、化学性质以及危险性等指标;

(二)包装、储存、运输的技术要求;

(三)安全评价报告;

(四)符合本条例第八条规定条件的证明文件。

仓储管理

省、自治区、直辖市人民政府安全生产监督管理部门或者设区的市级人民政府安全生产监督管理部门应当自收到申请人提交的符合前款规定的文件、资料之日起60日内,组织有关专家进行安全论证并提出意见,报本级人民政府。本级人民政府应当自收到安全生产监督管理部门报送的意见之日起60日内,组织安全生产监督管理、发展改革、环境保护、公安等有关部门进行审查,做出批准或者不予批准的决定。予以批准的,由省、自治区、直辖市人民政府安全生产监督管理部门或者设区的市级人民政府安全生产监督管理部门颁发批准书;不予批准的,书面通知申请人并说明理由。

申请人凭批准书向工商行政管理部门办理登记手续。

省、自治区、直辖市人民政府或者设区的市级人民政府安全生产监督管理部门应当及时将颁发批准书的情况通报公安、环境保护部门,并向社会公布。

第十条　除运输工具加油站、加气站外,危险化学品生产装置和储存数量构成重大危险源的储存设施,与下列场所、区域的距离应当符合国家有关规定:

(一)居民区、商业中心、公园等人口密集区域;

(二)学校、医院、影剧院、体育场(馆)等公共设施;

(三)供水水源、水厂及水源保护区;

(四)车站、码头(按照国家规定批准的从事危险化学品装卸作业的除外)、机场以及道路、水路交通干线、铁路线路、地铁风亭及出入口;

(五)基本农田保护区、基本草原、畜牧区、渔业水域和种子、种畜、水产苗种生产基地;

(六)河流、湖泊、风景名胜区和自然保护区;

(七)军事禁区、军事管理区。

已建的危险化学品生产装置和储存数量构成重大危险源的储存设施不符合前款规定的,由所在地设区的市级人民政府安全生产监督管理部门监督其在规定期限内进行整改;需要转产、停产、搬迁、关闭的,由本级人民政府决定并组织实施。

本条例所称重大危险源,是指生产、运输、使用、储存危险化学品或者处置废弃危险化学品,且危险化学品的数量等于或者超过临界量的单元(包括场所和设施)。

第十一条　危险化学品生产、储存企业改建、扩建的,应当依照本条例第九条的规定经审查批准。

第十二条　依法设立的危险化学品生产企业,应当向国务院质检部门申请领取危险化学品生产许可证;未取得危险化学品生产许可证的,不得开工生产。

国务院质检部门应当及时将颁发危险化学品生产许可证的情况通报国务院安全生产监督管理部门、环境保护部门和公安部门,并向社会公布。

第十三条　新建、改建、扩建用于生产、储存危险化学品的建设项目(以下简称建设项目),应当进行安全条件论证,并由具备相应资质的单位进行安全评价。

建设项目安全设施(不包括消防设施)的设计,应当报安全生产监督管理部门审查。

建设项目竣工投入生产或者使用前,应当由安全生产监督管理部门对其安全设施验收合格后,方可投入生产和使用。

第十四条　任何单位和个人不得生产、经营、使用国家明令禁止生产、经营、使用的危险化学品,不得违反国家有关限制使用危险化学品的规定使用危险化学品。

国家禁止生产、经营、使用以及限制使用的危险化学品目录,由国务院发展改革部门会同

项目八：特种仓储管理

国务院安全生产监督管理、卫生、环境保护、农业、质检等有关部门制定、调整并公布。

第十五条　危险化学品生产企业应当提供与其生产的危险化学品完全一致的化学品安全技术说明书,并在包装(包括外包装件)上加贴或者拴挂与包装内危险化学品完全一致的化学品安全标签。

危险化学品生产企业发现其生产的危险化学品有新的危害特性时,应当立即公告,并及时修订化学品安全技术说明书和化学品安全标签。

化学品安全技术说明书和化学品安全标签应当符合国家标准和国家有关规定,其中的文字内容应当使用中文。

第十六条　使用危险化学品从事生产的企业,其生产条件应当符合法律、法规和国家标准的要求,应当建立、健全危险化学品使用的安全管理规章制度,保证危险化学品的安全使用。

第十七条　国家对使用特定种类危险化学品从事生产,并且使用量达到规定标准的企业实行危险化学品使用许可制度。

前款规定的特定种类危险化学品目录和使用量标准,由国务院安全生产监督管理部门会同国务院有关部门制定、调整并公布。

第十八条　取得危险化学品使用许可证,应当具备下列条件:

(一)使用危险化学品的场所、设施、设备和使用方式符合法律、法规规定和国家标准、行业标准的要求;

(二)有与使用危险化学品相适应的管理人员和技术人员;

(三)从业人员经过专业培训,并经考核合格;

(四)有保障危险化学品安全使用的规章制度和操作规程;

(五)有符合国家规定的危险化学品事故应急救援预案;

(六)法律、行政法规规定以及国家标准、行业标准要求的其他条件。

申请危险化学品使用许可证的企业,应当向设区的市级人民政府安全生产监督管理部门提出申请,并提交符合前款规定条件的证明材料。设区的市级人民政府安全生产监督管理部门应当自收到申请证明材料之日起60内进行审查,做出批准或者不予批准的决定。予以批准的,颁发危险化学品使用许可证;不予批准的,书面通知申请人并说明理由。设区的市级人民政府安全生产监督管理部门应当及时将颁发危险化学品使用许可证的情况通报公安、环境保护部门,并向社会公布。

第十九条　生产、储存、使用危险化学品的单位,应当根据危险化学品的种类、性质,在车间、仓库等场所设置相应的安全警示标志以及监测、通风、防晒、调温、防火、灭火、防爆、泄压、防毒、消毒、中和、防潮、防雷、防静电、防腐、防渗漏、防护围堤或者隔离操作等安全设施、设备,并按照国家标准和国家有关规定对安全设施、设备进行日常维护、保养,保证正常运转。

生产、储存、使用危险化学品的车间、仓库等场所不得与员工宿舍在同一建筑物内,并应当与员工宿舍保持安全防护距离。

第二十条　生产、储存危险化学品以及使用危险化学品从事生产的企业,应当选择具备国家规定的相应资质的单位,对本企业的生产、储存装置每3年进行一次安全评价,并提出安全评价报告。

安全生产监督管理部门在监督检查中可以根据情况,要求被检查企业对其生产、储存装置提前进行安全评价。

安全评价报告应当对生产、储存装置存在的安全问题提出整改措施。有关企业应当制定整改方案,并严格按照整改方案进行整改。安全评价中发现生产、储存装置存在现实危险的,应当立即停止使用,予以更换或者修复,并采取相应的安全措施。

有关企业应当将安全评价报告以及整改情况报所在地设区的市级人民政府安全生产监督管理部门备案。

第二十一条　生产、储存、使用危险化学品的单位,应当在生产、储存和使用场所设置通讯、报警装置,并保证其处于正常适用状态。

第二十二条　生产、储存、使用剧毒化学品的单位,应当对剧毒化学品的产量、流向、储存量和用途如实记录,并采取必要的保安措施,防止剧毒化学品被盗、丢失或者误售、误用;发现剧毒化学品被盗、丢失或者误售、误用时,应当立即向当地公安部门报告。

生产、储存剧毒化学品的单位,应当依法设置治安保卫机构或者配备治安保卫人员。

第二十三条　危险化学品的包装应当符合法律、法规、规章的规定和国家标准的要求。

危险化学品包装物、容器的材质以及危险化学品包装的形式、规格、方法和单件质量(重量),应当与所包装的危险化学品的性质和用途相适应,便于装卸、运输和储存。

第二十四条　危险化学品包装物、容器,应当由依法取得危险化学品包装物、容器生产许可证的企业生产,并经国务院质检部门核准的专业检测、检验机构检测、检验合格,方可出厂销售。

质检部门应当对危险化学品包装物、容器生产企业的产品质量进行定期的或者不定期的检查。

重复使用的危险化学品包装物、容器在使用前,使用单位应当进行检查,发现危险化学品包装物、容器存在安全隐患的,应当立即停止使用,予以维修或者更换。使用单位应当对检查情况做出记录;检查记录应当至少保存 2 年。

本条例所称危险化学品包装物、容器,是指用于包装、盛放危险化学品的桶、罐、瓶、箱、袋以及用于危险化学品运输车辆的槽罐等。

第二十五条　危险化学品的储存方式、方法与储存数量应当符合国家标准和国家有关规定,并应当储存在专用仓库、专用场地或者专用储存室(以下统称专用仓库)内,由专人管理。

危险化学品出入库,应当核查登记。对库存危险化学品,应当定期检查。

剧毒化学品以及储存数量构成重大危险源的其他危险化学品应当在专用仓库内单独存放,并实行双人收发、双人保管制度。储存企业应当将储存剧毒化学品以及储存数量构成重大危险源的其他危险化学品的数量、地点以及管理人员的情况,报当地公安部门和安全生产监督管理部门备案。

第二十六条　危险化学品专用仓库,应当符合国家标准对安全、消防的要求,并设置醒目的警示标志。危险化学品专用仓库的储存设备和安全设施,应当定期检测、检验。

第二十七条　处置废弃危险化学品,依照有关环境保护的法律、行政法规执行。

第二十八条　生产、储存危险化学品的企业以及使用危险化学品从事生产的企业转产、停产、停业或者解散的,应当采取有效措施,妥善处置危险化学品生产或者储存设备、库存产品及生产原料,不得留有事故隐患。处置方案应当报所在地设区的市级人民政府安全生产监督管理部门和同级环境保护部门、公安部门备案。安全生产监督管理部门应当会同环境保护、公安部门对处置情况进行监督检查。

第二十九条　公众发现无主危险化学品的,应当立即向当地公安部门或者安全生产监督管理部门报告。接到报告的公安部门或者安全生产监督管理部门应当立即采取必要的措施,并通知就近的危险化学品生产企业或者储存企业予以暂存;需要进行专业处理的,交由环境保护部门认定的专业单位处理。处理费用由国家财政负担。

有关部门收缴的危险化学品需要进行专业处理的,交由前款规定的专业单位处理。

项目九

仓储安全管理

任务 9 - 1:仓库防火管理

【任务描述】

2009 年 5 月的某天,位于广州大道南的 7 天连锁酒店仓库起火,该仓库处于酒店 9 楼,仓库面积 20 多 m^2,由烟头引起浓烟,并未出现明火。事故发生后,江海街采取有效措施指导酒店工作人员把住宿在 9 楼的旅客和人员迅速疏散到安全地带,确保旅客的人身财产安全。消防人员赶到后,利用室内灭火器将火扑灭。由于消防部门及时出动消防车辆和消防人员开展有效的扑灭工作,该场火警事故在一个小时内就得到有效的控制,浓烟被完全消除,浓烟也没有蔓延到酒店的其他地方,更没有引起明火和任何人员伤亡。这次事故虽然没有造成严重危害,但是足以引起大家的重视和警觉。

现有一个处于市中心的酒店仓库,库内储存物品为酒店日常所用物品,包括有被褥、洗浴用品、打扫用品、餐具、服装等,面积 200 m^2。

要求:请搜集资料,学习仓库防火管理的知识,讨论制定出该酒店仓库防火管理的具体措施。

【训练目标】

通过仓库防火管理的训练,让学生认识到仓库防火管理的重要性,学会如何在仓库采取措施实施防火工作。

【相关知识】

火灾的严重危害性是人所共知的,火灾发生后,除了造成人员伤亡外,还会给仓库建筑、储存的商品和周围的单位带来巨大损失。因此,仓库的防火管理工作必须做到位,必须加强防火管理,保护仓库免受火灾危害,必须贯彻"预防为主、防消结合"的方针,实行"谁主管,谁负责"的原则。

一、火灾产生的条件和方式

要想防止火灾,必须先了解火灾,懂得仓库产生火灾的原因,防止火灾就是防止火源与可燃物接触而燃烧。

（一）火灾产生的条件

火是燃烧的一种表现，一种剧烈的氧化反应，着火具有放热、发光和生成新物资三个特征。火的发生必须具备三个要素：具有可燃物、助燃物以及着火源。

可燃物是只在常温下能燃烧的物质，包括一般植物性物料、油脂、煤炭、硫磺、大多数的有机合成物等。

助燃物是指支持燃烧的物质，包括空气中的氧气、释放氧原子的氧化剂。

着火源则是物资燃烧的热能源，无论是明火源还是其他火源实质上就是引起易燃物燃烧的热能，该热能引起易燃物质的汽化，形成易燃气体，易燃气体在火源的高温中燃烧。着火源是引起火灾的罪魁祸首，是仓库防火管理的核心。

（二）火势蔓延的方式

一般仓库内火势蔓延均经历初始、成长、极盛和衰减（熄灭）4个阶段。

1. 初始阶段

一般是电火花、未熄灭的烟头等将室内易燃、可燃物点着，经过一段时间阴燃而变成明火，但范围很小。此时室内温度极不平衡，空气对流加剧，使燃烧温度缓慢升高。这一阶段一般持续几分钟到十几分钟。若能及时发现火情，很容易将火险扑灭在萌芽阶段。

2. 成长阶段

此时可燃物的燃烧面积迅速扩大，室内温度上升很快，在短时间内室内燃烧由量变转化为质变而形成轰燃。轰燃是指可燃物受热分解出的可燃气体增多，其余空气混合达到轰燃点时，引发室内全部可燃物在瞬间全面燃烧起来。出现轰燃是成长阶段的重要特性。

3. 极盛阶段

室内火势猛烈，处于全面燃烧阶段，温度迅速上升。此时室内极高温度可达1 000 ℃左右，室内温度出现极大值是这一阶段的重要特征。在这一阶段烈火冲出房门袭入通道，大火将席卷整幢建筑。极盛阶段持续时间长短主要取决于可燃物的数量、通风情况及围护结构材料的传热性能等。

4. 衰减阶段

衰减阶段，室内约80%的可燃物已燃尽，热量大量向四周散失，室内温度开始下降。当可燃物已烧尽，室内温度降到200 ℃～300 ℃并较长时间保持这一温度范围，直到火势熄灭之后。

二、常见的火灾隐患

（一）仓库火灾的主要火源

1. 明火与明火星

生产、生活活动中所使用的灯火、炉火，气焊气割的乙炔火，打火机、火柴火焰，未熄灭的烟头，内燃机械、车辆的排烟管火星，以及飘落的未熄火的爆竹火星等，均属此类火源。

2. 自燃

自燃是指物资自身的温度升高，在达到一定条件时，即使没有外界火源也能发生燃烧的现象。容易发生自燃的物资有粮食谷物、煤炭、化纤、棉花、部分化肥、油污的棉纱等。

3. 雷电与静电

雷电是带有不同电荷的云团接近时瞬间发生的放电现象而形成的电弧，电弧的高能量能造成易燃物的燃烧。静电则是因为感应、摩擦使物体表面集结大量电子，向外以电弧的方式传导的现象,同样也能使易燃物燃烧。液体容器、传输液体的管道、工作的电器、高压电气、运转的输送带、强无线电波等都会发生静电现象。

4. 电火

由于用电超负荷、电线短路或漏电引起的电路电火花,设备的电火花以及电气设备升温等都会引起燃烧。

5. 化学火和爆炸性火灾

由于一些化学反应会释放较多的热,有时甚至直接燃烧,从而引起火灾,如活泼轻金属遇水的反应和燃烧、硫化亚铁碱化燃烧、高锰酸钾与甘油混合燃烧等引起的火灾;爆炸性的物品在遇到冲击、撞击发生爆炸而引起的火灾;一定浓度的易燃气体、易燃物的粉尘,遇到火源也有可能引发爆炸。

(二)聚光

太阳光的直接照射会使物体表面温度升高,如果将太阳光聚合,形成强烈的光束会导致温度升高而引起易燃物燃烧。镜面的反射、玻璃的折射光都可能造成聚光现象。

(三)撞击和摩擦

金属或者其他坚硬的非金属,在撞击时会引发火花,引起接近的易燃物品的燃烧。物体长时间摩擦也可能升温导致燃烧。

(四)人为破坏

人为恶意将火源引入仓库而引起火灾。人为恶意引火是一种犯罪行为,纵火人要受到刑事惩罚。

(五)常见的火灾隐患的分类

对常见的火灾隐患进行分类是为了有效地防止火灾和灭火。防火工作中对火源的分类非常重视,一般将火源分为直接火源和间接火源两种,如明火源、化学火源、电火源、自燃等。也可从灭火的方法角度对火灾进行分类。

1. 普通火灾

普通可燃固体所发生的火灾,如木料、化纤、棉花、煤炭等。普通火虽然燃烧扩散较慢,但会深入燃烧物内部,灭火后重燃的可能性极高,普通火灾应使用水进行灭火。

2. 电气火灾

电器、供电系统漏电所引起的火灾,以及具有供电的仓库发生火灾,其特征是在火场中还有供电存在,有可能使员工触电。另外,由于供电系统的传导,还会在电路的其他地方产生电火源。因此在发生火灾时,要迅速切断供电,采用其他安全方式照明。

3. 油类火灾

各种油类、油脂发生燃烧而引起的火灾。油类属于易燃品,且具有流动性,燃着火的油,会迅速扩大着火范围。油类轻于水,会漂浮在水面,随水流动,因此不能用水灭火,只能采用干粉、泡沫等灭火物质。

4. 爆炸性火灾

容易引发爆炸的货物,或者火场内有爆炸性物品,如可发生化学爆炸的危险品、物理爆炸的密闭容器等。爆炸不仅会加剧火势,扩大燃烧范围,更危险的是直接造成人身安全的危害。发生这类火灾首要的工作是保证人身安全,迅速撤离人员。

三、防火方法

燃烧三要素中的可燃物、助燃物、着火源(温度)共同作用才能燃烧,缺少一个要素都不能形成火灾。防火工作就是使三者分离,不会相互发生作用。

(一)控制可燃物

通过减少、不使用可燃物或将可燃物质进行难燃处理来防止火灾。如仓库建筑采用不燃材料建设,使用难燃电气材料等;易燃货物使用难燃材料包装,用难燃材料覆盖可燃物等;通过通风的方式使可燃气体及时排除,洒水减少可燃物扬尘等措施。

(二)隔绝助燃物

对于易燃品采取封闭、抽真空、充惰性气体、浸泡的方法,用不燃涂料喷易燃品的方式使易燃物不与空气直接接触来防止燃烧。

(三)消除着火源

通过使得发生火灾的着火源不在仓库内出现来实现防火的目的。由于仓库不可避免地会储藏可燃物,而隔绝空气的操作需要较高的成本,因此仓库防火的核心就是防止着火源。消除着火源也是灭火的基本方法。

四、防火设施

防火设施一般是指一些固定的、特殊的建筑物或构筑物。当仓库的某一部分由于不慎引起火灾,这些特殊的建筑物或构筑物可将火势限制在一定的范围内、不使其蔓延危及到整个仓库。防火设施主要有以下几种。

(一)防火墙

防火墙是在建造仓库库房时设计的。防火墙直接建筑在房屋的基础上,其厚度一般要考虑到发生火灾时的烘烤时间,其高度应超出屋顶。如果顶棚是采用可燃材料构建的,则防火墙高出顶棚的高度应不少于70 cm,若顶棚是难燃材料或不燃材料构建的,则防火墙只需高出顶棚40 cm。

(二)防火隔离带

仓库的防火隔离带有两种,一种是在建筑时就考虑的,比如在用可燃材料构建的屋顶中间,建筑宽度不小于5 m 的有耐火屋顶的地段,其高度略高出屋顶;另一种是在库房、料棚和货场内以及它们之间留出足够的防火隔离带,尤其是储存可燃性材料和设备,其防火隔离带必须保证。

(三)防火门

防火门是用耐火材料制成,万一库房起火,扑救不及,可以关闭防火密封门,可阻止火势蔓延到另一间库房。

五、仓库防火存在的问题

随着物流业的发展,我国的库房建设也日益增多,由于种种条件限制,目前我国还有相当数量的库房存在较为严重的火灾隐患,主要表现在以下几个方面。

(一)防火意识不强

很多仓库在日常使用过程中管理混乱,防火意识比较淡薄,表现在:一是很多仓库管理人员及新职工没有经过消防安全专门培训,就直接上岗;二是仓储区域与生活区、办公区不分,擅自改变建筑物的使用性质,破坏原有的防火间距,人为地增加了火灾隐患;三是仓库的电气设

仓储管理

备、线路等不符合国家的消防法规技术标准和规范要求,许多仓库的电气线路直接敷设在建筑的吊顶、屋面、墙面和屋架上,未设置防雷、防静电设施等,容易引起电气火灾;四是库房堆放货物超量,且堆放不规范,没有留出足够的防火间距,如果发生火灾,容易造成火势的迅速蔓延,不利于火灾的扑救工作。

（二）建筑物违章建设

建筑物防火间距不足,有的单位私自改建或搭建临时天棚等,私自占用和阻塞消防通道及疏散走道等,不符合《仓库防火安全管理规则》和《建筑设计防火规范》的要求。一旦发生火灾,容易酿成重大事故,且不利于火灾的扑救。

（三）建筑材料的耐火等级较低

很多的仓库都是由原来的老建筑物改建而成的,其屋顶大部分为木制结构,建筑耐火等级普遍为三级,较低。

（四）消防水源不易得

分布在郊县的仓库,由于距离市区较远,市政消火栓系统不能及时铺设到位,导致仓库的消防水源不易得到。

六、仓库防火管理措施

仓库集中储存着大量的商品,从仓库不安全因素及危害程度来看,火灾造成的损失最大,它可以在很短的时间内,使整个仓库变成一片废墟,对国家财产和人民生命安全造成极大的损失。

（一）储存的防火管理

依据国家《建筑设计防火规范》的规定,将仓库储存的商品按火灾危险程度进行不同的分类,采取有效措施,做好消防工作。

（1）商品入库前应当派专人负责检查,确定无火种等隐患后,方可入库。

（2）露天存放的商品应当分类、分堆、分组和分垛,并留出必要的防火间距。堆场的总储量以及建筑物之间的防火距离,必须符合建筑设计防火规范的规定。一般情况下,每垛占地面积不宜大于 $100\ m^2$,垛与垛间距不小于 $1\ m$,垛与墙间距不小于 $0.5\ m$,垛与梁、柱间距不小于 $0.3\ m$,主要通道的宽度不小于 $2\ m$。

（3）易自燃或遇水分解的商品,应在温度较低、通风良好和空气干燥的场所储存,并安装专用仪器定时检测,严格控制温湿度。

（4）不同种类的易燃、易爆商品的包装容器应当牢固、密封、严防跑、冒、滴、漏。存放时必须分间、分库,并在醒目处标明储存商品的名称、性质和灭火方法。同时库房内不准设办公室、休息室。

（5）使用过的油棉纱、油手套等沾油纤维物品以及可燃包装,应当存放在安全地点,定期处理。

（二）装卸的防火管理

（1）进入库区的所有机动车辆必须安装防火罩;蒸汽机车进入库区时,应当关闭灰箱和送风器,不能在库区清炉;进入易燃、易爆商品库房的电瓶车、铲车必须是防爆型的或必须装有防止火花溅出的安全装置。

（2）装卸不同种类易燃、易爆商品时,操作人员不得穿戴易产生静电的工作服、帽和使用易产生火花的工具,严防振动、撞击、重压、摩擦和倒置。对易产生静电的装卸设备采取消除静电的措施。

(3)机动车辆装卸商品后不准在库区、库房、货场停放和修理;装卸作业结束后,应当对库区、库房进行检查确认安全后,方可离人。

(4)库区内不得搭建临时建筑物,因装卸作业确需搭建时,必须经单位防火负责人批准,装卸作业结束后立即拆除;库房内固定的吊装设备需要维修时,应当采取防火安全措施,经防火负责人批准后,方可进行。

(三)电器设施的防火管理

仓库的电器装置必须符合国家现行的有关电气设计和施工安装验收标准规范的规定。

(1)库房内不准设置移动式照明灯具,照明灯具下方不准堆放商品,其垂直下方与储存商品水平面的高差不得小于 0.5 m;不准使用电炉、电烙铁、电熨斗等电热器具和电视机、电冰箱等家用电器;库内敷设的配电线路需穿金属管或用非燃硬塑料管保护。

(2)库区的每个库房应当在库房外单独安装开关箱,保管人员离库时,必须拉闸断电;禁止使用不合规格的保险装置。

(3)储存有同种类易燃、易爆商品库房的电器装置必须符合国家现行的有关爆炸危险场所电气安全规定;不准使用碘钨灯和超过 60 W 以上的白炽灯等高温照明灯具。当使用日光灯等低温照明灯具和其他防燃型照明灯具时,应当对镇流器采取隔热、散热等防火保护措施,确保安全。

(4)仓库电器设备的周围和架空线路的下方严禁堆放商品,对提升、码垛等机械设备易产生火花的部位,要设置防护罩;仓库必须按照国家有关防雷设计安装规范的规定,设置防雷装置,并定期检测,保证有效;仓库的电气设备必须由持合格证的电工进行安装、检查和维修保养,电工应严格遵守各项电气操作规程。

(四)火源管理

(1)库房内严禁使用明火。库房外动用明火作业时,必须办理动火证,经仓库或单位防火负责人批准,并采取严格的安全措施。动火证应当注明动火地点、时间、动火人、现场监护人、批准人和防火措施等内容。库房内不准使用火炉取暖,在库区使用时,应当经防火负责人批准,防火负责人在审批火炉的使用地点时,必须根据储存商品的分类,按照有关防火间距的规定审批,制定防火安全管理制度并落实到人。

(2)库区以及周围 50 m 内,严禁燃放烟花爆竹。

(3)仓库应当设置醒目的防火标志。进入易燃、易爆商品库区的人员必须登记,并交出携带的火种。

(五)消防组织的管理

仓库的消防组织应按国家的有关规定,并根据仓库规模、存储货物的数量和性能以及周围环境、气候等因素确定。一般应设有以下组织。

1.防火安全领导机构

仓库应当设立防火安全领导机构,由仓库一名主要领导人为防火负责人。该机构的任务是执行有关消防法规和上级部门的指示,按分级管理的原则,制定本仓库的有关消防安全制度和相应规程,划分责任区,明确各自职责,向职工普及防火安全知识,及时消除火灾隐患。

2.专职消防队伍

根据仓库规模、存储货物的特性和数量等确定专职消防人员的的配备。大型仓库应建立专职的消防队。专职消防队伍的职责是,在安全领导机构的领导下,负责向职工宣传防火安全知识,检查防火安全情况,严格控制火源,积极消除隐患,经常性地进行消防演习,以提高消防技能,专职消防人员不得擅自离开岗位。

3.职工义务消防组织

职工义务消防组织在企业安全领导机构的领导下,由本企业职工组成,它是一支兼职的消防队伍。参与消防的职工应对本企业仓储情况比较熟悉,并具备必要的消防知识。他们在组织中应有一定的分工,一旦发生火情,这支队伍将发挥很大的作用。

(六)消防设施和器材管理

仓库应当按照国家有关消防技术规范,设置、配备消防设施和器材。

(1)消防器材应该设置在明显和便于取用的地点,周围不准堆放商品和杂物。一般在各库门处安放消防器材。

(2)对消防水池、消火栓、灭火器等消防设施、器材,应当经常进行检查,保持完整好用。

①当库场无自来水设备,且水源又远离库场的情况下,仓储企业应修建蓄水池,以备消防之用。

②库场有自来水设备的,应该根据库场的大小配置消防栓,其设置间距应保证在任何点上均能有两个消防水管参与灭火。

(3)仓库的消防设施、器材应当由专人管理,负责检查、维修、保养、更换和添置,保证完好有效,严禁圈占、埋压和挪用。

仓库区域内应布置消防设备和器材。消防设备包括:水塔、水泵、水池、消防供水管道、消防栓、消防车、消防泵等。消防器材包括:各类灭火器、砂箱、水桶、消防斧、钩等。外部消火栓应沿道路设置,要靠近十字路口,两个消火栓之间距离不应超过100 m,距房屋墙壁不少于5 m,距道路不超过2 m。没有消防水道的仓库,一般应配置蓄水池和与建筑物高度相应的水泵或喷水车。各种消防器材的使用应根据货物的性质进行选择才能起到应有的作用。

(4)库区的消防车和仓库的安全出口、疏散楼梯等消防通道,严禁堆放商品。

七、仓库安全防火工作要点

(1)仓库的安全消防工作要依法办事,根据企业法人代表是第一责任人的规定,遵循"谁主管谁负责"的原则,成立安全消防委员会(领导小组),全面负责仓库的消防安全工作。

(2)建立以岗位责任制为中心的三级防火责任制,把安全消防工作具体落实到各级组织和责任人。

(3)建立健全各工种的安全操作制度和安全操作规程,特别是各种用电设备的安全作业规程,经常进行安全教育,坚持做到职工考核合格、持证上岗。

(4)定期开展防火灭火的消防安全检查,消除各种火灾隐患,落实各项消防措施,及时处理各类事故。

【训练步骤】

(1)带着问题学习仓库防火的相关知识。

(2)结合周围环境的实际情况,进一步深入讨论仓库防火的各种措施。

(3)讨论并确定酒店仓库防火的具体措施。

【注意事项】

(1)引导学生结合身边的实际情况来学习防火知识。

(2)引导学生灵活应用所学防火知识。

(3)要求学生参看1990年国家发布的《仓库防火安全管理规则》和国家的《消防法》等。

【训练评价】

训练考核评分表

考评人		被考评人	
考评内容		仓库防火管理	
考评标准	内容	分值/分	实际得分
	能掌握一般的防火知识	25	
	能结合生活实际主动学习防火知识	25	
	能灵活应用所学知识,制定防火措施	25	
	能将防火知识应用于实际工作	25	
	合计	100	

注:考评满分为100分,60分以下为不及格;60~70分为及格;70~80分为中;80~90分为良;90~100分为优。

【任务练习】

一、填空题

(1)火的发生必须具备三个要素( )、( )、( )。

(2)一般仓库内火势蔓延均经历( )、( )、( )、( )四个阶段。

(3)将可燃物减少、隔离的方法,称为( )灭火法。

(4)仓库的防火设施主要为( )、( )、( )。

(5)消防组织的主要包括( )、( )、( )三类。

二、简答题

(1)仓库火灾的主要火源有哪些?

(2)常见火灾隐患的分类。

(3)仓库安全防火工作要点。

(4)储存的防火注意事项。

三、案例分析题

2004年2月15日11时许,吉林省吉林市中百商厦发生火灾,公安消防部队先后调集60台消防车、320名指战员赶赴现场。经过近4个小时的奋力扑救,于当日15时30分扑灭大火。火灾过火面积2 040 m²,造成54人死亡,70人受伤,直接财产损失约426.4万元。经国务院调查组勘察确定,火灾系中百商厦伟业电器行雇工于洪新,于当日9时许向3号库房送包装纸板时,将嘴上叼着的香烟掉落在仓库中,引燃地面上的纸屑纸板等可燃物引发的。起火后,这个雇工也没有报警,而是自己找了一个人救了一阵火。起火后半个小时左右,才有过路市民报警,贻误了战机,等消防人员赶到时,大火已经不好控制。火灾断送了53条人命、造成70人受伤、令无数人处于噩梦当中的直接原因竟然仅仅是一个烟头!这么一栋仅仅四层高的小楼,又坐落在临近消防机构的市区,火灾又发生在白天,人们不禁要深究,为什么会造成这么惨痛的损失?

一个烟头引发了火情,假如报警器等消防设施能起作用,大家迅速撤离,也不会损失如此惨重。但是,自始至终报警器都没有响。并不是中百商厦没有装消防报警器,而是在表面上装了报警器的同时,没有中央控制室,报警器形同虚设。当时在商厦的舞厅中发生了这样一幕:大家正在跳舞,忽然停电了,这时有人喊,没事儿,一会儿来电了再跳。也就是说,没有人意识到是火把电切断了。中百商厦也不是没有消火栓,可国务院调查组的专家却在调查中发现,消火栓在大火中根本没有启用。

即使这些报警器失灵,假如有人能够成功地组织人们疏散,也不会损失如此惨重。公安部门对能开口说话的49名伤者进行调查,有37人不同程度地反映当时没有指挥疏散者。部分受伤人员反映,起火时商厦内部没有组织救助和疏散,造成现场被困人员一片混乱和恐惧。从火灾伤亡统计看,火灾发生时商场业户和管理人员近200人,只有舞厅两名员工遇难,其他遇难者全是顾客。这些商场业户和管理人员因熟悉情况,只顾自己逃生了。

即使不能组织大家疏散,假如二楼没有栅栏,一楼有更多的出口,也不会损失如此惨重。商厦一楼原本有一个正门,两个偏门,其中一个偏门直接通往楼顶的楼梯,但这个偏门外面被两家门市占用后挡死了。中百商厦一楼、二楼一共有34个窗户,其中有30个装着铁栅栏。一些人被迫向三楼或四楼跑,慌乱中从楼上跳下来,共4人摔死,数人摔伤。

即使二楼有栅栏,一楼的出口被堵塞了,假如大家有消防知识,也不会损失如此惨重。在火灾发生过程中,大多数人没有消防知识,他们只顾拼命地向楼上逃,没想到大量化纤衣物、皮革服装及塑料制品等燃烧时产生了一氧化碳和有毒物质,很快就能把人呛昏。据公安部门调查,在53名死者中,至少有40人是中毒窒息死亡。而在逃生者当中有一位70多岁的老人,起火后趴在地上,寻找较湿的地方,持续了2个多小时后,被消防人员救出。

即使大家缺少消防知识,假如这些人员集中的娱乐场所按规章行事,也不会损失如此惨重。2001年以后有关消防的法规要求,不准在四楼建舞厅等娱乐场所,以前已经建的一定要符合安全条件。假如舞厅不建在四楼,假如浴室不建在三楼,就不会在较高的楼层中有那么多的人聚集。假如能从三楼或四楼跳出逃生,地面能有气垫等救生物品救援,也不会损失如此惨重,许多人正是从楼上跳下被摔死或摔伤的。

假如业主不去建这些违章的小棚子,楼的外围不去再建房屋,造成消防车辆一时间无法靠近,也不会损失如此惨重。据了解,中百商厦后楼有一排违章建筑的临时仓库性质的小棚子,正是在这些小棚子里引发了火灾。一位姓肖的目击者说,当时,消防官兵来了之后,由于中百商厦三面是建筑工地的临时用墙,无法靠近大楼,而群众帮忙把墙推倒一看,里面是打好的房屋地基,消防车仍然无法靠近。

请讨论总结这次火灾的教训。

【扩展知识1】灭火方法

一、火灾报警

通常情况下,发生火灾后报警与救火应当同时进行。因为救火是分秒必争的事情,而早一分钟报警,消防车早到一分钟,就能把火灾扑灭在初始阶段;耽误了时间,小火就可能变成大火,小灾就可能变成大灾。而且,火灾的发展常常是难以预料的,有时似乎火势不大,认为自己能够扑救,但是往往由于各种因素,火势突然扩大,此时才向消防队报警,就会使灭火工作处于被动状态。火灾损失的大小与报警迟早有着很大的关系。因此,应牢记报警与救火同时进行。报警时应沉着、准确地讲清起火所在地区、街道、房屋门牌号码或起火单位,燃烧物是什么,火势大小,报警人姓名以及所用的电话号码。为了及时、准确地报警,每个单位平时应指定一名口齿清楚、机警镇静的人员,在发生火灾时,专门负责报警。在报警后,还应派出人员,在路口接应和引导消防车进入火场。所在单位负责人应主动向消防队介绍起火的有关情况,以缩短火情侦察时间,减少火灾造成的损失。

二、常用灭火方法

灭火是可燃物已发生燃烧时采取终止燃烧的措施。

(一)冷却法

将燃烧物的温度降低到燃点以下,使其不能气化,从而阻止燃烧。常用大量冷水、干冰等降温。

(二)窒息法

将火附近的氧气含量减少,使燃烧不能继续。窒息法有封闭窒息法,如将燃烧间密闭;充注不燃气体窒息法,如充注二氧化碳、水蒸气等;不燃物遮盖窒息法,如用黄沙、惰性泡沫、湿棉被等覆盖着火物灭火。

(三)隔绝法

将可燃物减少、隔离的方法。当发生燃烧时,将未着火的货物撤离,从而避免火势扩大。隔绝法是灭火的基本原则,一方面减少受损货物,另一方面能控制火势。当发生火灾时,首要的工作就是将火场附近的可燃物撤离或者用难燃材料将其隔离。

(四)化学抑制法

通过多种化学物质在燃烧物上的化学反应,产生降温、隔绝氧气等效果以消除燃烧。

(五)综合灭火法

火灾的危害性极大,而且当火势迅猛时,基本无法控制。发生火灾时,要及时采取各种能够采用的灭火方式共同使用,不能依赖单一的方法。如采取封闭库房和库外喷水降温同时进行;货物搬离附近火场的隔绝法和释放灭火剂同时进行。在共同使用多种灭火方式时,要注意避免所采用的手段互相干扰,降低灭火效果。如采用泡沫灭火时,不能用水冲,除非有大量的水源能够代替不足的泡沫;酸性灭火剂不能与碱性灭火剂共同使用等。

三、灭火设施和灭火器

(一)灭火设施

库房内应设室内消防给水,同一库房内应采用统一规格的消防栓、水枪和水带。水带长度不应超过25 m。四层以上的仓库建筑应设置水泵接合器。对于面积超过1000 m² 的储存纤维及其制品的仓库,应设置闭式自动喷水灭火系统。消防水可以由消防水池、水管网、天然水源供给,但水压及供水量必须满足要求。寒冷季节,要采取必要的防冻措施防止消防水系统损坏。

(二)灭火器和灭火剂

灭火器是一种轻便的容器,里面装有灭火剂。发生火灾时,可以使用灭火器内的灭火剂扑灭火源。灭火器应布置在仓库的各个出入口附近的指定位置,是应急灭火的最重要的器材。

灭火器以内装灭火剂的名称不同,分为清水灭火器、泡沫灭火器、二氧化碳灭火器、干粉灭火器、1211灭火器等,必须有针对性地使用灭火器,才能达到有效灭火的目的。

1. 水

水是最常用的灭火剂,起着隔绝空气、降温冷却、冲击火焰的灭火作用。除了由于电气、油和轻于水的不溶于水的液体、碱金属引起的火灾外,其他火灾都能用水扑灭。

2. 泡沫灭火器

泡沫灭火器又分为空气泡沫和化学泡沫。由于泡沫较轻,在可燃物的表面覆盖,起着阻隔空气的作用,使燃烧停止。泡沫灭火器主要用于油类火灾,也可以用于普通火灾的灭火。

3. 二氧化碳灭火器

二氧化碳灭火器,又称为干冰灭火器。利用液态的二氧化碳在气化时大量吸热,造成降温冷却,同时二氧化碳本身具有窒息作用可以用来灭火。二氧化碳最适用于电气设备、气体燃烧引发的火灾,以及办公地点、封闭舱室发生火灾的灭火。二氧化碳灭火的优点是它可以及时气化不留痕迹,不会损坏未燃烧的物品。但二氧化碳对人体同样具有窒息作用,在使用时要注意防止对人体造成的伤害。

4. 干粉灭火器

干粉灭火器,如碳酸氢钠粉是干燥、易流动、不燃、不结块的粉末,主要起着覆盖窒息的作用,还能阻止燃着的液体的流动。

5. "1211"灭火器

"1211"灭火器,即二氟一氯一溴甲烷灭火器。二氟一氯一溴甲烷是一种无色透明的不燃绝缘液体。1211灭火器通过高压液化储存在高压钢瓶内。灭火时对准着火物释放,通过降温、隔绝空气、形成不燃覆盖层灭火。其灭火的效率比二氧化碳高3~4倍,适合于油类火灾、电气火灾的扑灭。

6. 沙土

对于小面积火灾,使用沙土覆盖灭火是一种有效的手段。由于沙土本身惰性、不燃,并且重量较大,具有较好的覆盖镇压能力,适合于氧化剂、酸碱性物质、遇水燃烧物质的灭火,同时沙土能吸收液体,阻止流动,也是扑灭液体火灾的主要材料。

四、特殊火灾的扑救

（一）电气设备引起的火灾的扑救

电力线路或电气设备发生火灾,由于是带电燃烧,所以蔓延迅速。如果扑救不当,可能会引起触电事故,扩大火灾范围,加重火灾损失。

1. 断电灭火

电力线路或电气设备发生火灾,如果没有及时切断电源,扑救人员的身体或所持器械可能触及带电部分而造成触电事故。因此发生火灾后,应该沉着果断,设法切断电源,然后组织扑救。应该特别强调的是,在没有切断电源时千万不能用水冲浇,而应用沙子或四氯化碳灭火器灭火。只有在切断电源后才可用水灭火。在切断电源时应该注意做到以下几点。

（1）火灾发生后,由于受潮或烟熏,开关设备绝缘强度降低,因此拉闸时应使用适当的绝缘工具操作。

（2）有配电室的单位,可先断开主断路器;无配电室的单位,先断开负载断路器,后拉开隔离开关。

（3）切断用磁力起动器起动的电气设备时，应先按"停止"按钮，再拉开闸刀开关。

（4）剪断电线时，应穿戴绝缘靴和绝缘手套，用绝缘胶柄钳等绝缘工具将电线剪断。不同相的电线应在不同部位剪断，以免造成线路短路，剪断空中的电线时，剪断的位置应选择在电源方向。

（5）如果线路上带有负载时，应先解除负载，再切断灭火现场的电源。

2. 带电灭火

有时为了争取时间，防止火灾扩大蔓延，来不及切断电源；或因生产需要及其他原因无法断电，则需要带电灭火。带电灭火应注意做到以下几点。

（1）选用适当的灭火器。在确保安全的前提下，应用不导电的灭火剂如二氧化碳、四氯化碳、"1211"、"1301"、红卫912或干粉灭火器进行灭火。应指出的是，泡沫灭火器的灭火剂（水溶液）有一定的导电性，且对电气设备的绝缘强度有影响，不应用于带电灭火。

（2）在使用小型二氧化碳、"1211"、"1301"、干粉等灭火器灭火时，由于其射程较近，故人体、灭火器的机体及喷嘴与带电体之间应有一定的安全距离。

（3）用水进行带电灭火。其优点是价格低廉，灭火效率高。但水能导电，用于带电灭火时会危害人体。因此，灭火人员在穿戴绝缘手套和绝缘靴、水枪喷嘴安装接地线的情况下，可使用喷雾水枪灭火。

（4）对架空线路等空中设备灭火时，人体位置与带电体之间仰角不应超过45°，以免导线断落伤人。

（5）如遇带电导线断落地面，应划出警戒区，防止跨入。扑救人员需要进入灭火时，必须穿上绝缘靴。

（6）在带电灭火过程中，人应避免与水流接触。

（7）没有穿戴保护用具的人员，不应接近燃烧区，防止地面水渍导电引起触电事故。

（8）火灾扑灭后，如设备仍有电压时，任何人不得接近带电设备和水渍地区。

（二）化学危险品火灾的扑救

化学危险品容易发生火灾、爆炸事故，但不同的化学危险品以及在不同情况下发生火灾时，其扑救方法差异很大，若处置不当，不仅不能有效扑灭火灾，反而会使灾情进一步扩大。此外，由于化学品本身及其燃烧产物大多具有较强的毒害性和腐蚀性，极易造成人员中毒、灼伤。因此，扑救化学危险品火灾是一项极其重要而又非常危险的工作。扑救化学危险品火灾时，应注意以下事项：

（1）灭火人员不应单独灭火；

（2）出口应始终保持清洁和畅通；

（3）要选择正确的灭火剂；

（4）灭火时还应考虑人员的安全。

【扩展知识2】火灾逃生

一、加强个人防护，减少烟气侵害

人员一旦被烟火围困，无论是逃生，还是去灭火，最基本的要求就是要搞好自身防护。否则，由于火势猛，烟雾浓，温度高，人们将难以自保。因此，一旦觉察着火，当务之急应采取个人防护措施。例如，利用毛巾、手帕、床单、衣服等用水浸湿，扎住口鼻，防止吸入高温烟气；又如把毛毯、地毯等用水浸湿,包裹好身体,就地滚出火焰区逃生。其次,逃生过程中要爬行。当被烟火围困时,要沿承重墙朝出口爬行,即使站起来感觉烟火不大,身体承受得了,也应尽力避免,千万不要站立行走。因为1.5 m以上的空气里,早已含有大量一氧化碳。最后,逃离着火房间,千万要把门关牢,把火限制在起火房间内。

二、正确选择逃生捷径,减少被烟火围困的时间

大火降临,人们容易在人群的簇拥下向着经常使用的楼梯奔去,即使那里已挤成一团,堵塞了出口,还是争相夺路不能离去。一方面是因为灾祸降临,人们挤成一团,以解除心理上的孤独和恐惧;另一方面是由于对所处环境不了解,对别处有无出口无把握。因此,选择逃生路线至关重要。

(1)选择最短的直通室外的通道、出口、消防电梯等。

(2)尽量避免对面人流和交叉人流。

(3)选择烟气尚未充斥、有新鲜空气的防烟楼梯间、封闭楼梯间、通道、走道和出口。

(4)选择通向疏散楼梯间的通道出口。

(5)处在着火层的,应向下层逃生。

(6)处在着火层以上各层的,应向室外阳台、楼顶逃生。

(7)千万不要乘坐电梯。电梯直通大楼各层,烟、热、火很容易涌入。在热的作用下会造成电梯失控或变形;烟的毒性、火的熏烤可危及人的生命,所以火灾时千万不要乘坐电梯。

三、正确采用逃生方法,最大限度地保全生命

若人员被困在多层或高层建筑,逃生之路已被烟火封锁,此时应选择下列方法逃生。

(1)结绳外悬法。当房间内充满烟气,逃离浓烟区已无可能时,首先应迅速采取个人防护,然后用窗帘、床单、沙发布、自身衣服等,撕成布条,一头捆住腰部,一头固定在室内火焰不能侵袭处,悬挂在窗外等候救助。

(2)结绳下滑法。当所处楼层较低,结绳足够长时,可将布条一头固定在窗口安全处,另一头抛向地面,顺绳滑到地面或着火层下面的安全层窗台,逃离浓烟区。

(3)骑坐窗外空调机法。当室内充烟,没有条件结绳时,首先用自身衣服包裹好口鼻,然后沿窗口攀向窗外空调机,骑坐在上面,等待救援。

(4)创造避难间法。当发现室外烟火很大,且对安全疏散路线和出口不熟悉时,千万不要盲目奔逃。应及时返回房间,积极创造避难间,以求逃生。

(5)卫生间避难法。当逃离烟火区已无可能,又无其他条件可利用时,应冲向卫生间,闭门堵缝,向门泼水,打开换气扇,打开背火的窗子。若找不到封堵物品时,将自身的衣服撕成条,也可用纸张等封堵。

(6)抛物跳楼法。当所处楼层较低(4层以下),逃生之路被烟火封锁,所处环境又非常恶劣,逃生无望不得已跳楼时,可先往地上抛一些棉被、弹簧床垫、沙发等松软物品,以增加缓冲。但应注意不要站在窗台上往下跳,可用手拉住窗台往下滑,这样,既可保证双脚先着地,准确地跳在所抛之物上,又能缩小高度,降低摔伤程度。

(7)逃向避难层法。避难层是指发生火灾时,人员逃往的火灾威胁以外的安全场所。

(8)沿落水管下滑法。值得一提的是,沿落水管下滑,并不一定非要滑到地面,能滑到无烟火的楼层也可以,然后破窗进入。

若人员被困在单层建筑内,火势猛,烟雾大,此时应采用下列方法逃生。

(1)扎好口鼻,迅速逃向出口,当一个出口由于人员拥挤堵塞时,千万不要参与拥挤,而应选择自己熟悉的环境,逃向其他出口。

(2)若窗口为防盗窗,门口又被人员堵塞,无法外逃时,应将自身衣服撕成布条,扎好口鼻,迅速跑向室内消火栓处,打开水带,接上消火栓出水口,接上水枪,旋转消火栓阀门。然后靠近窗子,低姿射水,将水射向火势蔓延方向,射向烟雾向自己扩散的方向。同时,要不断地将水射向自身。这样,既能阻止烟火蔓延,减少热辐射的作用,又能保全自身安全。

四、毛巾除烟——自我防护的主要方法

在奔向出口或避难层的过程中,多数情况下要穿过浓烟,甚至火焰区,定会受到烟呛的危害。因此,用湿毛巾捂住口鼻,对于顺利逃生具有十分重要的作用。

1. 毛巾的除烟效果

(1)干毛巾折叠层数越多,除烟效果越好。但考虑火灾时,情况紧急,一条毛巾以折叠8层为宜,烟雾消除率即可达60%。实验者用折叠8层的毛巾捂扎口鼻,在充满强烈刺激性烟的15 m长的走廊中缓慢行走,并无刺激性感觉。

(2)毛巾含水量对除烟效果的影响。毛巾含水量为本身重量的1.5~2.5倍时,除烟效果反比干毛巾差。因湿毛巾拧干后,毛巾的编织线变细,空隙增大,烟气容易通过。相反,含水量为毛巾重的3.5倍以上的湿毛巾,除烟率激增。因为编织线间形成水膜,粘附烟颗粒的缘故。但毛巾不必过湿,以拧干使用为好。因为过湿的毛巾除烟效果和消除烟中有毒气体的效果虽好,但是由于通气阻力增大,人们呼吸困难。

2. 毛巾除烟的使用方法

(1)折叠层数要依毛巾的质地而异,一船市售毛巾折叠8层为宜。由于黑烟大多是木质物品及油类的燃烧产物,比白烟颗粒大。因此,使用湿毛巾的除烟效果会更明显。

(2)毛巾不必弄湿。虽然湿毛巾除烟效果和消除有毒气体的效果比干毛巾要好,但由于通气阻力增大,会很快使人感到呼吸困难。

(3)使用时要同时捂住口和鼻,使过滤烟的面积尽量增大。在被浓烟围困时,逃生者一刻也不能将毛巾从口鼻上拿开。因为,即使只吸一口高温烟气,也会使人感到不适,心慌意乱,丧失逃生信心。

任务9-2:仓库防水管理

【任务描述】

马上进入6月份,汛期即将来临。某仓库要在汛期来临之前做好仓库的防水工作。

要求:假定你是该仓库主管防水工作的领导,请制定具体的措施做好防水工作。

【训练目标】

通过仓库防水管理的训练,让学生认识到仓库防水管理的重要性,学会制定有效措施管理仓库防水工作。

【相关知识】

仓库防水管理主要是防雨水和洪水两个方面。雨水和洪水虽然是自然现象,但是常会对货物的安全仓储带来不利影响。

一、仓库防雨

雨水是造成仓库货物损害的一个重要原因。在我国的南方地区、长江流域,雨水较为充沛,防雨水危害是一项常年的安全工作。华北和东北虽然雨水较少,但也不能放松。下雨后,仓库经常会因为建立仓库时选址有问题,或者仓库周围和库内没有合格的排水、防水设施,而仓库房顶又漏洞连连,致使雨水上泻下灌,仓库在排水、防雨上存在严重的问题,导致货物大量受损。通过迅速的排水,可以消除或减少库区货物浸湿损失。

仓库的防雨工作,主要有以下几个方面:

(一)仓库要具有良好的排水能力

仓库建筑、货场场地都应该具有良好的排水能力,不能积水。整个库区要具有良好的、足够能力的排水沟渠网络,能保证具有一定余量的正常排水需要。并且要加强日常对排水系统的管理,随时保证排水沟渠不堵塞、不淤积;暗渠的入水口一定范围内不能堆放货物和杂物。

(二)保证有足够的防雨仓库

设计仓库时就要根据仓库的定位预计储存货物的防雨需要,建设足够的室内仓库、货棚等防雨建筑,保证怕水湿货物都能在室内仓储。

(三)做好货垛衬垫

货场堆放货物时、低洼地的仓库或者地面较低的仓库室内,雨季时仓库入口的货位,都要采用防水湿垫垛。垫垛要有足够的高度,场地垫垛为30~50 cm,仓库防水湿垫垛也要有10~30 cm。尽可能将货场建设成平台货位,高出地面30~50 cm。

(四)及时苫盖货物

如果在货场存放需防湿的货物,在入库作业开始就要在现场准备好苫盖物料。在作业过程中出现下雨、天气不稳定时需停工休息,作业人员离开时,都要用苫盖材料盖好;天气不好时,已堆好的货垛端头也要及时苫盖;货垛堆好后,必须苫盖妥当,堆垛作业人员才能离开。无论天气好坏,怕水湿货物都不能露天过夜。

(五)检查防水湿设施设备的完好程度

检查所有仓库库顶、装卸雨篷以往的漏雨点是否已经被有效密封;检查仓库门窗关闭后密封是否完整;检查仓库通风设备运作是否正常;检查仓库抹布、拖把、除湿材料、防雨薄膜等工具准备是否齐全等。

(六)要有防水湿的制度和方案

要对仓库全体员工进行防雨防潮动员大会,并进行仓库防雨防潮措施方法的培训;仓库负责人要根据仓库具体情况制定有针对性的《仓库防雨防潮检查表》,每日定时安排人员检查;仓库负责人必须向员工通报紧急行动预案,明确分工;仓库负责人必须关注电台和电视台发布的最新天气预报,并通报给全体员工,做好应对措施;对出现较严重水湿、潮湿现象必须及时上报。

二、仓库防洪

我国南方地区降雨量非常多,土壤多处于饱和状态,容易遇暴雨形成洪水,每年的6、7、8

月是洪水多发期。洪水来势凶猛,破坏力非常强。因此,防止洪水灾害,确保仓库安全,非常重要。具体措施如下。

(一)储备防洪物资,并积极防范

雨季应准备充足的防洪物资,例如,沙子、黏土、麻袋、编织袋、木材、块石、抽水泵、照明、通信工具等。日常应经常性地进行防洪教育,汛期应加强值班制度等。

(二)建立企业内防洪组织

仓库要有企业内部的防洪小组,实行责任制,对仓库防洪重点部位,由各单位具体负责、明确职责,使各项任务落实到人。特别是在汛期来临之前,要适时进行防洪安全教育,加强全库人员的防洪责任心。

(三)关注天气预报,多掌握信息

及时收听当地天气预报,发生异常气候、做到早预报、早准备、早防治,减少防洪措施的盲目性,从而减少仓库损失。

(四)防洪设施的检查与维修

每年春季当洪水到来以前,要全面检查、整治、维修、疏浚防洪设施,防洪以排为主,防洪结合。库区场地和排水系统应该是重点检查对象,检查露天堆场排水明沟、雨水井是否排水畅通;检查库外排水是否畅通;检查库房防雨性能;沿海、江、河低洼地区的仓库,应检查防洪墙、防潮门、闸门及泵站是否完好等。总之,保证排水网络能排泄暴雨。

三、仓库防雷

下雨时,很多时候会有雷电出现。雷电是伴有闪电和雷鸣的一种雄伟壮观而又有点令人生畏的放电现象。雷电一般产生于对流发展旺盛的积雨云中,因此常伴有强烈的阵风和暴雨,有时还伴有冰雹和龙卷风。雷害是仓库灾害性事故之一,仓库一旦受到雷击会造成重大损失。因此为避免仓库雷害发生,仓库建筑物应合理地确定其防雷类别,采取相应的防雷措施,确保仓库建筑物的安全。

(一)雷电的分类

雷电按传播方式分为直击雷、感应雷和雷电侵入波三种。

1. 直击雷

直击雷是云层与地面凸出物之间的放电形成的。直击雷可在瞬间击伤击毙人畜。

2. 感应雷

感应雷也称间接雷电感应或感应过电压,也可以叫做雷电的二次作用。感应雷分为静电感应雷和电磁感应雷。静电感应雷是由于雷云接近地面,在地面凸出物顶部感应出大量异性电荷所致。电磁感应雷是由于雷击后,巨大雷电流在周围空间产生迅速的强大磁场所致。这种磁场能在附近的金属导体上感应出很高的电压,造成对人体的二次放电,从而损坏电气设备。

在建筑物上设置的避雷针、避雷网、避雷带只能应付直击雷,对感应雷不起作用。1992年6月22日,一个落地雷砸在国家气象中心大楼的顶上,虽然该大楼安装了避雷针,但是巨大的感应雷却把楼内6条国内同步线路和一条国际同步线路击断,使计算机系统中断46小时,直接经济损失数十万元。

3. 雷电侵入波

雷电侵入波是由于雷击在架空线路上或空中金属管道上产生的冲击电压沿线或管道迅速

传播的雷电波。雷电侵入波可毁坏电气设备的绝缘体,造成严重的触电事故。雷雨天,室内电气设备突然爆炸或损坏,人在屋内使用电器或打电话时突然遭电击身亡都属于这类事故。

(二)仓库防雷措施

1. 防直击雷

防直击雷的主要措施是在建筑物上安装独立避雷针、架空避雷线或架空避雷网,使被保护建筑物和突出屋面的物体,均处于接闪器的保护范围之内。接闪器是利用其高出被保护物的突出地位,把雷电引向自身,然后通过引下线和接地装置把雷电流泄入大地,以此保护被保护物免遭雷击。接闪器截面锈蚀30%以上时应予更换。如果引入线断了或接地装置接触电阻太大,避雷器不但起不到防雷作用,还能吸引雷电,增加建筑物遭雷击的机会。因此,引入线应满足机械强度,耐腐蚀和热稳定的要求,应取最短的途径,要尽量避免弯曲,不得用铝线做防雷引入线。要教育孩子不要拉引入线玩。防雷接地装置电阻不得大于 10 Ω。为了防止反击,必须保证接闪器(包括引入线、接地装置)与邻近的导体之间有足够的安全距离(5～10 cm)。接地装置距建筑物的出入口和人行道的距离不应小于 3 m。

2. 防雷电感应

为了防止静止感应雷产生的高压,应将建筑物的金属设备、金属管道结构钢筋等接地。建筑物屋顶也应接地;钢筋混凝土屋顶,应将屋面钢筋焊成 6～12 m 网络,连成通路,予以接地;对于非金属屋顶,应在屋顶加装边长 6～12 m 金属网络,并予以接地。为防止电磁感应雷,平行管道相距不到 0.1 m 时,每 20～30 m 须用金属线跨接,交叉管道相距不到 0.1 m 时,也应用金属线跨接。管道与金属设备之间距离小于 0.1 m 时,也应用金属线跨接。其接地装置也可以与其他接地装置共用,接地电阻不得大于 10 Ω。

3. 防雷电侵入波

为了防雷电侵入波沿低压电线进入室内,低压线路最好采用地下电缆供电,并将电缆的金属外皮接地。采用架空线供电时,在户外装设一组低压阀型避雷器或 2～3 mm 的保护间隙,并与绝缘子铁脚一起接地。

为了防雷,世界各国专家都在研究消除雷击的新技术。经过多年努力,发明了一些新型装置。例如,高脉冲避雷针,激光避雷针等。这些新型的避雷针需要实践的验证。

【训练步骤】

(1)先根据常识讨论总结任务中要求的仓库防雷措施。
(2)带着问题学习仓库防雷的相关知识。
(3)结合周围环境的实际情况,进一步深入讨论仓库防雷的各种措施。
(4)讨论并确定任务要求的仓库防雷措施。

【注意事项】

(1)引导学生结合身边的实际情况来学习防雷知识,一定要认识到防雷的重要性。
(2)要求学生学习参考资料《建筑物防雷设计规范(GB50057—94)》,以扩充知识。

项目九：仓储安全管理

【训练评价】

训练考核评分表

考评人		被考评人	
考评内容	仓库防雷管理		
考评标准	内容	分值/分	实际得分
	能掌握一般的防雷知识	25	
	能结合生活实际主动学习防雷知识	25	
	能制定有效的防雷措施	25	
	能将防雷知识应用于实际	25	
	合计	100	

注:考评满分为100分,60分以下为不及格;60~70分为及格;70~80分为中;80~90分为良;90~100分为优。

【扩充知识】防雷知识

雷电多发季节,遇有强雷鸣闪电,请注意以下几点。

(1)如有强雷鸣闪电时您正巧在家里,建议无特殊需要,不要冒险外出。不要使用设有外接天线的收音机和电视机,不要接打电话。

(2)如在野外,应立即寻找蔽护所。以装有避雷针的、钢架的或钢盘混凝土建筑物,作为避雷场所,具有完整金属车厢的车辆也可以利用。

(3)没有掩蔽所时,千万不要靠近空旷地带或山顶上的孤树,这里最易受到雷击;不要呆在开阔的水域和小船上;高树林子的边缘,电线、旗杆的周围和干草堆、帐篷等无避雷设备的高大物体附近,不要靠近铁轨、长金属栏杆和其他庞大的金属物体,山顶、制高点等场所也不能停留。

(4)雷电期间,最好不要骑马、骑自行车和摩托车;不要协带金属物体在露天行走;不要靠近避雷设备的任何部分。

(5)如找不到合适的避雷场所时,应采用尽量降低重心和减少人体与地面的接触面积,可蹲下,双脚并拢,手放膝上,身向前屈,千万不要躺在地上、壕沟或土坑里,如能披上雨衣,防雷效果就更好。在野外的人群,无论是运动的,还是静止的,都应拉开几米的距离,不要挤在一起,也可躲在较大的山洞里。

(6)注意当您头发竖起或皮肤发生颤动时,可能要发生雷击了,要立即倒在地上。受到雷击的人可能被烧伤或严重休克,但身上并不带电,可以安全地加以处理。

(7)现在手机已是我们日常生活中的主要通信工具,然而您必须切切记住:强雷鸣闪电时,一定不要使用手机。

【任务练习】

一、填空题

(1)雷电按传播方式分为(　　　)、(　　　)和(　　　)三种。

(2)仓库防水主要是防(　　　)、(　　　)、(　　　)等方面。

(3)垫垛要有足够的高度,场地垫垛为(　　　)cm,仓库防水湿垫垛也要有(　　　)cm。

(4)接闪器截面锈蚀(　　)%以上时应予更换。

二、简答题

(1)仓库防雨工作的内容?

(2)仓库防洪工作的具体措施?

三、案例分析

广西藤县古龙镇田心村三个村民在野外空旷田间地带干活,遇雷暴、大雨,到一简陋的西瓜帐篷避雨。瓜棚周围没有无任何电的设施。下雨期间三人闲着无事,两人开始打电话与人聊天。结果三人同时遭遇雷击,其中两人死亡,一人被击脚部受轻伤。

请试分析三人遭雷击的原因。

任务 9 - 3：仓库防盗管理

【任务描述】

一家仓储型物流企业刚刚成立,正在建立和完善各项规章制度。该物流企业经理非常关注企业仓库的治安保卫管理工作,担心储存物品尤其是价值高的物品被盗,给企业和客户带来损失,影响企业的声誉等。

要求:假定你是该物流企业的经理,你应该从哪些方面入手去采取措施防盗。

【训练目标】

通过仓库防盗管理的训练,让学生认识到仓库防盗管理的重要性,学会制定有效措施管理仓库防盗工作。

【相关知识】

仓库的防盗管理一般是和仓库的治安保卫工作结合在一起进行的,是仓库治安保卫工作的一部分,也是仓库的一项重要的长期性工作。仓库治安保卫管理的原则为:坚持预防为主、确保重点、严格管理、保障安全和谁主管谁负责。

一、治安保卫管理组织

仓库的治安保卫管理机构由仓库的整个管理机构组成,高层领导对整个仓库的安全负全责;各部门、机构的领导是本部门的治安负责人,负责本部门的治安保卫管理工作,对本部门的治安保卫工作负责;治安保卫的职能机构协助领导管理、指导各部门的安全保卫工作,领导其执行机构。仓库的治安保卫执行机构采用由专职保卫机构和兼职安全员相结合的组织方式。其治安保卫组织机构如图 9-1 所示。

(一)专职保卫机构

专职保卫机构既执行整个仓库的保卫工作,同时也负责治安管理。专职保卫机构根据仓库规模的大小、人员的多少、任务的繁重程度、仓库所在地的社会环境确定机构设置、人员配备。一般设置保卫部、保卫队、门卫队等。专职保卫机构在仓库高层领导的领导下,制定仓库治安保卫规章制度、工作计划;督促各部门领导的治安保卫工作,组织全员的治安保卫学习和宣传,做好仓库内的治安管理活动,管理治安保卫的器具,管理专职保卫员工。

（二）兼职保卫机构

兼职保安员主要承担所在部门和组织的治安保卫工作,协助部门领导的管理工作,督促部门执行仓库治安保卫管理制度,组织治安保卫学习、组织各项检查工作。

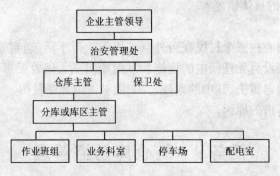

图9-1　治安保卫组织机构图

二、仓库防盗措施

仓库防盗管理工作需要采取强有力的措施。具体的措施如下。

（一）建立库区门卫制度

仓库需要通过围墙或其他物理设施隔离,设置一至两个大门。仓库大门是仓库与外界的连接门,是仓库地域范围的象征,也是仓储承担货物保管责任的分界线。大门守卫是仓库防盗的关键。仓库必须做好防盗工作,根据仓库大小设置警卫人员,负责门卫值勤工作,对出入库区的人员、车辆、商品要进行检查、验证和登记;外来人员、车辆需经相关领导或有关部门批准,并由本库人员陪同方可进入库区;夜间值班人员要做好巡逻,严防商品被破坏或被偷盗。

（二）制定仓库保密规则

对仓库工作人员应定期进行保密教育;严禁向无关人员泄露仓库性质、位置、面积、隶属关系、人员编制、储存商品的品种和供应范围等机密;仓库的各种文件、单据等应妥善保管,以防丢失;严禁在私人通信、电话或公共场所谈论仓库相关事宜;外来办公或访友人员必须在规定的范围内活动,严禁在库区内乱转。

（三）建立巡逻检查制度

巡逻检查是由专职保安员不定时、不定线、经常地巡视整个仓库区每一个位置的安全保卫工作。巡逻检查一般安排两名保安员同时进行,携带保安器械和强力手电筒。

巡逻员的主要职责是:查问可疑人员;检查各部门的防卫工作;关闭确实无人的办公室、仓库门窗、电源;制止消防器材挪作他用;检查仓库内有无发生异常现象;停留在仓库内过夜的车辆是否符合规定等。巡逻检查中如发现不符合规定要求的情况,应采取相应的措施处理或者通知相应部门处理。

仓库使用的防盗设施主要有视频监控设备、自动警报设备、报警设备,仓库应按照规定使用所配置的设施,专人负责操作和管理,确保设备的有效运作。

（四）防盗设施、设备的使用

仓库应根据法规规定和治安保管的需要设置和安装相应的防盗设施和设备。仓库的防盗设施大至围墙、大门,小到门锁、防盗门、窗。仓库具有的防盗设施如果不加以有效使用,就不能实现防盗的目的。承担安全设施操作的员工应该按照制度要求,有效使用配置的防盗设施。

仓库保管人员下班时拉掉电闸,锁好门窗,封好门锁。上班时,检查门、窗、锁有无异样,无异样,方可开锁进库。

（五）实施防盗监控电子化

仓储防盗管理必须采用计算机技术和电子技术促进仓储防盗管理的科学化和现代化,依靠科技手段,提高仓库防盗水平。所以有条件的仓库可以建立智能防盗系统,通过防盗报警和监控系统等来实施电子化的防盗管理。

例如,防盗报警系统将现场内各现场的视频图像或是险情信号传送至主控制中心及分控室,值班管理人员在不亲临现场的情况下可客观地对各监察地区进行集中监视,发现情况统一调动,节省大量巡逻人员,还可避免许多人为因素,并结合现在的高科技图像处理手段,还可为以后可能发生的事件提供强有力的证据,有了良好的环境,全方位的安全保障,才能创造良好的社会效益和经济效益。

【训练步骤】

（1）先根据常识讨论总结任务中要求的仓库防盗措施。

（2）带着问题学习仓库防盗的相关知识。

（3）结合周围环境的实际情况,进一步深入讨论仓库防盗的各种措施。

（4）讨论并确定任务要求的仓库防盗措施。

【注意事项】

（1）引导学生结合身边的实际情况学习防盗知识。

（2）引导学生灵活应用所学防盗知识。

【训练评价】

训练考核评分表

考评人		被考评人	
考评内容	仓库防盗管理		
	内容	分值/分	实际得分
考评标准	能掌握一般的防盗知识	25	
	能结合生活实际主动学习防盗知识	25	
	能灵活应用所学知识,制定防盗措施	25	
	能将防盗知识应用于实际工作	25	
	合计	100	

注:考评满分为100分,60分以下为不及格;60～70分为及格;70～80分为中;80～90分为良;90～100分为优。

【任务练习】

一、填空题

（1）仓库的治安保卫执行机构采用由（   ）和（   ）相结合的组织方式。

（2）专职保卫机构一般设置（   ）、（   ）、（   ）等。

（3）仓库的防盗设施大至（   ）和（   ）,小到（   ）、（   ）、（   ）。

二、案例分析题

某企业在年底盘点仓库时发现，原材料仓库的铜制品被盗很多。该企业报警后，经调查发现，该仓库是一个开放型的场所，里面没有任何的防盗措施，并且在休假的时候都是处于无人看守的状态，工厂也没有保安值班。所以，什么时候丢失的铜都不知道。

请指出该仓库在防盗管理上存在的缺陷。

【扩展知识1】门卫安全管理制度

（1）门卫值班人员必须坚守工作岗位，文明执勤，礼貌待人。

（2）检查员工着装是否整齐，佩戴上岗证进入公司，不符合公司有关规定的员工一律不准进厂。

（3）门卫人员要切实做好交接班等记录工作，制定交接班轮换制度，实行谁上班，谁负责。

（4）门卫人员要认真做好外来人员的查询、登记工作，若值班人员因失职行为而造成盗窃或其他案件，视情节轻重给予批评教育、扣发奖金，直至追究行政责任。

（5）外来人员提货出厂，值班人员必须检查物资出库单或其他证明，对手续不具备者，值班人员有权拒绝出厂。

（6）当天值班人员必须自觉打扫传达室，各自哨位及周围公共场所的环境卫生，保持周围整洁，负责电话传达、信函、报刊等收发工作，做到准确、及时、不失误。

（7）生产作业时间谢绝会客，如有特殊情况，应通知本人到厂门口传达室会客。

（8）厂门口严禁设摊和乱停车辆，严禁无关人员纠集，如有以上现象应及时劝阻，对无理取闹、故意寻衅者，及时报告保卫科和有关领导，予以处理。

（9）门卫人员必须时刻提高警惕，切实做好"六防"（即防爆炸、防盗抢、防火、防破坏、防诈骗、防窃密）。

（10）一旦厂区发生意外事故，门卫人员必须时刻保持大门畅通，以应急变。

【扩展知识2】值班巡逻制度

（1）仓库值班人员肩负着当天厂区消防和安全作业的职责，负责公司仓库保卫管理工作。

（2）值班人员在当班时间内，对全厂仓库进行巡回检查不少于2～4次，发现情况及时做好记录。

（3）值班人员对本班违反消防保卫规程操作工作，应立即指出并予以纠正，对情节严重者按有关规定进行处理。

（4）值班人员应加强对消防、安全保卫以及有关法规和制度的学习，提高自身业务素质。

【扩展知识3】物资仓库保卫制度

（1）严禁任何人在库内生炉取暖和吸烟。

（2）易燃物品不准与一般物资混合堆放。

（3）禁止无关人员擅自进入仓库。

（4）领用物资一律凭出入库提货单提货。

（5）不准在库内会客、酗酒，不准使用明火照明，使用电灯泡不得超过25W，并与可燃物保持一定的防火距离。

(6)下班必须切断电源,消除杂物,锁好门窗,防止货物被盗。

任务 9-4:仓库防毒管理

【任务描述】

一名仓库员工要到储存甲基苯胺的仓库做库管员。因为担心会被毒气所伤,该名员工一直非常担心。(注:甲基苯胺是一种危险性化学品,受高热分解放出有毒气体。)

要求:假定你是该名员工的朋友,请你为他提供一些合理的防毒建议。

【训练目标】

通过仓库防毒管理的训练,让学生认识到仓库防毒管理的重要性,学会制定有效措施管理仓库防毒工作。

【相关知识】

仓库的防毒管理工作主要是指仓库储存一些危险化学品时,为了保证人员及其他的安全,所做的防毒管理工作。

某些化学品因化学结构、蒸发速度和所含添加剂性质、加入量的不同等而具有不同程度的毒害性,一般认为芳香烃、环烷烃毒性较大;各种添加剂,如抗爆剂(四乙基铅)、防锈剂、抗腐剂等都具有较大的毒性。这些有毒物质主要通过呼吸道、消化道和皮肤侵入人体,造成人身中毒。因此,要严格遵守操作规程,避免中毒事故发生。实践证明,只要掌握各种化学品的性质,采取必要的预防措施,中毒事故是完全可以避免的。

一、尽量减少化学品蒸气的吸入量

(1)化学品库房要保持良好的通风。进入库房作业前,应先打开窗门,让化学品蒸气尽量逸散后才进入库房工作。对特殊的有毒化学品要戴上防毒面具或穿上防毒衣服才能进入库房进行作业。

(2)存储化学品的罐、箱等设备要保持严密不漏,如发现渗漏现象应及时维修,并彻底收集和清除漏洒的化学品,避免化学品产生蒸气,加重作业区的空气污染。

(3)进入化学品罐作业时,必须事先打开入口通风,并穿戴有通风装置的防毒装备,还要配上保险带和信号绳。操作时,在罐外要有专人值班,以便随时与罐内操作人员联系,并轮换作业。

(4)清扫化学品运输罐和其他小型容器的剩余化学品时,严禁工作人员进入罐内操作,在清扫其他化学品剩余物资必须进罐时,应采取有效的安全措施。

(5)在化工品仓库刺激性气味气体扑面而来时,可用毛巾或其他针织品浸湿后捂住口鼻,最大限度地保护呼吸系统不被灼伤;应在统一指挥下进行疏散,疏散的安全点应该处于上风向口,居民应逆风逃生。

二、避免口腔及皮肤与化学品接触

(1)严禁用嘴、手等直接接触有毒化学品;作业完毕后,要用碱水或肥皂洗手,未经洗手、洗脸、漱口不要吸烟、饮水和进食。

(2)不要将沾有有毒化学品的工作服、手套等带进食堂和宿舍,应放于指定的地点,并定期清洗。

三、严格按照规章制度操作

1. 对于有毒气体钢瓶和压力容器,应严格按规定存放于专门地点,用后关闭阀门开关,严禁违章操作。

2. 领取化学品时,一定要严格按照有关规定审批,对用余的化学品应及时交专门的仓库暂存。对其领、用、剩、废、耗的数量必须做到详细记录,专人负责管理,出入库台账登记清楚、全面、准确。

四、仓库要做好防毒安全教育工作

许多中毒事故的发生都是由于作业人员缺乏安全知识,不遵守安全操作规程和安全规章制度等造成的。因此,消除人的不安全行为,必须要加强防毒的安全教育工作。

五、仓库企业要有应急救援措施

仓库要结合实际情况,制定中毒事故应急救援预案,成立事故应急救援专业队伍,并定期组织员工进行预案的演练,提高员工的防毒意识。

【训练步骤】

(1)先根据常识讨论总结任务中要求的防毒建议。
(2)带着问题学习仓库防毒的相关知识。
(3)讨论并确定任务要求的仓库防毒建议。

【注意事项】

(1)引导学生多了解有关防毒的知识。
(2)要求学生了解《易制毒化学品管理制度》。

【训练评价】

训练考核评分表

考评人		被考评人	
考评内容	仓库防毒管理		
	内容	分值/分	实际得分
考评标准	能掌握一般的防毒知识	25	
	能主动学习防毒知识	25	
	能将防毒知识熟记并积极宣传	25	
	能积极宣传防毒常识	25	
	合计	100	

注:考评满分为100分,60分以下为不及格;60~70分为及格;70~80分为中;80~90分为良;90~100分为优。

【任务练习】

　　某日下午1点半左右,顺义区某村内某化学科技开发中心助剂厂(以下简称助剂厂)的车间内,输送三氧化硫的管道突然迸裂,造成100多kg三氧化硫泄漏。事故发生后,该厂工人迅速从车间跑出,并赶快报警。助剂厂上空笼罩着浓重的白色烟雾,随着风缓慢地向东北方向移动,空气里充满刺鼻的味道。附近村民逆风向南走了一段距离,感觉味道不那么重了,才停下来。

　　请问案例中采取了哪些正确的防毒措施?

任务9-5:仓储安全事故处理

【任务描述】

　　因电线短路,某卷烟仓库局部不慎发生火灾。
　　要求:在你第一时间发现火灾后,紧急处理仓库火灾事故。

【训练目标】

　　通过仓储安全事故处理的训练,使学生在遇到仓储安全事故时,能够正确采取措施处理常见的仓储安全事故。

【相关知识】

一、仓储安全事故

　　(一)仓储安全事故的概念
　　仓储安全事故,是指仓储企业在仓储业务和仓储作业中,因违反仓储管理规范(制度)、技术规范(规程),或因责任心不强、管理不善,发生的仓储品损失、财产损失和人身伤害事故。
　　(二)仓储安全事故的特点
　　(1)多因违反制度、规程,或责任心不强、管理不善造成;
　　(2)因事故大小不同,补救难度、时间及经济损失都有所不同;
　　(3)危险物品仓库火灾危害大,施救难度高,极易造成伤害事故;
　　(4)仓库安全事故同经济社会发展有密切关系。
　　(三)仓储安全事故的等级划分
　　1. 仓储安全事故按损失程度和影响程度,分为三个等级
　　(1)重大事故:一次死亡3人以上、储存商品丢失或被盗、一次经济损失10 000元人民币以上,以及其他性质严重影响较大的事故。
　　(2)大事故:人员死亡、伤残、污染残留量超标、仓房坍塌、一次经济损失5 000元人民币以上,以及其他性质严重的事故。
　　(3)一般事故:仓房或粮垛着火、一次经济损失1 000元人民币以上。
　　2. 仓储安全事故等级界定
　　(1)发生人员伤亡、仓储品超耗短损、仓储品被盗、水淹、霉变的,按事故等级规定的人身

伤害程度和商品损失数量界定。

（2）发生仓房或货垛着火，按一般事故界定；发生仓房坍塌、仓储品污染残留量超标、熏蒸中毒，按大事故界定；发生仓储品丢失或被盗，按重大事故界定。前述人身伤害程度和商品损失数量达到大、重大事故情形规定的，按大、重大事故界定。

（3）发生人员死亡，符合特大、特别重大生产安全事故情形的，依照生产安全事故等级划分进行界定。

二、常见的仓储安全事故及处理方法

常见的仓储安全事故包括火灾、洪涝灾害、地震灾害、仓库被盗、停电、安全防范设备故障、农药泄漏、雷击灾害、库存商品发生霉变等，各种安全事故的处理方法要根据安全事故的具体情况而定。

（一）火灾

（1）发现火情后，第一目击人应立即向仓库应急领导小组报告，视情况拨打119，并采取有效措施灭火。

（2）仓库应急领导小组迅速组织人员利用仓库现有灭火器材扑救，转移存放的物资，同时切断可燃物燃烧路线，阻止火势蔓延。

（3）如火势较大，仓库应急领导小组应组织疏散人员和车辆撤离至安全区域，加强现场警戒，杜绝闲杂人员进入，并派专人引导消防车辆，以保证消防车辆快速到达现场。

（4）仓库应急领导小组应在规定的时间内向上级应急领导小组报告，及时将受伤人员转移到医疗机构进行救护。

（5）火情解除后，仓库应急领导小组要迅速清理现场，对库存商品进行盘点，核实损失，配合上级应急领导小组做好恢复重建和财产理赔工作。

（二）洪涝灾害

（1）发现水情，仓库值班人员应立即切断总电源，并迅速向仓库应急领导小组组长报告。

（2）仓库应急领导小组应及时向上级应急领导小组报告，并组织现场人员转移物资。

（3）情况紧急，危及人员生命安全时，应及时组织人员撤离到安全地带，清点人数，并保持与上级应急领导小组的联系。

（4）灾情结束，仓库应急领导小组组织人员清理现场，核实损失情况，在灾情结束后1天内将书面情况上报上级应急领导小组。

（三）地震灾害

（1）按照地方政府地震灾害速报管理办法的规定，若发生3.0级以上地震，仓库负责人要将仓库内的危险品和人员迅速撤离现场至附近较安全地点，避免人员伤亡；在安全距离以外观察危险品库房周围的震后反应，必须确保人员的安全。

（2）对于3.0级以下的地震，仓库值班人员要在地震发生后5分钟以内将初步了解的灾情报告仓库应急领导小组，做到"有灾报灾、无灾报安"。

（3）如发生破坏性地震，仓库及库区其他建筑物有倒塌、陷裂、爆炸等危险时，仓库值班人员要立即向仓库应急领导小组报告，并及时开展先期救援处置。

（四）仓库被盗

（1）发生盗窃事件，仓库保管员应保护好现场，并立即向仓库应急领导小组报告。

（2）仓库应急领导小组立即组织人员对仓库物品和商品进行清查，向上级应急领导小组和公安部门报告,并积极配合有关部门做好调查取证工作,如发现被盗物资中有危险物时,仓库应急领导小组应立即上报上级应急领导小组,得到市局(公司)授权后,在新闻媒体上予以公布。

(3)发现窃贼正在行窃,仓库值班人员应立即拉响警报器,拨打110报警,并采取相应的措施保证人身安全。在条件允许的情况下,应尽可能记住盗窃嫌疑人的像貌、体态特征及逃逸方向和使用交通工具的车种、车型、颜色、牌号等。

(五)停电

(1)发生停电时,仓库值班人员应立即启用应急电源,确保正常照明,并向仓库应急领导小组报告。

(2)仓库应急领导小组安排专业电工迅速查明停电原因,如属设备故障,应组织维修人员及时抢修;属区域性停电,应与供电部门联系,问清停电原因和时间。

(3)长时间停电,仓库应急领导小组应启用发电设备维持仓库供电,确保仓库电器设备正常运转。

(六)安全防范设备故障

仓库安全防范设备基本上可以分为电视监控系统、报警控制系统、消防设备产品等几类,发现安全防范设备故障时,应按照以下步骤处理。

(1)发现安全防范设备故障时,仓库保管人员应立即向仓库应急领导小组报告,并启用备用设备。

(2)仓库应急领导小组组织人员查明故障原因,能修复的及时修复,需更换的向上级应急领导小组报告,情况紧急时,可请求专业应急机构支援。

(3)上级应急领导小组根据报告情况,迅速更换出现故障的安全防范设备。

(七)农药泄漏

(1)发现农药泄漏后,仓库保管人员应在保证自身安全的情况下,立即进行先期应急处置,防止事故进一步扩大,并立即向仓库应急领导小组报告。

(2)仓库应急领导小组组织人员进行处置,疏散周边人员,隔离事故现场,情况紧急时,可向相关专业应急机构请求支援。

(3)处置结束后,聘请相关部门进行检测,并出具检测报告,彻底消除安全隐患。

(八)雷击灾害

(1)仓库发生雷击灾害,仓库值班人员应立即向仓库应急领导小组报告,管电人员应及时拉闸切断电源,如有人员伤亡,仓库值班人员首先应对伤员展开先期救治,并拨打120请求急救,同时向仓库应急领导小组报告。

(2)接报后,仓库应急领导小组立即组织人员赶赴现场,开展应急处置,保护雷击灾害现场、保证人员安全,灾害严重时,应向上级应急领导小组报告。

(3)由雷击引发的仓库火灾事故(事件),参照仓库火灾应急预案进行处置。

(九)库存商品发生霉变

(1)如遇仓库内空调、除湿机等防霉设备大面积损坏或停电,仓库应急领导小组指令仓库工作人员将仓库密封,控制人员进出,减少空气流动,减缓库内温湿度的变化;尽快联系供电局送电,如是设备大面积损坏,不管是白天还是夜晚,或是节假日,都要联系厂家或专业维修人员尽快上门抢修,需要时启动备用发电设备。

（2）如果发现有商品出现霉变现象，仓库值班人员应立即报告仓库事故（事件）应急领导小组，仓库事故（事件）应急领导小组负责组织人员进行隔离检查（严重的要送检），防止霉变蔓延；如果出现大面积霉变也应尽快隔离，防止霉变继续扩大，同时组织保管员和搬运工尽快抢出霉变区内未霉变的商品。并对仓库进行消毒杀菌，防止事态进一步扩大。

（3）应急处置结束后，仓库应急领导小组应将霉变产生的原因、经过、霉变数量、损失等形成书面材料两日内报送上级应急领导小组办公室。

三、处理仓储安全事故的其他注意事项

（一）应急处置

仓库发生安全事故（事件）后，第一目击者应首先采取紧急措施开展先期处置，并及时向仓库应急领导小组报告。仓库应急领导小组迅速组织人员开展救援活动，同时做好应急处置现场记录。重大事故（事件）在事发后10分钟内向上级应急领导小组报告。

（二）善后处置

仓库安全事故（事件）应急处置结束后，仓库应急领导小组应迅速清理现场，核实损失情况，协助有关部门进行调查、取证和理赔工作，提出整改建议，并按上级应急领导小组的指令组织整改，迅速恢复正常工作秩序。

（三）保障措施

1. 通信保障

仓库应急领导小组组长、副组长、仓库值班电话必须保证全天24小时通信畅通。

2. 物资保障

仓库内应配备必要的应急救援物品，并指定专人保管和维护保养，确保应急处置工作有效开展。

（四）重大仓储安全事故调查

发生重大仓储安全事故时，市或县区主管部门要迅速组织仓储、安全生产、劳资等人员组成仓储安全事故调查组，协同政府有关部门或主持开展事故调查。事故调查组的职责：

（1）进行现场勘验和调查取证，查清事故发生的经过、原因、人员伤亡情况和危害程度；

（2）查明事故性质和责任；

（3）提出对事故责任人的处理意见或建议；

（4）提出防范事故再次发生所应采取的改进措施的意见；

（5）形成事故调查处理报告。

对于仓储安全事故的处理，要坚持"四不放过"原则，即事故原因及责任没有查清不放过、责任人员得不到处理不放过、整改措施未落实不放过、干部职工没有受到教育或未吸取教训不放过。

【训练步骤】

步骤1：分组。将学生分为组，每组20人为宜。

步骤2：报警。迅速报警，并能够准确说明情况。

步骤3：现场指挥。调集灭火人员、调动使用各种车辆、拆除妨碍灭火的建筑物和物资。

步骤4：火场侦查。看、听、嗅、摸、敲、问，及时向总指挥汇报侦察的情况。

步骤5：灭火、疏散和保护措施。

步骤6：现场保护。担负火场的安全保卫和重点部位的监控。

【注意事项】

（1）注意培养学生对待仓储安全事故一贯的警惕性。
（2）能为学生提供实际演练的环境，例如能有消防实训室等。
（3）以组为单位进行考核，重点考核学生在处理安全事故过程中的判断力。
（4）教师要指导学生完成实训内容，但要以学生为主，教师为辅。
（5）注意培养学生的实际操作能力。

【训练评价】

训练考核评分表

考评人		被考评人	
考评内容	仓储安全事故处理训练		
考评标准	内容	分值/分	实际得分
	报警	25	
	现场指挥	25	
	火场侦查	25	
	灭火、疏散和保护措施	25	
	现场保护	25	
	合计	100	

注：考评满分为100分，60分以下为不及格；60～70分为及格；70～80分为中；80～90分为良；90～100分为优。

【任务练习】

一、填空题

（1）仓储安全事故的三个等级是（　　）、（　　）和（　　）。
（2）仓储安全事故的处理"四不放过"原则是（　　）、（　　）、（　　）和（　　）。

二、简答题

（1）什么是仓储安全事故？
（2）简述仓库火灾事故的处理程序。
（3）简述仓库被盗事故的处理程序。
（4）简述仓库停电事故的处理程序。

三、案例分析

玉州仓库火灾扑救

2007年6月18日中午12时30分左右，广西玉林市玉州区亨通街附近一仓库发生大火。首先赶到火场的消防官兵采取两边各出水枪控制火势蔓延的战术，等待增援。支队指挥中心果断拉响增援警铃，派出名山中队全部三台水罐消防车。

着火的仓库与对面的居民房屋相隔大约8 m，但滚滚浓烟和长长的火舌产生的热辐射将着火仓库对面的居民楼窗户的玻璃烤碎及部分墙面的瓷砖烤裂。

增援力量达到后，中午1时整，6台消防车70余名消防官兵，几乎是玉林城区全部消防力量都被调到了火场。午后的玉城格外炎热,地表温度极高,火场热辐射一浪高过一浪的扑面而来。根据火场情况,支队参谋长立即召集各战斗段指挥员进行分组和布置总攻战斗任务。两个中队被分成南北两个战斗段,两个战斗段各一台车作为主战车出两支水枪向火场不间断密集射水,由于水源较远,名山中队两台车负责运水供水,城站两台车共连接了23盘水带接力供水,保证火场不间断供水。火场一线消防官兵根据火场内部的不同情况,采用了卧式、肩扛式、站立式的射姿射水,对被墙和铁门封堵的地方采取冷却、破拆、跟进射水等方式,1时30分大火被成功控制住。随后消防官兵深入火场对各个火点射水,各个击破消灭火点,2时30分大火基本被扑灭,成功保住了相连的4间仓库及物品。由于所烧仓库大量堆积塑料制品、日常用品、电器元件等,堆积物品多,消防官兵在基本消灭火势后,又利用火钩逐一检查,消灭阴燃火。直至下午4时30分参加灭火的消防官兵才全部撤离火场。

问题:试分析该火灾事故的处理程序?

【扩展知识1】易燃、易爆库安全要求

(1)易燃易爆仓库应远离其他建筑物,通风要良好。仓库周围应有围墙并装置大门。严禁无关人员进入仓库。

(2)仓库工作人员必须了解所管物品的安全知识。严禁烟火,不准把火种、易燃物品和铁器等带入库内。

(3)易燃易爆物品必须分别存放在专用仓库中,不得随意乱放。存放电石应注意防潮。

(4)库内不得同时存放性质相抵触的爆炸物品和其他物品,亦不得超过规定的储存数量。

(5)仓库必须建立定期检查制度,对过期变质的易燃易爆物品要及时处理。

(6)严禁在仓库内住宿、开会。收发物品要有严格的登记手续。

(7)必须配备充分、完好、合用的消防器材并放置在明显方便的地方。

(8)仓库内不准用一般的电机、电气设备、必须按设计规范采用密闭防爆型设备。并要定期检查,确保安全,仓库人员不得拆卸。

(9)预警系统必须良好,并定期检查,确保有效。

(10)运送各种易燃、易爆物品时,盖要拧紧,容器要竖直放稳。运送人员禁止吸烟,沿途须距离火种5米以外。运送电石时,先要把桶盖松开放出气体,中途注意防潮,雨天不准装运电石。

(11)各种压力气瓶的存放、使用和运输,必须遵守国家《气瓶安全监察规程》。

任务9-6:仓储安全检查

【任务描述】

某仓库以储存日用化妆品为主,现在仓库安检部门要对其进行例行安全检查。

要求:确定安全检查的程序、方法、范围和内容。

【训练目标】

通过仓储安全检查的训练,使学生学会对仓库等进行例行的安全检查操作并就发现的问

题进行处理。

【相关知识】

一、安全检查的内容

（一）检查思想

首先，主要是检查仓库、班组领导的安全作业的观念，全体职工是否牢固树立"安全第一"的思想；其次，检查领导是否关心职工、设备、库存商品的安全，是否坚决贯彻安全生产方针、政策和法规，是否贯彻安全教育制度；最后，检查领导是否把安全生产放到议事日程上来。

（二）检查隐患

主要是深入仓库生产作业现场，检查生产工人操作的劳动条件是否符合作业规定，操作程序是否符合相应规程；各种机械设备和电气设备是否符合安全标准；商品堆放是否稳固，有无倒塌，是否符合作业要求；储油库、化工储罐、剧毒品、放射性商品是否严格管理等。

（三）检查管理

主要检查仓库作业各岗位的安全操作制度和规程是否都已建立、健全，贯彻落实的情况如何；劳动防护用品是否按规定发放、员工是否按照规定使用；各级安全生产责任制度贯彻落实的情况如何；对仓库事故、伤亡的报告、统计和处理是否按法规认真执行等。

二、安全检查的形式

（一）定期全面安全检查

一般在重大的节假日前，仓库领导均要组织人员进行一次全面安全检查，如劳动节、国庆节、元旦、春节等。

（二）经常性安全检查

经常性安全检查主要包括日查、周查、月查、季查等，一般均由各部门、库房、班组、保管员、生产工人进行的日常规范性的例行安全检查。

（三）专业性安全检查

专业性安全检查是以专业部门为主，组织有关专业人员进行的专门检查。检查的重点是电气设备、机械设备，易燃、易爆品储存的作业环境，有毒、有放射性物品的安全作业等。

（四）季节性安全检查

季节性安全检查主要根据各种季节特点来进行的，如盛夏的防暑降温、梅雨季节的用电安全、严寒冬天的防寒保暖、台风季节的防台防汛等。这种检查的特点是季节性强，需采取有针对性的措施，以便及时预防和控制事故的发生。

（五）临时性安全检查

临时性安全检查是在将要发生某种自然灾害、重大疫情（如非典、禽流感等）之前，比如洪水、雷电、暴风雨、地震等，或自然灾害后，由上级领导部门或仓库领导组织的临时性的安全检查。

三、安全检查的方法和程序

（一）安全检查的方法

1. 常规检查

常规检查通常是由安全管理人员作为检查工作的主体，到仓库作业场所的现场，通过感官或辅助一定的简单工具、仪表等,对作业人员的行为、作业场所的环境条件、生产设备、设施等进行的定性检查。

2. 安全检查表法

安全检查表(SCL)是事先把仓储系统加以剖析,列出各层次的不安全因素,确定检查项目,并把检查项目按系统的组成顺序编制成表,以便进行检查或评审,这种表就叫做安全检查表。安全检查表应列举需查明的所有可能会导致仓储事故的不安全因素。每个检查表均需注明检查时间、检查者、直接负责人等,以便分清责任。安全检查表的设计应做到系统、全面,检查项目应明确。

编制安全检查表的主要依据:

(1)有关标准、规程、规范及规定;

(2)国内外事故案例及本企业在仓储安全管理及仓库生产作业中的有关经验;

(3)通过系统分析,确定的危险部位及防范措施都是安全检查表的内容;

(4)新知识、新成果、新方法、新技术、新法规和标准。

表9-2 仓储安全检查表

序号	检查项目	待改善事项	说明	复检
1	消防器械	□无法使用 □部分损坏		
2	库区通道	□脏乱 □阻塞		
3	门、窗	□损坏 □不清洁		
4	插座开关	□损坏 □不安全		
5	电线	□损坏 □不安全		
6	排水管道	□漏水 □排水不良		
7	报警装置	□无法使用 □部分损坏		
8	防鼠虫害装置	□无法使用 □部分损坏		
9	货架	□损坏 □不安全		
10	叉车	□损坏 □不安全		
11	托盘	□损坏 □不安全		
12	自动装卸搬运系统	□损坏 □不安全		

负责人:_____ 日期:_____

3. 仪器检查法

用于获得仓储设施、设备内部的缺陷及作业环境条件的真实信息或定量数据,以便发现不安全隐患,为后续整改提供信息。因此,必要时需要实施仪器检查。由于被检查的对象不同,检查所用的仪器和手段也不同。

(二)工作程序

1. 安全检查准备

(1)确定检查对象、目的、任务;

(2)查阅、掌握有关法规、标准、规程的要求;

(3)了解检查对象的作业流程、危险因素;

(4)制订检查计划,安排检查内容、方法、步骤;

(5)编写安全检查表或检查提纲;

（6）准备必要的检测工具、仪器、记录表格或记录本；

（7）挑选和训练检查人员，并进行必要的分工等。

2. 实施安全检查

（1）访谈；

（2）查阅文件和记录；

（3）现场观察；

（4）仪器测量。

3. 通过分析做出判断

依据获得的信息和数据，进行分析，做出判断，找出主要问题，即物、人、环境、管理几方面的不安全因素。必要时可以通过仪器进行检验。

4. 做出处理决定

针对存在的问题，确定需采取的纠正和预防措施。

5. 对整改情况进行验证

对复查整改落实情况进行复查、验证，以实现安全检查工作的目的。

四、安全检查处理

安全检查是手段，目的在于发现问题、解决问题，应该在检查过程中或以后，本着自力更生的精神，发动全体仓库工作人员及时整改。整改应实行"三定"（定措施、定时间、定负责人），"四不推"（班组能解决的，不推到工段；工段能解决的，不推到车间；车间能解决的，不推到场；场能解决的，不推到上级）。对于一些长期危害仓库安全生产的重大隐患，整改措施应件件有交待，条条有着落。

发生安全事件，安全员和仓库组长为第一责任处理人；对重大安全事件，责任人在知情后应马上报部门主管处理，并保护好现场。对违反仓库安全生产规定的外来人员，仓库员工要尽可能记录其姓名，每月将违反规定的外来人员信息进行汇总，报主管处理；对违规情节严重以及以非正常方式进入库区的外部人员报总经办处罚。

【训练步骤】

步骤1：分组。将学生分为组，每组3~5人为宜。

步骤2：安全检查。根据任务描述中给出的内容，确定检查的范围和内容。

步骤3：处理安全隐患。

【注意事项】

1. 注意培养学生的安全意识。

2. 能为学生提供实际演练的环境，例如，能有实训室等。

3. 以组为单位进行考核，重点考核安全检查的范围设定和工作程序。

4. 教师要指导学生完成实训内容，但要以学生为主，教师为辅。

5. 注意培养学生的实际操作能力。

项目九：仓储安全管理

【训练评价】

训练考核评分表

考评人		被考评人	
考评内容		安全检查训练	
考评标准	内容	分值/分	实际得分
	确定检查的范围、方法和程序	25	
	安全检查过程	25	
	对安全隐患的处理意见	25	
	能积极参与团队的工作任务	25	
	合计	100	

注:考评满分为100分,60分以下为不及格;60~70分为及格;70~80分为中;80~90分为良;90~100分为优。

【扩展知识】危险化学品仓库安全检查提示卡

表9-3 危险化学品仓库安全检查提示卡

序号	检查项目	检查标准(内容)提示
1	围墙	砌筑封闭围墙。库区主要路段围墙高2.5 m,一般路段不低于1.8 m
2	消防设施	1. 设置警报器 2. 每120 m² 设3~4台灭火器,重点部位需要设置消防水栓、水带、枪头、扳手、水桶、黄沙等器材 3. 面积达5 000 m² 的仓库须设消防室,配置推车式灭火器、消防梯、消防斧、钩、桶、防毒面罩等器具
3	库区库房	1. 醒目位置悬挂(书写)消防安全标志牌 2. 库区与生活区安全隔离,设专门通道至仓库正门 3. 库房标明库号,挂储存商品类别标志、消防扑救标志
4	商品储存	1. 根据商品大类、商品性能、养护要求、消防要求等因素分区分类存放 2. 堆垛:整齐、方便、安全、节约;做到"两无两不":无倒置,无整垛,不阻门,不阻路;留足"五距":墙距为0.5 m,顶距为0.5 m,灯距为0.5 m,垛距为1 m,柱距为0.3 m
5	库内管理	1. 通风、温湿度管理:库内有温度计,商品堆垛用垫木架,正确采取开启关闭门窗通风措施 2. 翻仓并垛:渗漏、外包装破损及有问题的桩头须及时翻移、换包装和处理 3. 库内卫生:清洁整齐,地面无零、碎、散落的商品和杂物,多余垫木架集中存放指定位置
6	安全用电	1. 库区铺设地下电缆,地面上无明线 2. 库房内不设照明灯具 3. 生活后勤用电:禁止电线乱拉乱接,禁止使用大功率超负荷电器
7	车辆管理	1. 操作人员必须持有效证件上岗 2. 叉车(起重机械)严禁上高台 3. 起重机械操作时,龙门架、吊臂下严禁站人 4. 机动车辆进入库区必须安装防火罩

仓储管理

序号	检查项目	检查标准(内容)提示
8	安全管理	1. 专职安全员、保卫人员按规定设置 2. 建立义务消防队和夜间消防值班人员,名单上墙 3. 定期进行消防训练活动,并有记录 4. 警卫室:保证专人值班,有警卫制度,负责配置机动车辆防火罩,设火种存放处
9	劳动防护	1. 操作人员上岗必须穿工作服,戴手套;严禁穿有跟鞋、拖鞋 2. 腐蚀性物品装卸时,必须戴耐腐蚀手套,穿胶鞋 3. 毒品、粉尘物品装卸必须戴口罩或防毒面罩
10	生活后勤	1. 饮食卫生:食堂生熟分开,有防蚊、防蝇设施 2. 环境卫生:垃圾有专门位置堆放 3. 设简易浴室 4. 厕所有男女界别

【任务练习】

一、多项选择题

(1) 安全检查的内容包括(　　)。

A. 检查思想　　　　B. 检查隐患　　　　C. 检查管理　　　　D. 检查设备

(2) 安全检查的形式不包括(　　)。

A. 季节性安全检查　　　　　　　　B. 非季节性安全检查

C. 非专业性安全检查　　　　　　　D. 专业性安全检查

二、简答题

(1) 什么是安全检查表?

(2) 实施安全检查有哪些步骤?

三、案例分析

江南百货站仓库的安全隐患

在某区安监局会同区消防大队面向全区进行的一次安全检查中,发现江南百货站仓库存在的问题非常严重,库房为 20 世纪六七十年代的砖木结构,耐火等级差,无循环消防通道。库房内部缺乏消防栓等,部分仓库内堆有大量的散装酒、粮食、啤酒以及废旧物资等。其中散装酒和酒精为易燃物品。存在较大火灾隐患。

问题:发现问题后,区消防大队将做如何处理? 如何提出整改意见?

任务9-7:仓储安全设备管理

【任务描述】

某货架起火,由于仓库中的灭火器过期,原本不起眼的小火竟蔓延成一片火海,眼看仓库烧成一堆废墟,仓储经理非常后悔没有及时更换灭火器。

要求:结合学院或宿舍的灭火器管理情况,说一说应该如何管理仓库的灭火器。

【训练目标】

通过训练,使学生学会管理仓储安全设备,并能对灭火器等重点设备进行选配、检修和维护等操作。

【相关知识】

一、仓库安全设备

仓库安全生产的范畴很广,从广义上说主要是规范人的不安全行为,物的不安全状态以及管理上的缺陷。从狭义上讲,是对仓储行业的违法行为和事故隐患加以约束,限制在可控制范围内。安全设备作为一种安全事故隐患消除装置,在仓库安全生产领域中显得格外重要。

仓库安全设备可以这样定义:在仓库中用于消除和监测设备不稳定的因素、保护设备及人身安全的所有设备装置,称为仓库安全设备。

仓库安全设备管理要点有以下几个方面。

(一)火灾自动报警设备

火灾自动报警系统一般由火灾探测、报警控制(含配套设备)、联动控制(含现场适配器)以及现场布线组成。在火灾初期,火灾探测器及时将探测到的火灾信息传送到火灾报警主机,主机发出声光报警信号并联动消防设施。火灾自动报警设备按用途、探测技术方式、信号处理、系统连线以及智能化程序分类又有诸多类型。它是人们为了及早发现和通报火灾,并及时采取有效措施控制和扑灭火灾,而设置在仓库中的一种自动消防设施,是人们同火灾作斗争的有力工具。

对仓库火灾自动报警系统的管理,宜以责任区形式开展"包机组活动"。依据仓库生产岗位和维修人员的配备情况划分责任区,成立了由"机(火灾报警主机)、电(现场布线)、仪(火灾探测器)、操(控制扑灭火灾操作)"人员组成的包机小组。开展了以"包一、二级保养"、"包巡检"、"包治漏"、"包隐患整改"、"包管理"的"五包"为内容的包机组活动。由于包机组职责清晰,标准明确,做到了一二级保养和小事不出包机组。

(二)防盗报警设备

防盗报警系统是利用各类功能的探测器和监控器对仓库的周边、空间、环境及人进行整体防护的系统。

防盗主机作用及工作方式:主机是系统的核心,是用来接收探测器和监控器发来的报警信号的同时进行及时的反馈;主机在接收到报警信号后,会产生高分贝的警号声,同时会借助电信网络向外拨打多组由仓库设置的报警电话。

对防盗报警系统的日常管理主要有以下几个方面。

(1)每季度一次设备的除尘、清理,扫净监控设备显露的尘土,对摄像机、防护罩等部件要卸下彻底吹风除尘,之后用无水酒精棉将各个镜头擦干净,调整清晰度,防止由于机器运转、静电等因素将尘土吸入监控设备机体内,确保机器正常运行。同时检查监控机房通风、散热、净尘、供电等设施。室外温度应在 $-20 ℃ \sim +60 ℃$,相对湿度应在 $10\% \sim 100\%$;室内温度应控制在 $+5 ℃ \sim +35 ℃$,相对湿度应控制在 $10\% \sim 80\%$,留给机房监控设备一个良好的运行环境。

(2)根据监控系统各部分设备的使用说明,每月检测其各项技术参数及监控系统传输线

仓储管理

路质量,处理故障隐患,协助监控主管设定使用级别等各种数据,确保各部分设备各项功能良好,能够正常运行。

(3)对容易老化的监控设备部件每月一次进行全面检查,一旦发现老化现象应及时更换、维修,如视频头等。

(4)对易吸尘部分每季度定期清理一次,如监视器暴露在空气中,由于屏幕的静电作用,会有许多灰尘被吸附在监视器表面,影响画面的清晰度,要定期擦拭监视器,校对监视器的颜色及亮度。

(5)对长时间工作的监控设备每月定期维护一次,如硬盘录像机长时间工作会产生较多的热量,一旦其电风扇有故障,会影响排热,以免硬盘录像机工作不正常。

(6)对监控系统及设备的运行情况进行监控,分析运行情况,及时发现并排除故障。如:网络设备、服务器系统、监控终端及各种终端外设。桌面系统的运行检查,网络及桌面系统的病毒防御。

(7)每月定期对监控系统和设备进行优化:合理安排监控中心的监控网络需求,如带宽、IP地址等限制。提供每月一次的监控系统网络性能检测,包括网络的连通性、稳定性及带宽的利用率等;实时检测所有可能影响监控网络设备的外来网络攻击,实时监控各服务器运行状态、流量及入侵监控等。对异常情况,进行核查,并进行相关的处理。根据用户需要进行监控网络的规划、优化;协助处理服务器软硬件故障及进行相关硬件软件的拆装等。

(8)提供每月一次的定期信息服务:每月第一个工作日,将上月抢修、维修、维护、保养记录表以电子文档的形式报送监控中心负责人。

(三)消防器材

消防器材包括消防水炮、消防隔热服、各种灭火器、消火栓和消防标牌等。

消防器材维护要点有以下几个方面:

(1)自动灭火喷淋管道污水,每年组织排放检查一次;

(2)每季度检查一次公司内的地上消火栓;

(3)仓库的消防加压、送风、排烟风机,每月启动运行测试检查一次;

(4)消防总控制联动系统每年联合启动运行检查一次;

(5)备用发电机,根据设备检查安排时间定期启动检查;

(6)各部位的轻便手提式 10 L、推车式 65 L~100 L 的泡沫灭火器,每年更换药剂一次,其他器材损坏的要及时更换;

(7)仓库内凡存放有物品的地方,有人员活动的地方,视情况配备轻便手提式灭火器材,由管辖部门负责维护保管及外表的清洁卫生,摆放消防器材的地方不得堆放杂物,改变消防器材摆放的位置时,要经消防中心同意,有意损坏消防器材要罚款,情节严重的要追究责任。

(四)安全生产装备

安全生产装备包括警示柱和警示贴等。

按照安全生产装备管理规范要求,仓库管理区域内配备各种安全设备、设施,标识安装在合适、醒目的位置上。各种标识不得随意挪为他用,责任部门对按月进行全面普查的规定应认真落实,保证各种标识的完好性。

(五)人体防护装置

人体防护装置包括防护栏杆、防护罩、防护屏、防静电、防雷电、防腐、防毒、防噪声、防暑降温、通风除尘等装置。

防护栏杆的高度宜为 1 050 mm。在离地高度小于 20 m 的平台、通道及作业场所的防护栏杆高度不得低于 1 000 mm;在离地高度等于或大于 20 m 高的平台、通道及作业场所的防护栏杆不得低于 1 200 mm。

防护罩、防护屏、防静电、防雷电、防腐、防毒、防噪声、防暑降温、通风除尘等装置要有专门存放之处,要有专人进行管理。

二、仓库安全设备管理

(一)合理使用设备

合理使用设备是设备安全管理中的一个重要环节。购置设备的目的是为了使用,机械设备只有在使用过程中才能发挥作用。机械设备使用期限的长短,生产效率和工作精度的高低,固然决定于机械设备本身的结构和性能的好坏,但是,在很大程度上,也取决于机械设备的操作和保养情况。同样一台机械设备,如果使用合理,操作正确,就能减轻磨损,延长寿命,保持应有的精度,发挥应有的工作效率。为此在设备使用方面.应注意做好以下几个方面的工作。

1. 加强对操作人员的技术训练,严格考核制度

设备使用的合理与否,与设备的操作者有直接的关系。要正确使用机械设备,首先必须对操作工人进行技术训练,使他们会使用、会保养、会排除故障,而且还要熟悉设备的性能。操作人员要经考核合格后,方能上岗进行单独操作,在设备作业过程中,必须严格遵守安全操作规程,并使人机相对固定。

2. 合理安排设备工作量负荷

在安排设备工作量时,应根据设备本身的技术操作要求和任务量,经过科学的计算,合理确定工作量负荷。不同的设备,其性能、结构、精度、使用范围、工作条件和能力都不相同,所以在安排工作量时,需按照设备的不同技术条件分别确定。既要充分发挥设备的效能,有利于提高设备利用率,又要防止设备的过度疲劳和磨损,更不允许超负荷使用。

3. 建立健全设备使用与维护保养规程和制度

设备的使用和维护保养是密切相关的,合理地使用设备,实质上就是对设备的维护。对某些设备,也很难把生产操作与维护截然分开。

(二)例行保养

设备的使用和维护保养规程是正确使用和保养好设备的重要技术措施。它主要包括"技术操作规程、设备维护保养制度、定人定机制度、交接班制度"等设备的维护保养一般应达到四项要求。

1. 齐备

工具、工件、附件要齐备,放置整齐;安全防护装置齐全,线路管道完整、畅通。

2. 润滑

按照规定加油、换油,润滑剂性能应符合要求。

3. 清洁

工作场所、设备内外清洁,各滑动面、齿轮、齿条等处于无尘、无油垢、无碰伤和划痕。设备各部分无漏油、漏水、漏气等现象。

4. 安全

严格按照设备操作规程使用,不允许超载运行,各种测量仪器、保护装置、机电设备和动力

仓储管理

设备应定期进行检查固定,符合要求才能继续使用。设备的维护保养是设备自身运动的客观要求。设备在使用过程中,由于设备的物质运动,必然会产生变化,如零件磨损、零部件松动等,这些是设备的隐患,如不及时处理,就会造成设备过早损坏,甚至发生严重事故。因此,应做好设备的维护保养工作,及时地处理故障,随时改善设备的技术状况,把事故消灭在发生之前,做到防患于未然。实践证明,设备的寿命在很大程度上取决于维护保养的好坏。

（三）定期检修

设备的检查是对机器设备的运行情况、工作状况、磨损程度进行检查和校验。检查是设备维修中的一个重要环节。通过检查可以全面地掌握机器设备的技术状况变化和磨损情况,及时地查明和消除设备的隐患;针对检查发现的问题,提出改进设备维护的措施;有目的地做好修理前的各项准备工作,以提高修理质量,相应缩短修理时间。设备诊断技术是设备维修和管理方面的新兴工程技术。这种技术是运用科学的仪器仪表和科学的方法进行检测,能够全面地、准确地把握设备的磨损、老化、裂化、腐蚀的部位和程度以及其他情况。这样,就可以把设备的定期维护保养制度,改为针对性很强的预防性维护保养,也就是把事后检查改为事前预防。这样做不但可以避免盲目拆卸设备而带来的损伤,还可以减少设备检修时期的经济损失。

（四）中修、大修

中修是恢复机械设备的技术性能的修理。中修需要拆卸机械设备的主要组成部分,检查、修理或更换磨损较严重的零部件。大修是彻底恢复机械设备技术性能的修理。将机械设备全部解体,彻底检查、修理和调整。此外,还有临时性修理和事故性修理。临时性修理和事故性修理是指在机械设备发生故障和事故时的修理,修理的内容和范围根据实际情况而定。

（五）设备改造与更新

设备的改造与更新是指把科学技术的新成果应用于现有设备,以提高现有设备的现代化水平。设备的更新是指用技术上先进、经济上合理的新设备来替换不能继续使用或是经济上不宜继续使用的旧设备。在设备的更新过程中,要把购置新设备同自行制造的设备结合起来。对老设备的改造、更新,要充分利用企业设备的修理基础和力量,充分挖掘内部潜力,承担部分或全部设备的改造任务,力求少花钱、多办事,取得最大实效。同时,注意有关技术改造和资源来源,合理使用资金。

三、灭火器管理要点

（一）灭火器的选配

现就仓库这一特定火场条件下,根据灭火器材的灭火性能、速度要求对常用灭火剂进行适用性分析如下。

1.普通干粉

普通干粉普及范围广,有一定的灭火能力,目前一般物资仓库大多正在使用,但较其他种类灭火剂而言,其灭火性能平平,不适应扑灭燃烧剧烈、范围较大的火灾;对物流仓库此类对消防器材灭火能力要求极高的场合并不十分适用。

2.二氧化碳

二氧化碳释放时要达到有效灭火浓度,需要一定时间,属于通过隔绝氧气进行物理灭火的灭火剂类型,灭火速度慢,灭火能力有限,且液态 CO_2 汽化时造成周围空气中水汽大量冷凝液化,并产生酸雾,对被保护物有不利影响。

3. 七氟丙烷

七氟丙烷灭火剂灭火效果较好,但灭火过程易与高温火焰发生化合反应,产生剧毒氟化氢气体,且灭火剂释放时也会产生与二氧化碳类似的冷凝现象,一旦氟化氢溶于此时产生的水雾中,便会形成对被保护物与人体有剧烈腐蚀的氢氟酸(某些行业中常用于溶解玻璃),因而适用范围也受到限制。

4. 烟烙净

烟烙净由二氧化碳、氩气、氮气按一定比例混合而成,灭火机理与二氧化碳同属窒息氧气类物理灭火方式,灭火速度慢是其无法回避的弱点,无法适应仓库火场迅速灭火的要求。

5. 热气溶胶

热气溶胶目前部分场合已有使用,使用成本较低,但据其实际使用效果而言,影响有限。由于需要通过引燃大量发烟材料制造灭火烟雾对被保护空间填充进行全淹没式灭火,装置启动时间长,灭火速度慢,热气溶胶中含有的大量黏性物质易于附着在被保护物表面难于清除,装置启动使得火场内能见度降低,也不利于人员迅速逃生。

6. 超细干粉灭火剂

超细干粉灭火剂完全由我国自主研制的,具有独立知识产权的国产高效灭火剂,国家火炬计划项目,国家专利产品,目前国内仅有湖北武汉"绿色消防"一家企业专营生产。物理特性表现为一种干燥的、易流动的并具有很好防潮、防结块性能的固体粉末;灭火剂平均粒直径小于 5 μm,其灭火机理结合物理、化学两种方法;

7. 化学方式

通过灭火剂与可燃物反应而夺取有氧燃烧所必须的热量和燃烧时产生的大量活性因子来切断燃烧链。

8. 物理方式

通过在可燃物表面形成晶体保护膜来隔绝氧气,从而实现迅速有效地熄灭火焰。

在实际的防灭火工作中,相关人员需结合本单位情况对灭火剂进行有针对性选择,挑选出符合本单位实际使用需求的最佳产品。

(二)灭火器的检修和维护

仓库中使用的灭火器,在日常的管理维护中,要特别注意细节的观察,如出现以下问题要及时维修和更换:

(1)灭火器的橡胶、塑料变形、变色、老化、断裂的;

(2)压力表有变形、损伤等缺陷的;

(3)喷嘴有变形、损伤、开裂等缺陷的;

(4)灭火器的压把、阀体等金属件有严重变形、损伤、锈蚀、顶针有肉眼可见缺陷的;

(5)密封片、密封垫等不严密的;

(6)干粉灭火器的防潮膜有损坏的;

(7)灭火器的出气管有堵塞、损伤、裂纹等缺陷的;

(8)化学泡沫灭火器的内剂瓶有裂纹等缺陷的;

(9)泡沫灭火器的滤网有损坏的。

【训练步骤】

步骤1:分组。将学生分为组,每组 5 人为宜。

步骤 2：灭火器的管理。定期检修、维护保养灭火器。

【注意事项】

(1)让学生了解各种仓库安全设备的用途，重点掌握灭火器的例行保养和检修。

(2)能为学生提供实际演练的环境，例如，能有专用实训室等。

(3)以组为单位进行考核，考核形式灵活多样。

(4)教师要指导学生完成实训内容，但要以学生为主，教师为辅。

(5)注意培养学生的实际操作能力。

【训练评价】

训练考核评分表

考评人		被考评人	
考评内容		货物盘点训练	
考评标准	内容	分值/分	实际得分
	选配仓库灭火器	40	
	定期检修灭火器	40	
	能积极参与团队的工作任务	20	
合计		100	

注：考评满分为100分，60分以下为不及格；60~70分为及格；70~80分为中；80~90分为良；90~100分为优。

【扩展知识】

灭火器维护管理内容

管理单位必须加强对灭火器的日常管理和维护。要建立"灭火器维护管理档案"，登记类型、配置数量、设置部位和维护管理的责任人；明确维护管理责任人的职责。

管理单位要对灭火器的维护情况至少每季度检查一次，检查内容包括：

(1)责任人维护职责的落实情况；

(2)灭火器压力值是否处于正常压力范围；

(3)保险销和铅封是否完好；

(4)灭火器不能挪作它用；

(5)摆放稳固；

(6)没有埋压；

(7)灭火器箱不得上锁；

(8)避免日光曝晒和强辐射热；

(9)灭火器是否在有效期内等；

(10)要将检查灭火器有效状态的情况制作成"状态卡"，挂在灭火器筒体上明示。

管理单位应当至少每12个月自行组织或委托维修单位对所有灭火器进行一次功能性检查。

【任务练习】

一、单项选择题

(1)仓库安全设备例行保养的要求不包括(　　)。

A. 安全　　　　　　B. 润滑　　　　　　C. 整齐　　　　　　D. 清洁

(2)火灾自动报警系统一般由火灾探测、报警控制、(　　)和现场布线组成。

A. 扬声喇叭　　　　B. 保险销　　　　　C. 联动控制　　　　D. 传动组织

二、简答题

(1)仓库内防护栏杆的高度应为多少?

(2)仓储安全设备的维护保养的四项要求是什么?

三、案例分析

仓库火灾自动报警系统的维护保养。

甲仓库将消防系统的维修保养工作承包给有资质的乙消防公司,在双方订立的合同中要求乙公司做到:

(1)维修公司对自己不熟悉的设备应首先与厂家联系取得技术支持,同时确保零备件的供给。

(2)在维修工作开始之前,应对整个库区内的消防设施做全面了解,掌握各种消防设备的联动方式,以免造成不良后果。

(3)维修工作不能重"修"轻"维",只满足于将故障设备修复正常。

(4)系统运行的时间越长,线路老化及接触不良的问题也越多。应重视报警及控制线路的维护,特别是接线端子箱应重点进行检查,消除隐患。

问题:结合案例举例说明为什么自动报警系统维护保养非常重要?

参考文献

［1］ 裴风萍.《采购管理与库存控制》［M］.大连:大连理工出版社.2007.

［2］ 真虹,张捷姝.《物流企业仓储管理与实务》［M］.北京:中国物资出版社.2007.

［3］ 王槐林.《采购管理与库存控制》［M］.北京:中国物资出版社,2004.第二版,中国物流与采购联合会制定教材,现代物流系列教材。

［4］ 钱智.《物流管理经典案例剖析——物流师培训辅导教材》［M］.北京:中国经济出版社,2007.

［5］ 田明山,陈飞强.《施工企业现代物流》［M］.北京:中国铁道出版社,2006.

参考文献

263